KB267177

마도의사 1
최용섭 판타지 장편 소설

초판 1쇄 찍은 날 § 2002년 5월 10일
초판 1쇄 펴낸 날 § 2002년 5월 20일

지은이 § 최용섭
펴낸이 § 서경석

편집장 § 문혜영
편집책임 § 권민정
편집 § 장상수 · 박영주 · 김희정 · 이종민
마케팅 § 정필 · 강양원 · 김규진 · 안진원

펴낸곳 § 도서출판 청어람
등록번호 § 제1081-1-89호
등록일자 § 1999. 5. 31
어람번호 § 제1-0238호

주소 § 경기도 부천시 원미구 심곡1동 350-1 남성B/D 3F (우) 420-011
전화 § 032-656-4452 팩스 § 032-656-4453
http://www.chungeoram.com
E-mail § eoram99@chol.net

ⓒ 최용섭, 2002

값 7,500원

ISBN 89-5505-365-7 (SET)
ISBN 89-5505-366-5 04810

여행 1

최용섭 판타지 장편 소설

NEW SENSE STORY & FANTASY

마도의사

도서출판

청어람

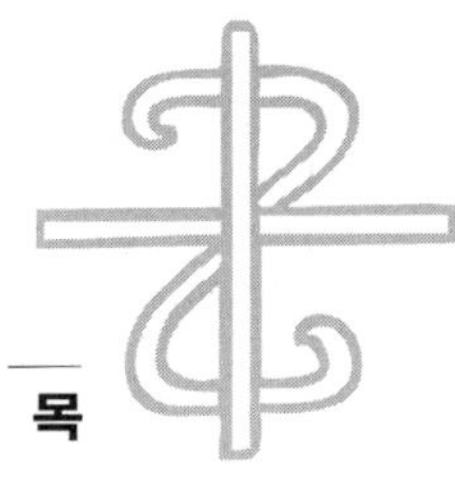

목

차

"난 마법사가 되고 싶어."

내가 마녀 생활 300년에—여기서 잠깐 설명하자면 마인은 마족의 남성이고 마녀는 마족의 여성이다—이런 황당한 소원을 비는 사람은 얘가 처음이다. 응? 그러고 보니 나도 남의 소원을 들어주는 것이 처음인가?

아무튼 나도 강한 마력을 가진 마족으로서 다른 소원도 아닌 마법사가 되고 싶다는 소원 정도는 들어줄 수 있다구. 그저 내 마력을 이용해 마법사가 되고 싶은 사람의 잠재력을 좀 자극해서 활성화시키고, 마법 공부를 할 환경을 마련해 주면 되니까. 또 실력이 부족하면 내 마력을 좀 나누어주면 되니까.

그런데 얘는 정말 안 돼. 운명의 타래를 살펴봐도 마법사 될 운명은 아니고, 자질? 차라리 검사가 되고 싶다면 지옥 특훈을 시켜 자기 몸

방어는 할 수 있게 하겠지만 마법은 그런 것이 아니니까 문제지. 자질도 없지만 무엇보다도 체질이 안 되니.

아무리 마법이 자질이 우선이지만 평범한 사람도 노력을 하면 3클래스의 수위에 3써클의 마법까지는 가능해.

물론 죽음을 불사해야 하는 강도 높은 수련을 상당히 오랜 기간 해야 하지만—나라면 그 노력을 돈 버는 데 쓰겠다—아무리 강도 높은 수련이라도 체질이 안 되면 그것도 불가능하지. 얘가 그런 애야. 그저 자질이 없는 정도가 아니라 마법 자체를 못해. 왜 그런지는 나도 모르지만(좀 더 나이 많은 마족은 알려나?). 그런데 마법을 배우겠다고 하네. 엉엉. 내가 우느냐구? 물론 겉으로야 폼 잡고 있지만—우리 마족은 원래 폼생폼사가 종족 좌우명이다—속으로는 정말 통곡을 하고 있다니까.

왜냐구? 잘 들어봐. 신족과 마족은 반대라고 생각하겠지만 몇몇 가지만 다르고 나머진 같아. 그런데 그 다른 몇몇 중에 야속하게도 빠진 것이 있는데 '약속은 반드시 지킨다' 야. 뭐, 그 약속이 허용하는 범위에서 우리 맘대로 조정을 하니 배반을 잘한다는 말이 있지만 그건 비는 사람이 너무 광범위하게 빌어서 그렇지.

가령 돈을 얻고 싶으면 무슨 장사를 해서 어떻게 돈을 벌겠다가 아니라 무조건 돈을 달라니, 그럼 우린 편하게 부모의 돈을 상속받게 하거나 하는 방법을 쓰거든? 그러면 또 우릴 욕하는 거야. 흠흠. 사족은 그만 달고. 그런데 난 처음 인간의 소원을 들어주느라—경험 부족이 죄라니까—그런 융통성(?)도 없이 능력의 허용 범위도 안 만들고 처음부터 무조건 무엇이든지 전부 들어준다고 했어. 전에 딴 언니들이 하는 충고를 들으니 내 능력이 허용하는 한도에서만 하라고 했는데 난……. 약속을 어겨서는 안 되는 마족이 절대 불가능한 소원을 들어주게 됐으니…….

약속을 어기면 소멸이야. 그러니 내가 이렇게 앙앙불락이지 뭐야.

참내, 신족도 그저 능력만 없애는데 우리 마족은 왜 소멸이냐구? 종족 차별… 이 아니구나… 우리 선조들이 만들어놓은 거니……. 우리 선조들이 폼생폼사의 정신으로 화끈하게 일한다고 만들었어. 모 아니면 도라나? 그 덕에 내가 이 꼴이지. 그건 그렇고, 아무튼 이거 무슨 방법이 없나?

"인간이여, 다른 소원을 비는 것이 좋을 것이다."
흑흑, 제발 딴 소원 좀 빌어줘~
"싫어요. 난 반드시 마법사가 될 테야."
제발 부탁이다. 정말 내가 생각해도 이런 어이없는 꼴이라니……. 보통 마족은 인간에게 뭔가 대가를 받거나, 아니면 인간에게 신세를 졌을 때 소원을 들어주는데 난 능력이 생기자마자 능력 생성 기념으로 첫 개시를 했다구. 아무런 대가도 없이. 근데 처음부터 이 꼴이야. 이거 잘못하다가는 마족의 역사에 길이길이 남게 될 거야. 마족 역사상 가장 멍청한 마족으로. 흑흑.

"정말 마법사가 소원이니? 마법사가 되려면 얼마나 힘든데… 웬만한 노력파들도 힘들다고. 그리고 머리도 좋아야 하고. 넌 참 머리 나빠 보인다."
난 열심히 설득을 했지만…
"싫어. 그래도 마법사가 될 거야."
이렇다니까. 근데 내가 설득을 하긴 잘한 건가? 흠흠, 아무튼 5살짜리 꼬마 설득하려니까 정말 힘드네. 엉? 5살? 그렇다면… 히힛, 그래, 그거야. 마지막 방법이닷!
"그런데 꼬마야, 넌 아직 마법사가 되기에는 너무 어려. 그래서 지금 당장은 네 소원을 들어줄 수가 없구나. 그러니 이러면 어떻겠니? 내가 10년 후에 다시 오마. 그러면 넌 15살이니까. 어때?"

정말 좋은 방법이라 여겼었지. 설마 10년 뒤에도 같은 소원을 빌겠어? 돈이나 듬뿍 달라고 하겠지 뭐. 집 안을 살펴보니 가난한 고서상을 하는구만. 아, 약속? 난 어긴 게 아니니까… 얘가 다른 소원을 바라는 것이니 난 너그럽게 들어주는 거고, 이게 바로 허용 범위 안에서 임의대로 처리하는 것이란 말씀. 그리고 꼬마도 고개를 끄덕이네. 꼬마가 동의했으니 약속 어긴 게 아니지? 오호호호호홋! 난 천재야!

그게 10년 전 일이야. 그런데 아직까지도 마법사……. 정말 통곡하고 싶어진다야.

"나 공부 많이 했어. 특히 아버지가 고서상을 하셔서 옛날 서적들도 많이 읽었어. 마법사가 되기 위해서."

이 정도라니까. 내가 미쳐. 그런데 이 아이의 체질에 대해서 왜 말 안 하냐구? 그건 인간이 이해를 할 수가 없으니까. 마법의 생물인 드래곤이나 신족, 마족만이 이해를 하지. 하이 엘프도 이해를 하는구나. 그들은 정령의 생물이니까. 하지만 보통 엘프들은 이해를 못해. 그러니 인간은 더 못하지. 정확히 말하자면 그 이유를 말해도 알아듣기는 하지만 이해를 못한다는 말. 그러니 내가 더 미치는 것 아니겠어? 그래도 다행인 것은 마지막 해결책이라도 있다는 것이다.

"좋아. 그럼 나와 여행을 떠나자. 너를 마법사로 만들어주마. 넌 다른 사람과 달라서 보통의 방법으로는 안 되거든."

"좋아. 난 지금 부모님이 돌아가셔서 더 이상 있을 곳이 없는 고아니까 상관없어. 또 세상을 여행하고 싶기도 했고. 그런데 경비는 누나가 대는 거지?"

　그래그래. 있는 보석 놔둬서 뭘 하냐? 우리 마족은 솔직히 보석 자체에는 관심이 없어. 다만 보석이 마법을 담기에 좋은 재료니까 좋아하지. 그나저나 너, 참 어디 가서 굶어 죽지는 않겠구나. 어린 녀석이 알뜰하기도 하지. 그런데 지금 그게 문제가 아니잖아. 지난 10년 동안 방심하지 않고 방법을 찾아 겨우 한 가지 찾기는 했지만 이게 실패하면 난… 으… 끔찍해. 아무튼 난 이제부터 고생문으로 들어가는 거라니까. 다신 내가 남의 소원 들어주나 봐라.

　난 골치 아픈 여행을 시작하게 됐어.
　"그런데 악마랑 여행해도 돼?"
　뭐, 뭐뭐뭐뭣? 아, 아니지. 교양있는 마녀답게. 어머멋? 악마? 얘가 나처럼 아름다운 악마… 앗, 악마가 아니라… 마녀가 어디 있다고…….
　"야! 난 마족이지만 악마는 아니거든? 신족이 신이 아니듯이 말야. 우리가 비록 능력이야 많기는 하지만 악마나 신은 우리보다 한참 위야."
　"신족이 왜 신이 아냐?"
　으휴~ 하긴 보통의 인간은 신족을 신, 마족은 악마라고 생각을 하지. 아니, 그 차이조차 모르니 얘는 지금 사악한 악마와 다닌다고 생각하는 거야. 그러니 이것만 봐도 내가 얼마나 고달픈 여행을 할 것인지는 알겠지? 그리고 얘, 악마는 나도 싫어. 흑… 엘렌디아 여신이여, 제게 축복을 내려주시어 이 난관을 헤쳐 나가게 해주세요.

　　　　마녀 에레모니카의 '나의 인생에서 일어난 일'에서 발췌.

나? 란셀 네르반. 이것이 나의 이름이다. 가운데 몇 개 더 있기는 하지만 나도 가끔 헷갈리는데다 쓸 일도 없으니 그냥 란셀 네르반이라고만 소개하지. 불행히 왕족도, 고위 귀족도 아니라 성을 뒤에 쓴다. 나이? 묻지 마, 다쳐. 직업은 의사. 응? 몸이 아파서 그러니 상담 좀 하자고? 미안하지만 난 감기도 못 고쳐. 감기? 감기약 먹어. 다쳐서 상처난 사람한테는 상처에 침 바르란 말밖에는 못해. 그러면서 무슨 의사냐고? 물론 의사지. 하지만 보통의 의사와는 다르단 말씀. 난 마법에 의한 병이나 희귀한, 그러니까 마물이나 마계의 식물에 의한 중독, 그런 것을 전문으로 치료하는 의사지. 그리고 지금은 찾아보기 힘들지만 마도 시대에 있던 병들도 전문으로 하고.

그런 병은 별로 들어보지를 못했을 거야. 하지만 그런 병에 걸리는 사람들이 의외로 제법 있어. 그래서 나 같은 의사도 있고. 하긴 나 같은 의사도 세상에 나 한 명뿐이니까. 그래서 이제부터 내 이야기를 들려주려고 해.

내가 겪은 병과 사람들, 그리고 신기한 사건들. 그럼 지금부터 이야기할게.

아! 난 드디어 내 스승인 지혜의 종족인 골드 드래곤 일족의 위대하신 고룡 카나이드님—이렇게 안 부르면 밥을 안 주더라니까—으로부터 세상에 나가서 나의 능력을 펼치라는 말을 들었다. 그리고 그 후로 2개월.

드디어 카샤니안에서 제법 큰 상업 도시인 루미안에 도착했다. 루미안은 데임 강이란 큰 강을 끼고 있는 도시로 상업 도시가 부족한 카샤니안에서 한창 뜨고 있는 도시였다. 새로 다듬어지는 도시답게 쭉쭉 뻗은 길은 반듯반듯하고 잘 다듬은 돌로 포장되어 있었다.

돌로 된 길은 말이나 우마차 등이 다니는 길로 수레 여섯 대가 나란히 갈 수 있을 정도로 넓었다. 그 길 옆으로는 잔디가 깔린 길이 있었는데 그 길은 사람들이 다니는 인도였다. 발달된 도시는 흔히 녹지가 부족하게 되는데 그걸 보완하기 위해서라고 했다.

이유야 어떻든 난 지금 그 잔디가 깔린 길을 걷고 있는 중인데 그 느낌이 무척 좋았다. 다른 사람들의 눈만 아니라면 맨발로 걷고 싶을 정도였다. 그리고 주위로 보이는 건물들. 대부분 5층짜리 건물이지만 간혹 7층짜리 건물도 있었다. 아마 주요 상업 건물이거나 공공 건물일 것이다. 저기 멀리로 하얗게 빛나는 엘렌디아 여신의 신전이 보였다. 엘렌디아 여신의 신전은 7층 높이의 건물이지만 한 층 한 층이 다른 건물보다 높아서 높이 솟아 있는 것처럼 보였다.

이 루미안 시는 저 엘렌디아 신전을 중심으로 시가지가 뻗어 나가게
계획된 도시였다. 신전을 중심으로 큰 광장과 관청이나 공공 기관 건
물이 있고, 그 산을 등진 북동쪽에 주거 지구가 자리 잡았고, 강을 앞에
둔 남서쪽으로는 상업 지구가 있게 되는 배치였다. 그 외에도 별도로
데임 강에서 도시까지는 각종 상회와 운송 업체들이 있었다. 그리고
항구에서 시작해 루미안 남서부에 자리 잡은 저수지들과 운하, 그 운하
중 두 줄기는 루미안을 관통했다. 그리고 그 두 줄기의 운하 중 한 줄
기는 카샤니안의 수도 톨루트로 이어졌다. 잘 발달된, 그리고 더욱 발
달될 도시, 이것이 루미안이었다.

그런데 여기서 문제는 나. 나의 전공은 특별히 정해진 이름은 없었
다. 굳이 따진다면 마법으로 인한 질병 치료용 특수 의학. 그래서 스승
인 카나이드가 지어준 이름이 마도의학인데, 과연 이런 상업 도시에서
그런 환자를 찾을 수 있을까 하는 생각도 들었다.

산속이라면 혹여 몬스터의 독에 당하거나 깊은 산속에 아직 남아 있
는 마법 식물에 병을 얻을 수 있겠지만, 여기처럼 보이는 것이라곤 사
람과 건물밖에 없는 이런 곳에서 그런 일을 기대할 수는 없었다. 산과
강이 있기는 했지만 강의 경우는 항구로 발달된 곳이라 역시 바랄 것
은 없었고, 산은 자연을 해치지 않는 범위 내에서 공원과 등산로로 개
발되어 있었다.

하지만 돈도 충분히 있겠다 여행도 하고 필요한 물건도 살 겸 루미안
시에 들어왔는데… 여기 루미안에서 난 그저 발달된 도시에 와 이리저
리 주위만 두리번거리는 촌놈이 되어 도시 구경이나 하고 있었다.

하긴 루미안이 아니라도 대륙 내에는 내가 치료할 수 있는 환자가
많지는 않을 것이고, 또 마도의학을 전공한 마도의사로서 반드시 할 일

이 있어 다니는 것도 아닌, 말 그대로 여행이기에 여기서 며칠을 묵으면서 관광도 하고 물건이나 준비할 생각이었다. 그래서 지나가는 사람에게 물어 여관을 잡았다.

　여관은 상업 도시라 그런지 쉽게 잡혔고 시설도 꽤 괜찮았다. 내가 잡은 여관은 '루크 선장의 집'이라는 이름의 여관이었다. 3층짜리 건물이었는데 간판이 배 모양으로 생겼다. 여관 주인이 뱃사람 출신이란다. 난 여관 루크 선장의 집에 짐을 내려놓고 다시 거리로 나왔다.

　"이건 얼만가요?"
　여관에서 나온 나는 우선 잡화점부터 들렀다. 아무래도 지도와 다른 몇몇 가지 물건이 필요해서였다.
　"3루니안."
　"예? 여기 이건 1루니안 50실이라고 했잖아요. 크기도 거의 같은데 두 배 차이라니……."
　바가지는 아니었다. 오히려 3루니안짜리가 훨얼씬 정확하고 자세한 지도로 물건에 비해 정말 헐값이다. 조잡한 1루니안 50실짜리 지도가 비싼 거다. 이런 조잡한 물건이 1루니안 50실이라니……. 그에 비하면 3루니안짜리 지도는 누가 값을 매겼는지 지능이 의심이 갈 정도로 쌌다. 하지만 역시 물건 사는 재미 하면 깎는 재미가 아니겠어? 훗훗.
　"3루니안, 그 밑으로는 절대 안 돼. 싫으면 딴 데 가봐. 하지만 이 지도는 여기서만 판다는 것을 알아두라고. 그것도 지금 그거 하나 남은 거라 떨이로 파는 거야. 만약 깎자는 말이 나오면 값을 더 올리겠어."
　헉! 고수닷! 이래서 독점 판매는 안 돼. 배짱으로 밀어붙이다니……. 그런데 손님한테 이렇게 막말해도 되는 거야? 요즘 장사꾼 무섭네.

"좋아요. 그거 주세요."

나는 돈을 지불하면서 아까부터 궁금하던 것을 주인에게 물었다.

"그런데 아까 보니 마차가 열 댄가가 저 큰 집으로 들어가던데… 무슨 일인가요? 마차를 보니 귀족들의 마차는 아닌 것 같은데…….'

자고로 상인들만큼 정보통은 없다. 그래서 여관 많고 상인도 많은 도시는 정보 길드가 양성적으로, 또 음성적으로 많이 발달해 있었다. 다른 도시와는 달리 상인에게 물으면 웬만한 정보는 다 나온다. 웬만하지 않은 정보는 파는 정보인데 그 웬만하지 않은 정보는 대부분 극비 사항이거나 일반인은 알기 힘든 고급 정보거나 불법이었다.

이런 상업 도시는 정보가 곧 돈이었고, 그래서 그런 정보 길드가 발달한 것이다. 워낙 그런 정보가 중요하다 보니 자연히 정보 길드에서 취급하지 않은 별 볼일 없는(?) 정보는 이런 사람을 많이 상대하는 상인들에게 흘러 들어가는 것이다. 그리고 그런 정보를 많이 가진 상인일수록 장사가 더 잘되고 손님도 많기 때문에 상인들은 더 많은 정보를 알기 위해 눈에 불을 켜고 정보를 수집했다. 또 그게 아니라도 많은 사람이 들락거리는 상점의 생리상 여러 정보를 자연히 듣게 되는 것이다. 그것을 증명하듯이 가게 주인은 즉각 대답했다.

"그렇지? 젊은 사람이 눈썰미가 좋군. 그게 말야, 우리 루미안의 시장 부인께서…….'

그러니까 정리하자면 시장 부인이 이상한 병에 걸렸는데 얼굴 한쪽이 일그러지고 그 부분은 아예 표정도 지을 수 없다는 것이다. 물론 당기고, 아프고, 음식을 먹어도 금방 배가 고파지는데, 그렇게 많이 먹어도 메말라 간다는 것이다. 그런데 이상한 것은 그 일그러지는 얼굴 가운데 부분은 오히려 편편하고 매끄럽다 이건데… 딱 이런 증세를 가진 것이 있기는 하지. 하하, 갑자기 머리를 스치고 지나간 기억. 이 증상은 설마… 짐작이 가기는 하지만 그런 것이 아직까지 인간 세상에, 그 것도 이런 도시에 있을 까닭이 없지. 아마 신경성 근육 마비일 거야. 며칠 지나면 나을 것을 시장 부인쯤 되니 저 난리를 치는 거지. 게다가 그녀가 루미안 시에서 인기 최고라니 더 난리겠지. 원래 높은 자리의 사람이나 인기있는 사람은 기침만 해도 결핵에 걸려 죽었다는 소문이 나니까.

"예, 정말 이상한 병이네요. 그럼 수고하세요."

얼굴에 걱정을 가득 담은 상인에게 난 적당히 대답을 해주고는 가게를 나왔다.

"어디로 갈까……."

혼잣말을 하며 거리를 둘러보던 나는 시장 관저로 가기로 했다. 내가 생각한 것이 아니겠지 하고 생각은 하지만 설마가 사람 잡는다고 혹시나가 역시나일지 모르는 일이었다. 정말 내가 생각하는 대로라면 세상의 인간 중에는 나밖에 고칠 수 있는 사람이 없을 것이다. 따라서 난 반드시 가야 했다. 아! 나의 투철한 직업 정신이여! 그리고 솔직히 심심하기도 했다.

시장 관저 앞에 온 나는 마부들과 잡담이나 하고 있었다. 막상 이곳에 오고 나니 그 다음은 막막했다. 더 정확히 할 일이 없었다. 들어가야 환자를 볼 텐데 의사 면허도 없는 내가 들어갈 수도 없고… 솔직히 여기 온 것을 후회하고 있는 중이었다.

여관에 가서 잠이나 잘 걸……. 그냥 갈까?

"휴우."

내가 돌아갈 생각을 할 때쯤 시장 관저에서 할아버지 한 분이 나오면서 한숨을 쉬었다.

"저런 병은 처음이야. 정말 악마의 저주에라도 걸린 걸까?"

"저… 어르신, 무슨 일인데 그러십니까?"

나는 호기심이 동해 공손히 물었다. 자고로 묻는 말이 고와야 오는 대답이 풍성하니까.

"응? 자네는……?"

"아, 저요? 전 란셀 네르반이라고 하는 의사 지망생입니다. 잠시 여행하다 이곳을 지나는 길에 이상한 병에 대해 들어서요."

우선은 적당히 둘러댔다. 하지만 그 의사는 내가 의사 지망생이란 말에 의심없이 말을 해주었다. 친절하기도 하지.

"그래, 역시 젊다는 것은 좋은 일이야. 남자란 젊을 때 여행을 다녀서 많은 경험을 해야… 이런이런, 내가 그만 엉뚱한 소릴. 늙으면 말이 많아지니… 험험. 자네도 병에 대해 들어서 알겠군. 그런데 내가 직접 보니 그것만은 아니었네. 그 일그러진 부분이… 뭐라고 하면 좋을까? 그렇군. 보이지 않는 손으로 살을 잡고 비틀었다고 할까? 아니지. 그런데 일그러진 부분의 중심은 편편했지. 아무튼 이상했었네. 그리고 그 부분이 유난히 매끄럽고 보드라운 게 다른 얼굴 부분은 피부가 거칠어졌는데 그 부분은 희고 윤기가 났지. 그래, 정확히 말하자면 진줏빛이었어. 난 그래서 그 부분의 근육이 이상 경직되었다고 보고 침을 찔러 피를 뽑으려고 했네. 자네도 의사 지망생이니 알 걸세, 그 이유를."

솔직히 모릅니다. 전 일반 의학에는 무지해서요.

"허, 그런데 침이 부러졌네. 그 침은 드워프가 만든 강철 침이었는데 말일세. 침이 아까운 것은 아니네. 아직도 많으니까. 그저 이상해서 말일세. 그 강한 강철 침이 들어가지도 못하고 부러지다니……. 그러고도 피부에는 흠 하나 나지를 않고… 정말 이상한 일이잖나?"

의사는 고개를 절레절레 젓더니 마차에 올라탔다.

"내 의사 생활 40여 년 만에 이런 경우는 처음일세. 악마의 저주야, 악마의 저주."

악마의 저주는 아니지만 악마 같은 놈이긴 하지. 확실히 알 것 같았다. 난 확신을 했다. 부러진 강철 침이 확신을 가지게 했다. 그리고 마차가 떠난 후 시장 관저의 문 앞에 섰다.

"뭐냐."

경비병들의 위협에 가까운 질문. 난 살짝 미소를 보이며 말했다.

"전 이 도시를 지나가던 여행객인데 우연히 시장 부인의 병에 대해 들었습니다. 그런데 그 증상이 제 고향 마을에서 보았던 증상과 똑같더군요."

이쯤하면 더 이상 말할 필요는 없었다. 이런 상황에서 바보가 아닌 다음에야 뒷말은 알아들을 테고 아쉬운 것은 그쪽이니까.

"잠시만 기다리시오."

역시 기대하던 반응이었다. 하지만 갑자기 부드러워진 음성은 예상 밖인데?

잠시 안으로 들어갔던 경비병이 한 사람을 데리고 나왔다.

"반갑습니다. 저는 시장 비서인 알폰 레서라고 합니다. 따라오시죠."

어지간히 급한 모양이었다, 시장 비서가 직접 나와 신원 확인도 없이 데려가는 것을 보니. 내가 그것을 묻자 알폰은 한숨을 쉬며 말했다.

"그렇습니다. 정말 고칠 방법을 안다면 흉악범이라도 모셔오고 싶은 심정이니까요."

그 정도란 말야?

"저… 언제부터 그러셨는데요?"

"한 5개월 전부터? 그때는 그저 흔히 있는 근육 마비인 줄로 알았죠. 왜 피곤하면 나타나는… 그때 시장님 집안에 행사가 있었기 때문에 그 준비로 피곤하서서 그런 줄로 알았지요."

5개월? 오래되었군.

그렇게 비서와 말을 하는 동안에 나는 시장 부인이 있는 방문 앞에 도착해 있었다. 알폰은 방문 앞에서 내가 온 것을 알렸다.

"들어오시지요."

문이 벌컥 열리면서 30대 중반으로 보이는 남자가 나를 방 안으로 잡아끌었다.

"전 이곳 시장인 르니아밀 트리텔이라고 합니다."

방 안 정면으론 침대가 보였고 그 주위에 몇 사람이 앉아 있었다. 그리고 그중 옅은 갈색이 섞인 검은 머리를 가진 40대 초반의 남자가 나에게 다가오며 말했다.

"예? 예, 전 란셀 네르반이라고 합니다."

난 엉겁결에 인사를 하고 침대를 바라보았다. 거기에는 30대 중반의 여인이 누워 있었는데 얼굴에는 확실히…

"란셀 네르반 씨라고 하셨죠? 정말 이런 증세를 당신의 고향에서 보셨습니까?"

계속 느끼는 것이지만 정말 성질 급한 사람들이었다. 보통의 경우는 사람을 소개하고 나에 대해 묻는 것이 순서일 텐데 이건 무조건 봤냐, 못 봤냐라니. 하지만 내 큰 아량으로 참아야지. 저들이 급해서 그런 것일 테니 그것을 감안해야지. 그리고 솔직해지기도 해야 하고.

"아뇨, 못 봤는데요."

사람들의 얼굴은 황당 그 자체였다. 그리고 곧 실망한 얼굴들. 잠시 정적이 흐른 후 처음 나를 방 안으로 끌어들인 사람이 나에게 물었다.

"역시… 그렇군요. 그래도 기대를 하긴 했는데… 제 형수님의 증세와는 많이 달랐던 모양이로군요."

"아뇨. 제 고향 마을 이야기는 거짓말이었거든요."

그 말에 잠시 멍한 표정들, 그리고 분노의 표정으로 바뀌었다. 하긴 누군들 이 상황에서 화가 안 날까.

"아니, 뭐라고?"

사람들이 너무 화가 나면 오히려 생각이 감정에 막혀 다음 행동으로 이어지지 않는다. 이때를 놓치면 칼이 날아오니까 빨리 말을 이어 나가야겠지?

"보지는 못했지만 전 저 증상을 압니다."

다시 멍한 얼굴들.

"그러면 왜 고향 마을에서 보았다고 거짓말을 했습니까?"

또 그 환자의 시동생이군.

"당연하죠. 제가 거짓말을 안 했으면 수많은 명의들도 못 고쳤는데 누가 의사도 아닌 제 말을 믿었겠습니까?"

"그, 그렇기는 하지만……."

"그럼 단도직입적으로 말하죠."

나는 환자를 가리켰다.

"이 환자의 얼굴에는 벌레가 있습니다."

"벌레?"

이번에도 멍한 표정. 하기야 보이지도 않으니 못 믿겠지.

"정확히 말하자면 테푸로니아프라는 벌레죠. 일명 악마의 빈대라는 별명으로도 불리는데 육안으로는 잘 볼 수 없을 정도로 작죠."

"테푸……."

그 시동생인가 하는 사람이 잠시 그 이름을 되뇌이다가—되뇌이는 것이 아니라 헤맨다는 표현이 정답이지만 그래도 체면을 생각해서—나한테 따지기 시작했다.

"말도 안 됩니다. 전 이래 봬도 황실 직속 대학교에서 공부를 한 사람입니다. 그리고 제 전공이 곤충학입니다. 하지만 그런 벌레는 들어 보지도 못했습니다."

글쎄, 말이 되는지 안 되는지는 지켜보면 알고, 그 황실 직속 대학의 곤충학이란 것이 아마 곤충에서 정력제나 염료, 향수를 뽑는 연구를 배우는 것이었지? 한마디로 귀족을 위한 학문인데 그런 학문에서 상당한 현자나 마법사도 모르는 마도 시대에나 살았을 법한 벌레 이름을 배울 리가 없지. 하지만 이렇게 말할 수는 없으니…….

"세상에는 수없이 많은 곤충이 있습니다. 신이 아닌 이상 모든 것을 알 수는 없지요."

정상적인 인간은 신만 내세우면 끝이거든.

"…그래요. 맞는 말입니다. 내가 모르는, 신만이 아는 것들이라……."

역시 수긍하는구나. 그럼 이제는 내 말의 증거를 보여주지.

"이것을 보시지요."

난 침대 옆에 있던 과일 깎는 칼을 집어 들고 부인을 침대에서 일으킨 후 칼을 예의 그 테푸로니아프가 있는 부분에 대고 그었다.

"이런! 이게 무슨 짓이오?"

물론 사람들이 난리를 치러 했지만 난 부인의 얼굴이 건재함을 보여주는 것으로 간단히 사람들을 진정시키고 이번엔 불을 그 부분에 가져다 댔다. 이번에도 부인과 그 가족들 모두 놀라는 표정이었지만 먼저의 경험(?)도 있고 해서 가만히 있었다.

"부인, 어떻습니까? 아프거나 뜨겁지 않습니까?"

내 물음에 부인은 고개를 저었다.

"아뇨. 아무런 느낌도……."

나는 방 안의 사람들을 둘러보았다.

"보셨습니까? 이 테푸로니아프란 놈은 무서운 놈이지요. 마도 시대대에는 이 테푸로니아프를 이용해서 갑옷도 만들었으니까요. 가죽에다 이 녀석을 풀어놓고 특수 영양분을 보충시키면서 특수한 방법으로 기르면 번식을 해서 그 가죽을 완전히 덮어버리지요. 그러면 특수한 약물로 이놈들을 죽이죠. 그러면 테푸로니아프는 죽고 껍데기만 남는데 그 약물과 반응해 더 강해진다고 합니다. 무척 가볍고 강한 갑옷이 된다고 하는데, 여기 부인을 보고 짐작이 가시겠지만 이게 사람에게 기생하면 무척 골치가 아파지죠."

"그, 그럼 어쩌죠?"

부인의 음성이 떨려 나온다. 당연한 반응이지만.

"그 벌레들이 제 몸에 전부 퍼졌나요?"

이렇게 되면 공포로 인해 정신과 치료도 받아야 하는 사태가 오니 안심을 시켜야지? 아, 난 정말 착한 의사야.

"걱정 마십시오. 테푸로니아프는 보통의 상태로는 많이 번식을 못합니다. 아까도 말씀드렸지만 특수한 배양법으로만 그렇게 많이 퍼지지요. 부인의 경우도 사실 그 퍼진 면적은 10루니안 금화 세 개만한 크기입니다. 그리고 저는 테푸로니아프를 완전히 없애는 방법을 알고 있습니다.”

부인은 우선 안심하고 자리에 누웠다. 원래는 그냥 앉아 있으려는 것을 내가 강제로 눕힌 것이었다. 테푸로니아프란 놈은 워낙 지독해서 그 숙주를 금세 지치게 했다. 몸속에 있는 것도 아닌, 그저 피부에 기생해서 그리 길지도 않은 흡관으로 양분을 빨아 먹는 것인데 어떻게 그렇게 많은 양분을 뺏어 먹을 수 있는지는 아직까지도 수수께끼였다.

어쨌든 부인을 눕히고 나는 사람들에게 준비물을 가져오라고 부탁했다. 나를 신뢰는 하게 되었는지 사람들은 내 말대로 따라주었고 잠시 후 나는 테푸로니아프를 없앨 준비를 했다.

“자, 그럼 치료를 하겠습니다. 부인은 그냥 누워 계시고요, 여러분들도 방에 계셔도 좋습니다. 단 방해는 말아주십시오.”

약은 미리 만들어두었다. 그 약이란 것이 의외로 간단해서 양파, 오이, 무, 마늘, 호박, 콩, 연근을 갈아 그릇에 넣고 거기에 정제되지 않은 왕소금과 맥반석, 경면주사를 넣고 빻았다. 그 다음 그것들에 가장 중요한 타롬이란 식물의 뿌리 가루를 넣고 마지막으로 송진 가루에 버무려서 고약처럼 만들었다.

“그런데 선생님.”

시동생이다. 그런데 선생님이라니……. 후훗, 기분은 좋군.

“그게… 그 특수한 약물입니까?”

약물? 아하, 그거.

“아닙니다. 저는 그 약물을 만들 줄도 모르지만 안다고 해도 환자에게 쓸 수는 없죠. 그걸 쓰면 부인의 얼굴에서 테푸로니아프를 떼어낼 수가 없거든요, 피부를 도려내지 않는 이상. 그리고 그전에 부인이 돌아가실지도 모르고요."

난 그렇게 친절히, 그리고 끔찍한 설명을 하고 내가 만든 약을 부인의 얼굴 중 테푸로니아프가 있는 부위에 발랐다. 물론 난 그 약물을 만드는 방법을 안다. 그 약물은 토코토코란 독버섯이 원료인데 그걸 말해 주면 사람들이 그 갑옷을 만들려고 할 가능성이 컸다. 가볍고 강한 갑옷을 누가 싫어하냔 말이다.

하지만 테푸로니아프로 갑옷을 만드는 방법이 전해지지 않는 것은 이유가 있어서였다. 테푸로니아프를 번식시키기도 어렵지만 사람에게 전염이 되면 그 문제가 커지기 때문이다. 일반 테푸로니아프, 즉 지금의 시장 부인과 같은 경우라면 나같이 방법을 아는 사람이 있으면 간단하게 완치가 가능하지만 갑옷을 만들기 위한 것들은 특수 배양을 하기 때문에 치료법을 알아도 치료할 시간이 없이 사람이 죽어 나간다. 더욱이 테푸로니아프 자체가 마계의 생물이기에 그 방법은 금지된 방법이었고, 따라서 실전이 된 것이었다.

하지만 이것도 말할 수가 없다. 인간의 오만함은 그 문제점을 극복하고 해결 방법을 알 수 있다고 단정하기 때문이었다. 그런 상념에 젖어 있는 동안에 대충 약을 떼어낼 시간이 지나갔다. 나는 약을 살살 걷어냈다.

"보시지요."

그리고는 그 약의 피부에 닿았던 면을 보여주었다. 거기에는 윤기있는, 그러나 아랫면은 거칠어 보이는 진주색의 막이 한 겹 있었다.

"이게 바로 테푸로니아프입니다. 이놈들은 다리 끝과 관절의 갈고리를 사람 피부에 걸지요. 그리고 다리를 오므립니다. 몸이 떨어지지 않게 하기 위해서죠. 그렇게 되면 피부가 당겨지지요. 게다가 이게 번식하는 방법이 한 마리를 중심으로 계속 옆으로 번식을 합니다. 그러니 한두 마리면 별로 느끼지 못해도 수백 마리 이상이 그렇게 당기면 나중에는 얼굴 전체가 당겨지지요."

그리고는 난 부인의 얼굴을 가리켰다.

"보시다시피 부인의 얼굴은 흰 편이십니다. 그런데 테푸로니아프가 있었던 자리는 분홍색입니다. 사람의 혈색과는 다르죠? 테푸로니아프가 있었던 자리는 빛을 못 받아 하얗게 되는데 그 피부엔 테푸로니아프의 침이 박혔었습니다. 그래서 침이 박혔던 붉은 자국과 피부색이 합쳐져 분홍색으로 보이는 것입니다. 제가 연고를 한 통 줄 테니 삼사 일 바르면 괜찮아질 겁니다."

나는 품에서 돌로 된 작은 상자를 꺼냈다.

"오오."

그 사람들은 감탄을 한 것 같은데… 설마 연고 때문에? 그럴 리는 없을 것이다. 이 연고야 어느 가게든 다 파는 것이니까(물론 사람들은 그 사실을 모른다. 특히 이런 상황에서는 상당히 특수한 연고로 알지). 확신하건대 아마 이 상자 때문일 것이다.

이 돌상자는 내 친구인 아킬로인의 아들인 바칼라드가 만든 것이다. 그런데 그 친구가 드워프인데 그 아들이 자폐증 환자라는 우스운 사실이다. 인간에게야 그렇게 드문 증세는 아니지만 드워프의 천성으로 보아 희귀하디희귀한 일이었다. 그러니 치료할 방법이 없는데 그 바칼라드가 한 가지 취미(?)를 붙이면서 그 증세가 나아졌다. 그것이 바로 돌상자 만드는 것. 질 좋은 돌을 가지고—드워프가 쓰는 재료야 모두 상급 재료지만—상자를 만드는데 매일 만들어서 그 수가 수만 개나 되었다.

　그런데 문제는 그 바칼라드란 녀석이 그 상자를 나에게 주었다는 것이다. 이걸 안 받으면 다시 증세가 도질 것 같아 받기는 받았는데 솔직히 처치 곤란이었다. 그래서 머리를 쥐어짜 생각한 것이 바로 약통. 다행히 돌의 질이 좋아 약을 넣어도 변질이 잘 안 되었다. 그래서 나중에 바칼라드가 만든 다른 돌상자도 얻어올 생각이었다. 어찌 되었든 이 돌상자, 명색이 드워프 실력인지라 단순히 돌상자지만 균형이나 아름다운 문양에 조각까지 그 모든 것이 예술이다. 그러니 저렇게 다들 놀라지. 덕분에 나를 보는 눈빛 자체가 달라졌고. 어흠.

　“고맙습니다. 그리고 이 상자는 약을 다른 그릇에 담고 돌려드리겠습니다.”

　“아닙니다. 약은 원래의 그릇에 담겨 있어야지요. 이 상자는 약과 함께 제가 드린 것입니다.”

　시장이란 사람은 무척 좋아했다. 하긴 비싼(?) 드워프 제니까. 흠… 시장은 부인의 병도 고치고 돌상자도 얻고 일석이조군. 저 돌상자도 치료비 계산에 넣을까?

　이렇게 나의 첫 환자의 치료는 너무 쉽게 끝났다. 그리고 내가 이 시에서 며칠 간 묵는다는 것을 안 시장은 나에게 자신의 집에서 묵으라는 친절을 보여 나도 그러기로 했다. 나도 시장 부인의 상태를 하루 정도는 더 살펴봐야 했다. 테푸로니아프란 놈이 알이라도 깠으면 골치 아프니까. 그리고 개인적으로 알아볼 일도 있고. 그런데 여관에서 여관비 받을까? 반나절도 안 묵었는데 돈 내면 아깝잖아. 어이, 루크 선장님, 미안하게 됐습니다.

헬름 증후군

아침인가 보다. 창문으로 밝은 빛이 거침없이 들어왔다. 빛은 황금색으로 빛나며 내 눈을 밝게 비추었다. 아우웅, 눈 부셔. 그 밝은 빛 때문에 더 이상은 잠을 못 자겠다. 그래서 나는 대충 옷을 입고 세면실에서 대충 닦고 1층으로 내려갔다.

여긴 시장 관저. 난 여관 루크 선장의 집에서 여기로 옮겨왔다. 다행히 여관비는 안 받았다. 낮에 잠시 짐 맡긴 셈 친다는 것이었는데… 흠, 다음에 루미안에 올 때 루크 선장의 집에서 묵어야겠다는 생각이 들었다. 따지고 보면 엄청난 상술. 어쨌든 난 시장 관저에 왔고 하루를 묵고 지금 일어난 상태였다.

"일찍 일어나셨군요."
알폰이었다.

음, 비서도 여기서 같이 사나?

"제 아버지가 여기 집사셨죠. 그래서 저도 여기서 함께 지냅니다. 사실 여기가 집이니까요. 하하."

헛. 저 알폰이란 사람, 사람의 마음을 읽는 능력이 있나 봐.

"하… 하하, 그렇군요. 그렇다면 예전에는 시장님이 영주시기라도 하셨나요?"

뭐, 시장이라도 집사 두지 말란 법은 없을 것이다. 하지만 집사를 두려면 대체로 귀족이거나 대부호여야 했다. 시장도 돈이 많으면 집사를 거느리지만 시장의 월급은 집사를 둘 정도로 많지는 않았다. 개중에는 뒤로 돈을 빼돌리거나 자신의 권한을 이용해 장사를 해 치부한 시장도 있지만, 여기 시장은 아무리 봐도 그런 부도덕한 인물은 아닌 듯했다.

그렇다고 재력가는 아닌 것 같고… 여기 시장 관저를 장식한 것만 봐도 시장의 성품을 알 수 있었다. 매우 검소하고 소탈한 성격. 관저 안에 화려한 장식은 없었다. 소박하면서고 고풍스런 가구들, 경제적 능력이 돼도 집사를 두지 않을 성격이었다. 그런데 집사가 있었다는 건 과거에 영주였을 가능성이 크다는 것이다.

"예, 맞습니다. 영주셨죠. 시장님의 부친께서 영주셨지만 말입니다. 그리고 글쎄… 시장님도 영주긴 하셨다라고 해야 하나? 아, 여기서 이러지 말고 차라도 한잔하면서 얘기하죠?"

이런, 그러고 보니 계속 서서 말했군, 다리 아프게.

난 알폰의 뒤를 따라 식당으로 갔다. 응접실이 있기는 하지만 그곳은 시장이 손님을 접대할 때 쓰는 공식적인 곳이라 비서가 사사롭게 이용할 공간은 아니었다.

식당 안은 아직 이른 아침이라 그런지 하녀만 몇 명 있었고, 대충 봐도 아침을 먹으려면 좀 기다려야 할 것 같았다. 그건 그렇고, 여기나 아까 지나쳐 온 거실이나 내가 잤던 방에 비하면 그렇게 밝지는 않던데, 음… 아무래도 시장은 날 대접한답시고 볕 잘 드는 방을 준 모양이었다. 그것까지는 감사한데 그런 방은 아침 일찍부터 햇빛이 들어와서 늦잠이 취미인 나 같은 사람에게는 고문실이나 다름없었다. 그렇다고 생각해서 내준 방을 바꿔달랄 만큼 얼굴 가죽이 두껍지도 않으니…….

"자, 드시죠. 레호니 차라고, 고급 차는 아니지만 정신을 맑게 해주는 것이 아침에 마시기에는 그만입니다. 향이 좋죠?"

상념(?)—상념은 무슨 상념, 방 나쁘다고 속으로 투덜대는 거지—에 빠진 동안 난 나도 모르게 의자에 앉았나 보다. 일하는 아이가 차를 내와 알폰이 그 차를 권하고 있었다. 정말 향은 좋군. 어디 마셔볼까?

"음, 정말 그렇군요. 향도 좋고 약간 떫은 듯하면서도 혀에 착착 감기는 것이 좋은데요?"

정말 그랬다. 오후에 마시기에도 좋지만 특히 아침에 먹으니 머리가 상쾌해지는 기분이었다. 알폰은 차 맛에 감탄하는 나를 보고 미소를 지으며 아까 하던 얘기를 계속했다.

"저희 시장님 작위는 겨우 남작이셨지만 한 영지의 당당한 영주셨습니다."

"그럼… 아니, 어쩌다가 몰락한 귀족이 되신 겁니까?"

내가 어쩌면 모욕으로 들릴 수도 있는 질문을 실례를 무릅쓰고 하는 것은 이유가 있었다. 원래 한 왕국이나 제국의 영토 안에는 많은 영지들이 있었다. 영지에 속하지 않은 촌장이나 이장이 있는 마을들도 꽤 됐지만, 그런 마을은 대체로 작았고 부근의 영지나 귀족의 영향을 받았다. 그러다가 기술이 발전하고 그에 따라 상업이 발전하면서 어떤 마을은 무척 커지기도 해 도시로 승격되었다.

그럴 수 있었던 것이 영지의 크기에 따라 다르지만 귀족의 영지 내에도 시장이 있고, 마을이 있고, 갖출 것은 다 갖추었지만 영지라는 한계로 더 이상 클 수는 없었다. 하지만 상황은 좀 더 큰 시장, 큰 도시를 원했다. 그리고 그런 도시가 있는 것이 국가에는 유리했기에 그 일이 가능했던 것이다.

그런데 그런 도시는 영주가 다스리는 것이 아니라 국가에서 지정한 사람이 다스렸다. 그 사람들이 바로 몰락한 귀족들이었다. 그래서 경우에 따라서는 몰락한 귀족의 영지가 도시로 바뀌기도 했지만 그런 도시는 제대로 크질 못했다.

어쨌든 귀족이 시장의 지위에 있다면 몰락한 귀족이 확실했다. 보통의 영지를 가진 귀족은 절대로 시장이 되려 하지 않았다. 돈벌이가 안 되는 직업이기 때문이다. 물론 시장의 월급이 일반 사람보다는 훨씬 많았지만 그 액수란 것이 작은 영지를 가진 귀족 수입의 10분의 1도 안 되기 때문이다. 그리고 그것은 나에게는 가장 중요했다. 왜냐? 의사가 환자를 치료했으면 치료비를 받아야 하는 것이고, 이번처럼 희귀한 병이면 더 두둑이 받는 것이 신의 섭리—천벌 받을라—가 아니겠냐고.

"아니요. 몰락하지 않으셨습니다."

알폰은 예의 그 느끼한 미소—남자가 보기엔 그렇지만 여자가 보면 뽕 갈… 그래, 질투다!—를 지으면서 말을 이었다.

"원래 이곳은 그분의 영지였습니다."

"예에?"

이거 놀라지 않을 수 없는데? 이 도시의 위치로 보아 이곳 영주는 아마 떼돈을 벌었을 것이다. 아무리 영지가 발달하는 것이 한계가 있다지만 그건 보통의 경우고, 이곳처럼 교통의 요충지로 각지의 물건이 원하는 곳으로 가기 위해서는 이곳을 통과해야만 했다. 위치만 그런 것이 아니라 여긴 강도 있었다. 데임 강이란 큰 강이. 그 데임 강에서 물줄기를 끌어와 운하와 저수지를 만들었다. 그 운하 중 가장 큰 운하는 다른 강을 통해 카샤니안의 수도인 톨루트로 이어졌다. 또 강은 바다로 이어져 있었다. 큰 배가 드나드는 큰 강, 수도와 다른 대도시까지 이어진 운하, 바다로 이어진 강, 그런 곳은 어떤 곳이든 인위적으로 폐쇄를 안 하는 이상 발달을 할 수밖에 없었다. 그런데 그런 곳의 영주였던 자가 지금의 시장이라니……

"놀라시는 것도 당연합니다."

알폰은 내가 놀라거나 말거나 자신의 말을 이어 나갔다. 분명 이런 얘기를 여러 사람에게 했을 것이고, 그 사람들의 반응이 모두 나와 같았을 것이다. 그러니 저렇게 나의 경악을 담담히 넘기지.

"전대 영주님, 그러니까 시장님의 아버님 때만 해도 잘 나갔었죠. 이만큼 위치나 조건이 매우 좋은 곳으로, 특히 상업 활동에는 이 이상 좋은 곳도 없었죠. 그래서 트리텔 영지라면 다른 귀족들 사이에서는 소문이 난 곳이었답니다. 당장은 근처에 강 하나만 있는 대단찮은 영지지만 그 잠재력은 다른 영주들이 부러워하게 될 정도였죠. 처음에는 시장님의 증조부님을 비웃던 다른 영주들도 나중에는 언젠가는 가장 부유한 영지가 될 것이라며 다른 좋은 곳을 마다하고 이곳을 영지로 택한 시장님 증조부님의 선견지명에 모두들 감탄을 했었습니다. 원래 저 강은 비만 오면 넘치던 곳이었어요. 게다가 강 주변에 있는 땅 주제에 척박하기는 왜 그리 척박한지……. 그래서 처음엔 모두들 기피하던 곳이었죠. 하지만 물을 다스려 강의 범람만 막으면 그 잠재력은 대단한 곳이었습니다. 사실 데임 강 주변의 저수지들은 홍수 방지 겸 저장도 하는 곳이죠. 여름의 홍수기 때는 넘치는 물을 저장해 홍수를 막고 갈수기 때는 물을 공급하고… 그러고 나니 위치적으로 매우 좋은 조건이 된 겁니다. 나중에 그것을 안 다른 귀족들이 땅을 치고 진작에 차지하지 못한 것을 아쉬워했다고 합니다.”

그렇겠지. 귀족들이 능력을 발휘하는 곳이 남 부리기와 아부하기, 돈 긁어모으기니까 뒤늦게나마 농경 시대가 아닌 상업 시대로서의 이곳의 가치를 알았겠지.

“사실 사모님께서는 후작가의 영애십니다. 한데 두 분이 왕궁 파티장에서 우연히 만나 사랑에 빠지게 되셨지요. 그리고 결혼을 하셨고요.”

알 만하다. 작위는 남작이지만 앞으로 그 부가 얼마만큼 쌓일지 모르니 당연히 시집을 보냈겠지.

“그런데 전대 영주님께서 타계하시고 난 후 시장님께서는 이곳을 상업 도시로 만드셨지요. 그렇게 하는 편이 나라를 위해서도 국민을 위해서도 좋다나요? 이런 곳을 겨우 영지로 머물게 해서 발전을 막는 것은 죄악이라면서 말입니다. 덕분에 이 정도로 발전했습니다. 전 제 아버님께서 집사를 한 인연으로 비서를 하고 있는 것이고요.”

우와, 정말 멋진 사람이군. 응? 아니지. 그럼 난 치료비를 적게 받게 되는…… 이런 사람한테 많이 울궈낼 수는 없잖아. 이거 일복은 있는데 돈복은 없을 것 같은 불길한 예감이 드네?

나와 알폰이 얘기를 하고 있는 도중에 시장인 르니아밀 트리텔 씨와 그의 부인인 로니 라마비스 부인—카샤니안에서는 아내가 남편의 성을 따르지 않는다—이 나왔다. 라마비스 부인은 몸이 다 나은 상태였다. 얼굴의 자국만 없어지면 완치지만 역시 그놈의 알이 문제였다.

난 라마비스 부인의 얼굴, 정확히 말하면 테푸로니아프가 있던 부위에 시약을 뿌렸다. 만일 알이 있으면 알이 있는 부분은 검게 변하고 그렇지 않은 부분은 그냥 살색이지 뭐.

"됐습니다, 부인. 이제 세수를 하십시오."

"예? 그러면 약이 지워질 텐데요?"

"아, 상관없습니다. 테푸로니아프의 알이 있다면 벌써 시약과 반응을 했을 테니까요. 그 약을 바르고 하루 이상 지나면 피부가 거칠어집니다."

그건 그렇고, 고놈의 벌레, 왜 이리 이름이 긴 거야? 어제도 그렇고 오늘도 그렇고, 벌레 이름 말하다가 내가 숨 넘어가겠네.

오후의 따사로운 거리, 그리고 여긴 신전이다. 난 내 볼일을 보러 시장 관저를 나와 신전에 와 있었다. 이 신전은 다른 곳과 마찬가지로 주신 엘렌디아 여신의 신전이었다. 하지만 내가 알고 싶은 것을 알려면 마나스 신전이 낫지 않을까? 하지만 지금 현실은 엘렌디아 여신의 신전 말고는 다른 신의 신전은 드물었다. 있어도 오지에나 겨우 있고. 아무튼 난 거기에서 한 신관을 잡고 늘어졌다.

"안녕하십니까, 신관님. 제가 여쭈어볼 것이 있는데요?"

"오, 안녕하십니까, 형제여. 여신님의 축복이 함께하시기를……. 말씀하십시오."

"저… 혹시 악토프케시움을 아십니까?"

신관은 고개를 갸웃거렸다.

"악토푸… 아뇨, 그런 건 처음 듣는데… 글쎄요. 대신관님께 여쭤보면 혹시 모르겠군요. 아니면 고위 클래스의 마법사에게 묻거나. 원하시는 답을 못 드려서 죄송합니다."

역시.

악토프케시움. 그것이 무엇인지는 난 모른다. 내 스승인 카나이드는 아는 것 같았지만 그것이 무엇인지를 말해 주지 않았다. 그저 나의 힘으로 찾으라고, 그래야만 그 효력이 나타난다고 하였다. 그래서 난 지금 그것을 알아보는 중이다.

인간의 세상으로 나오기 전, 난 나와 친분이 있던 다른 드래곤을 찾아갔었다. 하지만 그도 그것이 무엇인지 몰랐다. 5,000살이나 먹은, 그것도 골드 드래곤이. 그를 통해 알게 된 하이 엘프와 엘프 왕, 드워프 왕에게도 물어보았지만 모른다는 대답뿐이었다. 겨우 하이 엘프의 수장인 엘라시안에게서 그 말이 마족의 언어 같다고만 들었다. 그것도 잊혀진 언어라고.

하긴 마족의 언어면 내가 모를 리 없었다. 마족의 잊혀진 언어면 바로 신족의 잊혀진 언어다. 고대의 마족과 신족은 같은 언어를 공유했었으니까. 그것이 잊혀진 이유는 신족이 먼저 마족과는 같은 언어를 공유할 수 없다며 버렸고, 나중에는 마족들도 기분 나쁘다며 그 언어를 버렸기 때문이다. 그런데 마족들이 버린 것이 신족보다 시기가 늦어 보통 잊혀진 마족의 언어라고 부르는 것이다.

그리고 그 일은 까마득한 옛날의 일이었다. 그렇다면 고룡이라도 잘 모르는 언어란 소리다.

하지만 과연 그럴까? 아무리 잊혀진 언어라도 내가 물어본 존재들은 보통 존재들이 아니다. 그들은 상당한 지식을 갖춘 존재들이므로 당연히 잊혀진 언어라도 알 것이었다. 간단히 말해서 나에게 그것을 알려 주지 않겠다는 뜻인 것이다. 따라서 지금 나의 행동은 부질없는 짓인

지도 모른다. 그런 대단한 존재들도 모르는(?) 것을 인간이 어찌 알겠는가. 하지만 이제 내가 기댈 곳이라고는 기록의 종족이라고 불리는 인간밖에 없었다. 인간 중에서도 위대한 현자가 있고, 그 현자가 위대한 다른 존재와 친분을 쌓아 잊혀진 언어를 알게 되었을지도 모르고, 그렇다면 기록이 되었을지도 모르니까.

"휴우."

나도 모르게 한숨이 나왔다. 좀 우울해지는 기분. 이미 마음속에서는 포기를 했으면서 아직도 미련이 남은 건가?

"서언새앵니임~"

나만의 우울한 감정을 즐기려는데 누군가가 날 부른다. 크! 분위기 깨져. 누군가 하고 보니까 시장 관저에서 보았던 사람이었다. 쯧쯧, 저렇게 분위기도 못 살피는 눈치라면 출세 못하는데… 그나저나 저렇게 헐떡이고 뛰는 것을 보면 뭔가 일이 있는 것이다. 뭐냐. 누가 또 희한한 병에 걸렸나? 설마… 루미안이 큰 도시고 상업 도시라 타지의 별의 별 사람들도 많이 들어오지만 내가 치료할 환자가 두 명씩이나 생길 리는 없겠지. 그것도 시장의 집에서. 돈을 주려는 것일 거야. 설마 환자겠어? 아무리 설마가 사람 잡는다지만…….

"그… 러니까… 시장 부인의 오빠 되시는 분이 원인 불명의 불치병이라고요?"

젠장! 설마가 사람 잡았다. 설마 미워! 그런데 너무하는군. 내가 인간 세상에 나와 일을 시작한 지 이틀째. 그런데 벌써 두 번째 환자다. 환자를 직접 보지는 못했지만 증상이 헬름 증후군과 흡사했다. 세상에 그런 증상을 가진 병은 없었으니까. 그리고 마도 시대에도 그런 증상의 병은 하나밖에 없었다.

그건 그렇고, 아직 시장 부인의 치료비도 못 받았는데… 정말 일복 터진 것 아냐? 내 계획은 슬슬 아까 그 신관에게 물었던 악토프케시움이나 찾으면서—그렇다. 거의 포기했지만… 딱히 다른 할 일도 없었다—어쩌다 드물게 있는 마병 환자들을 고쳐 주고 유유자적 여행이나 할 생각이었는데.

사실 난 돈은 많다. 내 스승인 카나이드가 나에게 작지만—인간인 나에겐 크다. 드래곤 기준으로는 작지만—레어를 마련해 주고—그렇지만 난 100% 인간이다—엄청나게 많은 재물도 주었다(다른 드래곤한테 뺏은 거). 내가 치료비 치료비 하는 것은 워낙 보물을 밝히는 드래곤에게 영향을 받아서이다. 그리고 보면 잠이 많은 것도 그것 때문인 것 같다. 에휴, 닮을 걸 닮아야 하는데…….

어쨌든 난 좋게 말하면 유유자적하는 삶을, 나쁘게 말하면 있는 돈 가지고 탱자탱자거리고 싶다는 것이다. 그런데 또 환자다. 미쳐. 하긴 내가 하산(?)하기 전, 난 아마 평생 일할 일이 없을 것이라고 농담 삼아 카나이드에게 말한 적이 있었다. 그런데 내 인생의 계획을 잘 아는 카나이드가 뚜껑은 열어봐야 한다며 아마 놀지는 않을 것이라고 했는데 이런 사태를 예견한 모양이었다. 앗! 안 되지. 그래도 겨우 이틀째인데 벌써 이러면…….

"글쎄요, 제가 아는 병 같군요. 그분은 어디에 계십니까?"

응? 그런데 난 되물으면서 한 가지 이상한 점을 느꼈다. 그런 이야기를 왜 나에게 한 거지? 난 내가 이런 쪽의 전문 의사란 걸 말한 기억이 없는데?

"상업 도시는 단순히 장사만 이루어지는 곳은 아닙니다. 거래되는 물건의 몇 배에 달하는 정보가 오가는 곳이죠. 만일 시장님 부인과 같은 증세를 보인 사람이 있었다면 벌써 우리에게도 그 정보가 들어왔을 겁니다. 하지만 그런 증세에 대한 이야기는 없었습니다. 그리고 만일 오지나 산속 깊은 곳의 마을에서 생겨 소문이 안 퍼질 경우는 그 마을에서 나올 사람이 없는 최소한의 사람만 사는 마을이거나 너무 깊은 오지라 사람이 나올 수 없는 마을이란 뜻입니다. 따라서 저희 사모님께 생겼던 일은 희귀한 일이나 오지에서만 일어나는 일이라 생각되었고, 그러니 저희의 짧은 생각으로는 선생께서 이런 희귀한 종류의 병을 고치는 의사란 판단이 들었습니다.”

짧은 생각이 아니라 대단한 추리력이다. 그나저나 알폰 저 사람, 정말 사람의 마음을 읽는 능력이 있는 사람이기라도 하나?

알폰의 설명을 들으며 나는 그저 입만 벌릴 수밖에 없었다. 정말 능력 하나는 굉장한 인간이었다.

“후훗, 속일 수는 없군요. 그렇습니다. 전 그런 희귀한, 꼭 명칭을 짓자면 마병이라고 해야 할까요? 그것을 고치는 의술을 배웠지요. 저는 고아였는데—아버지, 어머니, 죄송합니다. 아니지, 내 나이 열다섯에 부모님이 돌아가셨으니까 나 고아 맞지—어떤 분이 절 길러주셨지요. 그분에게서 배웠습니다. 사실 요즘 세상엔 쓸모없는 것이지만 그분은 꼭 써먹지 않더라도 어떤 한 가지 공부를 한다는 것은 다른 것을 배울 때 도움이 된다고 하시면서 자신이 아는 것은 이것뿐이라고 가르쳐 주셨죠.”

아! 이 완벽한 연기 실력, 임기응변. 난 연극 배우를 해야 할 것 같아.

“그렇군요.”

다들 고개를 끄덕였다. 어이, 알폰 씨, 그 미소의 의미가 뭐지?

"그러면 제발 부탁이니 그분을 고쳐 주시겠습니까?"

"그러죠."

"그럼 마차를 대기시키겠습니다."

"아닙니다. 그러지 마시고 그 환자 분을 모셔오는 것이 좋을 겁니다. 증상을 들으니 세심한 치료가 요구되는데 마차를 오래 타서 멀미가 나거나 피곤해지면 치료에 차질이 있을지도 모릅니다."

난 귀찮은 것은 딱 질색이다. 다른 사람들이 이런 나를 보면 게으르다 비난할 수도 있고 의사의 직분도 못 지킨다 욕할 수도 있겠지만 그 누구라도 드래곤을 스승으로 모시고 300여 년을 살면 나처럼 된다. 그러고 보면 내가 잠이 많은 것도 그것이 이유인지도. 응? 이건 아까 한 번 말한 듯한… 험, 그런데 내 나이를 듣고 놀라셨다고? 그러길래 처음에 말했지? 내 나이 알면 다친다고. 그래, 내 나이는 321살이다. 내가 17살 때 카나이드를 스승으로 모셨으니 304년을 같이 지낸 것이다. 그러니 드래곤 닮아서 잠도 많아, 귀찮은 것도 많아, 돈이랑 보석은 엄청 좋아해, 전부 드래곤 때문이야. 젠장.

"저, 그런데 그분은 여기에 못 오십니다. 아니, 오시지 않습니다."

"……?"

아니, 못 오면 못 오는 것이고 안 오면 안 오는 것이지 그게 무슨 말이야?

"왜 그렇습니까? 그분께 무슨 문제라도……."

"휴우."

시장은 한숨부터 쉬었다. 무슨 일이냐. 궁금하게.

"제가 말하지요."

알폰이 나섰다.

"우선 못 오시는 이유는 그 촉수 같은 것에 실바람만 스쳐도 고통을 호소하시기 때문입니다. 여기에 오시려면 마차를 타야 하는데 그러면 마차가 흔들릴 때마다 그 고통을 견디지 못하실 것이기 때문입니다."

그렇지. 헬름 증후군은 감각 세포가 극도로 발달한 증세니까.

"그리고 안 오시는 더 큰 이유는……."

알폰도 여기서 한숨을 쉰다? 대체 무슨 한숨 쉬기 대회라도 하는 건 아닐 테고… 그리고 더 큰 이유라…… 그 고통스런 헬름 증후군에 의한 고통보다 더 큰 이유라…… 그 시장 부인의 오빠 되는 사람이 여행 공포증이라도 있나?

"시장님과 사모님은 신분 격차가 있으시죠. 같은 귀족끼리 무슨 신분 차이냐고 하실 테지만 귀족끼리도 작위에 따라 높은 작위의 귀족이 낮은 작위의 귀족을 멸시하는 일도 있답니다. 아니, 많답니다. 그게 귀족들의 생활이니까요. 그런데 시장님은 남작, 사모님은 후작의 집안입니다. 아시겠지만 작위 중에서 공작은 왕족이나 특별히 나라에 큰 공을 세운 사람이 아니면 받지를 못합니다. 그러니 일반 귀족에게 후작은 사실상 가장 높은 작위지요. 반대로 남작은 가장 낮습니다. 당연히 후작 가문은 최소한 백작 아니면 자식을 결혼시키지 않습니다. 그런데 두 분은 결혼을 하셨습니다. 그 까닭이 바로 영지 때문이죠."

이건 아침에도 나온 말 같은데? 시장의 영지였던 루미안은 그야말로 황금의 위치고, 따라서 얼마든지 부를 축척할 수 있는 곳, 그러니 비록 남작이지만 그 재산 가치로 보아 후작의 딸과 결혼이 가능했을 것이고, 그리고 그렇게 부유해지면 자연히 높은 작위를 받을 수도 있으니까.

"그런데 문제는 그 다음에 발생했죠."

내가 잠시 생각을 하는 동안 알폰은 말을 계속해 나갔다.

"시장님은 결혼을 하시고 얼마 후 더 큰 발전을 하여 많은 사람들이 그것을 누리게 하자며 영지를 도시로 바꾸셨지요. 그리고 시장으로 취임을 하셨는데 아시다시피 시장이란 버는 돈이 아무리 많아도 뒷돈을 챙기지 않는 이상 뻔하지 않습니까? 게다가… 이건 시장님을 험담하기 위한 말은 아닙니다. 사실 저희 시장님, 착하고 성실하신데다 그런 뒷돈 뜯어먹는 주변머리 같은 것은 없으십니다. 그래서 후작가에서는 난리가 났죠. 시장님께 협박도 하고 사모님더러 이혼을 하라고도 하고… 하지만 시장님께 가장 큰 힘을 주신 분이 사모님이시니 이혼을 할 리가 없었죠. 그래서 후작님은 시장님 가문과 인연을 끊으셨습니다. 아울러 사모님과도……."

그럼 뻔하다. 귀족 특유의 고집불통으로 죽더라도 여기에는 안 올 것이 분명했다. 하지만 '죽더라도' 는 그저 말뿐이다. 특히 돈에 눈이 먼 인간들에게는. 돈 같은 물질을 소중히 생각하고 그것에 인생의 가치를 두는 사람일수록 죽음을 두려워한다. 날 보면 알지. 헛험.

"말씀 잘 들었습니다. 하지만 그건 잘못된 생각입니다. 아무리 증세가 심해도 여행이 불가능한 병은 아닙니다."

그럼그럼, 고통이야 뼈를 깎겠지만 죽지는 않으니까.

"그리고 안 오신다고요? 반드시 오셔야 합니다. 병을 고치기 위해서인데 그런 감정은 잊어야지요. 그리고 그분이 오시는 편이 두 분께도 좋지 않습니까? 화해할 기회라고 생각합니다만."

"그러면 좋지만……."

흠, 그때 얼마나 대단히 난리를 쳤길래 이런 반응이…….

"그럼 이러면 어떻겠습니까? 제가 편지를 한 통 써드리지요. 그 병과 치료법에 대해서, 그리고 그 병을 고치기 위해서 반드시 여기에 와야 하는 이유를 병을 고치는 의사로서 성심성의껏 써드리면 반드시 오실 겁니다. 어떤 경우라도 진심은 통한다고 저는 믿습니다.”

“정말 그래 주시겠습니까?”

시장과 시장 부인의 얼굴에 화색이 돈다. 분명 두 사람은 자신들과 인연을 끊은 사람을 그렇게까지 걱정해 주고 있는 것이다. 쯧쯧, 암만 돈이 좋다지만 이런 좋은 사람들을 돈 때문에 버리다니… 몸이 아니라 마음의 병이 더 큰 문제군. 그렇게 보석을 좋아하는 내 스승 카나이드도 좋은 친구를 위해서라면 자신의 보석을 아낌없이 내놓았었는데……. 그래, 편지를 써주지. 아주아주 성심성의껏, 무시무시하게, 잔혹하게 살 떨리는 공포를 불러일으킬 내용의 편지를. 흐흐흐.

사람의 살갗을 비집고 나온 노란색의 기다란 돌기들, 아니, 촉수라고 하는 편이 더 맞을까? 아무튼 굵기는 밀짚 한 가닥만하고 길이는 보통 사람 손가락 두 마디 정도 길이의 돌기였다. 굵기만 그런 것이 아니라 색도 노랗기 때문에 마도 시대에는 밀짚병이라고도 불렸던 증세로, 사람의 온몸을 비집고 수십 가닥이 나와 있었다. 이것이 헬름 증후군이다. 그런 노란 줄기들이 살을 뚫고 나온 것처럼 보여서 보는 사람도 끔찍했지만 헬름 증후군에 걸린 사람은 그 고통이 ‘상당히 고통스럽다’ 라거나 ‘보기만 해도 끔찍하다’ 는 말 가지고는 표현이 되지를 않을 정도였다.

그 노란 촉수는 무척 예민한 감각 세포이기 때문에 약간의 찬바람이 닿아도 살이 베이는 고통이 오고 약간의 더운 바람이 닿아도 달구어진 쇠에 닿은 듯하며 온몸이 뜨거워지고 땀이 난다. 만일 그 촉수가 약간이라도 움직이면 집게로 살을 뜯어내는 듯한 고통을 겪게 된다. 또한 그 촉수를 누가 세게 건드리거나 큰 상처를 입으면 그 고통과 충격으로 심장 마비가 올 수도 있다. 따라서 앉을 수도 누울 수도 없으므로 그나마 고통을 줄이는 방법은 큰 통에 미지근한 물을 붓고 그 안에 들어가 있는 방법이었다. 완전히 다 벗고.

지금 내 앞에는 그런 몰골을 한 50대 중반의 남자가 있었다. 시장 부인인 로니 라마비스의 오빠인 토니 라마비스. 내가 들은 바로는 라마비스 가문은 보통의 가문이 아니었다. 무인의 집안으로 대대로 기사와 장군을 배출한 명문이었다. 그런데 내 앞에 있는 자는 전혀 그런 가문과 어울리지 않았다. 가문이 몰락하려면 예법학자 집안에 망나니 태어난다고, 정말 그 꼴이었다.

본래는 기골이 장대했을 체격인데 지금은 비계 많은 고깃덩이로만 보였다. 기름진 음식을 먹기만 하고 육체 활동이 전혀 없는 게으름뱅이 귀족의 전형이었다. 그런데 헬름 증후군은 치료를 하려면 촉수의 뿌리를 없애야 하는데 지금처럼 비계 두께가 한 뼘인 사람은 치료하기가 무척 힘들다. 아! 두통이 오는구만. 그리고 저 비계를 뚫고 나올 정도면 촉수가 얼마나 긴 거야? 요즘 헬름 증후군은 마도 시대에 비해 업그레이드가 됐나?

이렇게 나에게 두통을 선물한 토니 라마비스는 내가 편지에 쓴 대로 커다란 유리통 안에 들어가 있었다. 비록 보기에는 역겹지만 보여야 내가 진찰이라도 할 수가 있으니까. 그런데 난 지금 그런 내용을 편지에 쓴 것을 후회했다. 저 덩치에 유리통이 깨질까 봐 겁이 난다. 나무통에 넣으라고 할 걸 그랬나?

"이것 봐, 날 정말 치료할 수 있나?"

거참, 이 양반. 날 보자마자 대뜸 반말이다. 귀족이라 이거지? 하지만 벌거벗은 채 물 위에 목만 내놓고 거만하게 말하는 게 우스운 꼴이란 것은 모르는 모양이다. 참, 귀족 꼴 좋다. 솔직히 난 무척 우스웠지만 한계를 뛰어넘는 인내로 웃음을 참았다. 윽! 웃음 참다 죽을 것 같아.

"아마도 가능할 겁니다."

"아마도라니? 그게 무슨 소린가? 편지에는 자네가 이 병을 고칠 수 있다고 하지 않았는가?"

물론 그런 말은 했다. 사실 이 라마비스 후작이 오기 싫은 여기에 와서 이런 꼴로 이렇게 있는 것도 그것 때문이었다. 편지에 헬름 증후군과 그 증세를 쓰고 자신도 모르던, 그리고 알아도 다른 사람에게 표현이 되지 않던 증세까지 썼다. 그리고 그 뒤에는 과장 좀 심하게 붙여서 겁을 주었고, 정확한 병의 증세 설명에 나를 믿게 된 라마비스 후작은 당장 여기로 달려온 것이었다.

"물론 그렇지요."

"그런데 그런 소릴……! 네놈이 귀족 모독죄가 얼마나 무서운지를 모르는 모양인데."

글쎄, 카샤니안에 그런 법이 있었나? 하긴 가끔 멍청한 귀족은 외국의 귀족이 하는 언행을 따라하는 경우가 있다. 저자도 그런 멍청이란 거겠지?

"분명히 고칠 수는 있습니다. 하지만 완치가 되고 안 되고는 후작님의 몫입니다."

나는 잠시 뜸을 들였다.

"무슨 소린가? 내 몫이라니? 난 환자란 말일세!"

"그래서 하는 말입니다. 그 어떤 명의도 환자를 고치는 것이 아닙니다. 다만 환자가 빨리 부작용없이 낫도록 도와주는 것뿐이지요. 이 병도 마찬가지입니다. 이 병을 치료하는 방법은 알지만 전 그 방법을 실행만 할 뿐입니다. 당신이 병을 고칠 의지력이 있으면 고칠 수 있지만, 없으면…….”

　물론 뻥이다. 하지만 골탕은 좀 먹으라지. 라마비스 후작이 이곳에 온 지 겨우 사흘째지만 그동안의 그의 행동만으로도 정이 팍팍 떨어졌다. 몸이 저 꼴인데도 저러니 몸이 성하면 얼마나 더 할지 뻔했다. 하인들의 말을 들으니 병이 없었을 때는 남녀노소를 가리지 않고 안 맞은 하인이 없다고 한다.

　“없으면?”

　역시 겁이 나는 모양이군.

　“죽지는 않습니다. 그 병은 사람을 죽이는 병은 아닙니다. 하지만 고통이 심해 자살을 하는 경우는 있지요. 그 외에도 실수로라도 촉수를 건드리면 극심한 고통으로 인한 심장 마비나 고통에 의한 기절이라든가 혹은 고통에 의한 호흡 곤란…….”

　“이, 이봐, 그렇다면 치료받을 이유가 없지 않나, 내 의지만 있으면 고쳐지는 병이라면…….”

　라마비스 후작이 하얗게 질렸다.

　“아니죠. 오해를 하시는군요. 어디까지나 치료를 하면서입니다.”

　“그, 그럼 어떻게 치료를 하는가?”

　“몇 가지 방법이 있습니다. 첫 번째는 잘 드는 가위나 칼로 그 촉수를 자른다.”

　하하, 저 표정 좀 봐라. 저 샛노래지는 얼굴.

　“그렇지만 그건 고통만 심하고 다시 재발되니까 권할 방법은 아닙니다.”

“그, 그렇지?”

“둘째, 촉수를 집게로 잡아 뽑는다.”

흠… 방금 전엔 노랗던 얼굴이 하얗게 되는군. 그리고 보니 좀 전엔 빨갰지? 혹시 전생에 칠면조였나?

“하지만 이것도 좋은 치료법이 아닙니다. 아까도 말했듯이 고통으로 인한 심장 마비나 기절, 호흡 곤란…….”

“그, 그럼 뭐얏?!”

큭큭, 이만 놀릴까?

“마지막으로 권할 방법인데, 그 촉수는 사실 감각 세포와 신경이 집합된 것입니다. 그리고 그것을 확실히 제거하려면 그 뿌리를 없애야 합니다. 제가 이제 약을 만들어 드릴 겁니다. 그 약을 드신 후 어느 정도 시간이 지나면 그 뿌리가 일시적으로 마취가 됩니다. 따라서 그 촉수들의 감각도 마비가 됩니다. 그때 그 촉수를 뽑아내고 그 자리에 약을 바르면 됩니다.”

“뭐야, 그렇게 간단했나?”

“예, 간단합니다. 하지만 까다롭죠. 아무나 함부로 할 일은 아닙니다. 그리고 그 약의 원료가 매우 비.쌉.니.다!”

“비, 비싸?”

“예. 그럼 전 약을 만들기 위해 물러가겠습니다. 참, 그리고 돈 걱정을 하다 보면 절대로 그 병은 나을 수가 없습니다. 그 병이 고쳐지지 않으면 평생 그렇게 지내야 할 겁니다. 고통으로 인한 심장 마비나 기절, 호흡 곤란…….”

난 마지막으로 내 금고에게 쐐기를 박고 나왔다.

없다. 어디에 있지? 약을 만들어야 하는데 없네? 분명히 있을 텐데?

나는 곰곰히 생각을 더듬어보았다. 현재 나는 내 주머니에서부터 레어까지─카나이드가 준 레어다. 하지만 암만 생각해도 알 수가 없다. 도대체 인간인 내게 레어가 왜 필요하냐고요─모두 뒤져 보았다. 하지만 없었다.

그렇다면… 그렇다면… 크흑, 지금 기억이 난다. 라톡신 추출물 결정, 이것이 내가 찾는 물건이다. 헬름 증후군을 치료하기 위해서는 우선 그 라톡신 추출물의 결정체가 있어야 하는데 그때 산에 있을 때 라톡신 추출물을 조미료로 썼다. 으윽, 지금에야 기억이 나다니……. 하지만 솔직히 난 내가 헬름 증후군을 보게 될 줄은 몰랐다. 그것도 라피나 형 헬름 증후군을.

헬름 증후군은 원래 두 가지인데 라피나 형과 도울 형 두 가지가 있었다. 보통은 도울 형이 대부분이다. 라피나 형은 그 특성 때문에 마도 시대에도 본 사람이 드물었다. 게다가 헬름 증후군이란 것이 고대 마도 시대의 병이라서 지금은 거의 없는 것이니만큼 도울 형조차도 있을 거란 생각을 못했다. 그런데 난 지금 라피나 형을 보고 있는 것이다.

도울 형은 어느 정도 시간이 지나면 낫는 것으로 그 치료법도 사실 매우 간단하고 쉬운 것이다. 물론 치료법을 안다는 상황에서. 하긴 도울 형이야 시간이 약이므로 꼭 치료할 필요는 없다. 하지만 그 낫기를 기다리는 동안의 고통이 장난이 아니라서 치료를 하는 것이었다. 치료하지 않아도 저절로 낫는 병, 게다가 요즘엔 걸릴 사람이 손에 꼽을 정도인 병, 그래서 내가 라톡신 추출물 결정을 가지고는 있었지만 그 당시에는 가지고 있을 필요 가치를 전혀 못 느꼈다.

라톡신 추출물은 헬름 증후군에만 쓰이는 것이라 지금의 시대에서는 사실 쓰임새가 없는 약물이었다.

아니, 단 한 곳, 그 결정체는 독특한 맛과 향기가 있었기 때문에 음식의 조미료로 쓰면 그 음식의 맛과 향을 훌륭히 살리는 역할을 했다. 아무리 별 볼일 없는 재료와 요리법이라도 라톡신 추출물 결정을 넣으면 왕의 음식이 부럽지 않은 성찬이 되는 것이다. 그러니 산속에서 마른 식량을 먹던—겨우 이틀인데 내가 너무 엄살 부렸나—나는 그것을 썼다. 변명은 아니지만 변명처럼 되는군. 흠… 골치 아프게 되었군. 다시 라톡신을 기르고 거기서 라톡신 추출물을 추출하고 다시 그걸로 결정을 만들려면 7일은 걸리는데 저 후작의 잔소리를 어쩌지? 아니지. 그러고 보니 라파나 형이라면… 그동안 후작의 가문에 대해 알아봐야겠군.

"제 가문 이야기요?"

시장 부인은 의아한 눈빛으로 나를 쳐다보았다. 당연한 것이 뜬금없이 가문에 관한 애기를 해달라는데 이런 반응이 아니면 무슨 반응을 바라겠나? 거기다 치료를 위해서라는 말도 했으니… 대체 치료와 가문 이야기와 무슨 상관이라고. 하지만 난 상관이 있다.

"하지만 저희 가문에는 병 같은 건 없어요."

"부인."

나는 솔직해지기로 했다. 이게 무슨 비밀도 아닌데다 꼭 말해 줄 사항이기도 했으니까.

"그 중상이 헬름 중후군이란 것은 전에 말씀드렸으니 아실 겁니다. 그런데 헬름 중후군에는 두 가지가 있습니다. 라파나 형과 도울 형. 우선 도울 형은 마법사가 걸리는 것입니다. 그것도 일반 마법사가 아닌 고급 마법사가 걸립니다. 오랜 기간을 마나를 느끼며 사는 직업이라 그에 반응해서 생기는 거죠. 마법의 시대인 마도 시대에 있었던 것으로 그 당시도 그렇게 흔한 병은 아니었습니다. 그래서 지금은 없어진 병이라고 할 수 있죠. 하지만 지금 시대에도 있을 수 있는 병이죠. 마법과 마나가 엄연히 존재하니까요. 그래서 전 그 도울 형으로 생각을 했습니다. 우선 도울 형은 말씀드렸듯이 생길 가능성이 희박하지만 그래도 적은 가능성이라도 있습니다. 특히 시장 부인이나 후작님에게 생길 수가 있습니다. 왜냐하면 라마비스란 가문 때문입니다."

"저희 가문요? 하지만 저희 가문은 마법사가 한 번도… 아……!"

"예, 라마비스 가문. 대대로 기사와 장군을 배출한 가문이죠. 보통의 기사 가문이 그렇듯이 라마비스 가문도 마법사는 없었습니다. 지금이야 그렇지 않지만 초기 라마비스 가문 사람들은 마법 기사였습니다. 그리고 그 영향으로 검술이 떨어지면서도 소드 마스터가 된 기사도 있었지요."

"그래요. 있었어요. 그렇다면……."

"전 그것을 생각했습니다. 하지만 마법 기사는 일반 마법사보다는 마법이 떨어집니다. 라마비스 가문도 마법의 능력은 있지만 마법사가 나올 정도의 실력은 아니고, 또 원래가 기사의 집안이니까 마법사가 안 나온 것이죠."

"그 말은 제 오빠의 병이 마법 기사 가문의 피 때문은 아니란 거군요? 그럴 거예요. 저희 가문은 지난 100여 년 간 마법 기사를 배출하지 않았어요. 아니, 솔직히 전 우리 가문이 마법 기사의 가문이란 것은 생각을 않고 있어요. 비록 초기 선조님께서 마법 기사이긴 하셨지만 그건 옛날의 일이고 지금은 아닙니다. 제 할아버지도 아버지도 평범한 기사셨죠."

“예, 맞습니다. 그분들 전대의 분들 중에도 마법 기사는 없었을 겁니다. 그리고 제가 잘못 생각한 부분이기도 한데… 헬름 증후군에 걸릴 정도면 고위 마법사입니다. 그런데 라마비스 후작은… 실례가 되는 말이지만…….”

“알아요. 제 오빠는 마법 기사는커녕 일반 기사의 실력도 안 되죠. 마법은 아예 못 쓰고요.”

“예. 따라서 절대로 도울 형이 아닙니다. 그렇다면 라피나 형인데… 그건 저주에 의한 겁니다.”

“저주요?”

시장 부인의 미간이 찌푸려졌다. 하긴 자신의 가문에 저주가 걸렸다는데 기분 좋을 사람은 없을 것이다.

“한 가문에 거는 저주입니다. 조상의 누군가가 이 저주를 받으면 후손의 누군가가 그 저주의 희생물이 됩니다.”

“설마…….”

시장 부인의 눈이 크게 뜨여지고 입술이 떨리는 것을 보니 꽤나 경악을 한 모양이다. 저주와는 상관없는 내가 다 미안할 정도로.

“그 저주는 거는 사람의 능력에 따라 다른데 일반적으로 정신이 강한 사람에게는 발휘를 못합니다. 그래서 당장 저주를 걸고 싶은 사람은 멀쩡해도 그 후에 태어난 후손이 유혹에 약하고 화를 잘 내는 등 정신력이 떨어지면 발동을 합니다. 제가 보기에는 부인의 아버님께서는 꽤 강하셨던 분인 것 같습니다만…….”

“그래요.”

시장 부인은 고개를 끄덕였다.

“전 아버지를 존경했어요. 지금은 제 남편을 존경하지만 아마 아버지가 살아 계셨으면 저와 제 가문의 연이 끊기지는 않았겠지요. 하지만 오빠가 그 정도로……."

말 안 해도 알겠다. 그녀는 자신의 오빠에 대해 잘 알고 있지만 그래도 피붙이라 그렇게 깎아내리기는 싫었겠지. 오빠를 어리석다고 인정하고 싶지 않았을 것이다. 하지만 증거가 그의 몸에 있으니…….

"후우, 그래서 알고 싶은 것이 뭐죠? 치료를 위해서라면 아는 대로 말하죠."

"솔직히 말하면 치료 때문이 아니라 예방 차원이지요. 그리고 제가 알고 싶은 것은……."

역사란 모든 것을 알려주지 않는다. 특히 사람의 역사는 더욱 그렇다. 그래서 위인전은 반만 맞아도 진실된 책이라고 할 수 있다. 어렸을 때 아버지의 가게에서 읽던 책 중 위인전을 보면서 정말 대단하다는 생각과 나도 나중에 커서 그렇게 되겠다는 각오를 했었다. 하지만 조금 커서는 그 위인전 주인공의 완벽함과 그 어린 나이에도 어른스러운 모습에 인간이 아니다란 생각이 들었고 그보다 더 커서는 그 위인의 업적만 사실인 작가의 창작 소설임을 알게 되었다.

어떤 대단한 위인이라도 올바르지 못한 행동을 하기도 했고 훌륭한 업적을 남긴 사람이라도 그에 반대되는 일을 하기도 했다. 위인들의 어렸을 때 말썽 부린 일은 말할 것도 없고 어떤 점잖은 학자는 어렸을 때 말썽대장으로 불리기도 했다나?

하지만 시장 부인이 들려준 이야기는 충격 그 이상이었다. 초대 라마비스 후작, 아니, 그때는 백작이었으니까 라마비스 백작이라고 해야겠다. 그가 마녀 사냥꾼이었다니……. 라마비스 백작의 원이름은 죠셉 라빈. 마법 기사로 많은 공을 세웠고 그만큼 유명했지만 그가 활동한 것은 그의 나이 40세 이후였다. 그전까지는 베일에 싸인 인물이었다.

많은 사람들은 그 알 수 없는 기간을 그가 검술 연마를 하며 마법 수련도 동시에 했다고 생각하였다. 하지만 사람들의 그런 생각과는 달리 그는 그 기간 동안 마녀 사냥을 한 것이다.

죠셉 라빈은 원래 자질이 매우 우수한 타고난 마법사이자 검사였기 때문에 젊은 나이에 마법 기사가 되었고, 그 실력으로 마녀 사냥을 했다.

원래 마녀란 마족의 여인을 가리키지만 혼자 살거나 분위기가 음침해 보이는 여자를 곧잘 마녀로 몰아 죽였다. 모두 인간의 나약한 심성과 자신과 어울리지 못하는 사람을 배척하는 이기심, 그리고 인간 본연의 잔인성이 만들어낸 결과였다.

마녀 사냥은 50여 년 간 전 대륙에서 벌어졌었고, 그로 인해 1만여 명의 무고한 여인들이 죽어갔다. 그녀들 대부분이 선량한 사람들로 모함에 의해 죽임을 당했고, 때문에 그 후에는 법적으로 금지가 된 것이었다. 하지만 금지된 이후에도 어느 정도 기간까지는 계속 자행되었는데 바로 그 기간에 가장 크게 활동한 인물이 죠셉 라빈이었다. 따라서 그는 살인자이자 범법자였다. 그런데 마녀는 아니지만 마법을 알기 때문에 마녀로 모함을 받은 여자도 꽤 되었는데 죠셉 라빈은 그런 여자를 주로 죽였다.

죠셉 라빈이 그런 훌륭한 실력을 가지고도 마녀 사냥을 한 것은 큰 돈벌이가 되어서였다. 마녀 사냥이 법적으로 금지되기 전에는 돈벌이가 되지 못했지만 법적으로 금지된 후에는 오히려 많은 돈을 벌 수 있는 직업이 된 것이었다. 특히 마법을 쓸 줄 아는 여자를 죽이면 더 많이 벌었는데, 그 이유는 많은 부정이나 범죄를 저지른 사람들이 도둑이 제

발 저린다고 자신이 피눈물을 흘리게 한 사람이 마녀에게 부탁해 자신을 해코지할지도 모른다는 피해 망상을 가지고 있었기 때문이다. 다행히 마녀 사냥이 허용되었을 때는 거의 매일 마녀라고 불린 여자들의 수가 줄어들어서 괜찮았지만 법적으로 마녀 사냥이 금지되자 그만 겁이 난 것이다. 그래서 자신의 돈을 털어 마녀에게 많은 현상금을 걸었던 것이다.

그 당시에 활동한 마녀 사냥꾼들은 그런 돈을 노린 인간 사냥꾼이었고, 죠셉 라빈이 그런 사람이었다. 특히 죠셉 라빈은 그 실력으로 많은 마법을 쓸 줄 아는 여자들을 골라 죽였던 것이다. 그런데 그 여자들 중에 누군가가 죽기 전에 죠셉 라빈에게 저주를 내렸고, 지금 그의 후손이 벌을 받고 있는 것이었다.

하지만 꼭 조상의 잘못만일까? 여태껏 라빈, 아니, 라마비스 가문에 헬름 증후군에 걸린 사람이 없었다는 것은 그만큼 그들이 정신이 강한 사람들이었다는 뜻이다. 하지만 후작은 정신력이 약하기 때문에 이렇게 헬름 증후군이 나타난 것이다. 결국 원인은 조상이지만 결과는 허약한 정신을 가진 후손의 책임이지.

"왜 그러시죠?"

나는 시장 부인의 질문에 퍼뜩 생각에서 벗어났다. 그 악명 높은 죠셉 라빈이 죠세프 라마비스란 사실은 그 누구도 모른다. 왜냐하면 죠세프 라마비스의 첫 공적이 마녀 사냥을 핑계로 많은 사람을 죽인 살인자 죠셉 라빈을 해치운 것이니까. 나도 그녀가 죠세프 라마비스의 초상화를 보여주기 전까지는 몰랐다. 꿈에서도 잊을 수 없는 얼굴, 귀여운 내 동생 세리아의 어린 가슴에 무참히 칼을 박아넣은 자.

그녀는 벌레 한 마리도 못 죽이는 아이였다. 그런데 죠셉 라빈은 그런 아이에게 칼을 휘둘렀다. 좋아, 내 이 녀석의 병을 치료해 주긴 하겠지만 치료비는 엄청 받을 테다. 세리아야, 기다려라. 이 오빠가 보물 잔뜩 가져다 주마. 엉? 죽은 아이에게 무슨 보물이냐구? 난 죽었다는 말은 안 했다고요. 험. 거참, 멀쩡히 살아 있는 아일 죽이려고……. 그건 그렇고, 후우… 갈등이 생기네. 저 시장 부인을 보니 죠셉 라빈이 죠세프 라마비스란 것을 말 못하겠군. 좋아, 벌써 200년이나 지난 일인데 봐준다. 그럼 그 비곗덩이나 치료해 볼까?

"아닙니다. 음… 라마비스 후작의 치료에 대해 생각을 좀 했습니다."

"잘될까요?"

"옙, 저만 믿으시지요."

나는 그 말을 하고는 약을 만들기 위해 내 방으로 올라갔다.

그런데 그 죠셉인지 죠세프인지에게 마법을 건 마녀, 대단하다는 생각이 든다. 헬름 증후군이 생겼다는 것은 특별히 저주 내용을 말한 것이 아닌데 그런 상황이면 아마 죽기 일보 직전일 것이 틀림없다. 게다가 그런 저주 마법은 제대로 걸기가 힘들다. 당연한 것이 무조건 저주야 걸려라였을 테니……. 마법사가 마법을 쓸 때 파이어 볼이니 아이스 애로우니 하는 주문을 안 외고 무조건 마법 하고 외치는 것과 같다. 그러니 걸기도 어렵고 거는 상황이 죽기 직전의 급박한 때일 테니 더 걸기도 힘들었을 테고. 그 여자도 대단하지만 아마 죠셉도 방심한 모양이야.

"크윽, 써."

"몸에 좋은 약은 원래가 쓴 법입니다."

나는 후작을 살살 달랬다. 아무리 죠셉 라빈이 미워도 그 죄가 후손에게 있는 것은 아닌데 일부러 엄청 쓰게 만든 미안함은 표시해야 하지 않겠어?

"자, 그럼 세 시간 후에 뵙겠습니다."

"아니, 지금 안 하고?"

"지금 하면 약을 먹는 의미가 없지요. 몸에 약효는 돌아야 하니까요."

그러고 세 시간 후 나는 라마비스 후작을 통에서 꺼내 침대에 눕혔다. 호, 피부가 퉁퉁 불었군. 하긴 며칠을 물속에 있었는데 안 그렇겠어? 난 촉수를 툭툭 건드렸다.

"별로 아프지 않죠?"

"대충 그렇군. 아프진 않고 뭔가 툭툭 건드리는 느낌인데 이상하게 불쾌하군."

라마비스 후작도 아무 말 없이 얼굴만 약간 찡그린 채 고개를 끄덕였다. 하긴 여기서 잔소리하면 치료 못하지잉.

"자, 그럼 너는 여기서 약 담긴 쟁반을 들고, 너는 여기서 그릇을 들고……."

나는 일하는 아이들에게 지시를 한 다음 후작의 몸에서 촉수를 뽑기 시작했다. 쪽쪽. 어, 소리 좋고, 뽑히는 감각도 좋고, 거 제법 재미있네? 다음에도 헬름 증후군 걸린 사람이 있으면 좋겠다. 뽑는 재미가 보통이 아닌데?

촉수를 뽑으니 거기에 구멍이 뻥 뚫렸다. 뽑을 때는 재미가 있었는데 뽑고 나니 피부에 구멍이 숭숭 뚫린 게 좀 징그러웠다. 그래서 난 더 이상 안 보려고 나머지 일을 일하는 아이들에게 맡겼다. 어차피 약

바르는 단순한 일만 남았으니까.

"야, 그냥 듬뿍듬뿍 퍽퍽 발라라. 그렇게 발라서 언제 바르나? 그냥 수건에 묻혀 콱콱 눌러서 발라."

나는 촉수 뽑고, 애들은 그 촉수 뽑은 구멍에 약 바르고, 작업의 분업화… 역시 분업이 가뿐하군.

"이제 끝난 거요?"

흠… 뽑을 거 다 뽑고 바를 거 다 발랐으니…….

"예, 이제 제가 주는 약만 하루 세 번 식후 30분 후에 한 봉지씩 먹으면 됩니다. 보름 치니까 꾸준히 드세요."

"그런데 이상하게 갑갑한데? 이거 약 때문인가?"

짜식, 의심은…….

"아닙니다. 갑자기 감각이 둔해져서죠. 이 촉수는 매우 예민한 감각 기관이었는데 갑자기 없어지니 그렇습니다. 마치 풀 위에 맨몸으로 뒹굴다가 철갑을 껴입고 뒹군 것으로 생각하시면 됩니다."

"그래? 하긴 조금만 건드려도 죽을 것같이 아플 정도였으니까. 참, 그리고 보수는…….."

"후작님 댁에 가서 받죠."

"뭐라고? 어째서인가? 나를 여기까지 오게 하고는 다시 우리 집으로 간다? 그럴 이유가 있나?"

"그때야 치료를 위해서고 지금은 다르죠. 그리고 시장 부인께 말씀 들었습니다. 시장 부인께서도 희귀한 병에 걸리셨었죠. 들으셨을 겁니다. 이상하지 않습니까? 같은 가문의 사람 둘이 희귀한 병에 걸린다……. 무슨 이유가 있겠죠. 그래서 제가 직접 후작님 댁에 가서 다른 이상한 일이 일어날 여지가 있는지 없는지 한번 살피려고―그리고 돈을 두둑이 받아내려고—그러는 것입니다."

"그, 그럼 우리 가문에 문제가……! 그럴 리가 없어. 우리 가문
은……."

"오래되었죠? 그래서 이러는 겁니다. 후작님께서 언제 무슨 병에 걸
릴지 모릅니다. 어쩌면 그 병이 재발……."

"그래, 가자구. 같이 가. 그 대신 철저히 검사하게."

"예, 물론 그러죠."

물론 철저히 뜯어내죠. 큭큭큭.

난 그 다음, 다음다음 날, 라마비스 후작과 같이 후작가로 향했다.
물론 시장과 시장 부인도 함께였다. 후작이 눈살을 찌푸렸지만 나야
핑계는 많았다. 우선 내 환자이고, 식구끼리 어떤 관계가 있는지도 알
아야 하고, 또 이건 후작에게는 당연히 말을 안 한 것이지만 후작과 시
장 부인도 화해시킬 겸. 내 빠른 눈치로 보아 후작도 어느 정도 시장
부인과 화해하고 싶어하는 것 같았다. 아무리 사이가 틀어졌어도 하늘
아래 둘뿐인 남매인데 그 정이 어디 가겠어? 그래서 내가 나선 거지.
사람이란 자고로 좋은 일을 많이 해서 덕을 쌓아야 하는 법, 그래야 나
도 복을 받는다.

그래서 후작가로 가는 도중 어떻게 해야 후작에게 돈을 많이 뜯어낼
수 있을지 연구를 하기 시작했다.

후작가의 마법 창고

아침이 밝았다. 난 일찍 일어나 응접실로 갔다. 거기엔 트리텔 시장 부인이 있었다.

"일어나셨어요, 란셀 씨? 편히 주무셨나요?"

시장 부인이 밝은 얼굴로 인사를 해온다.

후작가에 온 지 겨우 하루, 어제저녁에 도착해 겨우 하룻밤 지났다. 그런데 벌써부터 트리텔 시장 부부는 하인들의 마음을 사로잡아 버린 것 같다.

하기야 귀족의 신분임에도 하인들에게 먼저 인사를 하니 싫어할 하인은 없겠지. 특히 라마비스 후작만 보아오던 하인들은 신분을 따지지 않는 트리텔 시장이 신선한 충격이었을 것이다. 게다가 시장 부인은 원래 후작가의 딸로 사근사근한 성격이니 더 말할 것도 없고. 그러고 보니 이곳 하인들이 내색은 안 했지만 시장 부인을 무척 반기는 얼굴이었다. 아마 이 집에 있었을 땐 인기 순위 1위였을 것이다.

"예, 침대가 무척 고급이더군요. 덕분에 무척 편하게 잤습니다."

편하기는. 으~ 고급은 고급인데… 너무 푹신해 허리 아프다. 카샤니안의 침대는 좀 딱딱한데 이 침대는 너무 푹신했다. 이런 침대는 몸에 안 좋다고. 침대는 의학이란 거 몰라? 내가 잔 침대 수입품이지? 역시 수입품은 안 좋아. 국산품을 써야 해. 하지만 이 말을 하기엔 난 얼굴이 너무 얇아.

"그러셨다니 다행입니다. 솔직히 전 걱정을 했답니다. 이 집의 침대는 너무 푹신해서요. 우리 나라 침대는 원래가 좀 딱딱하잖아요? 그런데 여기 침대는 수입품이라 그런지 푹신해서 저도 자고 일어나면 조금 허리가 아프답니다. 그래서 걱정을 했는데 편하셨다니 다행이네요."

헉! 이런…….

"…그, 그렇군요. 사람은 그저 남자나 여자나 허리가 중요한데―이거 내가 무슨 소리 하고 있냐―아, 뭔 말을… 그렇지. 트리텔 시장님께서는… 아직 주무십니까?"

"아뇨. 오라버니와 이야기를 나누고 계십니다."

엉? 시장이랑 그 후작이 이야기를?

"아마 란셀이 말한 그것 때문인 것 같아요."

아하, 그렇군. 하긴 아무리 사이가 나빠도 그래도 가족이니까. 그리고 화해를 하는 데 지금 같은 기회도 없을 것이다.

"그렇군요. 그런데 부인은 이 집의 지리를 잘 아십니까? 한번 정원을 산책하고 싶은데……."

길을 잃을까 걱정이 된다는 말을 겨우 삼켰다.

"물론이죠, 여기서 자랐으니까요. 안내를 해드릴까요?"

그랬다. 나는 잠시 시장 부인이 후작가의 딸인 것은 생각했지만 이 집과는 연결해서 생각을 못했다. 그렇다고 내가 바보는 아니다. 며칠 본 것은 아니지만 검소한 시장 부인과 이 넓고 화려한 집과는 연결을 시킬 수가 없었던 것일 뿐이다.

사실 난 이 집에 들어온 후에도 계속 마을인 줄로만 알았다. 그런데 풍경이 밀 같은 곡식이 아닌 나무와 꽃이 만발하고 난데없이 조각까지 있어서 이상하게 생각했더니 정원을 지나고 있는 중이라고 했다. 그러니 아무리 근처만 돌아본다고 해도 안내자 없이는 돌아다닐 수 없겠다는 생각이 들 수밖에 없었다.

"아, 예, 그러면 고맙죠."

"고맙긴요. 사실 이곳 정원의 배치가 미로로 되어 있어요. 그래서 처음 오는 사람은 길을 잃을 수도 있어요."

헉! 그런 말도 안 되는……. 그것 봐. 그러길래 안내자 없이는 돌아다니지 못한다고 했잖아. 그런데 이거 집 맞아? 미로라니……? 대체 무슨 죄를 그렇게 많이 지어서……. 보통 집안의 정원을 미로로 꾸미는 것은 암살자나 침입자를 막기 위한 것이다. 그래야만 침입한 사람이 어디가 어딘지 몰라 헤매게 되기 때문이다.

100여 년 전만 해도 귀족가는 이렇게 꾸미는 것이 유행이었다. 정치에 참여하지 않는 귀족들까지 이렇게 미로처럼 꾸몄는데, 단지 정적의 암살자 등을 방지할 목적이 아니라 유행이 되어버린 그 배치법은 귀족의 부를 과시하기 위한 수단으로 전락했었다.

그래서 개혁 군주인 프라이언 황제가 금지시키기까지 했다. 처음엔 반발이 있었지만 그 당시는 나라가 좀 어려운 상태였고 저택의 암살 기술과 마법 기술의 결합으로 미로형 배치의 원래 목적인 침입자 방지도 실패했기 때문에 귀족들도 자제를 했던 것이다. 하지만 이미 만들어놓은 저택을 부술 수는 없으니 아직도 이렇게 남아 있는 것이었다.

"자, 그럼 이 정원부터 안내해 드리죠."

정원은 넓었다. 내가 처음에 이 정원을 마을로 안 것은 정원이 넓기도 했지만 담과 문이 없었던 때문이다. 아무리 정원이 넓어도 담이 안 보일 정도로 넓을 수는 없었다. 단지 저택과 영지 마을을 구분 짓는 것은 정원이었다. 간단히 말해 정원의 꽃이 있는 곳까지가 집 안이고 그 밖이 후작의 영지 마을로, 처음에 그렇게 만든 것은 죠세프 라마비스가 '후작과 영지는 하나다' 란 것을 영지민에게 보여 좀 더 친밀한 관계를 맺기 위한 것이었다고 한다.

어쨌든 두 시간 가까이 걸친 미로로 된 정원, 큰 나무와 작은 나무, 꽃들, 조각들과 연못들이 어우러진 던전(?) 탐험을 끝내고—잠시 무서운 때도 있었다. 시장 부인이 '어? 여기가 어디더라?' 라거나, '음… 어디로 가야 하지? 라는 말을 했을 땐… 혹, 나 세상 구경 다 하는 줄 알았어—응접실로 오니 라마비스 후작과 트리텔 시장이 앉아 있었다.

"어서 오시오, 란셀 네르반 씨. 저희 가문의 마법 창고를 보여드리지요. 흠흠. 아마 당신이 우리 가문 사람을 제외하고 처음 들어가는 외부인일 것이오. 라마비스 가문의 마법 창고엔 카샤니안의 황제도 못 들어갔었소. 하지만 당신을 믿기에 특별히 예외로 하는 것이오."

참나, 되게 무게잡는구만. 황제가 뭣 하러 남의 집 창고에 들어가냐? 자기 황궁의 창고도 다 못 돌아볼 텐데. 솔직히 말하지, 마법 창고 안의 물건이 이제는 겁난다고. 그래서 날 끌어들인다고.

"흠흠, 그리고 치료비는 그 창고 안의 물건으로 합시다. 아마 그것이 당신에게는 유리할 거요. 그 안에는 상당히 고가인 물건과 희귀한 물건들이 많으니까. 르니아밀의 말로는 희귀한 마병을 고친다며? 그렇다면 그런 희귀한 물건들이 필요하겠지. 그래서 내 특별히 인심 쓰는 거요.”

헛, 이거 웃어야 할지… 속이 뻔히 들여다보인다. 돈도 절약하고 집 안의 우환거리가 될지도 모르는 것을 나에게 떠넘기시겠다? 창고 개방도 꺼렸으면서 그 안의 물건을 주겠다니… 드래곤이 브레스 뿜다 사레 걸릴 일이다. 하긴 어차피 죠세프 라마비스가 취미로 모은 것, 평생 쓰기는커녕 볼 일도 없을 물건 나에게 주겠다는 것 아냐. 어쩌면 저 인간 한 번도 그 창고 안에는 발도 안 들여놓았을지도……. 너, 다행인 줄 알아라, 내가 돈이 많다는 것이.

“그럼 가져가는 물건이 몇 개라도 괜찮습니까?”

“예, 몇 개 정도야… 하하하. 내가 이래 봬도 후작이오. 나 통 작은 사람 아니라니까. 하하핫.”

“그렇군요. 하하핫.”

나도 따라 웃어주었다. 후작은 돈 아끼는 즐거움에, 나는 어쩌면 좋은 물건이 있을지도 모른다는 기대감에. 죠세프 라마비스란 작자, 다른 건 몰라도 그 실력과 재능은 뛰어난 사람이었다. 물건을 보는 능력도 뛰어났고.

죠세프 라마비스가 처음 나라에 발탁된 것은 그의 강력한 고위 마법도, 뛰어난 소드 마스터 급의 뛰어난 검술도 아닌 문화재 등을 비롯한 여러 고대 시대의 유물 감정사로서였다. 그 후에 자신의 전신인 죠셉 라빈을 죽이는 연극을 꾸며 기사로서 거듭난 것이고. 아무튼 실력은 대단한 인간이니까. 어떻게 인간이 못하는 것이 없는지, 지금도 카샤니안에서 편찬한 그 분야 최고의 인물만 등록하는 ‘카샤니안 인물 도

감' 을 보면 당당히 그 이름이 올라 있다. 고위 마법 능력과 소드 마스터의 실력을 지닌 역대 최강의 마법 기사로서, 그리고 최고의 문화재 감정가로서.

그러니 그의 마법 창고엔 결코 별 볼일 없는 물건은 없을 것이다. 그나저나 죠세프도 불쌍하군. 어쩌다 저런 후손을 만나서 자신이 열정을 바친 창고가 털리게 되었으니… 그게 다 인과응보지 뭐.

"아버지."

이렇게 나와 라마비스 후작이 서로 딴생각을 하며 웃고 있을 때, 뒤에서 누군가의 부드러운 음성이 들려왔다. 남자인 내가 들어도 매력이 넘치는 목소리. 여자들이 목소리만 들어도 뿅 가겠는데? 누굴까?

"오, 그래. 돌아왔니, 죠세프?"

엉? 그럼 후작의 아들? 아까 정원을 탐험―그건 산책이 아니었다. 탐험이었다―할 때 시장 부인이 말해 주었던, 아버지의 심부름으로 수도인 톨루트에 갔다던 그 아들? 목소리 하난 끝내주네? 그 아들은 또 얼마나 뚱뚱할까? 아무튼 인사는 해야겠다는 생각에 나는 고개를 돌렸다. 그랬더니 거기엔…….

보라. 저 반듯한 이마와 짙은 눈썹, 강한 의지와 정기를 담은 별같이 빛나는 맑은 눈동자는 모든 지식과 지혜를 담은 듯했다. 곧게 뻗은 코, 주사를 바른 듯한 붉은 입술, 갸름하고 섬세한 얼굴은 그 어떤 미녀보다 아름다웠으며, 당당한 체격과 큰 키, 옥과 같은 피부, 앗! 이건 무협지가 아니지. 아무튼… 엄청, 무진장, 악 소리나게 잘생긴 녀석이 거기에 서 있었다. 목소리만 들어도 뿅 간다는 말 더하기 웬만한 여자 침 질질 흘릴 정도의 남자가 거기 서 있었던 것이다. 거기다 몸매도 늘씬 날씬 쫙 빠졌지. 그냥 빠지기만 해? 저 당당하고 균형 잡힌 체구에…

흑, 어무이, 왜 날 저렇게 못 낳으셨나요. 흑.

죠세프라 불린 청년은 한 10대 후반이나 20대 초반 정도 된 것 같은데… 그런데 저 남자가 토니 라마비스의 아들? 이런 엽기적인 일이 있나.

"아, 인사하시오. 이쪽은 하나뿐인 내 아들 죠세프 라마비스, 그리고 죠세프, 여기 이 사람은 내 병을 고쳐 준 의사인……."

그럼 그렇지. 벌써 내 이름을 까먹었지.

"란셀 네르반입니다."

"예, 전 죠세프 라마비스라고 합니다. 제 고모님의 병을 고쳐 주셨다고 들었습니다. 감사드립니다. 그리고 이렇게 만나게 되어 반갑습니다."

호오, 인사성도 밝군. 성격도 좋을 것 같아. '근데 너, 라마비스 후작의 친아들 아니지?' 이 말이 입 밖으로 나오려고 시위를 하지만… 도저히 그렇게는 못 묻겠다.

"그러고 보니 아버지 병이 나았군요. 그 병, 톨루트 마법학교 교장 선생님께서 이런 건 시간이 약이라고 하시던데… 시간이 지나면 저절로 낫는다고 하더군요. 그런데 교장 선생님이 말씀하신 것보다 빨리 나으셨네요?"

그래? 제법 똑똑한 사람도 있었군. 헬름 증후군을 알다니. 역시 마법학교 교장은 아무나 되는 것이 아냐. 특히나 세계 제일의 마법학교인 톨루트 마법학교 교장이라면.

"그럼 병명이 무엇인지도 들었겠군요."

죠세프는 날 가만히 쳐다보았다. 짜식, 난 나보다 잘생긴 사람이 날 쳐다보면 때려주고 싶단 말야. 단지 내가 그걸 실행에 옮기지 못하는 이유는 단 하나, 나보다 잘난 사람 한 사람에 한 대씩만 때려줘도 내 주먹이 뭉개질까 봐서…… 흑.

"물론입니다. 헬름 증후군은 아주 희귀한 병이라고 하더군요. 그분 말씀으로는 '웬만한 명의나 고위 마법사도 치료법을 잘 모른다고 하시더군요."

"그럼 어떤 사람이 걸리는지도 아시겠네요?"

"예, 그러니까……."

녀석도 이제야 깨달은 모양이군.

"그럼… 이건 헬름 증후군이 아니군요. 제 아버지도 그렇고 저희 가문은 마법사 가문이 아니니까. 그렇다면 아버지의 병은 고모님처럼 네르반 씨가 고치신 거로군요."

"후작님이 걸리셨던 병, 헬름 증후군 맞습니다."

난 웃으며 대답했다.

"예에?"

"헬름 증후군은 두 가지가 있지요. 하나는 도울 형으로 그 교장인가 하는 사람이 말한 것, 또 하나는 라피나 형인데 라피나 형은 저절로 낫지 않습니다."

지겹다. 내가 학교 선생이냐? 한 말 또 하고 또 하고. 아무래도 난 전생에 앵무새였나 봐. 아니면 앵무새에게 뭔가 큰 잘못을 저질러 그 업보를 받고 있든가.

"그렇습니까? 그렇다면 아버지가 걸렸던 것은 라피나 형 헬름 증후군이란 소리 같군요."

"맞습니다. 라피나 형은 자연 치료가 안 됩니다. 반드시 사람의 손으로 치료를 해야 합니다."

"그렇습니까? 치료가 가능하긴 했었나 보군요. 대체 무슨 방법인지 궁금합니다. 저희 아버지께서는 그것으로 무척 고통스러워하셨습니다. 진통제조차 듣지 않아서였죠."

"특수한 약물을 만들어 복용시키면 감각이 마비가 되죠. 그 다음에 촉수를 뽑아내고 연고를 바르는 겁니다."

"그래요? 그런 약물이 있었군요. 헬름 증후군을 마비시키는 약물이라… 그런데 라피나 형 헬름 증후군은 어떤 겁니까?"

"잠깐."

이 녀석, 제 아버지와 생긴 것이 다른 만큼 성격도 달랐다. 라마비스 후작은 머리가 텅 빈 게 대충대충 넘어가는데 이 후작의 아들 녀석은 섬세한 건지 학습 의욕이 많은 건지 계속 묻는다. 이러다간 끝이 없지.

"전 라마비스 후작가의 마법 창고를 조사하러 왔습니다. 아실지 모르지만 루미안의 시장 부인, 그러니까 당신의 고모이신 로니 라마비스도 이상한 병에 걸렸었습니다(앗! 실수, 아까 고모 병을 고쳐 줘서 고맙다는 인사를 듣고도 이런 말을……. 나 바보였나 봐). 라마비스 후작의 병은 짐작이 가는 부분이 있지만 로니 라마비스 부인의 병은 그 마법 창고란 곳을 조사할 필요가 있어서요. 당신의 궁금증은 그 후에 해결하기로 하죠."

우린 창고로 갔다. 창고는 제법 컸다. 멋들어진 건물에 아름다운 조각이 되어 있는 창고 문. 누가 조각했는지 모르지만 상당히 좋은 실력이었다. 숲이 보이고, 폭포가 보이고, 강이 보이고, 그 위로 구름이 흘러간다. 나무에 저런 아름다운 자연을 조각하다니……. 난 창고 문앞에 서서 감탄에 감탄을 했다.

라마비스 후작은 그런 내 옆에 와서 자랑스럽게 서 있었고, 난 잠시 넋이 빠졌던 정신을 수습했다. 창고 문에서조차 이러면 안에 들어가서는 정말 넋을 놓을 것 같아서였다. 난 정신을 환기도 시킬 겸 주위를 둘러보았다. 내 왼쪽 옆으로 후작이 서 있었고, 그 옆으로 죠세프와 시장 부인이 서 있었다. 그런데 죠세프, 저 겁없는 놈. 제 아버지가 노려보고 있는데도 시장 부인과 대화를 나누고 있다니. 두 사람 정말 부자지간이 맞긴 맞아?

"여깁니다. 어떻습니까?"

"예옛, 정말 부… 멋있군요."

후유. 갑작스런 후작의 질문에 마음속의 말이 튀어나올 뻔했다. '부자닷! 빨리 털자!'. 휴… 조심조심.

"그럴 겁니다. 그 시대 최고의 장인 솜씨니까요. 아마 드워프가 만들어도 이렇게 못 만들 거요. 그럼 문을 엽니다. 빨리 문을 열게."

라마비스 후작은 집사에게 문을 열도록 지시했다. 문에 걸려 있는 자물쇠는 모두 12개. 전부 먼지가 쌓여 있고, 그러고 보니 이 건물 전체가 먼지로 미장 공사를 한 것이 아마 오래전부터 출입이 없었던 모양이다.

이 아름다운 건물을 이렇게 방치해 두다니……. 이 건물을 지은 사람이 불쌍하다. 근데 드워프도 못 만들어? 저 인간, 교만은 아닌 것 같고… 우물 안 개구리가 더 알맞은 표현이겠군. 드워프와 인간을 비교하려 들다니. 드워프의 실력은 작은 돌상자에서도 차이가 난다는 말씀. 오죽하면 상업 도시의 시장으로 물건 보는 실력이 보통이 아닌 트리텔 시장도 그 돌상자 받고 좋아했겠어? 하긴 드워프는 이렇게 안 만들지. 그들도 자존심이 있는데. 인간의 솜씨로는 수준급이지만… 창고

문의 조각이야 정말 일품이긴 했지만… 아무리 그래도 그렇지. 드워프
와 비교하다니. 쯧쯧.

삐거덕.

드디어 문이 열렸다. 먼지가 휘날리는 가운데 열린 창고 문, 그리고
그 사이로 새어 나오는 밝은 빛, 이건 태양 빛이나 촛불이 아닌 마법의
빛이었다. 그 오랜 세월 아무도 들어오지 않는 창고를 홀로 비추었을
그 빛. 역시 창고 안에는 무언가가 있었다. 얏호, 싹쓸이하자. 험험, 아
니지. 할 일부터 하고 쓸어야지. 흐흐…….

"생… 각보다 밝군."

"아니, 후작님. 후작님은 여기에 한 번도 안 오신 것처럼 그런 말을
하십니까?"

다 알고 있으면서 한마디.

"조상의 유품을 보지도 않으셨을 리는 없을 텐데요."

또 한 마디.

"험험, 드, 들어갑시다."

창고 안은 예상대로 여러 가지 물건들이 있었다. 그중에서도 한순간
에 내 눈에 들어와 그것에서 도저히 시선을 떼지 못하게 하는 것이 있
었으니… 바로 앞의 오리알만한 다이아몬드… 가 아니라 그 뒤에 있는
아기 주먹만한 구슬. 그건…….

"멋지군요."

라마비스 후작이 나의 감상을 방해하며 감탄에 감탄을 터뜨렸다.

"이 다이아몬드, 정말 대단하지 않소?"

대단하지. 하지만 훨씬 대단한 것을 봐서 그런지 그저 그런데…….

"그렇군요."

　나는 바로 그 다이아몬드 앞으로 걸어갔다. 약속한 게 있으니까. 그런데 그걸 보는 라마비스 후작의 표정이란……. 후작의 그 표정을 감상(?)하면서 난 바로 다이아몬드에 손을 뻗는 척하다 그 뒤의 구슬을 잡았다. 오, 저 후작도 대단해. 얼굴 표정이 정말 잘 바뀌는군. 귀한 보석 대신 별 볼일 없어 보이는 구슬을 잡았다 이거지? 그런데 과연 이 구슬이 별것일까? 아니다. 이건 너무 귀한 것이다. 그리고 난 후작과 약속을 했으니 이걸 가질 수 있었다. 하지만 나도 양심이 있지, 이 귀한 걸 그냥 냘름 삼킬 수는 없지. 그럼 벌받아요.

　"후작님, 이 구슬은 정말 귀한 것입니다."

　후작의 저 불신하는 얼굴.

　"이게 바로 여의주라는 것입니다."

　"여의주?"

　아! 그래, 여의주가 뭔지 모르겠군. 다른 사람들도 모르는 표정이고. 아, 죠세프는 아는 표정, 쟤는 좀 몰라도 되는데.

　"여의주란 용의 구슬입니다."

　"용의 구슬? 무슨 이름이 그런가?"

　"이름이 아니라 출처입니다. 이 세계가 동방 대륙과 서방 대륙으로 이루어졌다는 것은 아시지요?"

　"물론이지. 그걸 모르는 바보가 있던가? 이 카샤니안만 해도 동방 대륙의 사람들이 주축으로 세운 나라가 아닌가? 나만 해도 동방 대륙의 후손인걸."

　"그렇습니다. 저도 그렇습니다. 그리고 아시다시피 동방 대륙과 서방 대륙은 다른 점이 많습니다. 문화와 정신도 다르고, 또 서방 대륙에는 정령술과 마법 등이 있지만 동방 대륙은 그런 것이 없죠. 대신 도술,

법술, 기공 등이 있습니다. 여기선 마법을 쓸 때 마나를 쓰지만 동방 대륙에선 마나를 쓰지 않았죠. 아니, 마나를 모르죠. 서방 대륙의 사람들이 기를 모르듯이 말입니다. 그래서 검기도 겉으로는 비슷하지만 근본은 다르죠. 마나를 이용한 검기와 기를 이용한 검기……."

"그렇지. 그런데 그게 이 구슬과 무슨 상관이 있나?"

"있습니다. 동방 대륙과 서방 대륙은 많은 부분에서 다르지만 비슷한 것도 많습니다. 그런데 그 비슷한 것 중 형태가 다른 것이 있습니다. 대표적으로 드래곤입니다."

"아, 그래요. 서방 대륙의 드래곤을 동방 대륙에서는 용이라고 부르죠."

죠세프가 알았다는 듯이 끼어들었다. 어이, 죠세프, 여의주 그만 봐. 내가 먼저 찜한 거란 말야.

"그럼 그 구슬이 동방 대륙 용의 구슬인가요?"

"잘 아는군."

라마비스 후작도 뭔가를 알았다는 표정이다. 하긴 후작가의 사람으로 배운 것이 있을 테니 학식과 지식만으로 따지면 후작도 어느 정도 수준은 될 것이다.

"그렇습니다, 후작님. 이것이 용의 구슬 여의주입니다."

"그럼… 드래곤은 왜 구슬이 없지?"

하하, 당연히 그런 질문이 나와야 설명하는 나도 즐겁지.

"대신 드래곤은 드래곤 하트가 있죠."

사람들이 경악을 한다. 이것도 당연한 일이겠지?

"그럼 그게 드래곤 하트인가?"

"굳이 따지자면요. 드래곤 하트가 내장형이면 여의주는 외장형이라고 할 수 있죠. 하지만 그 성능은 천지 차이입니다.”

“그렇겠지. 드래곤 하트가 훨씬 우수할 테니.”

하지만 난 그런 후작의 예상을 보기 좋게 깨버렸다. 이것도 재미있군.

“아뇨. 객관적으로 따지면 여의주의 성능이 좀 더 우수하죠. 드래곤 하트는 마나의 저장이 주된 능력입니다. 아니, 다른 우수한 능력도 많지만 마나의 저장 능력이 가장 크다고 할 수 있죠. 그 능력만 두드려져 보이거든요. 하지만 여의주는 다릅니다. 그 능력을 예측할 수 없으니까 말입니다.”

사실이다. 여의주는 정신체의 영역을 가진 물건, 그 능력을 말과 글로는 설명할 수 없다. 그래서 드래곤들은 그 여의주를 무척 부러워했다. 예전에 어떤 드래곤이 용을 만나서 이런 불평을 했다고 한다. 어째서 자신들 드래곤은 여의주가 없고 용에게만 있는지를. 그때 그 용은 왜 부러워하냐며 드래곤은 강대한 브레스가 있고, 드래곤 하트만 해도 그 능력이 엄청나지 않냐고 반문을 했다고 한다. 하지만 그 드래곤은 그래도 여의주가 생긴다면 그 모든 것을 포기할 수 있다고 말했다. 그 정도로 대단한 물건이 여의주였다.

“설마…… 나도 공부는 많이 했는데 드래곤 하트의 능력은 마법 그 자체인걸. 드래곤 하트로 인해 드래곤들은 용언 마법을 쓸 수 있는 것이 아닌가?”

이런, 누구야, 그걸 가르친 선생이? 틀려도 한참 틀렸군. 또 설명해? 드래곤 하트가 아니라도 드래곤이면 용언 마법이 가능하다. 드래곤은 마법의 생물이기 때문에 말만으로도 주위의 마나를 움직일 수 있고… 다만 드래곤 하트가 있기에 그 용언 마법이 더 강해지는 것이다. 마나를 보충하기도 하지만 드래곤 하트 자체가 마법을 증폭시키기도 하기 때문이다. 따라서 드래곤 하트 없이 용언 마법을 쓰면 용언 마법의 위력이 현저히 떨어지기는 했지만 꼭 필요한 것은 아니다. 대신 브레스는 드래곤 하트에 저장된 마나를 이용하는 것이다. 그래서 최대 출력의 브레스를 하루에 세 번 이상 쓰면 드래곤 하트의 마나가 바닥난다.

하지만 약하게 쓰거나 고룡쯤 되면 세 번 이상도 가능하고, 또 어떤 힘에 의해 마나가 차단되어도 드래곤 하트가 있는 드래곤은 드래곤 하트에 저장된 마나로 마법을 쓸 수가 있었다. 그리고 드래곤에게 걸려 있는 영구 마법, 곧 비상 마법을 지탱하거나 드래곤의 거대한 몸을 원활히 움직이게 하는 것도 드래곤 하트의 역할이었다. 단, 그때는 드래곤 하트에 저장된 마나가 아닌 드래곤 하트 자체의 힘이다.

에고, 말로 설명하다 보니 정말 많군. 물론 그 외에도 신비스런 능력이 드래곤 하트에는 있지만 사실상 모든 일은 마법의 범위 안에서 이루어지고, 드래곤 하트도 드래곤의 몸 안에 있을 때는 그 능력이 완전히 발휘가 안 되고 마나를 저장하는 능력이 두드러지게 보이기 때문에 마나의 저장고란 별명이 있는 것이다.

"그럼 드래곤 하트도 드래곤의 몸에서 나오면 여의주와 같아지나?"

"아닙니다. 그래도 여의주의 능력과 비교를 할 수가 없죠. 서로 사용 능력이 다르니까요. 여의주에 없는 능력이 드래곤 하트에 있기도 합니다. 또 드래곤 하트에 없는 능력이 여의주에 있기도 하고요. 하지만 아까도 말했듯이 객관적으로 볼 때 여의주가 좀 더 낫습니다. 특히 이것은 동방 대륙의 용 중에서도 미르라 불리는 용의 여의주입니다."

"미르는 또 뭐야? 들은 기억은 있는 것 같기는 한데……."

"미르도 용이죠. 다만 지역과 종류에 따라 다르게 부르는 거죠. 동방 대륙 동쪽 끝에 박달이라는 나라가 있습니다. 그 나라의 사람들은 하늘의 자손이라고 하죠. 그곳의 용들을 미르라고 합니다. 그 외의 지역 용들이 사슴 뿔에 돼지 코, 낙타 눈, 뱀의 목, 제비의 턱 등 지상 동물들의 모습을 합한 것과는 달리 미르는 형상화된 형태가 없습니다. 그중에서도 특히 청룡이라 불리는 박달을 수호한다는 미르는 동방의 용 중에서 최고의 능력을 자랑합니다. 짐작하시겠지만 미르는 다른 용보다 그 능력이 뛰어납니다. 우리 식으로 따지면 인간과 호비트 정도의 차이? 따라서 그 여의주에서도 차이가 나죠."

"호오, 그런 것이? 하지만 그런 것은 배운 적이 없는데?"

"왕실에서 보관하는 고서에는 나와 있을 겁니다. 거의 잊혀진 기록이긴 하지만 우리 카샤니안을 세운 사람들이 바로 그 박달이란 나라에서 온 것이니까요."

"그래, 그건 기억이 나는군. 오래전에 배웠지. 그렇다면 이 구슬이 정말 그렇게 귀하다는 건데… 그럼 저 다이아몬드와 비교하면 그 가치가 얼마나 차이가 날까?"

멍……. 이런, 그렇게 설명을 했는데 이게 무슨 소리야? 이거 괜히 입만 아프게 떠든 것 아냐?

"당연히 여의주가 높죠. 상상을 할 수 없을 만큼 높습니다. 그래, 여의주를 겨우 저런 빛 좀 나는 돌덩이와 비교합니까?"

이런, 나도 양심이 있어서 갖고 싶은 것을 억지로 참고 설명해 주는데 딴소리라니……. 확 그냥 내가 가져 버릴까 보다.

아무튼 여의주의 진가를 발휘한 일이 있었다. 에고 소드의 등장! 동방 대륙에서는 귀검이나 혼검으로 불리는 것인데 그 에고 소드 중 최고의 검이 바로 동방의 미르라는 이름의 에고 소드였다.

에고 소드는 자아를 가진 검. 넓게 잡으면 단순한 인지력을 가진 검도 포함이 되는데 그 대표적인 검이 카샤니안의 개혁 군주인 프라이언 황제의 검이다. 그 검은 싸움을 할 때나 위급한 상황, 예를 들자면 암살자가 검의 주인을 노리고 있다거나 할 때 주변 상황을 알려주기도 하고, 주인이 명령한 마법을 쓰기도 했고, 질문에 대한 간단한 응답을 하기도 하는 단순 응답형 에고 소드였다. 하지만 좁게 말하면 말 그대로 스스로 생각하는 검.

그런데 미르는 그 범위를 넘어선 하나의 높은 정신 세계를 가진 영혼을 가진 검이었다. 그 미르란 에고 소드에 쓰인 것이 바로 여의주. 그 형태는 박달이란 나라에서 발생한 세형 청동검의 형태지만 그 외에도 여러 가지 형태의 검으로 변화해서 환두대도, 비파형 청동검, 싸울아비검, 칠지도, 은장도, 사인검 등의 여러 형태로도 변하는 검이었다.

그 외에도 무궁무진한 변신 능력이 있어 사람이나 동식물 등 어느 것으로든지 변신이 가능하다. 굳이 모양을 따지는 것은 세형 청동검의 형태가 원형인데다, 그렇기 때문에 세형 청동검의 형태일 때 가장 강한 능력을 보이고 다른 검의 모양일 때, 그 외의 형태의 순으로 능력이 차이 나기 때문이다(말은 그렇지만 별 차이는 없다고 한다). 또 미르 자신이 도술이나 법술, 아니면 귀신을 소환하는 등의 별 희한한 능력을 가지고 있었다.

사상 최고의 에고 소드가 미르라면 두 번째는 카르나리안이란 에고 소드다. 드래곤의 이빨로 만들고 드래곤 하트를 박은 검으로 드래곤 소드로 불리기도 하는 검인데 우습게도 그 검을 만든 자도 바로 드래곤이다. 그 검에 쓰인 이빨도 그 드래곤의 것이고 드래곤 하트도 바로 그 검을 만든 드래곤 자신의 것이었다.

　원래 정상적인 드래곤은 그런 짓은 절대로 안 한다. 드래곤 하트를 검에 박으려면 죽은 드래곤의 드래곤 하트를 사용하거나 자신의 것을 써야 하는데, 그 드래곤은 자신의 드래곤 하트를 썼다고 한다. 그래서 더 높은 경지의 에고 소드를 만들 수 있었다고 한다. 그런데 그렇게 되면 10년 간은 마법도 못 쓰고 무력한 존재로 전락을 하는데 그 기간이 드래곤에게는 아주 위험한 기간이다.

　실제로 그런 일도 있었는데, 어떤 드래곤이 자신의 드래곤 하트를 떼어 마법 홀을 만드는 데 썼었다. 그러고는 오크로 변해서 수면을 취하다가 별 볼일 없는 사냥꾼에게 죽임을 당했다. 그 뒤로 그런 짓을 한 드래곤은 없었는데 바로 그 멍청한 드래곤이 자신의 드래곤 하트를 검에 박은 것이었다(이 말은 카나이드에게 들었는데 카나이드는 이 사실을 어디서든 말하지 말라고 당부를 했다. 멍청한 드래곤이라고 한 말이 그 드래곤 귀에 들어가면 골치 아프다나? 아무튼 멍청해도 강하기는 무지하게 강하다니까).

　그런데 그 카르나리안이란 검도 보통의 에고 소드와는 차원이 다른 검이라고 했다. 검 주제에 램퍼를 가지고 있어 웬만한 국가의 대형 도서관 자료 정도는 아무렇지도 않게 담을 수 있는 검이라고 했다. 그리고 마법의 능력도 탁월하여 사용자가 아무 부담 없이 마법을 쓸 수가 있는 검으로 마음만 먹으면 스스로도 마법이 가능하고 폴리모프까지 하며 사용자를 자신의 뜻에 따라 조종도 할 수 있는 검이었다.

　또 디스런까지 담고 있는 검이란다. 창고 하나를 가진 검이란 소리다. 하지만 그런 카르나리안도 미르에 비하면 한참 떨어지는 검이다. 두 검 모두 영혼을 지녔다고 일컬어지는 검인데도 그렇게 차이가 있는 것이 바로 여의주 때문이었다. 다만 카르나리안에게는 디스런이 있어 물건을 저장할 수 있지만 미르에게는 없다는 것만이 미르보다 나은 점이랄까?

　설명이야 장황하지만 결국 미르란 검은 인간보다 차원이 높은 검으로 그 이유가 여의주 하나 박은 것 때문이란 것이다. 그리고 그것은 여의주의 능력을 대변한다고 할 수 있는 것이다. 그런데 그런 대단한 물건을 겨우 다이아몬드와 비교하다니……. 그런 생각을 하면서 슬쩍 다이아몬드를 쳐다봤다. 크긴 크다. 하지만 저 다이아몬드보다 더 큰 다이아몬드라도 이 여의주만은 못하지.

　"좋소. 그게 마음에 들면 그 여의준가 뭔가를 가지시오. 대신 이 다이아몬드는 눈독 들이지 마시오."

　어머나! 이게 뭐야? 이런 보물을 주겠다니? 여태껏 설명을 듣고도 저런 말을 하다니……. 내가 여태껏 저 인간을… 아니지, 저분을 잘못 봤나?

　"아무리 그래도 그렇지, 이런 귀한 다이아몬드와 비교를 하려 하다니… 말이 되오? 이런 다이아몬드는 세상에 몇 개 없어."

　자, 잠깐. 잠시 생각을… 저분… 아니, 저 인간, 내 말을 안 믿나? 못 믿나? 설마 내가 좀 전에 다이아몬드를 슬쩍 본 걸 다이아몬드에 눈독 들인 것으로 착각? 그럼 내가 여태 설명한 것을 다이아몬드를 꿀꺽하려는 속셈으로 그랬다고 생각하는 것? 이런 한심할 경우가…….

　"하하, 후작님. 전 다이아몬드에는 관심이 없습니다. 다만 여의주에 대해 잘 모르시는 것 같아 설명을……."

　"아아, 됐소. 긴말 말고 그냥 그 구슬을 가져요."

　역시 단단히 오해를 한 모양인데? 그래, 좋아. 원한다면. 이게 웬 횡재냐? 크크크. 우하하하. 우끼끼끼. 죠세프는 손으로 얼굴을 쓸어 내리는군. 저 아까워하는 표정. 저 녀석은 이 여의주의 가치를 제대로 아는 모양인데? 아니, 다른 사람은 다 아는데 후작만 모르나?

"그건 그렇고, 이곳의 물건들을 조사하는 것은 언제 할 거요? 난 또 다시 그런 이상한 병에 걸리고 싶지 않단 말이오."

"아, 예, 해야죠. 우선 한번 둘러보고 나서 정밀 검사를 하죠."

그래, 해야지. 그래야 시장 부인과 같은 피해자가 다시 안 생기지. 여의주까지 있는 창고에 뭐가 있을지 모르니까. 좋은 것이 있다면 몰라도 위험한 것이 있으면 곤란하지. 아, 그래도 너무 큰 횡재를 해선가? 계속 웃음이 나오네? 흠, 표정 관리, 표정 관리. 평범한 표정을 하고 속으로 웃기. 큽큽큽.

겨우 마음을 진정시키고 창고를 둘러본 소감 '만물상이란 이것이다' 라는 정답을 확실히 보여준 것이 바로 이 후작가의 마법 창고였다. 워낙 여의주의 충격이 커서 그렇지 정말 대단한 창고였다.

우선 밝은 빛이 나오는 돌—처음 문을 열 때부터 흘러나오던 빛이 바로 이 돌에서 나온 것이다. 이거 무지 귀한 것이다. 돌이 존재하는 한 그 빛이 꺼지지 않는 영원한 빛의 돌로 대륙 내에서도 보기 드문 것이었다—인 라이트 스톤부터 시작해서 여러 가지 마법구, 무기류, 마법 무기, 마법 스크롤, 동방 대륙의 부적 등 누구나 탐낼 물건에서부터 드래곤의 비늘, 트롤 박제, 오크 엄니 같은 이상하고 어디에 써야 할지 모르는 물건까지… 정말 어떻게 그리 많이 모았는지 새삼 초대 라마비스 백작에게 경의를 표하고 싶을 정도였다.

하지만 라마비스 후작은 그저 그런 것 같아 보였다. 당연히 그런 것이 보석이라고 부를 만한 건 아까의 커다란 다이아몬드 하나를 제외하고는 없었으니……. 그러고 보면 이 창고의 물건 중 보석의 가치로 따지면 대부분이 별 대단한 물건은 아니었다. 하지만 귀하고, 신기하고, 가치있는 것만 따지면 어디에 내놔도 손색이 없는 물건들이었다. 물론 아는 사람만 안다. 모르는 사람에게는 쓸데없는 잡동사니로 보일 것이다.

"이 상자는 뭘까요?"

창고를 살피던 죠세프가 가리킨 곳, 창고의 한구석에 검은색의 제법 큰 상자가 있었다.

"글쎄, 한번 열어봅시다. 아, 그리고 여러분들은 좀 떨어져 계십시오, 위험할지도 모르니까. 이건 제가 열어보겠습니다."

나는 검은 상자로 가서 슬쩍 건드려 보았다. 나무였다.

좋아. 그럼 쉽게 열리겠군. 자물쇠도 없으니 이대로 열어도 되겠지? 으얏!

…엉? 정말 엉이다. 이거 꿈쩍도 안 한다. 암만 낑낑대도 약간이라도 들썩거리는 것 없이 힘쓴 나만 무색해졌다. 분명 나무고 좀 크긴 해도 이 정도면 내 힘으로 충분히 열리는데 이건 무슨 쇳덩이를 들어 올리는 기분이었다.

이, 이거… 마법이라도 걸어놓은 건가?

"제가 돕도록 하죠."

낑낑대는 날 보고는 죠세프가 나를 도와 상자의 뚜껑을 들어 올리기 시작했다.

"끙! 어영찻!"

죠세프의 우렁찬 기합 소리. 죠세프의 근육이 엄청나게 부풀어 오르고 뚜껑이 조금씩 들렸다. 그나저나 지금 죠세프의 모습을 볼 때 힘을 상당히 쓸 것 같은데도 저렇게 힘을 들어 겨우 여는 것을 보니 상자 뚜껑의 무게가 만만찮은 모양이다. 아니면 정말 마법에 걸려 있든가. 그러니 나 혼자 열지 못한 것이 당연하지. 하지만 마법에 걸린 것 같지는 않은데… 한데 저렇게 무거운 나무가 존재했었나?

"하압. 얍!"

쿠쿵! 쾅! 뻐억!

드디어 뚜껑이 열렸다. 뚜껑은 바닥에 떨어져 굉음을 내고…….

"그, 금이닷!"

라마비스 후작이 소리쳤다. 그리고 그 말은 정말이었다. 상자 뚜껑이 깨지고 보니 그 안은 금으로 되어 있었다. 라이트 스톤에 의해 찬란히 빛나고 있는 저 누런 금속은 확실히 금이었다. 그것도 순도가 매우 높은 순금. 약간 두꺼운 나무로 덧씌운 금으로 만든 뚜껑이었던 것이다. 그렇다면 그렇게 무게가 나간 것이 전혀 이상할 것이 없잖아. 우씨, 난 또 내가 힘이 없는 줄 알았잖아. 응? 그런데?

"그럼… 뚜껑이 금이면 이 안은?"

휘황찬란. 그 이상은 말할 수가 없다. 아까 본 오리알만한 다이아몬드, 그보다 큰 다이아몬드가 상자 안에 열 개도 넘게 들어 있었다. 이 정도의 다이아몬드가 존재한다는 것 자체가 놀라웠다. 그 외의 다른 보석들도 많았고. 참나, 달걀만한 진주라니, 이런 건 드래곤의 레어에서도 못 본 것인데… 아까 저 구석에서 본 엄청 큰 조개껍질로 만든 장식품이 설마 이 진주를 캔 조개의 껍질인가? 그리고 이 보석 상자 위에 보이는 것만도 저 정도인데 그 밑은 어떻다는 거야?

"이, 이건……!"

라마비스 후작의 말이 떨려 나왔다. 내가 왜 그러나 하고 들여다보니 어른 주먹만한 사파이어, 루비, 에메랄드 등이 보였다. 게다가 상자는 겉보기와 크기가 달랐다. 우리가 보는 상자의 크기는 본래 크기의 반 정도, 나머지 반은 바닥에 묻혀 있었던 것이다. 여기 이 상자의 보물만 가지고도 라마비스 후작은 카샤니안 제일의 부자가 될 수도 있을 정도였다. 아니, 대륙 제일의 부자도 바라볼 만할 정도였다. 자잘한 다이아몬드 100개보다 그 100개의 자잘한 다이아몬드를 합한 크기의 다이아몬드가 훨씬 가격이 높은 이치로 여기 있는 보석들은 그 하나하나의 가치가 다른 보석 수백 개보다 높았다.

"아, 아버지, 이건……."

내가 보석들을 보며 감탄하고 있을 때 죠세프의 말이 들려왔다. 또 뭔가 하고 보니…….

"미스릴?"

어떤 미치광이가…… 초대 라마비스 백작이군. 그 사람, 이런 황당한 일 저지를 줄 알았어.

죠세프가 바라본 것은 금으로 된 상자 뚜껑이 열릴 때 그 뚜껑이 떨어지는 서슬에 깨져 버린 상자의 일부분이었다. 상자도 상자 뚜껑처럼 약간 두꺼운 나무를 덧씌웠는데 그 안에 있는 것은 금이 아니라 미스릴이었다.

"란셀 씨도 그렇게 보십니까? 대, 대단합니다. 이 정도의 미스릴이면……."

값어치만큼은 상자의 그 어떤 보석 하나하나보다 훨씬 높겠지. 이렇게 귀하고, 비싸고, 쓸모 많은 미스릴을 상자로 만들다니……. 어떻게 그런 생각을 할 수 있지? 아무튼 상자의 크기도 크지만 두께도 무척 두꺼웠다. 내 손 한 뼘 정도? 미스릴도 불쌍하다. 이상한 사람 만나 제대로 쓰이지도 못하고 고작 상자나 되다니…….

이런 엄청난 보석 상자를 하나 찾고 난 후 우린 눈에 불을 켜고 창고를 돌아다녔다. 하지만 창고 안에는 더 이상의 보물 상자도 보물도 없었다. 그 이상을 바라는 것 자체가 아마 무리일 듯싶었다.

"저… 전 계속 창고 안을 살피겠습니다."

내 말을 듣는지 안 듣는지는 몰라도 나는 내 할 일을 했다. 솔직히 난 보석에는 관심이 없었다. 내가 관심이 있는 것은 마법 도구. 그리고 이미 후작에게 여의주를 받았으니 더 이상 욕심도 나지 않았다. 정말이다. 난 보석엔 관심이 없다. 그저 마법 도구. 좋은 걸로… 희귀하고 비싼 물건, 보석이 숭숭 박힌…… 쩝. 그래, 내가 지금 저 상자 안을 보고 싶은데도 이러는 것은 다시 여의주를 뺏길까 봐서다. 라마비스 후작은 몰라도 저 죠세프란 애는 여의주를 좀 아는 것 같으니 라마비스 후작을 설득하면 결과는 뻔하니까. 난 그저 라마비스 후작이 보석에 정신이 팔려 있는 것이 고마울 뿐이다.

"그래그래, 좋도록 하시오. 뭐 필요한 거 있으면 가지도록 하고."

너무도 무심한 라마비스 후작의 말, 그리고 역시 무심한 죠세프. 그냥 같이 보석 구경할 것 그랬나?

그래도 내가 먼저 꺼낸 말이 있어서 난 천천히 창고를 마저 둘러보기 시작했다. 신기한 것은 많았지만 내가 찾는 것은 없었다. 그럼 혹시?

"후작님, 혹시 후작님 선조 분들 중에 이 창고에서 물건을 꺼내서 나간 분은 없으십니까?"

상자 안의 보물을 살피던 라마비스 후작은 고개를 들어 나를 보고 놀랍다는 표정을… 짓지 않고 계속 상자를 파며 건성건성 대답했다.

"당연히 계셨지. 솔직히 우리 집에 있는 물건 중 특이하다 싶은 것은 이 창고 안의 물건이라고 보면 틀림없을 거요. 내 할아버지께선 여기서 어떤 물건을 꺼내 들고 나오셨는데 그 물건이 터지는 바람에 돌아가셨거든. 그때부터 내 아버지도, 나도 이 창고 안에는 들어오지 않았던 거요. 이런 것이 있는 줄 알았으면 진작에 들어와 보는 건데 말이야."

"그럼 이 창고 안에 들어온 분들은 혼자서 들어오셨습니까?"

"그렇소. 이 안의 물건은 우리 초대 라마비스 백작이신 죠세프 라마비스께서 모으신 거고 그만큼 귀했으니까. 함부로 아무에게나 만지게 할 수는 없었소. 아까도 말했듯이 여긴 황제도 못 들어오는 곳이오."

라마비스 후작의 말을 들으면 사람이 이렇게 많이 들어온 것은 처음인 모양이었다. 하긴 그랬으니까 저 상자가 아직도 남아 있는 것이겠고. 그런데 말야, 뒤집어 들으면 그런 귀한 물건을 남인 나에게 준다는 건? 자신이 이상한 병에 걸리고 나니까 위험한 건 곁에서 떼어내자는 말로 들리는데? 이거 기분이 좀 나빠지네?

"참, 후작님. 그 보석에도 안 좋은 것이 있을지 모릅니다. 시장 부인께서 걸리셨던 그 벌레의 알이라든가… 그러니 제가 한번 살핀 후에 보시는 것이……."

후작이 화들짝 보물 상자에서 떨어졌다. 흠. 기분이 좀 풀리는군. 그래도 후작이 아주 엉망인 사람은 아닌 모양이다. 전에 이런 사람을 본 적이 있다. 뻔히 저주받은 물건인 것을 알면서도 그것을 가졌다가―그것도 좋지 않은 방법을 써서―비참해진 사람을. 그것에 비하면 라마비스 후작은 그래도 나은 사람이지. 최소한 탐욕에 자신의 목숨을 걸지는 않으니. 그럼 난 계속 창고나 살피… 엉?

"책?"

내 앞에 있는 작은 탁자. 창고의 구석에 있어 잘 안 보였지만 그건 분명 책이었다. 푸른 탁자 위에 놓인 푸른 표지의 약간 낡은 작은 책. 난 그걸 조심스레 들어 올려 펴보았다.

"일기장? 그런데 날짜가… 200여 년이 지난 거잖아? 어떻게 이렇게 보존이 잘되어 있지? 보존 마법이 걸린 것 같지는 않은데……."

나는 잠시 일기장을 살펴보기로 했다. 남의 일기장을 몰래 보는 것은 나쁜 애들이나 하는 짓이지만… 어흠, 난 애가 아니라 어른이라서. 험험.

〈2월 4일. 난 그를 만났다. 한눈에 뿅갔다.〉

뭐야? 이게 일기야? 참, 최소한의 작문 표현법도 모르나? 언어 표현도 엉망이고 정말 문장력 형편없군.

〈2월 5일. 그가 날 죽이려 했다. 그래도 난 사랑한다고 했다. 살았다.〉

이거 쓴 사람 지능이랑 정신 연령이 의심스럽네? 아무리 좋게 생각해도 '살았다' 앞에 뭐라고 설명이라도 있어야 하는 것 아냐? 암만 자신만 아는 일기라도 그렇지… 이거 너무하는군. 훔쳐보는 사람 생각도 해줘야지…….

〈10월 9일. 난 아직도 그때의 기억을 잊지 못한다. 난 그래서 겨우 한 줄로만 써 놓았다. 비록 이것을 읽게 된 사람이 이 일기를 쓴 사람의 지능과 정신 연령이 의심스러운 글이라고 생각해도—윽! 이 부분에서 난 정말 찔렸다—난 그 이상의 글을 쓸 수가 없다. 지금도. 단지 마녀란 소문 때문에 그에게 죽을 운명이었지만 그래도 난 그를 사랑했다. 처음 그를 본 순간의 기억과 감정, 그것을 나의 이 글이란 것을 처음 쓰는 어리숙한 솜씨—어리숙한 솜씨 정도가 아니라네, 이 사람아. 아무리 처음 쓴다지만 해도 해도 너무한 글이야—로는 표현이 불가능하다. 그가 나를 죽이러 올 것을 알면서도 그를 만난다는 기쁨에 나는 몸치장을 했다. 한때는 그를 미워하려고도 했지만 그의 과거, 그것을 알게 된 후 나는 그를 미워할 수가 없었다. 그리고 그와 악토프케시움을 공유하는 지금 난 행복하다. 〉

홋. 웃기는군. 죽이러 오는 사람을 위해 몸치장을? 이거 삼류 연애 소설도 아니고… 그리고 이건 또 뭐냐? 악… 뭐? 뭐라고? 악토프… 케시움?

악.토.프.케.시.움. 그 선명한 글. 내 가슴이 뛴다. 기대감에 부푼다. 흥분이 된다. 애초부터 내심 포기한 것을 의외의 장소에서 찾은 느낌(느낌이 아니라 원래 그렇지만). 악토프케시움. 언젠가 내가 찾아야 할 것이었다. 그것이 이 안에 있다. 어쩌면 이 창고 안에…….

"후작님, 창고는 내일 다시 살피기로 하죠. 알아볼 것이 있어서 말이죠."

난 급히 뛰어나갔다, 일기장을 들고서. 뒤에서 후작의 말이 들려온다.

"뭔가? 창고에서 뭘 발견했나? 내가 걸렸던 병과 무슨 관계가 있나?"

"예, 중요한 것입니다."

"그럼 난?"

"보석 상자는 괜찮을 겁니다. 그것만 옮기고 내일 다시 살피죠."

후작이 들었든 못 들었든 상관 않고 나는 급히 저택 안의 내 방으로 뛰어 들어왔다. 그리고는 주머니에서 결계 스크롤을 꺼내서 사방의 벽과 천장과 바닥에 붙였다. 이제 이 방은 완전한 방음이다. 그리고는 다시 작은 지팡이—근데 길이가 겨우 한 뼘 정도인데 지팡이라고 불러도 되나—를 꺼내서 탁자 위에 세웠다. 끝이 뾰족한데도 정말 잘 세워진다. 역시 마법 도구라 다르긴 다르다.

"이봐, 세리아."

순간 지팡이 끝에 달린 보석에서 빛이 뻗어 나가 벽에 둥근 화면이 생겼다. 그리고 잠시 후 거기에 엘프의 얼굴이 나타났다. 그것도 보통의 엘프가 아닌 하이 엘프.

"뭐야, 오빠. 이런 꼭두새벽에… 하암~"

"뭐가 꼭두새벽이야, 이 잠꾸러기. 해가 중천이야."

"알았어. 힝~ 만나자마자… 자기두 이랬으면서……. 근데 무슨 일이야?"

"세리아, 잘 들어. 어쩌면 악토프케시움을 찾을지도 몰라."

"뭐?"

짜슥, 잠 깨는 얼굴이다.

"놀라긴. 악토프케시움을 찾을지도 모른다고. 그러니까 카나이드에게 부탁을 해서……."

"말도 안 돼! 그걸 어떻게 찾아? 그게 무슨 돌덩이도 아니고 동물 이름도 아닌데."

굉장히 놀라는 눈친데… 그런데 말이 좀 이상하다?

"너… 혹시 악토프케시움에 대해 알고 있니?"

잠시 흠칫하던 세리아가 고개를 끄덕였다. 이런 배신감…….

“야! 너, 그걸 알면서도……!”

“그렇게 흥분하지 말고 내 말 좀 들어봐.”

“지금 흥분 안 하게 됐어?”

“그러지 말고.”

갑자기 단호해진 세리아의 말투. 음메, 기죽어.

“오빠가 떠날 때 카나이드님이 뭐라고 하셨지? 악토프케시움을 찾는 것에 대해 말이야.”

“란셀, 악토프케시움은 눈으로 찾는 것이 아니다. 느낌으로 찾아야만 비로소 찾을 수가 있는 것이다. 절대 조급히 찾으려고 하지 마라. 그렇게 찾는다면 절대로 찾지를 못해. 그리고 찾는다고 해도 그것은 단지 착각일 뿐 절대로 악토프케시움이 아니다. 물론 네 성격에 급하게 찾을 리도 없고, 어쩌면 벌써 포기를 했는지도 모르지만.”

“하지만 저는 반드시 찾아야 해요. 그것도 빨리. 카나이드가 그것이 무엇인지를 알면 알려주지 않겠어요?”

“그럴 순 없구나. 네 악토프케시움은 네가 찾아야지 너 아닌 다른 존재가 찾아줄 수는 없다. 그걸 명심해라.”

“그럼 어떻게 찾아야 하나요? 최소한 그것이 광물인지 식물인지는 알려줘도 되지 않습니까?”

카나이드는 웃었다. 드래곤의 얼굴에서 어떻게 그런 부드러운 웃음이 나오는지 궁금할 정도로.

“말했었지? 느낌으로 찾는 것이라고. 네가 그것을 느끼고 필요로 하면 그 순간 너는 찾을 수 있을 것이다. 하지만 지금의 너는 진정으로 필요하지 않구나. 언젠가는 찾겠지만 지금은 아니다. 아직 때도 아니고 네 마음의 준비도 부족하다. 세상으로 나가 많은 경험을 해라. 많은 것을 보고, 느끼고, 생각해라. 그리고 네 자신이 진정 원한다면 그때 찾을 수 있을 것이다."

진정한 스승, 지금의 카나이드는 그랬다. 하지만…….

"그런데 전 세상을 경험한 것이 한두 번이 아니잖아요? 카나이드가 용병으로 가면 나도 따라가서 반 죽다 살아나고, 장의사가 되면 나도 시체를 닦았고… 카나이드가 인간 세상이든 어디든 가면 어쩔 수 없이 나도 도매금인지 덤인지 같이 다녔으니까요. 안 해본 경험이 없을 정도인데……."

"…잔말 말고 어서 내려갓! 가! 가란 말이야! 이게 조금 컸다고 말이 많아, 짜슥이!"

이것이 나와 카나이드가 헤어지기 전 마지막으로 한 말이었다. 갑자기 돌변한 내 스승 카나이드. 역시 드래곤은 변덕이 심해. 그리고 그때의 나는 악토프케시움을 반드시 찾겠다는 열정이 있었는데 여행을 떠난 지 사흘 만에 포기를 했다. 왜? 모른다. 나도 드래곤을 닮아서 변덕이 심해지기라도 했나? 이건 바람직한 현상이 아닌데……. 그럼 내 스승 변덕 드래곤 카나이드와 헤어졌으니 고쳐지려나? 하지만 말이 헤어진 거지 마음만 먹으면 이 지팡이로 얼마든지 이런 화상 통화가 가능하지만.

"그렇긴 하지만… 그래도 네가 좀 알면 살펴줄 수는 있는 것 아나?"

"물론 가능해. 오빠가 그 지팡이로 읽어들이면 내가 여기서 살필 수는 있겠지. 하지만 그게 무슨 소용이야? 내가 아는 악토프케시움과 거기 있는 악토프케시움과는 다를 텐데?"

달라? 그게 무슨 소리지?

"그게 무슨 소리야?"

"그러니까 악토프케시움은 그 물질이 일정하지 않아. 돌일 수도 있고 나무일 수도 있고… 그리고 중요한 건 그것이 일치가 되지를 않는다는 거야. 그러니까 사람마다, 아니, 각 존재마다 악토프케시움은 다 달라. 그러니 오빠의 악토프케시움을 내가 알 리 없지."

그런 건가? 그래서 나에게 느끼라고 한 것인가? 힘이 쭉 빠졌다. 대체 그런 막연한 것을 어떻게 찾으란 거지? 마치 아무것도 없는 텅 빈 흰 공간에서 종이와 펜을 주고 눈에 보이는 것처럼 물체를 그려야 하는 느낌. 그런데 그 순간 나도 한 가지 느끼는 것이 있었다. 역시 카나이드의 말대로 나 자신의 준비조차 부족하다는 것을. 그렇게 흥분을 했으면서도 이렇게 단념이 빠르다니…….

그러고 보니 내가 카나이드를 떠나 악토프케시움을 찾는 것은 아무리 포기를 했었더라도 완전 형식적이었다. 겨우 신전 한번 가보고 어쩌다 만난 나이 지긋한 사람이나 마법사에게 물어본 서너 번뿐이었다. 결국 나를 나보다 카나이드가 더 잘 알고 있었다는 말인가? 드래곤이 그렇게 섬세하던가? 아니면 내가 너무 무신경? 그도 아니면 카나이드가 내 스승이고, 스승이기에 나를 멀리서 지켜봐서? 아무튼 나보다 카나이드가 날 더 잘 알고 있는 것은 확실해 보였다.

"그런데 오빠?"

"응?"

갑작스런 세리아의 질문에 황급히 정신이 들었다.

"왜 악토프케시움을 찾을 수 있다는 생각을 했어? 무슨 지하 미로나 던전이라도 탐험한 거야?"

“그럴 리가… 내가 세상에 나온 지 얼마나 됐다고……. 게다가 그런 곳은 너무 위험해서 돈 줘도 안 가. 사실은…….”

묵묵히 내 말을 들은 세리아는 그 일기를 읽어달랜다. 남의 일기를 막 읽어줘도 되나? 까짓 거, 읽어주지 뭐. 남의 일기 훔쳐본 공범자나 만들자. 나는 일기를 읽어주었다.

“ ‘…을 공유하는 지금 난 행복하다’. 이것이 내가 읽은 부분이야.”

“그게 뭐야? 무슨 글이 그 모양이야? 어떻게 그렇게 문장력이 형편없지? 어린애라도 그것보단 잘 쓰겠다. 아니, 그 문학적 소양이 없기로 유명한 드워프의 아이라도 그것보다는 나을 거야. 아니, 아니야. 오크도 그것보다는 더 문장력이 좋을 거야.”

오크다. 오크까지 나왔다. 막가는 혹평이군. 그런데 오크는 좀 심했다. 하긴 나도 그때 너무 엉망인 문장력이라고 생각했지만… 지금 차분히 보니 다시 생각해도 정말 수준이 의심스럽군. 오죽하면 웃음 많은 세리아가 웃는 것도 잊고 멍하니 있을까.

“그거 누가 쓴 거야?”

“음…….”

난 일기장을 넘겼다.

“ ‘그이랑 뽀뽀를 했다. 기분 짱이다. 내일 그란…’ 란? 랑이겠지. 이젠 글자도 틀리는데? ‘결혼을 한다. 거친 들판의 외로운 늑대처럼 울부짖으며 기뻐하고 싶다’. 이거 무슨 비유가 이래? 여기에 쓸 비유가 맞아? 음… 이게 마지막… 그랑 결혼한 지 어언 3일째? 3일이 어언이란 말을 쓸 기간이야?”

슬쩍 눈을 들어 쳐다보니 세리아가 막 웃고 있다.

“왜 그렇게 웃나?”

"웃기지 않아? 너무 웃기다. 깔깔깔."

짜슥, 듣는 넌 웃기지만 이걸 읽는 난 정말 황당하다. 내가 이런 걸 꼭 읽어야 해? 나도 내 자존심이 있다고. 내가 이런 글이나 읽기 위해 글 공부를 한 게 아니라고.

"그만 웃어. 마지막이야. '신혼 여행도 끝났고, 이제부터 신혼 시작이다. 그리고 내 처녀 때의 기록은 이것으로 좋이다'. 좋이란다, 세리아. '난 이제부터 죠세프 라마비스의 아내다'. 죠세프 라마비스의 아내다?!"

"뭣? 죠세프 라마비스? 그거 언제 쓴 거야?"

"아까도 말했듯이 200년 전에."

"잠깐. 그러고 보니 200년 전의 죠세프 라마비스라면……."

"죠셉 라빈……."

"어머, 죠셉 라빈이라면 날 마녀라고 몰아세우고 무식하게 크고 긴 창으로 찌른……."

날렵하고 세련된 칼이야.

"지금도 잊혀지지 않는 그 흉악하고, 흉포하고 무지무지 못생긴 얼굴을 가진……."

솔직히 객관적으로 보면 진짜 잘생겼지. 황실 주최 무도회에 죠세프 라마비스가 참석하면 여자가 줄을 쫙 섰다고 하더라. 오죽하면 같은 남자도 반했다는 소문이 있겠어. 그러고 보니 지금의 죠세프도 그렇고 후작도 그렇게 비곗덩이가 되기 전에는 잘생긴 얼굴이었을 거야.

"그 인간 아냐? 그 사람이 오빠가 말한 죠세프 라마비스야? 같은 사람이었어?"

"맞아."

그런데 그게 아마 200년 전 일이지? 대단해. 그걸 기억하다니 훌륭해. 위대해. 참고로 나도 기억하고 있다.

"말도 안 돼! 죠셉 라빈이 마녀로 불리던 여자와 결혼을? 에이, 누가 장난으로 쓴 일기장… 이기엔……. 그럼 여기 있을 이유가 없잖아?"

"그런데 사실이니 어쩌겠니. 이게 증거인데."

"그래? 음… 그런데 오빠, 거기서 뭐 해?"

"응? 좀 전에 다 설명 안 했나? 뭐 하냐 하면… 이야."

"그런… 그런 일이……. 좋아."

윽. 불길하다. 왜 갑자기 얼굴 표정이 바뀌냐? 난 여자 표정 바뀌면 정말 무섭더라. 어떻게 그건 인간이나 엘프나 같은지…….

"그 창고의 물건 싹쓸이햇!"

하아~ 좀 심하다. 암만 나도 그런 비슷한 생각을 하긴 했지만 내가 생각하는 거랑 남이 생각한 말을 듣는 것은 그 느낌이 다르다.

"세리아야, 그건 좀……."

"왜? 안 돼? 하지만 이건 오빠의 귀엽고 사랑스럽고 예쁜 여동생으로 하는 말이 아니라 오빠의 사모님으로서 내리는 명령이야."

하하, 귀엽다니? 솔직히 네가 어리긴 하지만 인간의 나이로 따지면 얼마나 많은 나이인데… 귀여운 건 좀… 응? …자, 잠깐! 뭐시라?!

"너, 지금 뭐라고 했니?"

"싹쓸이."

"그 후에."

"오빠의 귀엽고 예쁜 여동생. 아! 중간에 사랑스럽고를 빼먹었다."

"아니, 그것보다 좀 더 뒤에."

"…명령이야."

"그것보다는 앞에."

"오빠의 사모님?"

"사아모오니임? 그게 뭔 소리야? 야, 세리아, 실없는 소리 하지 마. 놀랐잖아."

"아냐. 나 카나이드님한테 청혼했어."

뭐, 뭣! 뭐야? 하, 어째 오늘따라 놀랄 일이 이리도 많냐? 세리아, 쟤 성격이면 분명하고도 남겠지만… 설마… 농담이겠지? 애도 참, 농담은… 내가 쟬 구박한 게 한두 번이 아닌데… 으… 왜 하이 엘프들은 저렇게 대책이 없냐?

"세리아, 농담이라도 그런 말은 하는 게 아니야. 생각해 봐라. 카나이드가 나이가 얼만데……. 그리고 너도 아직 어린애잖아. 네가 그런 유언비어 퍼뜨리면 카나이드가 욕먹어요. 고룡씩이나 된 존재가 어린 하이 엘프 때문에 욕먹는 건 보기 좋은 일이 아니야."

"진짜야. 진짜래도. 궁금하면 카나이드님한테 직.접. 물어봐. 그리고 내가 왜 어린애야? 이래 봬도 성인식을 치른 지 5년이나 지났다고. 오빤 맨날 나한테 인간의 나이가 어쩌고 시간이 어쩌고 하는데 정말 5년이 짧은 세월이야? 사람으로 따지면 한 사람이 성인식을 치르고 결혼을 할 시간이잖아."

나원 참, 악토프케시움 때문에 연락했다가 이게 무슨 아닌 밤중에 드래곤 브레스 뿜는 소리냐. 이거 농담이 아닐 것이라는 불길한 예감이 들기는 하지만… 좋아. 난 채널을 바꿔 카나이드에게 연결을 했다.

"여보세요. 거기 있어요, 카나이드?"

"아후우움~ 누구? 아, 너구나, 란셀. 너 떠난 지 어언 며칠이

됐구나. 그래, 여행은 재미있니? 악토프케시움은… 못 찾았겠지. 그래, 조급히 찾는다고 찾아지는 것은 아니지만… 설마 벌써 포기한 거냐? 그러면 안 돼. 한번 한다면 끝까지 해야 훌륭한 사람이 되지. 그건 그렇고, 그래, 무슨 일이지?"

빨리도 물으시는군요. 그런데 어째 이상하다? 왜 저리 힘이 없이 축 늘어져 있지?

"저… 카나이드님……."

"얌마, 그렇게 부르지 말랬지? 닭살 돋아. 너, 드래곤 몸에 닭살 돋으면 얼마나 보기 흉한지 알아?"

참나, 아무리 카나이드가 친구 대하듯이 하라지만 그래도 내 스승이고 나이도 월등히 많아서 그 앞에서는 저절로 이렇게 된다. 그런데 그걸로 혼내다니……. 그러면서 아침 인사는 꼬박꼬박 '지혜의 종족인 골드 드래곤 일족의 위대하신 고룡 카나이드님' 이라고 부르게 한 건 대체 뭐야?

"그래요, 카나이드. 방금 전 세리아와 연락을 했어요. 그런데 이상한 말을 하더군요. 해서 카나이드에게 접속을 한 것이지요."

난 세리아에게 말했던 것과 세리아와 나눈 대화를 다시 들려주었다.

"그렇군. 그런 일이. 아, 그리고 그건 사실이야. 세리아가 나에게 청혼을 했어."

정말이었군. 이런 불상사가……!

"그래서 어쩔 생.각.이.신.가.요?"

"허헛, 어쩌긴. 당연히 거절이지."

그럼 그렇지. 나이 차이만도 얼만데. 그리고 종족도 다르고. 하지만 난 한번 카나이드의 마음을 떠보기로 했다. 뭐, 쐐기를 박는 확인 사살을 하자는 것이지만.

"그렇지요? 그런데 좀 아깝지 않나요? 세리아 정도라면 미모도 뛰어나고, 성격도 좋고, 한창 물이 오른 나이고, 무엇보다도 카나이드 당신과 잘 맞잖아요?"

솔직히 다른 건 다 맞아도 성격은 아니다. 그 내숭덩어리. 그러고 보니 어쩐지 카나이드 앞에서는 그렇게 얌전하고 기품있고 우아하게 행동하더라니…….

'허허, 아니지. 그 애는 어린애일 뿐이야. 내 딸과 같은 존재. 난 한 번도 그 애를 여자로 본 적이 없어' 라고 하겠지?

"그래, 그것은 그렇다. 나도 그 아이의 마음을 알고 있다. 그리고 나 또한 그 애를 사랑한다. 하지만 그 이상은 나의 욕심이 되겠지. 나와 그 아이는 나이 차도 많이 나니까… 나와 결혼하기엔 그 아이가 너무 아까워. 그 아이에게는 더 좋은 반려가 있을 거야. 사랑하기에 그 애를 받아들일 수 없는 것이다."

이 무슨 천지가 경동할 엄청난 말이냐! 이게 뭐야? 이런 말이 왜 나와?

"카나이드."

"세, 세리아!"

이, 이런……. 세리아가 오다니. 잊었다, 세리아의 집이 카나이드 레어 입구 근처라는 것을. 그런데 들었나? 설마 카나이드의 말을… 아니, 확실히 들었을 거야. 저 얼굴 좀 봐. 아, 왜 확인 사살을 했을까…….

"카나이드, 기뻐요. 당신이 저를 사랑한다는 것이."

"하지만 세리아, 난 너무 나이가 많아. 그리고 너는 젊다. 너에게는 찬란한 미래가 펼쳐져 있어. 나로 인해 너의 미래를 망치고 싶지 않아."

"하지만 사랑을 잃는다면 미래가 무슨 소용이겠어요?"

"아아, 세리아."

"카나이드."

참내, 둘이서 사람 앞에 두고 뭐 하는 짓이야? 어엇, 뽀뽀를……! 아니다. 키스다. 나도 한 번도 못한 걸 저 어린 세리아가……! 그건 그렇고, 이건 아주 멜로구만. 저러다 에로로 가는 것 아냐? 으… 닭살 돋는다. 그나마 다행인 것은 내가 드래곤이 아니라 인간이라는 것. 우… 부러워. 암튼 지금은 에로 영화나 감상을…….

하지만 인간 같지 않은—당연히 인간이 아닌—두 존재는 나의 기대를 무너뜨렸다. 에이, 아까워.

"란셀."

"예."

난 기운없이 대답했다. 아무리 번갯불에 콩 구워 먹고 화염 브레스에 바비큐 해 먹는다지만 이건 너무하잖아. 세리아는 그렇다고 해도 카나이드가…….

"란셀, 뭐 생각하니?"

"음… 카나이드가… 어린애를 좋아하는 변태가 아닌가 하고……."

반응은 세리아에게서 왔다.

"무슨 소리얏! 난 성인식 지난 지 5년이나 됐는데, 왜 그런 나와 사랑한다고 카나이드님이 어린애를 좋아한다는 거야!"

"그거야 네가 암만 성인식을 했다고 해도 겨우 5년밖에—하이 엘프니까 5년이야 뭐… 짧지 않겠어? 사람한테도 짧다면 짧은 시간인데—안 됐고, 너와 카나이드의 나이 차도 엄청나잖아. 아마 카나이드가 고룡이 됐을 때 네 아버지도 태어나기 전이었지?"

"그, 그래도… 그렇지……."

나와 세리아가 말로 전쟁을 벌이기 직전 카나이드가 우릴 막았다.

"둘 다 그만. 이제 화제를 바꾸자. 란셀, 너 여의주가 있다고 했지?"

"맞아, 맞아. 오빠, 그거 나 결혼할 때 선물로 줘."

"안 돼, 세리아. 그건 란셀에게 무척 도움이 되는 것이야."

역시 스승님밖에는… 흑, 감동.

"대신 란셀, 앞으로 던전 좀 많이 뒤져서 신기한 물건 좀 많이 부탁한다."

아까 말 취소. 이거 더 하는구만. 차라리 날 죽이쇼. 옛말에 제자 사랑은 스승―그런 말이 있었던가?―이라던데…….

"허허헛, 농담이고."

농담 같지 않아요.

"그 여의주, 네 지팡이의 보석을 빼고 그 여의주를 박아라."

"예?"

"내 말대로 해. 손해는 안 볼 것이다. 그 지팡이는 메탈 실버 드래곤의 드래곤 하트로 만든 것, 그리고 그 보석은 지팡이의 힘을 방출하는 매개체, 그 단순한 힘의 매개체인 보석을 신비하고 무한한 능력을 지닌 여의주로 바꾸는 것이다. 제대로 된다면 검 중에는 미르, 마법의 지팡이는 란셀의 지팡이란 등식이 성립될지도 모르지."

오오, 그런 멋진 일이! 난 여의주를 꺼내 들었다. 그리고 보니 이것을 어디에 써야 할지 모르겠다. 어떻게 쓰는지도 모르고. 역시 카나이드의 말대로 하는 것이 좋을지도… 최소한 그는 고룡이고 나의 스승. 나에게 이익은 있어도 피해는 없을 테니까.

"알았어요. 해보죠."

난 지팡이의 보석을 빼냈다. 당연하지만 카나이드와의 연락 화상도 끊기고. 그런데… 선물 많이 가져오라는 세리아의 소리가 들린 건 환청일까? 환청이겠지. 그래, 환청일 거야. 환청이어야 해.

그런데 정말 잘될까? 솔직히 걱정이 되기도 했다. 이 귀한 여의주를 잘못 쓰는 것이 아닌가 하는 생각도 들고. 하지만 누구보다 지식이 방대하고 지혜로운 카나이드의 말을 믿어야겠지?

모르겠다. 한번 해보지 뭐.

난 지팡이의 원래 보석이 있었던 부분에 여의주를 갖다 댔다. 크기가 맞지는 않았지만 내가 지금 들고 있는 것은 여의주. 크기의 문제는 상관이 없었다. 용이 크기를 변환시키거나 몸을 안 보이게 할 때 여의주도 같이 변하니까. 여의주는 그것을 쓰는 사람의 의지대로 변하는 물건이었기 때문에 크기에 대한 걱정은 없었다. 또 지팡이도 드래곤 하트니까. 그리고 그런 내 생각대로 지팡이 끝에 여의주를 가져다 대자 크기가 저절로 맞춰졌다. 간단하구만. 그런데 문제는 그 후에 발생… 하이고!

우르릉— 쾅!

실내가 강하게 흔들렸다. 아니, 떨렸다. 모든 사물이 두 개, 세 개, 아니, 여러 겹으로 겹쳐 보일 정도로. 그리고 흐릿하게 보였다. 우욱, 멀미난다. 그리고 강한 파동의 충격파가 밀려왔다. 신기한 것은 충격파가 밀려오는 느낌은 나지만 직접 충격파의 영향은 받지 않았다는 것이다. 그럼 착시? 아닌데? 충격파는 없었지만 내 몸이 같이 떨리는 것

은 느낄 수가 있었다. 그럼 이게 어찌 된… 우다다다다. 에고, 멀미
나…….

"우읍."

잠시 정신을 잃었나 보다. 하긴 떨리다 못해 사방이 뺑뺑 돌았으니
까. 그런데 여긴 어디지? 난 분명 후작가의 내 방 안에 있었는데…….
난 황급히 일어났다. 다행히 어지럽거나 하지는 않았다.

사방은 조용했다. 내가 있는 곳은 무슨 방 같았다. 방 안에는 장식품
은커녕 침대도, 탁자도 없었다. 그저 텅 빈… 오래된 방인 듯 먼지만
뽀얗게 그득 깔린 방.

난 잠시 그 방 안을 둘러보았다. 바닥에 깔린 먼지로 보아 상당히 오
랫동안 버려진 방인 것 같은데 벽이나 천장은 깨끗했다. 바로 어제나
오늘 아침에 청소한 것처럼.

좀 이상하게 느껴져 난 다시 한 번 자세히 방 안을 둘러보았다. 그리
고… 오오! 경악! 아아, 경악! 경악! 경악! 경악! 또 한 번 경악! 여기는
후작가의 내가 있던 방이었다. 내가 느낀 흔들린 느낌, 강하게 떨리는
느낌, 충격파가 이는 듯한 느낌은 결코 착각이 아니었다. 방 안에는 아
무것도 없었다. 전부 박살이 났다. 아니, 곱게 가루가 되어 있었다. 가
루가 되다 못해 먼지로 진화—변화가 아닐까?—해 버렸다. 바닥에 쌓인
먼지가 바로 그것이었다. 애고, 이젠 치료비는 다 받았다. 아니지. 지
금 이런 상황에서 무슨 생각을……. 이 상황을 잘 타개해서 전화위복
의 기회로 만들면…….

『야호!』

내가 이런 음모를 꾸밀 때 뭔가 내 앞을 획 지나갔다. 환호를 지르

며. 먼지가 확 일어났다.

"쿨럭. 뭐냐?"

『저예요. 와아~』

엉? 아무리 둘러봐도 없는데… 헉! 혹시 귀신?

"뭐, 뭐냐? 귀신이면 물러가고… 사람이면 손 들고 나타낫!"

『어머, 귀신이라니. 숙녀한테 무슨 실례를. 거기다 이런 백주대낮에 귀신은 무슨 귀신. 좋아요.』

뭔가 내 눈앞에 나타났다. 그런데 그건…….

"저건 내 지팡이……."

『어머, 계속… 숙녀를 앞에 두고 뭘 중얼거려요?』

"……."

기가 막혀 할 말이 없군. 하지만 난 확실히 그 짧은 찰나의 순간에 깨달았다. 그리고 생각했다. 미르와 카르나리안을 만든 사람도 나와 같은 기분에 나와 같이 당황했을까?

『흥! 완전 매너 꽝이야. 좋아요, 좋아. 마음 너그러운 내가 참아야지. 우선 소개부터 하죠. 거기, 이름이 뭐예요?』

"나? 란셀……."

이건 내가 너무 어이없어 그냥 자동적으로 한 말이다. 정말 쫄았거나 해서 나온 건 아니다. 정말이다. 믿어줘, 잉~ 하지만 지금 내 혼이 쏙 빠진 건 사실이다. 아구, 정신없어. 그냥 가만히 한자리에서 말하면 안 되나? 계속 왔다갔다왔다갔다왔다갔다…….

『그래요? 란셀… 흠, 이름은 괜찮군요. 그럼 제 소개를 하죠. 제 이름은 음…….』

"……?"

『헉! 어멋, 실례. 제 이름… 아앗! 안 돼! 제 이름을… 잊었어요. 이럴 수가… 내가 내 이름을 잊다니… 설마… 기억 상실증?』

이런이런, 지팡이 주제에 별걸 다 하는군. 뭐? 기억 상실즈웅~?

"이봐, 너, 이름이 없는 게 당연하잖아."

『예? 왜죠? 왜 제가 이름이 없는 것이 당연하죠?』

아쭈구리, 그래도 성질은 있다는 거야? 따지네?

"넌 방금 태어났어. 태어났다는 말이 맞는 표현은 아니지만, 원래 넌 내 마법 도구였잖아. 네 원래 재질은 메탈 실버 드래곤 하트였는데 원래 힘의 매개체인 보석을 떼고 여의주를 박은 후에 네게 자아가 생긴 거야. 그게 여의주의 영향인 것 같지만, 아무튼 넌 그전에는 그냥 좀 성능이 뛰어난 마법 지팡이였을 뿐이야. 그런 너의 자아가 생긴 것이 방금이니까 방금 태어났다고 할 수밖에."

『음…….』

뭘 그리 생각하나? 그런다고 없는 기억이 생겨?

『헤헤, 맞아요. 그렇군요. 깜빡했어요.』

깜… 빡……? 정말 대책없구만.

『그런데 방금 당신이 쓰던 지팡이라고 했죠?』

이런, 깜짝이야. 갑자기 달라붙으면 어떻게 해.

"그, 그랬지."

『그럼 댁이 내 주인이니까 이름 지어줘요. 숙녀인 내가 이름이 없으면 안 되잖아요? 나한테 어울리는 멋지고, 우아하고, 아름답고, 고상한 이름이 아니면 절대 사절이니까. 아셨죠?』

으윽, 숙녀는……. 이거 내가 주인이 아니라 얘가 주인이 된 것 같다 어째?

"알았쪄."

그나저나 어쩌냐. 음… 방법을 생각하자. 이 방의 꼴을 어떻게 설명하지? 음… 쟤는 내 고민도 모르고 열심히 놀고 있군. 방을 이 꼴로 만든 게 누군데… 라고 말하면 시달릴 것 같아…….

"아니, 이게 어떻게 된 겁니까?"

예상했던 일이다. 그래서 대비책을 마련했지.

"죄송합니다. 저도 이 정도일 줄은…… 하지만 이해해 주십시오. 아무도 다치지 않게, 그리고 피해를 최소화하기 위해 노력했습니다."

이 대사에 침울한 표정. 캬, 죽인다. 나 정말 연극 배우 할 걸 그랬나 봐. 역시 연극이 내 체질이야. 보라구, 단박에 넘어갔잖아?

"그, 그럼 우리에게 피해를 안 주려고… 다쳐도 혼자 다치겠다는 결심으로?"

"제가 대단한 사람은 아니지만 그래도 저만이 할 수 있는 일이기에… 그리고 이번 일은 제게 주어진 사명이었으니까요."

이번엔 후작도 감동한 모양이군. 자, 어떤 말을 할까? 보상하겠다는 말? 감사의 인사? 기대되는군.

"호오, 그렇군. 그렇게 위험한 것들도 있다 이거지? 그럼 자네, 창고 안의 물건을 잘 가려주게. 안전한 물건만 놔두고 다 가져도 좋아. 그래도 자네가 이런 일에 전문인 듯싶으니 내 안심해도 되겠군. 사명이라…… 그럼 더 열심히 일해주게나."

멍……. 이런. 내가 귀족이 된 적은 없어서 귀족의 심리는 모르지만 이건 아니다. 그러고 보니 시장도, 시장 부인도, 죠세프도, 그리고 집사 이하 모든 사람들이―당연하다. 방이 그 꼴이니 다들 달려왔지―벙찐 얼굴이다. 몇몇은 나보다 더 충격먹은 것 같아.

"아버지."

잠시의 침묵이 흐른 후 죠세프가 후작을 불렀다.

"농담이시죠?"

"아니, 농담이 아니다. 저 안의 물건은 좋은 것도 있지만 위험한 것도 많다. 그것을 확실히 제어할 수 있는 사람은 바로 저 사람. 그가 가지면 다른 사람에게 피해가 가지 않을 것이다. 물론 저 사람은 전문가니까 자신도 피해는 없겠지. 오히려 유용하게 쓸 것이다."

오오, 저런 깊은 뜻이……. 내가 후작을 너무 삐딱하게 본 모양이야. 이제부턴 아주 삐딱하게 봐야지.

"그렇군요. 제 생각이 얕았어요. 그런데 아버지, 차라리 그럼 저 안의 물건을 다 가지게 하지 왜 위험한 것만……."

"이런, 넌 그래서 안 돼. 암만 능력이 뛰어나도 머리가 안 되니… 쯧쯧, 생각을 해봐라. 그럼 그 보석들도 주잔 말이냐? 그 외에도 귀한 물건도 많을 것이다. 그런 것들을 줄 수는 없잖니? 그리고 저 사람이 가지고 가면 얼마나 가지고 간다고……."

이, 이런. 그래, 그 창고 안의 물건은 다 위험하다. 그러니 세리아의 부탁이 아니더라도 싹쓸이닷! 나도 비록 드래곤은 아니지만 내 레어―아무리 생각해도 알 수가 없다. 왜 카나이드는 인간인 나에게 레어를 주었을까? 분명 집 지어주기 귀찮아서였을 거야―가 있고 공간 이동으로 다 보낼 수 있단 말야.

"오빠는 우리 집안의 돌연변이야."

내 뒤에서 작게 들려오는 시장 부인의 목소리. 오오, 시장 부인, 제 마음을 너무 잘 알아주시는군요. 그래, 시장 부인을 위해서라도 우선

할 일은 하고 그때 보자. 어떻게 같은 남매인데 이리 다르냐. 그러고 보면 죠세프와도 다른 것 같아. 부자지간 맞아? 정말 후작이 돌연변이일지도……

역시나 창고 안은 별다른 것이 없었다. 아, 내 말은 위험한 것이 없었다는 말이다. 그럼 역시 저택 안에? 나는 저택 안을 둘러보기로 했다.

"이건……"

그러고 보니 저택 안에도 신기한 것이 많았다. 후작가에 머문 지 겨우 사흘째이고 그동안 있던 곳도 내 방 아니면 식당, 거실 등 몇몇 군데뿐, 그것도 대충 본 거라 몰랐는데 저택 자체가 마법 창고라고 해야 할 정도였다. 에휴, 그건 그렇고, 초대 라마비스란 인간, 전생에 틀림없이 드래곤이었을 거야. 그렇지 않고 인간이 이 정도로 많은 물건을 모으다니……. 거기다 내가 지금 보고 있는 것은 나도 말로만 듣던 테푸로니아프 갑옷이었다.

"아, 그거? 그냥 장식용 갑옷이오. 정말 멋지지 않소? 이 진줏빛의 은은한 광택, 단단하면서도 부드러운 촉감, 언제인지는 모르지만 꽤 고급의 의장용 갑옷이라고 생각되는 명품이지."

"이게 바로 그 테푸로니아프입니다만……"

"테푸… 그게 뭐요?"

"시장 부인 얼굴에 달라붙어 있던 그 벌레입니다."

후작이 사색이 되어 갑옷을 집어 던지고 떨어졌다.

"뭐, 뭐요? 그럼 그게… 거기서 그런 벌레가…… 그럼 내, 내, 내……"

내 주위, 정확히 갑옷을 만지고 있는 내 주위에는 아무도 없다. 모두들 저만큼 떨어져서는 긴장한 채 나를 보고 있다. 특히 시장 부인은 겁에 질린 얼굴로. 당연하겠지. 하지만 난 오히려 평온하다. 처음에 내가 이것을 보았을 때 머리에 스친 생각은 이게 원인이구나 하는 것이었다. 하지만 곧 그게 아니라는 것을 알았다. 만일 이 갑옷에서 나온 것이었으면 시장 부인은 이미 이 세상 사람이 아니었을 테니까.

나는 천천히 갑옷을 감상하기 시작했다. 다른 사람들 눈에는 내가 위험을 무릅쓰고 갑옷을 조사하는 것으로 보이겠지? 표정도 진지하니까. 역시 난 연극 배우가 체질인가? 난 갑옷을 자세히 보았다. 이건 나도 말로만 들은, 그리고 어쩌면 다시 볼 수 없는 물건이었으므로.

민소매의 조끼 모양 갑옷, 갑옷의 빛깔은 후작의 말대로였다. 은은한 진줏빛 광택, 매끄러우면서도 부드러운 피부를 만지는 듯한 질감, 빛이라도 닿으면 사방으로 부서져 부드러운 빛을 낸다. 손으로 쓸어보니 정말 단단한 듯하면서도 부드러운 감촉이 느껴진다. 뭐랄까, 비로드 같기도 하고 비단 같기도 한 감촉. 이런 게 불에도, 칼에도 견딘다니 신기했다. 갖고 싶어라.

"빨리 버리시오, 빨리!"

후작이 소리친다.

"아뇨. 이건 안전합니다. 아마 다른 곳에 원인이 있겠지요. 그리고 이것이 위험했으면 여러분은 벌써 죽었을 겁니다."

그러면서 나는 내가 아는 지식을 하나하나 끄집어냈다. 고놈의 벌레들이 어디를 좋아하더라?

"어찌 된 거지?"

그 후로도 저택은 샅샅이 조사했다. 마법 창고에서 가져온 물건만이 아니라 다른 것도 열흘에 걸쳐 조사했다. 지겹도록. 하지만 없었다. 후작이 내 설명을 듣고 그래도 위험해 보인다며 준 물건 중에도 위험한 것은 없었다.

이 집안의 병은 두 가지였다. 하나는 헬름 증후군. 하지만 이제 그것은 없어졌다. 후작이 저주에 걸렸었으니까. 남은 것은 시장 부인에게 기생했던 테푸로니아프. 그것은 아마 시장 부인이 시집 가기 전에 어떤 경로를 통해 그 알이 피부에 달라붙었을 것이다(테푸로니아프는 알 상태의 잠복 기간이 일정하지 않았다. 빨리 활동하기도 하고 오래 지나서 활동하기도 하고……. 그러고 보면 시장 부인은 행운이었다. 테푸로니아프가 활동을 시작했을 때 내가 루미안에 갔으니). 하지만 그것이 없었다. 온 저택을 시약으로 뒤덮다시피 하였지만 시약에 반응은 없었다.

“있어야 하는데…….”

이럴 땐 두 가지의 결론이 있었다. 하나는 테푸로니아프가 완전 다른 장소로 이동한 것. 하지만 그 습성상 있을 수 없는 일이고… 마지막으로 시장 얼굴에 붙었던 알이 유일한 것이었다는 또 다른 결론. 하지만 그것도 불가능한 일이었다.

“분명히 있어야 합니다. 그때의 알이 유일했다는 이론은 말 그대로 이론상으로만 따지면 가능하지만 그 이론만 가지고 따지면 사람이 브레스를 뿜을 수도 있죠.”

이번만큼은 후작도 진지한 얼굴이었다. 어쩌면 모든 사람에게 기생했을지도 모르는 상황. 하지만 그들의 얼굴에 시약을 묻힌 결과 다행히도 괜찮았다. 하지만 그래서 더 불안한 상황.

“후.”

한동안의 침묵이 이어지고 시장 부인이 한숨을 쉬었다.

"우리 집안은 왜 이렇죠? 나도 그렇고 오빠도… 아버지도 이상한 병으로 돌아가시더니……."

"그런 소리 마라. 아버지는 노환이셨다. 넌 아버지의 연세가 몇이셨다고 생각하는 거냐. 네가 늦게 태어난 거야."

"저도 알아요. 하지만… 이상하지 않아요? 아버지는 그때 그 연세치시곤 체격이 좋으셨어요. 그리고 음식도 잘 드셨잖아요. 그런데 노환이시라고는 해도 어떻게 그렇게 몸이 급격히 야위셨냐는 것이지요."

"영양실조와 빈혈이셨지. 그때의 의사 말로는 아무래도 몸에 이상이 생겨 먹은 음식을 몸으로 흡수 못하는 모양이라고 했어."

그때였다. 두 남매의 이야기를 듣던 중 머리 속에 섬광처럼 떠오른 생각은.

"전대 후작님께서 영양실조요?"

"그렇네만."

그렇다. 정말 이상했다. 귀족이 영양실조? 몰락한 귀족이라도 절대 굶지는 않는다. 아무리 몰락했다고 해도 일반 서민에 비하면 기름진 음식을 쌓아놓고 먹을 수 있는 사람들이 귀족이었다. 그런데 비만으로 인한 합병증도 아니고 영양실조? 순간 스쳐 가는 생각. 테푸로니아프로 인해 죽는 사람의 거의가 영양실조였다. 몸의 모든 양분을 그것들에게 빼앗기니까.

"혹시 이 영지 안에 그분… 전대 후작님의 묘소가 있습니까?"

"웅? 묘소는 아니지만 역대 선조님들의 관을 모셔놓은 곳은 있지."

그렇군. 젠장, 그랬어. 카샤니안에서는 왕이든 귀족이든 평민이든 죽은 후에는 다 똑같다. 무덤 아니면 화장. 동방 대륙의 사람들이 만든 나라라서 다른 나라와는 다른 문화들이 카샤니안에는 어느 정도 존재했다. 왕족이나 공작 이상의 귀족은 성을 앞에 쓴다거나 하는 것인데 그 외에도 어느 사회, 어느 나라, 어느 민족을 봐도 특히 쉽게 변하지 않는 것이 있는데 그것이 바로 장례 풍습이다.

장례란 그 민족의 정신 세계와 사후 세계관과 민족 특유의 신앙과도 맞닿은 것이기 때문에 잘 바뀌지 않는 것이다. 그러니 내가 다른 나라에나 있는 그런 것이 여기에 있는 줄 어떻게 아느냐고. 라마비스 가문도 당연히 매장이나 화장한 것으로 알지. 특별한 건물을 지어 관을 따로 보관하는 풍습은 이곳 서방 대륙에서도 대륙 서북 지역의 풍습이다.

"갑시다."

"어딜?"

"관을 모신 곳으로요."

후작이 잠시 뜨악한다. 이 멍청한 후작도 내 말뜻을 이해한 모양이다.

"한 가지 물어보겠소."

뭘?

내가 물끄러미 후작을 보자, 그것이 물어보라는 뜻으로 알았는지 후작이 질문을 시작했다.

"만일 그 관 안에 당신이 말한 그 테푸… 뭐라는 게 있으면 위험한 거요? 위험하면 얼마나 위험하고 또 그것들이 광범위하게 퍼질 위험이 있는 거요?"

앗! 내 예상을 뛰어넘는 질문. 하지만 답하기는 매우 간단하군.

"물론입니다. 속도는 느려도 그 피해는 확실하죠."

한숨을 쉰다. 후작이 무엇을 생각하는지는 안다. 나라도 그런 생각을 했겠지.

"그 관 안에 테푸로니아프가 있든가 알이 있으면."

"있으면?"

후작이 긴장하고 되물었다.

"간단한 약으로 없앨 수 있습니다. 아, 물론 관이나 시체에는 손상이 안 갑니다. 뭐, 관 뚜껑이 열려서 생기는 손상이야 어쩔 수 없지만."

"좋소. 갑시다."

그런데 아까부터, 아니, 전부터 궁금한 것이 있는데… 이 후작이란 사람, 완전 반말했다 정중히 말했다 참 사람 헷갈리게 하네.

예상대로, 너무 뻔한 예상대로 역시 관 안에 그것들이 있었다. 그런데 그 묘실 전체에 퍼져 있었다는 것은 의외였다. 그리고 그것들 중에 알만 제외하고는 모두 죽어 있는 것도. 하긴 뭐 빨아먹을 게 있어서 아직까지 살랴마는. 시장 부인이 그 알에 감염이 된 것은 전대 후작이 죽은 후 그녀가 죽은 후작에게 마지막 작별의 키스를 하면서 옮겨진 것으로 여겨진다.

그러면 그 전대 후작은 어떻게 감염이 되었을까? 전대 후작은 죽기 며칠 전 묘실에 들어갔다가 나온 적이 있었다고 한다. 아마 자신이 죽은 후 자신의 옆에 있을 조상들에게 인사를 하려고 했을 것이다. 죽을 사람은 그것을 미리 안다던가? 아무튼 그렇게 인사를 하러 들어간 그때 이미 묘실에는 알들이 있었던 것이고, 거기서 옮겨진 알이 다시 시장 부인에게 옮겨진 것이었다. 그리고 처음에 그 알이 묘실에 들어가게 된 것은 짐작이지만 역시 마법 창고와 관련이 있었다.

지금 라마비스 후작의 할아버지, 그러니까 전대 라마비스 후작의 아버지가 마법 창고에 들어가서 한 가지 물건을 가지고 나왔다고 했다.

그 물건은 자그마한 상자로 단단히 봉인이 되어 있었는데 그 위로 구
멍이 뚫려 있었다. 바로 향 상자였는데 무척 향기로운 향이었다고 한
다.

약간 결벽증이 있고 악취를 유난히 싫어하던 후작이 그 향 상자를
관에다 같이 넣어달라 했었다고 한다. 그 유언은 받아들여져 향 상자
가 같이 관에 넣어졌는데, 내 생각에는 그것이 체칠 향이 아닌가 생각
되었다.

왜냐하면 테푸로니아프 갑옷을 만들 땐 당연한 일이지만 테푸로니
아프를 구해야 한다. 하지만 세상 일이 다 그렇듯이 테푸로니아프도
일부러 구하려면 구해지지 않았던 것이다. 그런 테푸로니아프를 유인
하는 향이 바로 체칠 향을 만드는 주 재료인 체칠이란 식물의 뿌리.

테푸로니아프들은 이상하게 체칠 뿌리를 무척 좋아했다. 그래서 테
푸로니아프가 들어가는 걸 막기 위해 체칠 향을 만들 때는 무척 조심
해서 만들었다. 하지만 드물게 체칠 향에 테푸로니아프가 들어가게 되
는 경우가 있었다. 그리고 더 드물게 체칠 향 상자 안에 갇힌 테푸로니
아프가 알을 까는 경우도 있었다. 테푸로니아프는 이상하게도 체칠 뿌
리는 무척 좋아했지만 정작 체칠 향은 무척 싫어해서 알이 아니면 그
오랜 기간을 버틸 수 없었던 것이다.

그런데 시장 부인의 경우는 그 드문 경우 가운데 드문 경우였다. 거
기다 시장 부인, 시장 부인의 아버지라는 매개체를 거친, 한마디로 우
연도 아주 기적 같은(?) 우연이라고 말할 수밖에 없다.

옛말에 이런 것이 있다. 죽을 놈은 신의 축복을 받아도 죽고, 살 놈
은 저승 유람을 해도 산다고. 비유가 맞을지는 모르지만 병에 걸리려
니 그런 말도 안 되는 경로로 감염되고, 나으려니 갑자기 나 같은 놈…

이 아니라… 분이 떨어지듯이 나타난 것이 아닌가 말이다. 아, 갑자기 철학자가 되고 싶어라.

"그건 당신이 가지시오."

내가 아무리 괜찮다고 해도 후작은 영 그것이 마음에 들지 않는 모양이었다. 테푸로네이아프 갑옷. 가볍고, 부드럽고, 여름엔 시원하고, 겨울엔 따뜻하고, 칼도 잘 막고, 불도 잘 막고, 아무튼 좋은 장점이란 장점은 다 가진 것이었다.

뭐, 주면 나야 고맙지. 그래서 나는 초대 라마비스 백작 부인의 일기장을 주었다(어차피 줄 것이었지만). 그런데 기쁜 얼굴로 그 일기장을 보던 후작은 기묘한 표정을 지으며 귀한 것이니 유리 액자에 넣어서 잘 보관한다고 한다. 그렇게 되면 아무도 못 볼 텐데… 왜 그런지 짐작이 가긴 하지만… 하긴 나라도 그랬을 거다. 누가 볼까 겁날 테니.

"그런데… 란셀 씨."

죠세프가 갑자기 나를 부른다. 난 여자는 아니지만 그래도 살아온 연륜(?)의 직감이 있다. 왠지 불길해…….

"당신은 이제부터 여행을 할 예정입니까?"

"예, 그럴 생각입니다. 세상을 돌면서 제 도움이 필요한 사람을 도와야지요."

악! 내가 말했어도 너무 가증스럽다. 놀러 다닐 거면서.

"그럼 저도 데려가 주시겠습니까?"

나는 멀뚱히 죠세프를 바라보았다.

이게 뭔 소리야?

"저도 세상을 여행하고 싶습니다. 그래서 많은 경험을 쌓고 싶습니다. 하지만 저 혼자의 여행은 힘들 것이라고 생각합니다. 제 자신이 경험이 없고, 목적없는 여행은 단지 세월만 까먹는 관광과 다름없는 유희밖에 안 됩니다. 그건 저에게도 이롭지 못한 일이지요. 란셀, 당신은 믿을 수 있고 제게 도움이 될 만한 분 같습니다. 그래서 같이 여행하자고 부탁드리는 것입니다."

이런 경우를 두고 불길한 상황이라고 하는 것이다. 갑자기 이 죠세프란 녀석이 거머리로 보이기 시작하는 것은 단순한 나의 착각일까?

"하하핫, 무슨 그런 말을……. 나하고 다니면 고생이 심할 텐데요. 그리고 난 의사라서 모험 따위는 할 일이 없을 겁니다. 기사가 되기 전의 모험이라면, 그리고 검을 익히고 세상을 익혀 수련을 하고자 한다면 모험가들과 같이 가야 할 겁니다."

음, 내가 한 말이지만 멋지다. 다음에도 또 써먹어야지.

"하지만 란셀, 당신만한 동료를 구하기는 불가능하죠. 그리고 당신이 의사인만큼 당신과 다니면 생명의 소중함도 알게 될 겁니다. 검은 어디에서든지 수련할 수 있습니다. 진정 검을 수련하고자 한다면 장소는 문제가 아니지요. 그리고 어느 정도의 실력이 되면, 그리고 가문이 받쳐 주면 기사는 누구든지 됩니다. 하지만 생명의 소중함을 아는 그런 기사는 힘듭니다."

헉! 저 말발……. 벌써 딸리네… 이거. 반박할 말이 없다. 이거 말싸움도 전에 꼬리 내리는 격이지만 저 눈을 보니 강한 의지가 엿보인다. 도저히 말로 해서는 듣지를 않을 것이다. 그렇게 되면 차라리 그의 부탁을 들어주는 것이 편하다. 아, 물론 조건을 붙여 포기를 하게 한다는 말씀. 그리고 나에게는 라마비스 후작이라는 아주 든든한 원군이 있지. 근데 이거 여행 동료가 너무 쉽게 생기려고 한다? 쟤가 이상한 건가… 내가 운이 억세게 좋은 건가?

"그럼 란셀, 우리 애를 잘 부탁하오."
라고라고라고라? 이게 뭔 소리여, 시방? 내가 죠세프에게 붙인 조건
은 단 한 가지. 아버지의 허락을 받을 것. 내 예상으로는 당연히, 아주
당연히, 세상이 두 쪽 나도 당연히 허락하지 않으리라 생각했다. 그래
도 후작에게 가서 죠세프가 한 말을 전하고, 그렇게 되면 죠세프에게
어떤 악영향을 끼치는지 장황히 설명까지 했다. 나와 다니면 검술 수
련을 못해 기사가 못 된다는 등 내 직업이 마병을 고치는 의사라 엉뚱
하게 불치의 병에 걸릴 가능성도 크다는 등 또 직업상 드래곤과 마족
과 불화가 심해 엉뚱한 일에 휘말려 죽을 가능성이 크다는 등… 내 머
리로 어떻게 그렇게 많은 불가 사항을 생각해 냈는지 나도 놀랄 만큼
밤새워 가며 길게 늘어놓았던 것이다.
그런데 죠세프는 단 몇 분, 내가 후작을 만난 다음날 아침, 아침 식
사 후 내가 후식을 먹는 그 잠깐 새에 후작과 방에서 얘기를 하더니 후
작의 허락을 받아낸 것이다.
허락을 했다. 후작이 허락을… 허락을……! 아니, 이런 엿 같은 경우
가… 아니지, 여긴 엿이 없으니까 이런 사탕 같은 경우가……!
"후작님, 이건… 이건 말이 안 됩니다. 죠세프는……."
후작이 내 말을 중간에서 잘랐다.
"아니오. 역시 사내란 젊어서 여행도 하고 모험도 해야지."
흥. 내가 보기엔 그럼 후작 당신은 사내가 아닌데?
"젊어 고생은 사서도 한다고 하지 않소? 하하핫!"
고생은 내가 할 것 같은데? 좋아, 치사하지만…….

"좋습니다. 하지만 또 하나 짚고 넘어가야 할 부분이 있습니다."

모두들 나만 쳐다본다. 음… 왠지 인기 스타가 된 기분.

"제가 가는 길은 매우 어려운 길입니다. 험하고 위험하지요. 그리고 전 저 하나는 보호할 수 있습니다. 제가 능력은 없지만 제가 가지고 있는 도구 덕택으로 말입니다. 하지만 그건 어.디.까.지.나. 저.만.입니다. 다른 사람은 도울 수가 없습니다. 지킬 수가 없다는 말입니다. 그런 이유로 저는 동료를 원치 않습니다. 다치고 죽을 가능성이 커서죠. 따라서 제 동료가 되려면 최소한 소드 마스터의 경지는 되어야 합니다. 그렇지 않으면 동료로 같이 길을 떠날 수가 없습니다."

난 사악한 웃음을 흘리며—물론 속으로만. 겉으로는 진지하게—죠세프를 바라보았다. 소드 마스터가 무엇인가? 검기를 다루는 모든 검을 쓰는 사람들의 목표이자 바라볼 수 없는 꿈. 흐흐. 설마 저 어린 죠세프가 소드 마스터? 불가능하지. 암, 불가능하고말고. 날 치사하다고 욕하지 마라. 세상이란 원래 이런 거다. 그리고 이것도 인생의 경험이니 잘 알아두라고. 흐흐흐.

나의 사악함—아니, 지혜다—에 모두들 무표정이군. 그 말이 그렇게 충격적… 충격적… 충격… 충…… 그래, 이것이 바로 진정한 충격이다!

"이 정도면 될까요?"

죠세프 녀석, 지금 칼을 들고 있었다. 그리고 검을 감싸고 있는 빛은… 검기, 분명 검기였다. 으악! 죠세프가 소드 마스터?! 이럴 수가 없어! 이건 꿈이야! 그래, 악몽이야. 으… 그래도… 하지만 역시 꿈은 아니니 문제지. 대체 저 나이에 어떻게…….

"너… 정말 소드 마스터냐?"

"예."

"언제부터?"

"한 일 년 됐나? 그때부터 마나를 느꼈어요."

너, 그게 말이 되니? 어지간히 뛰어난 기사도 빨라야 20대 중반이나

30대 초반에야 겨우 마나를 느끼고, 거기서 3년은 더 지나야 그나마 약하게 검기를 다루는데… 정말 죠세프, 저놈은 무협지 주인공으로 나올 녀석이 잘못해서 판타지 소설 조연으로 떨어진 모양이다. 대체 일 년 전에 마나를 느끼고 그 일 년 만에 검기를 다루다니…….

"…그런데 죠세프……."

"아직 부족합니까?"

넘친다, 짜샤!

"알고 있겠지, 소드 마스터의 단계를?"

소드 마스터의 단계. 나의 마지막 희망. 소드 마스터라고 다 같은 소드 마스터가 아니다. 거기에는 단계가 있었다. 1단계는 마나를 느끼는 것. 완전 기초다. 비록 검기는 없지만 사실 소드 마스터의 과정에서 가장 어려우면서도 반드시 통과해야 하는 기초 단계이다.

2단계는 검에 흐릿하게 검기가 맺히는 상태다. 등불로 사용하기에도 모자란 상태. 그래도 검기의 완성이랄 수 있는 단계이다. 아무리 별 볼일 없는 검기지만 그래도 검기니까.

3단계는 검기 방출. 하지만 그때의 검기는 그냥 마나가 방출되는 것으로, 그 마나의 기운으로 검만 망가뜨리는 단계다.

4단계. 검기로 검을 보호하는 단계. 당연히 검이 망가지지도 않는다. 하지만 이때는 검은 보호되지만 검기로 인해 검의 예기가 떨어진다. 검기가 검의 날을 싼 것으로 검을 천 등으로 싼 것으로 보면 된다. 따라서 실전용은 아니다. 뭐, 철퇴처럼 쓴다면 모르지만.

5단계. 검기에 예기가 서리는 단계다. 사실 여기서부터가 진정한 소드 마스터라고 할 수 있다. 그리고 보통 소드 마스터 하면 이 단계를 생각한다. 검기로 검을 보호하고 검기로 더욱 예리해진 단계.

6단계에 이르면 검기가 길어진다. 자신이 가진 검의 길이보다 더 길게 검기가 나온다. 따라서 부러진 검으로도 일반 검처럼 쓸 수가 있다. 또 검보다야 못하지만 창, 철퇴, 목검 등으로도 검기가 맺히게 할 수 있다. 물론 검으로 하는 것보다는 여러모로 떨어지지만.

그리고 7단계. 꿈의 그랜드 마스터의 단계. 검기의 길이가 6단계보다 훨씬 길어지고 검기를 발사할 수도 있는 단계다. 게다가 뭐든 손에 잡히는 것으로도 검기를 낼 수 있는 단계로, 검이든 다른 물건이든 검기의 힘이 같다고 한다.

원래는 7단계까지가 소드 마스터의 단계였지만 사람들의 능력이 더 발전하고 동방 대륙의 사람들이 오면서 두 단계가 더 생겼다.

8단계. 실제로는 7단계에 속하는 단계다. 다만 7단계에서도 더 숙련이 되고 실력이 늘어난 상태로 맨손으로도 검기를 낼 수 있는 단계다. 따라서 검이 필요없었다. 거기다가 검을 들면 한 검에 검기를 두 개 이상 낼 수도 있다고 하는 단계이다. 마음만 먹으면 얼마든지 검기를 내는 드래곤조차도 어느 정도 연습을 해야 한다는 단계.

다음은 마지막 9단계. 검 없이 검기를 쓰는 단계다. 단지 마음을 움직이는 것만으로 마나를 진동시켜 검의 예기를 내게 하는 단계. 상대방의 눈에 검은 보이지 않는다. 별칭으로 마음의 검이라고 불리는 단계이다. 그런 경지의 사람은 그 사람의 힘이 미치는 구역 안은 그 자체로 검이나 다름없었다. 드래곤조차 부단한 노력을 하지 않으면 안 되는 단계. 드래곤에게 용언 마법이 있고, 마법사에게 언령 마법이 있다면 검사에게는 마음의 검이 있다고 말해지는 그런 단계였다.

하지만 8단계나 9단계는 공식적인 단계가 아니었다. 그 정도의 실력을 가진 사람이 과연 얼마나 있을까? 백 년에 한 번? 그렇게 나와도 자주 나오는 것이다. 그래서 공식적으로는 7단계가 소드 마스터의 전 단계이고, 8단계와 9단계는 소드 마스터의 후 단계로 7단계에 속했다. 다만 검을 다루는 사람들이 더 높은 경지를 바라보기 위해 그렇게 단계를 정한 것이었다. 그래서 소드 마스터의 마지막 단계를 7단계라고 하는 것이다.

그리고 소드 마스터와는 다르지만 그 기술이 소드 마스터의 기술보다 상위의 기술이면서 차원이 다른 기술인 생명의 검을 배울 수 있는 단계가 있다.

흔히 소드 마스터 10단계라는 별칭으로 불리는 이것은 나무나 풀 등의 생명 에너지를 검기처럼 내뿜는 최고의 기술로 신의 기술이라 불렸다.

소드 마스터가 쓰는 검기와는 다르고 수련법도 다르지만 소드 마스터의 7단계를 통과하지 못하면 배우는 것조차 못한다. 드래곤도 상당한 수련을 해야 쓸 수 있는 것으로 인간으로서 생명의 검을 쓴 사람은 역사상 단 두 명뿐이었다. 그나마 둘 다 마도 시대의 인물들이었고.

생명의 검을 잘못 쓰면 자신의 생명을 먼저 쓰게 되어 순식간에 죽어버리는 결과를 낳기도 한다. 하지만 미리 겁을 먹을 단계는 아니다. 어차피 소드 마스터 7단계에 이르려면 상당한 세월이 요구되고 인간의 수명으로는 그 세월을 담을 수가 없는 것이다. 따라서 현실적으로 소드 마스터 7단계면 인간으로서 오를 수 있는 최고의 단계이자 꿈의 단계이다.

"물론 알죠."
"너, 몇 단계냐?"

4단계 이하면 사악하게 동행을 거부하겠지만. 물론 억지지.

"5단계인데요?"

죠세프의 말을 듣고는 머리가 띵할 정도였다. 5, 5단계……. 뭐, 이런 괴물이…….

"너… 너, 마법은 할 줄 아니? 마법도 필요한데……."

정말 치사한 말이었다. 죠세프의 조상이 아무리 마법 기사였다지만 그래도 검사에게 마법을 말하다니……. 이 말이 왜 나왔을까? 요놈의 입. 잘했어. 치사해도 할 말은 해야지.

"부끄럽습니다. 4클래스의 단계에 2써클의 마법을 운용합니다."

졌다. 마법까지? 비록 2써클의 마법을 쓴다지만 4클래스의 실력이면 쓸 수 있는 마법의 수는 비록 적어도 위력은 강하다. 2클래스에 4써클보다 나을지도 모른다. 쓸 수 있는 마법은 많아도 위력은 작을 테니까. 그런데 그러고 보니 죠세프 녀석, 마법 검사였군. 그것도 상당한. 흑, 난 검도 못 다뤄… 마법도 못하는데……. 게다가 죠세프 녀석 잘생겼지, 몸매 좋지, 가문 좋지. 이건 불공평해. 오~ 엘렌디아 여신이여, 세상이 이렇게 불공평해도 됩니까?

"참, 그리고 보니 알폰이 이런 걸 주더군요. 란셀, 당신이 곤란한 지경에 빠지면 주라고 하면서……."

잠시 자기 연민에 빠졌던 난 죠세프의 말에 귀가 번쩍 틔었다. 알폰을 만난 것은 아주 짧은 시간이었지만 그의 머리가 보통이 아닌 것은 느끼고 있었다. 혹시 이번 일을 짐작하고 해결책을 주었을지도…….

"그렇습니까? 그럼 어디 한 번."

난 알폰이 나에게 주었다던 편지를 펴 보았다. 거기에는…….

단지 이것이었다. 이거 사람 놀리는 건가? 가뜩이나 따라온다고 해서 골치 아픈데 동행을 하라고? 차라리 염장을 질러라. 때려주고 싶어. 그런데… 이거 알폰이란 사람, 정말 이런 상황이 올 것이란 것을 알았나? 갑자기 섬뜩해지네.

"저… 알폰이 여기 이 후작가에 자주 옵니까?"

"아니요. 당신도 알다시피 후작님과는 사이가…… 사실 저도 이번이 처음이죠. 그래도 알폰은 두어 번 일 때문에 왔었지요."

그렇다면 뻔하다. 그 두어 번 온 것으로 죠세프의 성격을 완전 파악, 그의 행동을 예측한 것이다. 물론 나에 대해서도 놀라운 통찰력을 보였고. 무서운 사람이었다. 그런 사람이 나라의 고위직에 있다면 그 나라는 발전하기 싫어도 발전할 수밖에 없고, 다른 나라와 전쟁을 해도 백전백승일 것이다. 그런데 그런 사람이 어째서 일개 시의 시장 비서로 만족할까? 나라면 그 능력으로 더 높은 자리를 차지할 텐데.

아무튼 나쁘게 말하면 악마적인 지혜를 가진 사람이었다. 그리고 거기까지 생각하니 아무래도 죠세프를 데려가야 할 것 같다. 그 정도로 뛰어난 지혜를 가진 알폰의 말도 있으니 내 제자로도 한번 생각해 보고. 그래, 롤플레잉게임이라고 생각하자고. 업그레이드 된 마법구에 능력있는 동료가 생기는 거니까.

산길은 그리 험하지 않았다. 원래 시장은 강을 따라 배를 타고 가라고 했지만 여행이란 무엇인가? 많은 것을 보고 경험하는 것이다. 그런 의미에서 나는 육로를 택했다. 그리고 배는 좀… 지루하다.

"한 가지 묻자."

난 죠세프에게 아까 후작가를 떠날 때부터 궁금하던 것을 물었다.

"너, 어떤 말을 했길래 후작님이 이런 험한 길로 밀어 넣으셨나?"

그런데 왜 반말을 하냐고? 그거야 내 제자로 삼았기 때문이지. 나 자신이야 마법은 못 쓰지만 지식은 많으니까. 특히 마법진이나 도구에 대해서는 더욱 자신이 있었다. 마법진은 발동 못 시켜도 그리기야 잘 그리고, 마법 도구는 특별히 발동을 시키는 것이 아니라면 나도 쓸 수가 있는 것이니까. 아, 물론 나의 전공은 마도의사이지만 말이다. 그런 까닭에 검사이지만 마법사이기도 한 죠세프가 나의 제자가 된 것이다.

"그저… 스승님과 같이 가면 던전 탐험도 할 테고 별 희안한 것도 다 볼 테니 보물이나 신기한 것들을 얻을 가능성이 있을 거라고 했지요."

뭐? 겨우 그런 이유로 아들을 여행시켜? 정말 부자지간 맞아?

"이봐, 겨우 그런 이유로……."

"아버지는 제 실력을 믿고 있으니까요."

하긴 소드 마스터 경지의 마법 검사인데 어련하시려고. 결국 그 후작은 아들의 실력을 믿기에 여행을 허락한 것일 것이다. 그리고 나와 가면 많은 경험을 쌓을 것이라고 생각한 모양인데… 돈밖에 모르는 것처럼 보이던 후작도 아들에 대한 사랑과 신뢰가 있다고 생각하니 왠지 가슴 한구석 귀퉁이 쪼가리가 뭉클하다. 근데 어쩌니? 나와 가면 던전은커녕 그 흔한 동굴 구경도 힘들 텐데?

"그런데 저도 궁금한 게 있는데요."

"뭐가?"

"아버지께 뭐라고 하셨길래 고모와 고모부를 집에 머물게 하셨죠?"

"간단해. 후작님의 병은 다시 재발되는 것인데 재발 초기에 약을 먹으면 더 이상 재발하지 않을 거라고 했지. 그리고 그 약을 시장 부인께 드렸다고 했어. 물론 거짓말이지만 뭐, 그래도 그 거짓말로 남매가 화해하면 그것도 괜찮겠지? 선의의 거짓말, 좋잖아?"

"어… 그렇군요. 생각보다……."

뒷말을 끊다? 뭘 말하려고 했을까? 혹시… 사악하다고? 그게 내 천성이다.

"아, 스승님, 마을이 보이는군요."

그랬다. 워낙 작은 산. 산이라고 하면 미안한 작은 구릉이었기에 천천히 여유 잡고 가도 이렇게 금방 도착한 것이었다. 오히려 후작가에서 산 입구까지가 멀고 험(?)했다고 할까.

"음, 그렇군. 아직 날이 저물지는 않았지만 저 마을을 지나쳐 가면 어두워질 때까지 다음 마을에 도착할 수 없을지도 몰라. 우선은 저 마을에서 묵자. 어차피 물건도 사야 할 테니."

"역시 여행을 많이 하셔서 그런지 잘 아시는군요."

야, 나 초보야. 전에 카나이드와 많이 하긴 했지만 그건 카나이드를 따라다닌 것이고, 그나마 수십 년도 전의 일이야. 나 혼자 하는 것은 이번이 처음이다. 사실 지도 좀 봤지.

"그런데, 스승님."

"아, 그렇지. 이건 확실히 해두자고."

"예?"

"날 부를 때 스승님이라고 부르지 마. 닭살 돋아. 너, 내가 닭이 되면 좋겠니?"

흐… 이거 어째 카나이드처럼 돼간다? 제자는 스승을 닮는다 이건가?

"예? 그럼 어떻게……?"

"그냥 내 이름을 불러, 란셀이라고."

그래, 확실히 카나이드에게 물들었어. 하긴 보고 배운 게 어디 가나?

"하지만 스승님의 이름을 어떻게……."

"시끄러. 난 닭고기는 좋아하지만 내가 닭이 되는 것은 싫단 말이다."

"그… 러죠, 란… 셀."

…죠세프 녀석, 나보다 더 적응력이 뛰어난 것 같군. 난 카나이드가 스승님이라고 부르지 말고 이름을 부르라고 했을 때 한 며칠을 계속 스승님이라고 하다 겨우 이름을 불렀는데… 세대 차이 실감난다.

죠세프와의 여행 사흘째. 죠세프에게 드는 의문점들이 있다. 이 녀석 원래 성격이 후한 건가, 아니면 낭비가 심한 건가? 지금이야 숲이니까 돈 쓸 일이 없지만 여태껏 지나쳐 온 마을이 둘. 그곳 모두에서 돈을 엄청 낭비했다. 작은 물건 사고 금화, 식사하고 금화, 종업원에게 수고비로 금화, 금화, 금화, 금화……. 이거야 원, 이러다가는 빈털터리가 되겠어. 아무래도 이 숲을 빠져나간 후에는 돈 관리를 내가 해야겠다. 지금 쓴 돈이야 후작이 여행 경비로 쓰라고 준 돈이라 그냥 죠세프에게 맡겼지만 이젠 도저히 안 되겠다.

누구에게나 흠은 있는데 아무래도 죠세프의 결점은 낭비벽인 것 같았다. 그 결점을 고쳐 줄 사람은 결국 현재 같이 있는 검소하디검소한(?) 나뿐이니까. 아무튼 고민이다. 어떻게 고치나……. 녀석이 돈의 가치

개념을 모르지도 않을 텐데 저렇게 마구 써대다니……. 원래가 풍족한 귀족의 집안에서 자라 저런 나쁜 버릇이 들었을 테니 돈 없는 고생을 좀 시켜? 음… 그건 안 돼. 그럼 나도 고생이니까. 휴우~ 차라리 정말 돈의 가치를 모르면 가르치기가 편할 텐데.

"도, 도와… 주세요."

그때였다. 내 귀에 가느다란 도움을 요청하는 소리가 들린 것은.

"어? 스… 아니, 란셀, 들었어요?"

"그래. 누가 도움을 청하는 소리 같은데? 여자인 것 같아."

그러면서 우리는 급히 소리가 난 곳으로 달려갔다. 물론 여자 목소리여서다. 남자였으면 걸어가는 건데. 음… 목소리가 좀 걸걸하면 그냥 지나치거나… 아, 다리 아파.

"저기."

갑자기 죠세프가 한곳을 가리켰다. 거기에는 누군가가 쓰러져 있었다. 그 여자의 발목 부근에 덫이 있는 것으로 보아 누군가가 몰래 놓은 덫을 밟은 모양이었다.

대체 누구야, 덫을 사람들도 다니는 곳에 설치하는 놈들이? 아무튼 밀렵꾼들이란 씨를 말려야 해. 그런데… 저 여자… 엘프인가?

나와 죠세프는 그 여자한테로 갔다.

"도와주세요."

그 여자 엘프는 우리를 보자 눈물을 글썽이며 도움을 요청했다. 화려한 금발에 청록색의 신비로운 호수를 연상시키는 눈, 금빛 머리카락 사이로 나온 뾰족하고 긴 귀, 깨끗한 피부를 가진 청순한 느낌의… 누구라도 그 얼굴을 한번 보면 심장이라도 내줄 것 같은 보호 본능을 일으키게 하는 얼굴. 나도 참… 이 상황에서 잘도 본다.

“이런, 아가씨, 잠시만 기다리세요.”

쬬세프가 급히 여자에게로 다가가서 덫을 해체하는 동안에 갑자기 나의 머리 속에는 한 가지 생각이 맴돌았다.

응? 뭐지? 뭐야? 뭔가 머리에서 떠오를 것 같은데…….

“자, 이제 발을 빼세요.”

“잠깐, 쬬세프.”

“고마워요.”

내가 쬬세프에게 말을 거는 동시에 덫에서 발을 빼낸 엘프 여자는 살아난 것이 기뻤는지 쬬세프에게 한번 매달려 안기더니 곧바로 숲으로 달려갔다.

“고마워요, 아저씨. 그러면 다음에 또 봐요.”

“조심해서 가세요.”

얼씨구? 쬬세프 녀석, 손까지 흔들며 배웅하네?

“저 여자, 엘프였어.”

“네, 그래요. 저런 평화롭고 자연을 사랑하는 종족이 어쩌다 저런 덫에 걸려서……. 그런데 덫에 걸렸으니 다리를 다쳤을 텐데 저렇게 잘 뛰다니… 역시 엘프라 다르군요.”

“그것도 하프 엘프야.”

“그래요? 어떻게 아셨죠?”

“보통의 엘프는 귓불이 전혀 없지만 하프 엘프는 약간 있지. 인간과 비교하면 거의 없는 수준이지만 없는 것과 거의 없는 것과는 그 차이가 엄청난 거야. 물론 귓불이 없는 경우도 있긴 하지만. 그리고 무엇보다도 귀의 길이가 달라. 하프 엘프는 보통 순수한 엘프보다 귀가 짧어.”

그리고 나는 그 엘프 여자가 걸렸던 덫으로 다가갔다.

음… 그렇군. 내 생각이 맞았어. 그걸 늦게 알다니…….

"지금 뭐 하시는 거예요?"

나는 죠세프의 질문을 무시하고 덫에 묻은 피를 손가락에 묻혀서 맛을 보았다.

"아니, 뭐 하는 겁니까?! 피를 먹다니요. 대체 어떻게 그런 엽기적인 짓을……."

"자, 맛을 봐봐."

난 죠세프가 몰라서 묻는 말을 씹고는 죠세프에게 엘프의 피가 묻은 손가락을 들이대었다. 그래서일까? 죠세프가 뒷걸음질을 친 건?

"대체 왜 그래요? 난 변태가 아니라고요. 어떻게 그런 걸……."

"피 먹는다고 변태냐? 피 먹는 사람이 얼마나 많은데. 그리고 너도 선지 먹잖아. 선지, 그거 소 피다. 그러니 잔소리 말고 맛을 봐. 그러면 알게 돼."

내가 진지하게 말을 하자 죠세프도 어쩔 수 없이 슬금슬금 다가와서 내 손가락에 혀끝을 슬쩍 대었다.

"짜고…….'

"그건 내가 아직 손을 안 씻어서 그렇고."

우씨, 그렇다고 헛구역질할 필요는 없잖아.

"음… 달아요. 아! 엘프의 피는 달구나."

이런 고깃집 가서 야채만 얻어먹을 놈.

"그게 아냐. 이건 나무 딸기 즙이야."

"……?"

"내가 방금 하프 엘프라고 했을 때부터 알았어야지."

“뭐요?”

“네 몸을 뒤져 봐. 돈 주머니가 그대로 있나.”

“돈 주머니야 여기… 엇?”

내 말대로 품속을 뒤지던 죠세프가 놀라면서 계속 몸을 더듬었다.

“어, 없네? 이런, 잃어버렸나? 그럴 리가 없는데?”

“잃어버린 것이 아니라 도둑맞았어. 정확한 용어로 하자면 소매치기.”

“예?”

이봐이봐, 놀라는 것도 좋지만 그러다가 눈 빠져.

“범인은 아까 그 여자다.”

“하지만… 그 여자는 엘프…….”

“바보야, 하프 엘프라고 했잖아. 젠장, 빨리 떠올렸어야 했는데. 잘 들어라. 하프 엘프는 인간과 엘프의 혼혈. 인간과 엘프 어디에서도 환영을 받지 못해. 특히 엘프가 사는 환경에서 하프 엘프는 적응도 못해. 겨우 다양한 군상이 모인 인간 사회에서나 활동하지. 그나마 제대로 된 활동은 못하고 어두운 세계의 일만 하지. 인간에게서 배척받는 그들에겐 그것밖에 할 일이 없으니까. 지금이야 그런 것이 많이 없어졌지만 그래도 아직까지 하프 엘프를 배척하는 곳도 남아 있지. 그리고 어느 정도 무시하는 경우도 남아 있기 때문에 제대로 된 직업보다는 어두운 세계에서 일하는 하프 엘프가 더 많아. 뭐, 꼭 그게 아니라도 하프 엘프도 엘프의 피를 이어받았으니 능력이 뛰어나기 때문에 스카우트되기도 하지만. 하프 엘프도 인간과 같은 욕심이 있거든.”

“그럼…….”

“그래. 그 하프 엘프 여자는 소매치기야, 너처럼 어벙한 녀석 털어먹

는. 하긴 나도 멍청했지. 진짜 엘프면 정령들이 덫이 있다고 알려주거
나 덫에 안 걸리게 도와주기 때문에 덫에는 안 걸려. 누군가가 일부러
힘을 쓰지 않는 이상에는 말이지. 어쩌다 걸린다 해도 스스로 알아서
빠져나오고 치료도 하니까 도움을 청할 이유가 없지."

"그렇다면 빨리 잡아야죠."

"그래야지."

난 여유있게 새로 업그레이드 한 지팡이를 꺼냈다. 내가 아까 그 여
자가 소매치기인 것을 알고도 여유가 있었던 것은 바로 이것이 있어서
다. 후후. 그럼 이걸 이용해서 이 산 전체를 한번 훑어볼까? 응? 근데,
어쭈? 이게 자고 있네?

"야, 일어나, 팡!"

『아웅… 머에어(뭐예요)?』

"할 일이 있다. 일어나, 팡!"

『아함.』

아쭈, 하품까지? 그런데 하품이란 생명을 가진 동물이 많은 산소를
얻기 위해 하는 것이 아니었나?

『근데 팡이 누구예요?』

"너, 이름 지어달라고 했잖아."

『…….』

"좋은 이름이지?"

『설마 지팡이에서 머리 떼고 꼬리 자른 건 아니죠?』

"물론."

…이지.

『흠… 그런데 내가 할 일이라뇨?』

"너, 마법으로 이 산을 훑어봐. 그리고 하프 엘프가 있는 곳을 알려 줘."

『예? 저… 마법 못하는데요?』

"농담 말고."

『진짜예요. 내가 태어난 지 얼마나 됐다고 마법을 써요?』

"농담 아냐?"

또 불길하다?

『진짜예요. 정말 못해요. 전 마법의 ‘마’ 자도 몰라요.』

"말도 안 돼. 넌 드래곤 하트와 여의주로 만든 거란 말이다. 그런데 어떻게 마법을 못 써? 그게 말이 돼? 차라리 검사가 칼 들고 검을 못 쓴다고 하는 말을 믿지."

난 팡을 잡고 흔들며 외쳤다.

『엉엉… 정말 모른단 말예요. 엉엉..』

이, 이런… 울기까지……. 근데 이거 사람의 아이가 우는 것도 아닌데 어쩐지 미안해지네. 이거 잘 자던 아이 억지로 깨워서 울린 것 같은 기분이야.

"아, 알았어. 울지 마. 그럼 이건 할 수 있지? 뭐, 한번 했었으니까."

『뭐요? 훌쩍..』

"내 레어에서 물건을 가져오는 것."

『아뇨.』

그, 그것도? 응? 잠깐…….

"너, 그게 말이 되냐? 며칠 전에 이상한 물건들 잔뜩 내 레어에 집어넣었잖아. 바로 너를 통해서."

그랬다. 라마비스 후작에게서 받은 많은 물건들. 비록 누구의 말처

럼 싹쓸이는 못했지만—갖고 싶지 않은 물건도 있었다—그래도 얻은 물건
은 장난이 아니게 많았다. 그걸 내가 어디에 두었겠는가? 내게 디스린
이 있는 것도 아니고… 난 그 물건들은 팡이를 통해 내 레어에 모두 쓸
어넣었던 것이다.

『그, 그랬나요? 아닌데? 그때, 음… 주인님은 이상한 종이로 하지 않
았나요?』

“……!”

그, 그랬다. 정말… 난 팡이를 통하지 않고 공간 이동 스크롤을 이용
했던 것이다. 후작가의 마법 창고에서 본 여러 개의 스크롤들. 그중에
는 장소만 써 넣으면 그곳으로 이동하는 귀한 스크롤도 있었다. 난 처
음엔 팡이에게 물건을 옮기게 하려고 했지만 귀찮기도 했고 스크롤도
있어서 그것을 쓴 것이었다.

“그, 그래, 맞아. 그럼 이건 할 수 있지? 카나이드나 세리아와 통신
하는 거.”

『그것도…… 근데 그 사람들이 누군데요?』

이런, 지금 난 후작이 준 돈만 믿고 내 재산을 모두 내 레어에 넣어
놓고 하나도 안 꺼낸 상태란 말이다. 그런데 팡이는 마법도 못해, 물건
도 못 가져와, 통신도 못해, 우째 이런 슬라임 같은 경우가…….

“죠세프.”

난 힘없이 죠세프를 불렀다. 사실 힘이 쭉 빠졌다.

“혹시 다른 도시에 후작의 이름으로 돈을 얻을 수 있는 곳이 있나?”

“없어요.”

그래? 그럼 우린… 빈털터리? 으악! 말도 안 돼!

“저… 아까 그 소매치기… 안 잡나요?”

"임마, 너 같으면 지금 잡을 수 있어? 그러게 왜 소매치기를 당해? 그저 여자에게 빠져서는. 하여튼 여자에 빠져 헬렐레 하는 인간은 곤장을 쳐야 돼. 우린 지금 빈털터리야. 거지라고! 이 멍청이, 해삼, 멍게, 말미잘 같은 놈."

"하지만 란셀, 돈은 도시로 나가서 벌면 되지 않나요? 한 며칠 일하면 그 정도의 돈이야 금방……."

뭣? 일?

"한 며칠 용병으로 일하면서……."

이거…….

"아니면 던전 탐험을 하든가……."

상황 파악 완료. 이 바보 죠세프는 돈을 모르는 거다. 누가 귀족 출신 아니랄까 봐 사방에 널려 있는 돈 뭉텅뭉텅 쓰기만 한 것이었다. 마치 빵은 밀가루로 만드는 것이 상식이지만 어리석은 귀족들은 화덕에서 저절로 생기는 것으로 아는 것과 같이. 자신이 마을에서 쓰는 금화 몇 개만도 우리가 몇 달을 일해야 벌 수 있는 돈인데…….

흐유, 죠세프의 고모와 고모부는 그 발달된 상업 도시의 시장과 시장 부인이다. 그런데 그런 사람들의 조카가 저렇게 현실을 모르다니……. 이걸 누가 믿을까? 차라리 라마비스 후작이랑 같이 다니겠다. 그리고 던전? 세상에 던전이 그렇게 널렸냐? 그럴 거면 던전이 아니지. 또 있어도 그래. 던전이 자기 집 앞마당도 아니고, 던전이 나와도 거기에 보석이나 돈이 될 물건이 있으란 보장도 없는데… 정말 할 말이 없다. 생각할 정신도 없다. 그렇지만 이건 확실하다. 죠세프 저 녀석은 무협지의 주인공이 아니라 얼빵이 바보에 어린애란 사실.

그리고 롤플레잉게임인 셈 치자는 말도 취소. 무슨 롤플레잉에 그나

마 있던 능력도 없어진 마법구에 경험도 없는 바보가 끼냐? 표면적으
로는 내 새로운 동료지만 실제는 짐이다, 짐!
　으아! 누가 나 좀 기절시켜 줘~

버림받은 자들의 마을

터덜터덜.

난 지금 숲을 걷고 있다. 힘없이 걷고 있다. 발 무게는 천근만근. 잠시나마 여행의 새로운 동료로 알고 업그레이드 된 무구로 알던 짐덩이 두 개와 같이… 아니, 하난 내 품에 있지. 이젠 지겹다, 나무 열매만 먹는 것도. 저 바보가 돈을 잃어버린 지 닷새째. 그나마 위안이 되는 것은 우리가 아예 길을 잃어서 숲을 헤매고 있다는 것이다. 아마 마을이나 도시를 금방 찾아서 갔으면 참 괴로울 뻔했다. 여기서야 노숙해도, 나무 열매 따 먹어도 누가 뭐라고 하지 않지만 마을이나 도시로 갔으면 우린 완전히 거지가 될 뻔했으니까. 아니, 정말 거지가 된다. 뭐가 있어야지……. 나원, 길을 잃은 것이 다행으로 여겨지다니, 세상에 이런 일이…….

그런데 길을 잃었더라… 지도가 없냐구? 물론 지도는 있다. 하지만 이렇게 산속에서 길을 잃어버렸을 때는 지도도 무용지물이다. 특히 내가 가지고 있는 도시 위주의 지도로는. 덕분에 이렇게 나무 열매만으로 연명하는 신세가 됐다. 게다가 사냥이라도 하고 싶어도… 그래, 사냥은 하려고 했다. 그런데 사냥에는 기본이 있다. 활 같은 무기가 있으면 모르지만 우리처럼 몸만 가진 사람은 몰래 접근하는 것이 최선의 방법이다. 그런데 죠세프란 놈, 토끼를 무슨 몬스터로 아는지 검에 검기를 일으키고… 아니, 그건 그렇다고 치자. 어려운 현실에 좀 더 확실히 잡으려 했다고 할 수 있으니까. 하지만 살기는 왜 일으키는데? 그렇잖아도 검기를 일으켜 나는 빛 때문에 동물들이 달아나는데 살기를 일으키는 통에 주변의 동물들이 전부 달아나 버렸다.

난 정말 화가 나서 '사냥 처음 하냐'고 화를 냈고 녀석의 대답은 '그렇다' 였다. 난 할 말을 잃어버렸다. 귀족 맞아, 사냥도 안 해보게? 그것도 검을 쓰는 사람이?

"음, 책에서 보면 강한 동물이 약한 동물을 잡을 때 강한 포효 등으로 잡을 동물의 혼을 쏙 빼놓는다고 해서……."

이것이 죠세프의 변명이었는데…….

으흐흐흐유… 죠세프, 인간은 육식 동물이 아니란다. 드래곤은 더더욱 아니란다.

지금 제일 마음 편한 건 내 품에서 자고 있는 팡이 하나였다. 자기 때문에 내가 기절 일보 직전까지 간 것은 이미 잊은 듯 자고 있다. 아니군. 마음 편한 사람은 여기 또 있군.

"그런데 란셀, 그렇게 화만 내지 말고 주위를 둘러보세요. 저 나무 정말 멋지지 않나요? 저 꽃도요. 어느 책에서 읽으니 '온실의 화려한 꽃보다 황야의 소박한 꽃이 더 아름답다' 고 했는데 정말 그렇군요. 소박하면서도 아름다운 것이 그 나름대로 매력이 있군요.”

아니다. 어떤 상황에도 마음 편하게 있을 수 있는 것과 멍청이는 다른 것. 온실의 꽃과 황야의 꽃의 의미도 모르는 바보. 비유법도 모르냐? 하지만 이건 경험 부족일 테지. 내가 아는—들은—죠세프는 배운 것도 많다니까 다른 여러 가지 경험을 하면 그 뜻을 몸으로 느낄 것이다. 그 정도면 다른 일에도 경험이 쌓였다는 소리고… 문제는 그전까지 내가 죽을 맛이라는 게 문제지. 그래도 내일은 내일의 태양이… 안 떴으면 좋겠다. 날이 밝아서 움직이면 또 이렇게 열받는 일만 생기라고? 아, 잠만 자고 싶다. 팡이가 부럽다.

“아, 오늘은 운이 좋군요.”

그래, 계속 나무 열매만 먹다가 겨우 토기 한 마리를 잡았으니…….언제나 실패하는 사냥. 그래서 다른 방법을 생각했다. 그 방법은 바로 마법. 죠세프는 그래도 마법을 쓸 줄 아니까. 하지만 파이어 볼이나 매직 미사일 같은 마법은 숲에 불을 지르기 딱 알맞고 바람 계열은 죠세프가 못한다고 했다. 빙계 마법의 경우는 아이스 애로우만 할 줄 안단다.

화염계 마법을 더 잘 쓴다는 죠세프. 그런데 화염계 마법을 더 잘 쓴다는 건 반대 속성의 마법인 빙계 마법이 그만큼 실력이 딸린다는 소리. 그래선지 엄청난 실패 끝에 겨우 토끼 한 마리를 잡았다. 죠세프가 날린 아이스 애로우에 놀라 도망치다 나무 둥치에 부딪쳐 사망한 녀석이었다. 운도 지지리 없는 토끼 같으니…….

“그럼 이건 제가 굽죠.”

“네가?”

"예, 오랜만의 성찬이니 제가 맛있게 만들죠."

죠세프의 저 당당한 태도.

그렇다면 조세프는 야영을 제법 해봤다는 소리? 지금까지의 죠세프 행동으로 분명 경험이 전혀 없을 것 같은데…….

"제 꿈이 무엇인지 아십니까?"

뜬금없이 죠세프가 장래 희망에 대해 이야기했다.

"글쎄… 소드… 마스터? 아니지, 그건 이미 이루었으니… 그래, 기사단장? 아니면 장군? 물론 네 실력으로 보면 전부 가능하겠지."

죠세프는 고개를 저었다.

"아냐? 그럼 뭘까? 아, 마스터 마법사? 참, 그랜드 마스터도 있군. 그리고 마법 검사… 아니, 마법 기사라거나……."

"틀렸어요. 제 꿈은요……."

죠세프는 입가에 미소를 지었다. 저 표정, 그리고 미소의 의미. 나도 안다. 자신의 소중한 꿈, 희망의 보석을 꺼낼 때의 표정. 아마 나도 내가 마법사가 되고 싶다고 말할 때 저런 표정이었을 것이다.

"요리사입니다. 사실 제가 이렇게 란셀을 따라온 것도 어느 정도 제 꿈을 이루기 위한 방법입니다. 세상도 구경하고 많은 경험도 쌓고 싶었지만… 무엇보다도 제가 집에 있으면 영원히 제 꿈은 이룰 수가 없어서요. 후작가의 유일한 계승자가 요리사가 되는 것을 제 아버지가 용납하지 않으실 테니까요."

하지만 난 미안하게도 녀석의 말을 제대로 듣지 못했다. 터져 나오려는 웃음을 참아야 했기 때문이다. 남의 꿈을 듣고서 웃는 것만큼 실례되는 행동도 없다. 그리고 그런 행동은 자신의 희망을 말한 사람을 모욕하는 것이며 마음의 상처를 주는 것이다. 하지만 저 덩치에, 저 얼굴에, 저 실력에, 저 지식에, 대단한 배경을 가진 죠세프가 주방에서 모자 쓰고 요리를 만드는 것을 생각하니… 으윽, 너무 웃겨. 대체 검기로 고기를 썰고 파이어 볼로 구울 건가? 요리사라니… 요리사…….

"큽. 그, 그래. 그럼 죠세프의 실력을 한번 볼까? 난 저쪽에 가서 웃고, 아니, 쉬고 있을 테니."

어쨌든 난 죠세프에게 요리를 맡겼다. 솔직히 제대로 된 요리를 먹을 기대도 있었다. 요리사가 꿈이라잖아. 그리고…….

아아, 나의 스승 카나이드시여, 제가 마법사가 되고 싶다고 했을 때 당신의 심정이 이러했습니까? 절대 가능성이 없는 꿈을 이루고자 하는 어리석은 제자를 보는 당신의 심정 말입니다. 이 못난 제자, 이제야 당신의 심정을 알겠습니다. 그리고 에레모니카야, 미안하다. 내가 그때 너의 가슴에 못을 박았구나. 되지도 않을 인간이 만나자마자 마법사가 되겠다고 했으니……. 그것도 너의 생명을 걸었던 일인데… 그때 너의 참담한 심정, 비통함, 이젠 내가 알 것 같다.

"저… 어때요?"

우물쭈물 물어보는 죠세프. 어떠냐고? 검은 반쪽은 숯이 된 부분이요, 붉은 부분은 설익어 회 쳐 먹어야 할 부분이라. 뱃속에는 내장이 터져 살과 피가 엉겨 있어 보는 것도 무섭고, 그나마 제대로 익었다고 보이는 부분은 비린내만 진동했다. 거기다 군데군데 돋아 있는 저건… 털. 나 오늘 악몽 꾸는 것 아냐? 겁나…….

"으웅? 그, 글쎄… 내 생각 같아서는 말이다, 너의 마법 검사로서의 그 뛰어난 자질을 요리사로 썩힌다는 것은 전 대륙과 동서고금의 인간 역사에서 너무나 큰 손실이 될 것 같은데? 너, 이 대륙의 모든 사람들을 위해 눈물을 머금고 네 꿈을 포기할 생각 없냐?"

이게 뭔 소리냐고? 뭔 소리긴, 하마터면 '당장 버렷!' 이란 말을 할 뻔했다. 하지만 그 삼킨 말은 죠세프의 첫 작품(?)에 대한 나의 평가였다. 아무리 좋게 말하고 싶어도 여기서 좋게 말하면 바보가 아닌 이상 비아냥거린다고 오해할 것이었다. 그래도 난 가엾은 어린 양(?)의 미래의 희망을 꺾지 않으려고 '다시 요리하면 주욱어' 라는 나의 본심은 말하지 않았다. 아니, 그 말을 하면 자살할까 봐 차마 할 수가 없었다. 자라나는 어린 싹을 짓밟는 일은 말아야지.

그나저나… 이건 너무했다. 어떻게 했길래 이렇게 되는지……. 대충 불에 익혀도 이렇게는 안 되는데. 또 암만 내장을 안 빼도 그렇지, 왜 터져 있냐고요(정말 내장은 왜 안 뺐지?). 너무 궁금하다. 악몽을 꾸더라도, 자라나는 새싹을 밟더라도 나중에 물어봐야지.

이것이 이틀 전의 일. 어쩌다 생긴 행운의 고기를 버리고 다시 나무 열매로 배를 채운 것이었다. 죠세프의 사냥? 숲을 불 태우는 것도 나쁜 일이지만 얼려 죽이는 것도 나쁜 짓이다. 사냥 금지란 말이지.

"엇?"

갑자기 죠세프가 소리를 내며 섰다.

"란셀, 저기 불이 났어요. 연기가 피어 오르는데요?"

난 죠세프가 가리키는 곳을 보았다.

연기? 하지만 숲에 불이 났으면 벌써 동물들이 난리를 쳤을 것이다. 하지만 그런 것이 없다는 것은…….

"란셀, 빨리 가서 불을 꺼야죠. 저러다 크게 번지면……."

아, 힘 빠져. 머리만 좋으면 뭘 해, 눈치를 이공간에 둔 인간이. 난 죠세프의 뒤통수를 그대로 한번 쳐주었다. 윽, 내 손.

"잘 봐라. 저게 산불로 보이냐? 저건 마을이다, 마을!"

"예? 이런 산속에 마을이요? 어떻게 그럴 수 있죠?"

"더한 오지에도 마을은 있어. 넌 항상 도시만 보고 살아서 모르는 거야. 알아둬라. 인간이 못 가는 곳은 없어. 그리고 못 사는 곳도 없어. 왜 저승도 가잖니?"

응? 마지막 말이 좀 이상하군. 비유가…….

어쨌든 난 급히 그곳으로 걸어갔다. 마음은 뛰어가고 싶었지만 그러기에는 너무 피곤했고 힘이 없었다. 하지만 저 마을로 가면 그래도 사람다운 음식과 잠자리를 얻을 수 있을 것이다.

"문둥이?"

죠세프는 뒤로 한 발자국 물러났다. 그럴 만도 했다.

이른바 하늘이 내린 형벌이란 문둥병. 지금이야 약이 있어서 간단히 고칠 수는 있지만 그 떨어져 나간 부분만은 다시 살릴 수 없다. 신관이나 고위 마법사의 강한 치유술로 재생은 가능하지만 워낙 큰 힘을 써야 하니까 하릴없고 힘이 넘쳐 나는 신관이나 마법사가 없는 한.

그러니 재생 치료는 꿈도 못 꾸고 살아가는 것밖에 별다른 방법이 없었다. 그저 평생 흉한 몰골로 살아가는 것 이외에는……. 그러니 감염이 두려워서라도 저절로 피하게 될 수밖에. 하지만 우리 앞의 사람들은 문둥병 환자들이 아니었다.

"아냐, 문둥병이 아냐."

"예? 어디…… 음… 그, 그렇군요. 확실히 달라요. 하지만 이건……."

"그래. 죠세프, 네 생각대로야. 이건 이그라티스야."

　마을 사람들은 우리를 쳐다보았다. 절대로 찾아오리라 생각하지 못했을 이방인들을. 그러고는 잠시 후 어떤 한 노인이 걸어와서는 조금 떨어진 위치에 서서 말을 했다.

　"여행자 분들, 저는 이 마을의 촌장입니다. 촌장으로서 이 마을에 오신 분께 할 말은 아니지만 어서 돌아가 주십시오. 여기는 당신들이 있을 곳도, 있어서도 안 되는 곳입니다."

　촌장의 말은 사실이었다. 지금 마을 사람들의 상태, 촌장은 후들거리는 다리로 겨우 지팡이를 의지하고 있었다. 그것은 촌장으로서 다른 사람들을 마을로 들이지 않으려는 의무감에서 나온 힘일 것이다. 다른 사람들은 그저 마을의 공터에 여기저기 앉아 있었다.

　"이쪽으로 반나절만 가시면 제대로 된 마을이 나올 겁니다. 부디 그곳으로 가시기 바랍니다."

　회개하는 것인가? 하지만 이 사람들은 처음부터 악한 사람들은 아닌 것 같은데…….

　"정말 무섭군요. 신전의 분노가 마을 전체에 내리다니… 어떻게 그럴 수가 있죠?"

　신전의 분노 이그라티스, 다른 말로 신의 분노라고도 한다. 그것은 신을 모독하거나 신전에 죄를 지은 사람에게 신을 대신해서 고위 신관이 내리는 벌이었다. 얼굴이나 몸의 피부가 녹아내리면서 일그러지고, 손가락과 발가락이 곱아들고, 머리털과 눈썹이 빠지는, 겉으로 보면 문둥병과 비슷해 보이기도 하는 것으로 그 외양으로 인해 다른 사람과 접촉을 못하도록 하는 것이었다. 거기에 육체의 힘이 점점 줄어들기도 했다.

　"모습을 보면 꽤 오래 벌을 받은 것 같은데… 지금의 촌장님 행동으로 보면 벌을 풀 만하지 않나? 저러다 죽을 수도 있는데……."

난 죠세프에게 사람들의 상태를 설명했다. 원래 이그라티스는 사람을 죽이는 벌이 아니었다. 신의 분노는 말 그대로 분노. 죄를 지은 사람에게 신의 분노를 보여주어 회개를 시키려는 것이지, 사람을 고통스럽게 죽이려는 가혹한 형벌이 아니었다. 따라서 이그라티스로 사람을 죽이는 것, 그것은 그걸 내린 신관이 신에게 죄를 짓는 것이었다. 특히 그것은 주신인 자애의 여신 엘렌디아의 뜻에 완전 위배되는 행위였다. 그래서 이그라티스는 어느 정도 고통을 주다 푸는 것이 원칙이었다. 하지만 이 마을은 그 원칙이 적용되지 않고 있는 듯했다.

"여행자님들, 어서 떠나시라니까요."

촌장은 힘없는 목소리로 다시 한 번 다그쳤다. 하지만 나는 호기심이 생겼다. 대체 어떤 죄를 지었길래 아직도 저 상태인지. 내가 이그라티스를 본 것은 70년 전의 일이다. 그때 그자는 감히 7신 중의 주신인 엘렌디아의 신전에 오물을 뿌리며 모독을 했었고, 사제들을 폭행했다. 그때 그에게 내려진 벌은 이그라티스가 1년 간 내린 것이었다.

그런데 지금 다른 사람은 몰라도 촌장이나 마을 사람이 이그라티스를 받은 기간은 최소한 5년은 넘은 것 같았다. 보통 신전의 분노가 1년 정도 내려질 정도면 그 죄는 상당히 큰 죄였다. 그리고 3년 이상이면 큰 죄도 보통 큰 죄가 아니었다. 그런 죄를 지은 자는 이그라티스를 내리기 전에 인간에 의해 먼저 사형이었다. 아무리 신전 내의 일이어도 그 정도면 국가가 나서야 할 정도일 테니까.

하지만 아직까지 3년 형의 이그라티스가 내려진 사람은 없었다. 말이 3년이지 이그라티스를 2년 정도만 받아도 일반 사람은 온몸의 힘이 빠져나가 죽을 수밖에 없기 때문이다. 그리고 인도적인 측면에서도 그 이상은 할 수가 없었다. 물론 가학성 변태자가 사제면 또 몰라도.

"저… 죄송하지만 여기서 하루만 묵으면 안 될까요?"

"무, 무슨 말씀을… 그러다 여행자님들도 저희처럼 되시면 어쩌시려
고……."

촌장은 무척 당황했다. 하지만 그것이 나에게는 더 호기심의 대상이
었다. 남을 위하는 마음을 가진 사람이 아직도 이그라티스를? 뭔가 이
상했다. 그러고 보니 다른 마을 사람들도 당황한 표정을 지으며 힘겹
게 일어서고 있었다.

"그래요, 란셀. 아무래도……."

죠세프, 넌 빠져라.

"괜찮습니다. 저 이래 봬도 꽤 유능한 신관을 몇 명 절친한 친구로
두었답니다. 그러니까……."

"신관요?"

어? 이상하다? 어째 더 긴장한 모습?

"예, 신관요."

"그… 러시다면 이 마을에서 쉬시구려."

뭔가 반응이 이상한데? 조금 전까지는 우릴 걱정하는 듯한 표정이었
는데… 이젠 오히려 경계하는 듯한 반응. 확실히 뭔가 있어. 그것도 사
제와 관련된 일이.

"란셀, 뭔가 이상하지 않아요?"

죠세프가 침대에 누워서 말했다.

"저 사람들이 이그라티스로 저렇게 된 것이잖아요… 그렇다면 그건
신관만이 풀 수 있고, 만일 친한 사람 중에 신관이 있다면 저 같으면
신전의 분노를 풀어달라고 부탁했을 거예요."

그렇겠지, 나라도.

"그런데 란셀, 정말 친한 신관이 있기는 있어요?"

헉! 그 많은 질문 중에 하필…….

"얏호! 할아버지, 저 먹을 것 가지고 왔어요."

얏호! 구원병이닷!

"죠세프, 일어나라."

"예?"

"이 마을의 분위기에 저런 활달한 목소리가 어울린다고 보냐?"

"그, 그렇군요."

"예나."

창문 밖에서는 촌장과 그 활달한 목소리의 주인공이 이야기를 하고 있었다. 목소리나 이름으로 봐서는 여자이고. 예쁠까?

"자, 영차! 여기 식량이랑 약, 그리고 옷감요."

그 말을 듣는 순간 생각났다. 누가 신전의 분노를 산 사람들에게 식량을 팔까? 한 사람이면 주위의 가족이나 친구가 가져다 준다지만 마을 전체라면, 그것도 이런 산속의 마을이면 식량과 생필품을 가져다 주는 사람은 없다. 하지만 우리가 대접받은 음식도 그렇고 저 사람들이 입은 옷도 그렇고…….

"이런 것 필요없다니까 그러네. 어쨌든 네가 고생이 심하구나."

"뭘요. 당연히 해야죠. 은혜를 조금이라도 갚으려면. 헤헤."

"란셀."

갑자기 옆에서 죠세프가 불렀다.

"저 여자, 어디선가 본 것 같은데요?"

허, 벌써 창밖을 내다보고 있는 거냐?

나도 창밖을 쳐다보았다. 그리고 보았다, 그 여자를.

헛! 저 여자는…….

"죠세프, 너 바보냐?"

"예? 무슨 말이에요?"

"바보가 아니면 네 돈을 슬쩍한 여자를 벌써 잊어버리냐?"

그랬다. 창밖에서 촌장과 이야기를 나누고 있는 여자는, 아니, 하프 엘프는 나와 죠세프를 보기 좋게 속이고 돈을 슬쩍해 간 여자였다.

"어라? 정말 그러네요? 그런데 여기엔 무슨 일일까요?"

죠세프의 의문은 당연했다. 하프 엘프가 신전의 벌인 이그라티스가 내린 이런 마을에 올 이유가 없었다. 비록 하프 엘프가 인간과 엘프 모두에게 배척은 받지만 인간의 자존심과 엘프 특유의 도도함을 지닌 존재였다. 게다가 자연 친화력은 엘프에 못지 않아 이런 신전의 분노를 받은 마을은 심한 거부감을 느껴야 했다. 당연히 지금과 같은 저런 밝은 표정은 있을 수가 없는 것이다.

"참, 예나, 어서 가는 것이 좋겠다. 지금 이 마을엔…….."

촌장이 갑자기 작게 말하기 시작했다. 제대로 들리지는 않지만 아마 우리의 이야기가 뻔했다. 아울러 친한 신관 이야기까지. 무슨 일인지는 확실하지 않지만 마을 사람들은 신전과 신관에 두려움을 가지고 있는 것이다. 그것도 상당한 두려움을. 지금의 이 마을에 내린 이그라티스도 그중의 한 요인이지만 어쩐지 다른 이유가 있을 거라는 생각이 들었다.

왜 있잖아? 남자의 직감이란 거. 없나? 그건 그렇고, 지금 저 여자가 가면 돈은 어디서 찾지? 가기 전에 저 여자를 잡아야 하는데……. 근데 어떻게 나서야 멋있다는 소릴 들을까?

"오랜만이군요, 아가씨."

엉? 죠세프? 언제 나갔지?

"아가씨의 선물도 감사히 받았습니다."

그러면서 죠세프가 들어 올린 것은 예나라 불린 하프 엘프가 우릴 속일 때 소품으로 쓰던 덫이었다. 처음에는 그거라도 팔자며 가지고 왔지만 자세히 보니 다 낡아서 덫의 기능도 못하고, 무엇보다도 덫 자체가 불법이므로 덫을 소지하거나 설치한 사람은 120일 간 구금되었다. 그 골칫덩이를 죠세프가 들고 예나에게 보여주고 있었다.

"으갸갸갸! 아, 안녕하… 세요? 오, 오랜만이군요."

근데 인사하는 마당에 으갸갸갸가 뭐야?

"제 선물이 마음에 드셨다니 저도 기뻐요."

"그런데 무척 낡았더군요. 덫으로서의 기능은 상.실.될 정도로 말이죠."

"당연하죠. 덫이란 것이 원래 불법인데. 단지 그 덫을 보면서 산길에서는 언제나 발 밑을 조심하라는 거죠. 호호호."

정말 대단한 철면피였다. 아니면 배짱이 두둑한 건지…….

"그럼 저희와 이야기 좀 하자고 부탁드려도 될까요?"

이번엔 내가 나섰다. 죠세프의 표정을 보니 여자의 의외의 반응에 기가 막혀서 말문이 막힌 듯했다.

"이 마을은 너무 좋군요. 평생을 살고 싶을 정도로요. 다만 마을 사람 간에 대화가 부족한 게 흠이지만."

이 말의 원래 의미는 '너, 도망가면 평생 여기서 죽치고 기다린다. 그리고 마을 사람들에게 감추고 있는 네 본모습을 다 털어놓을 거야였다.

"그… 래요? 그럼, 흠흠, 손님 대접을……."

그리고 여자도 나의 말의 의미를 알아차렸다. 죠세프만 빼고.

"란셀, 여기서 평생을 살고 싶다니, 무슨 소리예요?"

그리고 난 나보다 앞서 들어가는 여자가 안됐다는 듯이 쳐다보는 눈초리를 받아야 했다. 흑! 왜 그런 눈초리를 내가 받냐고?

"저 때문이에요."

조금 전까지 보았던 발랄한 표정과는 상반된 어두운 얼굴. 그녀가 처음 말을 꺼내면서 같이 어두워진 얼굴이었다.

"보다시피 전 하프 엘프죠."

"압니다. 그런데 그게 무슨 상관인가요?"

하프 엘프가 인간과 엘프 모두에게 배척을 받는다고는 하지만 하프 엘프가 있다고 마을 전체에 이그라티스가 내릴 이유는 없었다. 오히려 하프 엘프는 사람들 틈에서, 그리고 엘프들 틈에서 나름대로 엘프와 인간 두 종족의 특성과 능력을 가진 존재로서 나름대로 삶을 영위해 나가고 있는 존재들이었다. 그리고 같이 부대끼며 살다 보면 서로 친해져 하프 엘프란 존재로서 살아가는 데 지장은 없었다. 특히 사랑과 인덕, 자비와 포용을 펼치는 신전에서야 처음부터 거리감을 느낄 이유도 없었다.

"전 이 마을 출신이 아닙니다."

그녀의 말에 따르면 그녀는 신전에서 태어났다고 한다. 그 신전은 아까 촌장이 말했던 그 마을에 있는 신전이었다. 그녀의 어머니가 만삭의 몸으로 신전 앞에 쓰러져 있었고, 신전의 신관들이 그녀의 어머니를 신전으로 데리고 들어가 치료도 해주고 산파 노릇도 했던 것이다.

그리고 예나가 태어나서 석 달가량 지났을 때 예나의 어머니가 죽었고, 그녀는 그 후 10살 때까지 신전에서 살았다고 했다. 그러다가 이 마을 촌장과 잘 아는 신관의 주선으로 여기에 들어와서 살게 되었고. 예나는 그때가 가장 행복한 때였다고 했다. 물론 신전의 신관들도 잘 대해주고 아껴주었지만 아무래도 한창 뛰어놀 어린아이가 지내기에는 좀 재미가 없었던 것이다. 그래서 신전에서도 아이를 마을에 맡긴 것이고.

그런데 문제가 생긴 것은 5년 전, 그 신전에 대규모의 인사 이동이 있었다. 비록 신관이 열 명 남짓의 작은 신전이었지만 그곳의 신관들이 워낙 신앙심이 깊고 봉사를 잘하는 등 그런 소문이 퍼져서 중앙 교단에서 그들을 전부 데려간 것이었다. 예나를 비롯해서 모두들 서운해했지만 좋을 일로 가는 것이라서 기쁜 마음으로 보냈다는 것이다.

그런데 그 후에 온 신관들은 완전히 다른 인간들이었다. 원래 그들은 도시에 있는 신전 출신이었다고 했다. 교단이 그들을 내려 보낸 이유는 워낙 훌륭한 신관들이 있던 곳이라서 아무나 보낼 수가 없어서 그들을 보낸 것이었지만 그들은 그렇게 생각하지 않았던 모양이다. 스스로들 좌천으로 여겼는지 신전을 등에 업고 횡포를 부렸다. 그러다가 신전에 찾아온 예나를 대신관이 본 것이었다.

대신관은 신을 섬기는 신관의 신분이면서도 노골적으로 예나를 원했고, 그런 예나를 위해서 마을 사람들은 이 핑계 저 핑계로 예나를 보호했었다. 그러기를 6개월. 화를 이기지 못한 대신관은 드디어 그가 신에게 받은 권능을 쓴 것이었다.

"이 마을은 본보기죠. 신전이 있던 마을과 이 마을은 형제 마을이라고 불릴 정도로 사이가 좋았어요. 거리야 반나절을 가야 하니까 그리가깝지는 않지만 그 거리가 아무런 장애가 되지 않을 만큼 서로 친했죠. 거기에는 이런 이유가 있어요. 이건 전설인데, 150년 전에 페트로와 테트로란 두 형제가 살았다고 해요. 그 두 형제는 무척 우애가 깊었는데 형인 페트로는 지금의 신전이 있는 마을에, 동생인 테트로는 지금 이 마을에 살았다고 해요. 후에 그 우애 깊던 두 형제를 기려서 마을 이름을 정한 거죠. 페트로와 테트로로요. 그리고 그 전설만큼이나 지금도 페트로 마을과 테트로 마을은 친한데, 신전의 부당한 행위를 알고는 우리 마을과 같이 행동했어요. 그래서 두 마을 다 같이 변을 당했어요. 그 두 마을 모두 저 때문에 피해를 본 거죠."

"그럼 이 마을 말고도……."

"아뇨. 이 마을은 아까 말한 대로 본보기예요. 설마 신전이 있는 마을에까지 신전의 분노를 내리겠어요? 그 마을은 신전의 돈줄인걸요."

"그렇다면 두 마을이 예나를 보호하다가?"

"근본적인 이유는 저 때문은 아니지만… 저로 인해서 모든 일이 발생했으니까요. 제가 아니더라도 신전은 어떻게든 마을에서 돈을 울궈냈겠지만 이렇게 이 마을처럼 이그라티스를 내리거나 페트로 마을처럼 거의 신전의 농노로 전락하지는 않았겠죠. 그저 많이 뜯기는 정도였을 테죠. 그래서 난 두 마을에 죄를 짓고 있어요."

"그래서… 사람들의 주머니를 털어 이 마을의 식량을 대고 있었나요?"

죠세프의 질문에 예나는 얼굴이 빨개지며 고개를 푹 숙였다.

"돈 훔친 건 죄송해요. 하지만 제가 가져온 건 그런 돈으로 산 것이 아닙니다. 페트로 마을에서 얻어온 것이죠."

하긴 그런 산속에서 돈을 훔쳐봐야 뻔했다. 그래서 내 생각으로는 저 하프 엘프가 제법 넓은 지역을 자기 구역으로 삼고 있다고 생각했었다. 하지만 나의 그런 생각은 완전히 틀린 것이었다.

"그렇군. 그러면 더 궁금한데? 내가 지금의 상황을 볼 때 돈을 훔쳐 흥청망청 쓴 것 같지도 않는데… 다른 마을에서 식량을 얻는다면 훔칠 이유도 없잖아?"

"그렇지도 않아요. 페트로 마을에서도 몰래 도와주고 있어요. 신전에 들키면 무거운 벌을 받지요."

"아니, 그런 법이 어디 있습니까? 어째서 그런 걸 관청에 신고하지 않죠? 또 관청이 어려우면 교단 자체에서라도 처벌을 할 테니 중앙 교단에라도 알려야지요."

"참아, 죠세프. 신전에서 그 페트로란 마을을 감시하고 있겠지?"

예나는 말없이 고개를 끄덕였다.

"그럼 돈을 훔치는 건 모자란 식량을 사기 위해선가?"

"아뇨."

예나는 한숨을 쉬었다.

"신전에서 마을에 내린 저주를 풀어주겠대요. 다만 백만 루니안을 가져오라더군요. 그러면 풀어준다고……."

"배, 백만 루니안?"

어이가 없다. 백만 루니안이면…… 화폐의 최하 단위가 실. 100실이 1루니안. 식당에서 한 끼를 먹는 데 50실이면 충분하다. 싼 것을 먹는 다면 30실짜리도 있고 정말 싼 것은 20실짜리도 있었다. 대충 간식 겸 해서 때운다면 5실에서 10실 정도로도 가능하긴 했다. 그러니까 1루니안이면 못 해도 하루 세 끼를 먹을 수 있었다. 일반 여관에서 하루 묵는 것은 1루니안이면 충분하고, 말 한 필에 100루니안이었다. 따라서 백만 루니안이면 말이 만 필.

"미친놈들 아냐?"

더 이상의 솔직한 표현은 없었다. 백만 루니안이면 제법 규모 큰 신전을 하나 짓고도 남는 돈이었다.

"그래서 넌 그 돈을 마련하려고 그런 짓을 했나? 별로 벌리지도 않는 짓을?"

"누가 몰라요? 하지만 다른 방법이 없었어요."

예나가 항변을 했다.

방법이 없다라… 그렇겠군. 방법이 있어도 신전에서 없앴을 테니… 신전이 원하는 것은 단지 돈만은 아니었을 것이다. 지금 함부로 마을에 내린 이그라티스를 풀면 테트로의 사람들이 다른 곳으로 가서 지금까지의 일을 소문 낼 수도 있었다. 그러면 돈이고 뭐고 다 끝장이었다. 신전이 원하는 것은 일시적인 돈이 아니라 비밀 유지와 지속적인 자금줄이랄까? 솔직히 아무리 탐욕에 눈이 멀어 돈밖에 보이는 것이 없어도 이런 마을에서 백만 루니안을 마련할 수 없을 거란 것은 알 테니까.

"하긴 좋은 방법은 아니죠. 또 그렇게 많이 돈을 얻지도 못해요. 겨우 십만 루니안밖에 못 구했지요."

뭐? 십만? 갑자기 예나의 구역을 인수인계받고 싶네?

"몇 달 동안 했는데?"

"일 년 정도 됐나? 후~ 여태껏 단 한 푼도 못 벌다가 한 방에 대박 터졌죠. 그래서 재수 좋다고 생각했는데 하루도 못 돼 여기서 이렇게 돈 주인과 마주치다니……. 역시 죄 짓고는 못 사나 봐요."

으잉? 돈 주인? 그럼 우리가 그 대박? 흠, 예나의 구역 인수인계받는 것 포기다. 그런데… 잠깐! 죠세프한테 훔친 게 십만 루니안? 그럼…

죠세프가 가지고 나온 돈이… 십만 루… 니안?! 짜, 짜슥, 많이도 가지고 나왔다. 난 그저 일이만 루니안 정도로 알았는데… 역시 후작쯤 되니 다르군.

"그 돈은 돌려드릴게요."

"그런데 백만 루니안이라니 너무하는군요. 그 신전도 엘렌디아 여신을 모시죠? 엘렌디아를 모시는 사제는 검소하지 않나요?"

"그렇지. 하지만 말야, 죠세프. 세상은 보편적인 성향을 보일 때가 많지만 그렇지 못한 경우도 종종 있지. 지금처럼 말야."

생각났다. 그래, 전에도 이런 일이 있었다. 그때는 이번처럼 마을 전체가 아니라 한 가족이었고, 벌써 60여 년 전의 일이지만. 하지만 그때나 지금이나 남의 힘을 등에 업고 제 욕심 채우는 인간이란 그 속이 같은 것. 그때 썼던 좋은 방법이 있었다. 아직도 기억하고 있는데… 그것을 조금 수정하면…….

"우리 신전을 털자."

죠세프와 예나의 벙찐 표정? 예상한 일이니 신경 쓸 것 없었다. 하지만 제대로 못 들었을 가능성이 있으니 다시 한 번.

"이봐, 죠세프, 예나, 그 신전을, 아니, 신전의 힘을 등에 업고 제 배만 불린 놈들의 재산을 완전히 긁어내자고."

"신전을 털어요? 그게 말이 돼요?"

죠세프와 예나의 합창.

"어떻게 신전을 털 생각을 하죠?"

이렇게 경악하는 죠세프에 이어…

"정말 신의 분노라도 사려고 그래요?"

이러는 예나까지, 물론 당연한 반응이겠지만……. 하지만 그런 일을 하고도 60년이나 지나도록 멀쩡한 사람이 바로 자신들 눈앞에 있다는 것을 모르는군. 누구냐고? 바로 나. 그런 일을 하고도 멀쩡한 것은 물론 재수도 좋았다. 그날 돈 주웠잖아. 그것도 꽤 큰돈을. 그 돈을 찾아 줬더니 보상금도 짭짤하게 받았었다. 그게 설마 신의 분노인 거야?

아무튼 이 이야기를 할 수는 없고… 그런데 재미있는 건 그때 같이 일을 했던 사람 중에 신관이 있었다는 것(그것도 엘렌디아 여신의 신관이었다. 신전은 어딜 털었냐… 엘렌디아 여신의 신전이었다. 참, 지금 생각해도 괴짜 신관이었다). 그 신관이 한 말이 있었다. 지금 그 신관이 했던 말을 써먹어야지.

"신관의 지위를 가지고 신관이 해서는 안 될 일을 한 자는 신관이라고 볼 수 없어. 사기꾼이지. 그리고 그런 신관을 보호하는 신전이라면 이미 신전이 아닌 도적 떼의 소굴이다. 그러니 사기꾼과 도적 소굴을 터는 것은 죄가 아니고 우리도 도적이나 사기꾼이 아니라 의적이야."

난 그 말을 하면서 그 말을 한 괴짜 신관—후에 중앙 신전의 대신관이 되었다. 아직까지 정정하다는 소문이…—을 생각하며 씩 웃었다.

신전의 분노 이그라티스를 받은 사람은 흔히 신의 저주를 받았다고도 하며, 그것은 신에게 버림받았다는 소리도 됐다. 그래서 그런 사람들은 버림받은 자라고 하였다.

신전의 신관들은 신의 권능으로 비롯된 여러 가지 능력이 있었고, 그것들을 신성력이라고 했다. 그 대표적인 것으로 치유력과 정화력이 있는데 그 능력으로 병든 자나 오염된 자를 치유하였다.

하지만 신성력에는 그런 자비를 베푸는 능력만 있는 것이 아니었다. 밝은 부분이 크면 그 반대 편은 더욱 어둡듯이 사람들을 괴롭게 하는 능력도 있었다. 하지만 사제들은 그런 능력을 함부로 쓰지 않고 그것으로 악한 무리로부터 신전과 약한 사람들을 보호하고 죄를 지은 사람들을 벌주었다. 문제는 지금처럼 악용될 때, 다른 어떤 힘도 악용돼서는 안 되지만 신성력일 때는 더욱 안 되었다.

신성력이란 자체가 신의 힘을 빌리는 것이기 때문에 어떤 면에서는 공격 마법이나 저주 마법보다 더 무서운 것이기 때문이다. 공격 마법이야 방어 마법으로 막고 저주 마법이야 저주의 매개체를 파괴하거나, 그 시전자를 죽이거나, 사제의 신성력 중 하나인 정화력으로 씻어내면 된다. 하지만 신성력에 의한 것이면 매개체도 없고 같은 계열의 힘이니 정화력도 소용없었다. 또 시전자인 신관을 죽여도 신관의 힘은 신의 힘을 빌려오는 것이라 그 힘의 근원이자 시발점인 신을 죽이지 않으면 소용이 없었다.

그렇다고 신을 죽이나? 그래서 힘은 아무에게나 주는 것이 아니다. 신의 힘을 빌려오는 신관의 조건이 까다롭고 사제가 된 후에도 계속 수양을 하는 이유가 그것이었다. 힘이 있는 자가 그 힘을 악용하면 골치가 아프다. 특히 신관이 그러면…….

인간들은 자주 착각을 한다. '세상은 힘이 있는 자가 지배를 한다', '힘이 곧 진리요, 정의요, 법이다' 그러면서 '그렇기 때문에 힘없는 자는 힘있는 자에게 굴복하고 복종해야 한다' 라는 헛소리를 가끔 한다. 그렇게 따지면 인간들은 모두 드래곤에게 복종해야 한다. 드래곤은 인간을 노예나 장난감 다루듯이 해도 인간이 불평을 할 순 없다. 그들의 논리대로라면.

하지만 만일 그렇게 되면 인간들이 가만있을까? 티끌만큼 힘이 더 있다고 약자를 괴롭히고 그런 궤변을 늘어놓은 놈들도 아마 드래곤에게 속으로 저주를 퍼부을 것이다. 그러면서 또 그들은 약자를 괴롭히고, 그것이 진정한 힘을 모르는 어리석은 강자의 교만함이다. 그리고 비열함이기도 했다. 강자에게는 비굴하게, 약자에게는 잔인하게.

"그러니까 우리가 더 강하다는 것을 보여주자는 말인가요?"

역시 죠세프였다. 난 그저 사람들의 심리를 강의한 것인데……. 내 계획은 이렇다. 그들이 한 마을에 신전의 분노를 내릴 만큼 뛰어난 신관들임에는 틀림없었다. 하지만 그렇게 탐욕에 젖어 사는 인간들이라면 진실을 보는 지혜의 눈은 이미 가려졌을 것이다. 그러면 우리가 그들에게 무슨 사기를 쳐도 그것의 거짓됨을 알아보지 못하고 그대로 믿어버릴 것이 분명했다. 게다가 누가 신관에게 사기를 칠 생각을 하겠는가? 그들은 빼앗기만 했지 빼앗겨 본 적이 없었고, 속이기만 했지 누구에게 속은 일은 없었다. 간단히 말해 남의 코는 많이 베어서 잘 알지만 정작 누가 자신의 코를 베어가는 것은 모른다는 것, 그것들을 이용하는 것이었다.

"잘 알겠지만 이그라티스란 것은 마치 문둥병과 같지. 다른 점은 손가락, 발가락, 코, 귀 등이 떨어지지 않아. 전염도 안 되고. 그러니까 마을 사람들은 괜히 걱정을 한 거지. 사람들이 흔히 그러거든. 누가 병에 걸리면, 그리고 그 병이 흔치 않고 또 무섭게 느껴지면 아무리 괜찮다고 해도 전염될 거라 생각하고 겁을 먹으니까. 이 이그라티스도 마찬가지야. 신이 죄를 지은 사람에게만 내리는 벌을 전염될 거라고 믿으니…… 절대 전염될 염려는 없어. 그것이 다른 병과 다르지. 또 무엇보다 고칠 약이 없어. 문둥병이야 약 한 알만 먹으면 치료가 되지만. 음, 말이 샜군. 어쨌든 누구나 그냥 보면 착각을 할 정도로 비슷하지. 피부가 녹고 눈썹이나 머리카락이 빠져서 그렇게 보이는 것이야. 그런데 내가 아는 병 중에 그것과 비슷한 질병이 있거든. 그건 정말 신전의 분노와 똑같은 증상이 나타나. 그리고 나한테는 그 병을 유발시키는 균을 가진 풀의 구근이 있다는 말씀.”

두고 봐라, 이 엉터리 신관 놈들. 신관으로서 할 짓이 따로 있지……. 난 아까 예나, 죠세프와 함께 잠시 마을을 둘러보았다. 그리고 본 아이들의 모습. 어른들도 그렇지만 아이들은 더욱 비참했다. 난 아이들을 본 순간 분노가 일었다. 그리고 신관을 혼내주려는 마음이 생긴 것도 그때였다.

“그런 위험한 것을 들고 다녀요?”

죠세프와 예나가 뒤로 물러났다. 아주 황급히.

“걱정 마. 그런 것을 어떻게 들고 다니겠나. 그것은 내 레어에…….”

앗! 그러고 보니 내 마법 도구는…….

난 내 품에서 쌕쌕 잘도 자는—근데 잠을 자도 정말 너무 잔다—팡이를 꺼냈다. 그리고 앞뒤로 세 번씩 흔들흔들. 깨라, 깨.

『아웅, 뭐예요?』

“이제 다 잤냐?”

난 팡이를 째려보았다. 업그레이드를 하려다 완전히 본전도 못 건졌으니…… 하지만 어쩌겠는가? 그게 이 녀석 잘못도 아니고 누.구.의 조언을 듣고 한 것인데. 카나아드, 귀 좀 가렵지 않나요?

“그게 뭐죠? 귀엽게 생긴 막대기네? 그런데 막대기가 말을 하고…….”

『난 막대기가 아녜요, 아.줌.마.』

“시끄럽다. 예나, 애는 팡이라고 잠자는 것 외에는 할 줄 아는 것이

전혀 없는 마법(?) 지팡이고, 야, 팡! 여기는 예나라고, 보다시피 하프
엘프다."

『들었죠? 난 마법 지팡이라구요. 헹.』

음… 두 여자의 신경전. 팡이? 자기가 여자라니 그렇게 알아야지 뭐.

"그런데 팡, 너 정말 마법을 쓸 수 없냐? 하다못해 전송 마법이라도,
아니, 통신 마법이라도."

『말했잖아요. 전 그런 능력 없다구요. 그런 거 난 몰라요.』

이런, 그러면서 마법 지팡이라고 큰소리야? 내가 다 창피하구만.

"작전 수정이다. 다시 계획 짜자. 이봐, 예나. 어이없는 마음은 알겠
지만 정신 차리라고. 그리고 팡, 넌 뭐 할 거냐?"

『잘래요. 졸려잉.』

그래, 자라, 자. 이거 한 가지는 확실하다. 드래곤 하트로 만든 거라
그런지 잠자는 것 하나는 드래곤을 능가한다. 이거 자랑감인지 아닌
지… 쩝.

"그러니까 5만 루니안이라고 하셨습니까?"

"그렇습니다, 대신관님. 부끄럽습니다. 그래도 신전에 재산을 헌납
하는 것이 제 일생의 소원인데 겨우 이것밖에는……."

"괜찮습니다. 신께서도 이해하실 겁니다. 하하하."

"그렇습니까? 그럼 안심입니다. 원래 재산의 반을 헌납하고 싶었고,
또 그럴 계획이었지만 아무래도 사업을 하려니까요. 하하하."

"그럼요, 그럼요. 뭐, 꼭 지금 하실 필요 없이 다음에도 기회는 있지
요. 다만 그걸 잊지 않으시면 됩니다."

뭐가 괜찮고 뭐가 다음이냐. 5만 루니안이 적은 돈이냐? 그 정도면

아껴 쓰면 평생까지는 아니더라도 꽤 오랫동안 놀고 먹을 수 있는 액수인데. 그런데 다음에 또 내? 정말 욕심이 끝이 없군. 저 살 좀 봐라. 원래 엘렌디아 사제들은 살찌는 것을 방종과 나태의 상징으로 생각해서 기피하는데(오죽하면 싸울 일 없는 신관들에게 방어용 신전 무예를 만들어 가르칠까. 사실 살 빼기용이다. 한 번 동작하고 나면 땀이 쭉 빠지고 몸이 후들거린다. 나도 전에 이거 한번 배웠는데 기초 동작 하고는 다신 안 한다). 그리고 저 신전 좀 봐라. 신전에 쓸 돈 전부 제 배불리는 데 썼다는 것이 확실히 드러나는군. 차라리 때가 꼬질꼬질하면 사람이 부족해서라고 하지, 신전 기둥에 난 저건 분명 풀이지? 문에 있는 건 거미줄이고. 나라면 창피해서라도 이런 행동은 못하는데…….

"물론입니다. 절대 잊지 않겠습니다. 사실 이번 일만 잘되면 전 제 사업을 거둘 생각입니다. 제 계획대로 되면 제 재산은 500만 루니안 정도 될 겁니다. 그러면 전 제 소원대로 신전에 250만 루니안을 헌납할 수 있죠. 정말 그것만 생각해도 가슴이 벅차오릅니다."

"2, 200만 루니안이라고 하셨습니까? 200만 루니안을 헌납하신다고요?"

"아뇨. 250만 루니안이지요."

턱 떨어질라 턱 받쳐라. 침 떨어진다, 침 닦아라.

"그럼 그 돈은 어느 신전에……."

"음… 그건 아무래도 제 주변 가까운 신전이겠지요. 이번에 이 신전에 헌납한 것도 제가 사업차 여행 중에 이곳을 지나서였으니까요. 제가 길을 가는데 이 신전이 보이지 않겠습니까? 그때 불현듯 제 작은 소망이 생각나서……."

"그, 그렇죠. 그럼 또 여행을 하시다가 근처 신전에 그 250만 루니안을 몽땅 헌납하실 예정이시라고요?”

걸렸다! 표정 보면 알지.

“예. 비록 지역마다 떨어져 있지만 결국 신전은 원래 하나가 아닙니까? 하하하.”

이건 신관들이 읽고 배우는 신서 제1장에 쓰여진 말이라고 한다.

“아니죠, 아니죠.”

하지만 대신관이란 사람은 그걸 부정하며 허둥댔다.

“원래 헌납은 한 신전에 계속해야 합니다. 그래야만 신께서도 그 정성을 알아보시지요. 헌납을 이 신전 저 신전에 하면 누가 누군지 신께서 모르시지요.”

“그러니까 헌납은 한 신전에 꾸준히 하는 것이 좋다?”

“좋은 것이 아니라 올바른 것이죠. 신도님께서 헌납은 헌납대로 하고 신께는 인정을 못 받을 것이 안타까워서 이러는 거죠.”

“오오, 그렇습니까? 몰랐습니다. 좋은 말씀 감사합니다. 그럼 나중에 일이 잘되면 반드시 여기에 헌납을 하겠습니다.”

난 최대한 감격의 표정을 지으며 대신관에게 말했다.

“그럼 제가 일이 바빠서 그만……. 라빈, 가자.”

죠세프를 부르고 난 대신관과 인사를 나누었다.

“아! 그리고 전 당분간 이 마을에 있을 겁니다. 대신관님의 말씀도 있었고… 다시 여기에 와야 하는데 공연히 멀리 가면 일이 잘돼서 헌납을 할 때 다시 여기에 오는 시간이 만만찮으니까요. 만일 제게 부탁할 일이 있으시면 마을 중앙에 있는 란츠 여관에서 저를 찾아주십시오.”

“알겠습니다, 데리코 씨. 그럼 안녕히 가십시오. 배웅을 나가고 싶은데 지금이 기도 시간이라……."

"이해합니다. 그럼."

나와 죠세프는 신전을 나왔다.

"그래도 아무리 썩었어도 신관은 신관이군요. 기도는 꼬박꼬박 챙기
니."

훗, 기도라…….

"기도가 아니라 돈 세려고 엉뚱한 핑계를 댄 것일걸? 신관들의 기도
는 3가지로 나뉘지. 신전에서 정해진 시간에 모두 모여 하는 정기도,
자신이 홀로 하는 개인 기도, 또 다른 하나는 일상생활 속에서 하는 생
활 기도. 정기도는 죠세프, 너도 뭔지 알 테고, 개인 기도는 자신의 방
이나 신전의 구석 등에서 홀로 경건히 드리는 기도야. 정기도나 개인
기도는 그 규모와 시간의 제약이 있느냐 없느냐 등의 차이는 있지만
어느 정도 형식이 있지. 그중의 하나가 의복이고, 기도할 때 입는 옷이
따로 있거든. 생활 기도야 밥 먹기 전, 밥 먹고 나서, 일할 때, 병문안
등등 있지만 생활 기도인만큼 형식은 없지. 그런데 그 대신관 옷차림
봤어? 그런 화려한 옷을 입고 정기도나 개인 기도를? 만일 생활 기도라
면 우릴 배웅하면서 할 수도 있었지."

"하지만 옷을 갈아입고 할 수도 있지 않나요?"

"그 말도 일리는 있지만 일반 사람에게 정기도가 아닌 개인 기도를
하러 갈 때 기도하러 간다는 말은 하질 않아. 같은 다른 신관들에게도
신께 고하러 간다고 하지 기도하러 간다고 하지는 않지. 기도하러 간
다고 말할 때는, 특히 우리 같은 일반 신자들에게 말할 때는 정기도 외
에는 없어. 그런데 지금은 아무리 봐도 정기도 시간이 아니지? 그리고
생활 기도일 때는 그냥 말없이 하거나 같이 하고 싶을 때는 그냥 '신도

님들, 같이 신께 고합시다' 라고 하고."

"아하, 그럼?"

"그렇지. 그 대신관이나 된 사람이 돈에 눈이 멀어 그런 기초적인 사제의 예법도 잊은 거야. 아마 우리의 계획도 눈치 채지 못할걸? 그러기에는 마음의 눈이 너무 흐려졌으니까."

"그런데 란셀, 정말 신전에 대고 사기 쳐도 되는 건가요?"

"시꺼. 그 유명한 대학자 라스코니는 탐욕만 일삼는 신관이 있는 신전은 악마의 소굴보다 더 사악하다고 했어. 우리야말로 신의 뜻을 받드는 거야."

죄송합니다, 엘렌디아 여신이시여. 그렇다고 천벌은 내리지 마시길.

"저어… 진정으로 신을 섬기지 않는 신관이 아닌가요?"

이거나저거나. 설마 진정으로 신을 섬기는 신관이 그런 짓을 하겠어? 그건 그렇고, 교양 서적 좀 읽을 걸 그랬나? 요 며칠이지만 죠세프랑 예나에게 어째 말발이 밀리는 것 같아.

"그건 그렇고… 정말 한심하군요. 바보가 아닌 이상 이런 어설픈 사기극에 넘어가다니……. 차라리 우리의 사기극을 알고 역이용하는 것이라면 오히려 속이 편하겠어요."

"그렇지? 하지만 지금 저들의 반응으로 보면 완전히 넘어간 것 같다. 그 정도까지 타락한 거야."

"예나, 이 녀석 좀 데리고 나가서 놀고 있을래? 단, 사람들 눈에는 띄지 말고."

난 퐝이를 예나에게 맡겼다.

"신전에 다녀오신 것이 바로 어제인데 오늘 신관들이 올 것이라고 확신하시나 보죠?”

확신하다마다.

“올 확률이 높아. 어제 만나보니 그 사람들 탐욕으로 눈이 번들거렸거든. 아마 체면이나 자존심 따위는 그 사람들에게 없을 테니까.”

“알았어요.”

예나가 나갔다. 이젠 신전에서 신관들이 오기만을 기다리면 되는 것이었다.

“꼭 예나만 따돌리는 것 같아 미안하군요.”

“어쩔 수 없지. 그 사람들이 예나의 얼굴을 알 테니.”

어느 정도의 시간이 흘렀다. 점심때쯤 되었을 때 여관의 심부름하는 아이가 올라왔다.

“저… 손님, 밑에 신관님들이 찾아오셨는데요?”

아이의 눈빛이 곱지 않았다. 어제 잔돈을 다 가지라고 했을 때는 저런 눈빛이 아니었는데 신관들이 날 찾아온 것을 보고는 눈빛이 달라져 있었다. 아마 이것이 현재 이 마을 신관의 위상일지도…….

“알았다. 자, 여기 심부름 값.”

“심부름 값은 필요없습니다. 그럼.”

허… 난 아이가 내려가는 것을 그저 바라봤다. 생각보다 더 심한 모양이군.

“란셀, 내려가시죠.”

“그래. 너, 실수하면 죽어.”

“걱정 말아요. 입 꽉 다물고 있을 테니까.”

죠세프와 난 1층 식당으로 내려갔다. 식당에는 아무도 없었다. 점심때인데, 보통 신관이 이런 시간에 식당에 오면 그날 그 식당은 횡재하는 날이었다. 보통 때보다 더 많은 사람이 오니까. 하지만 지금은 신관과는 같이 음식도 먹기 싫다였으니…….

"어서 오십시오, 신관님들. 그렇잖아도 신관님들께 식사나 한번 대접해 드리고 싶었는데……."

난 최대한 웃으며 신관에게 다가갔다.

"정말 잘 오셨습니다."

"예, 저도 신도님에게 드릴 말씀이 있어서……."

나에게? 벌써 돈을 요구하나?

어쨌든 우리는 점심을 먹었다. 보통 신관들은 밥을 적게 먹는다. 아침은 간단한 야채류로, 저녁은 죽으로, 그나마 점심을 약간 많이 먹는데 그것도 일반인에 비해 적게 먹었다. 그런데…….

"예, 정식 14인분이니까… 28루니안이 되겠습니다."

죠세프는 내 하인 역이니 밥을 안 먹… 아니, 못 먹었고—내 옆에 서서 군침만 삼켰다—내가 1인분, 신관들이 6명 왔으니까… 신관들이 2인분씩 먹었다고 치면… 누구야, 1인분 더 먹은 인간이!

"그래, 저에게 하시고 싶은 말이 무엇입니까?"

식사를 마치고 차를 마시며 대신관에게 물었다.

"예, 그럼 단도직입적으로 묻겠습니다. 신도님께서 하시는 사업이 어떤 것입니까?"

순간 뜨끔했다.

이거… 들킨 거 아냐?

"예, 여러 가집니다만… 보통은 투자를 많이 하죠. 가령 금광에 투자를 한다거나 아니면 다른 장사하는 데 투자를 하거나……."

투자란 것은 요즘 대륙에서 뜨고 있는 사업이었다. 어느 정도의 돈을 가지고 전망이 좋은 곳에 투자를 해서 이익을 얻어가는… 위험하기도 했지만 성공하면 그야말로 돈방석에 앉을 수도 있는 직종이었다. 어떤 사람들은 도박과 같은 일이라고 비난했지만 치밀한 조사와 철저한 계산을 해야 하는 것으로 그저 운이 좋기만 바라는 도박과는 엄연히 다른 것이었다. 물론 운이 뒤따르는 것을 기대할 수도 있지만 그 정도 운을 바라는 것은 어떤 일을 해도 있는 것이었다.

이 투자란 직업은 농경 중심에서 한창 상업 시대로 옮겨가는 시대에 필연적으로 생겨난 직종이라고 할 수가 있었다. 과거 개혁 군주인 프라니언 시대 때 처음 생겼지만 그때는 규모도 작았고 투자 범위도 금광이나 광산 외에는 별로 없었다. 하지만 지금에 와서는 많은 부분에, 심지어는 농사나 약초 캐는 일에도 투자를 하는 판국이었다.

나이 든 어른들은 그것이 비록 운만 바라고 일확천금을 노리는 도박은 아니더라도 성공하니 투자지 실패하면 사기가 아니냐는 말도 하지만 돈을 가진 사람이 돈이 필요한 곳에 그 돈을 쓰고 이익을 얻는 것은 모두에게 이익이 되는 것이었다. 물론 사기꾼들이 있어서 문제지만, 그것을 위한 동방 대륙의 속담이 있다. '구더기 무서워서 장 못 담그랴'.

그래서 투자가 말고 요즘 또 뜨고 있는 직업인 경제학자들은 이런 말을 한다. '앞으로 투자의 범위는 다시 좁아질 것이다. 돈이 되는 곳으로. 지금은 과도기적인 현상이다. 그리고 투자를 위한 나라의 법도 새로 재정이 되어야만 투자가 활발해지고 여러 가지 산업이 발달할 것이다' 라고 한다. 어쨌든 난 법의 미비로 이익을 얻고 있다. 왜냐? 현재 사기 중이니까. 돈을 물 쓰듯이 하는 졸부로 행세하기에 투자가처럼 좋은 것도 없기 때문이었다.

“그럴 줄 알았습니다. 역시 신도님은 투자가셨군요.”

“예, 그렇습니다만… 그걸 어떻게…….”

“보통의 사람들은 그렇게 큰돈을 쉽게 내놓지 못하죠. 돈이 많지 않으면 말입니다. 그런데 신도님은 돈이 많고 사업을 한다고 하셨습니다. 그리고 일이 잘되면 많은 돈을 벌 수 있다고 하셨고요. 그리고 사업을 정리한다고 하셨죠. 이 모든 것과 일치하는 직업은 단 하나, 투자가죠. 그래서 전 신도님이 투자가라고 생각했습니다.”

썩어도 준치란 말이 있다. 아무리 타락을 했어도 좋은 머리는 어디로 가지 않는 모양이다. 하지만 거기까지가 이들의 한계겠지.

“그래서 부탁을 드리려고 합니다만…….”

“예, 제가 들어드릴 수 있는 것이라면 뭐든지.”

“저도 신도님과 함께 투자를 하고 싶어서입니다.”

“예?”

“아, 놀라지는 마십시오. 별다른 뜻이 있는 것이 아니라 다만 교단에 도움이 될까 해서…….”

놀라지 않을 수가… 이게 뭔 경우냐? 이렇게 쉽게 우리가 의도한 대로, 아니, 그 이상으로 일이 잘되다니. 밤새워 머리 짜낸 것이 억울할 정도다.

“예, 물론 그러시겠지요. 그러면 어디에 투자를 하실 건가 우선 의논을 합시다. 가장 이득이 많이 남고 안전한 곳이어야 할 테니까요.”

“그건 신도님께서 맡아주시기 바랍니다.”

음? 이번에도?

“하지만 대신관님, 혹시 저희가 대신관님의 돈을 가지고 도망갈 수도 있지 않습니까? 저를 믿으십니까?”

“물론 믿습니다. 그래서인데… 그저 약속의 징표만 하나 주시면 됩니다.”

“약속의 징표 말입니까? 무엇을 드리면 될까요?”

“예, 그저 신도님의 피 한 방울이면 됩니다. 피란 고귀한 생명의 상징이니까요. 생명의 징표를 매개로 한 계약만큼 확실한 계약이 어디 있겠습니까? 하하하, 생명만큼 신용을 중히 여기겠다는 의지인데요.”

생명의 상징, 그리고 한 방울의 피면 된다. 맞다. 피란 생명의 상징이고 피 한 방울이면 충분했다.

금단의 술도 할 줄 아는 것인가?

지금 대신관이 내 피를 원하는 것은 약속의 노예라는 금단의 술을 하기 위한 것이었다. 신의 이름을 걸고 약속하는 사람 중에 그 약속을 어기고 신이 금한 행동을 하는 수가 있다. 그런 자들을 막기 위한 금단의 술 중 하나가 약속의 노예였다.

교단이라고 모두 고귀한 것만 있는 것은 아니었다. 신전의 분노 이그라티스에서 볼 수 있듯이 사악할 정도의 것도 많은 곳이 교단이고 신전이었다. 그리고 그 사악한 것 중에도 사악한 것들을 금단의 술이라 명명하고 함부로 가르치지 않았던 것이다. 그렇게 사악한 술법들이 교단에 존재하는 것은 그것이 어떤 것이냐가 아니라 어떻게 쓰느냐이기 때문이었다. 따라서 금단의 술은 교단에서 가르친다. 하지만 아무에게나 가르치는 것이 아니기 때문에 지금 대신관이 그것을 쓴다는 것은 그가 생각보다 훨씬 뛰어난 인물이란 소리였다.

“피 말입니까? 피 한 방울로 징표가 되다니… 뭐, 그러지요.”

다만 그 뛰어난 능력의 대신관에게 불행한 점은 그가 탐욕에 눈이 멀었다는 것이고, 또 고위 신관만이 아는, 일반 사람은커녕 지위가 낮은 신관들도 모르는 금단의 술에 대해 내가 알고 있다는 것이었다.

"여기 있습니다."

그리고 마지막으로 또 하나, 나의 피로는 금단의 술을 절대로 걸 수 없다는 것.

난 대신관이 보는 바로 앞에서 나의 손가락 끝을 바늘로 찔러 피를 내었다.

윽! 무지 아프다. 아까운 내 피…….

"감사합니다. 역시 당신은 훌륭한 신도군요. 제가 그 상처를 치유해 드리지요."

"아닙니다. 이 정도로 신전의 힘을 빌린다면 그게 미안한 일이지요."

난 대신관의 호의를 정중히 거절했다. 솔직히 말하자면 부아가 치미는 호의였다. 보통의 정상적인 신관이라면 이 정도의 바늘에 찔린 상처는 치료해 주지 않는다. 가만 놔두어도 하루도 안 돼 말끔히 나을 상처에 신성력을 쓸 이유가 없어서였다. 그것이 찔린 사람이 어린아이나, 아니면 바늘에 독이 있거나, 녹슨 바늘이면 몰라도…….

어쨌든 이렇게 해서 든든한 재력가를 얻은 교단과 막강한 권위의 교단을 후광으로 업은 사업가의 언제 허물어질지 모르는 동업은 이루어진 것이다. 이제 누가 먼저 뒤통수를 치느냐에 따라 승패의 명암이 갈리는 동업이.

"예전에 내가 진정으로 존경했던 신관님이 한 분 계셨지."

난 잠시 회상에 젖었다. 명성이 높은 것도 아니고 신도들에게 인기가 있었던 것도 아닌 노사제. 하지만 내가 알기로 그분에 대해 제대로 아는 사람은 모두 그분을 존경했었다. 비록 그 수는 적었어도 한없는 신뢰와 존경심의 눈빛을 그들은 보냈었다. 그 사람들 중에 나도 끼어 있었고, 난 그 노신관을 안 것이 내 일생에 다시없는 행운이라고 생각하고 있었다.

"난 그분께 물었었지. 당신은 어째서 그 고통스런 수행과 봉사를 그렇게 즐겁게 할 수가 있느냐고. 그랬더니 그분이 뭐라고 하셨는지 알아?"

난 예나와 죠세프를 바라보았다. 음, 아직 졸지는 않았군.

"글쎄요… 그런데 그게 제 질문과 무슨 상관이죠?"

예나가 퉁명스럽게 반문했다. 그런 반응이 어쩌면 당연할 수도 있었다. 예나의 질문과 내 대답은 완전히 다르니까. 하지만 이 말을 하지 않고는 내 감정을 제대로 표현하지 못할 것 같았다.

"그분은… 죠세프, 졸면 죽어. 그분은 이렇게 말하셨지. 요리사가, 아니, 자식을 둔 어머니가 요리를 하신다. 그럼 요리된 음식을 자식들이 맛있게 먹는 것을 바라보는 어머니는 행복할까, 아니면 불행할까? 난 이렇게 대답했지. 물론 행복할 것이라고. 나라도 내가 다른 사람을 위해 만든 음식을 그 사람이 맛있게 먹으면 행복할 것이라고. 그랬더니 이렇게 대답하시더군. 나도 그렇다. 그분의 말은 이것이었지. 당신께서 봉사를 해서 다른 사람이 웃는 것을 보면 그것이 그렇게 행복할 수 없다고. 그리고 당신이 다른 사람을 위해 신께 기도하면 그 기도로 사람들에게 약간이나마 도움이 될 수 있다는 생각에 기쁘다고, 그리고 수행을 하면 그것으로 자신이 정화가 되니 기쁘다고. 결국 자신이 하는 행동은 자신을 위한 것이고 하루를 자신을 위해 쓰는 것이니 행복하지 않겠냐고 하시더군."

"그런 신관을 누가 존경하지 않겠어요?"

"그래, 죠세프. 바로 그거야. 난 그런 분을 만났어. 그래서 난 신관에 대한 인상이 매우 좋다. 그리고 신전이나 신관을 볼 때마다 그분이 떠올라 기분이 좋아지지. 그런데 아까 신관들을 봐. 내가 화가 안 나겠나."

아, 지금 다시 생각하니 정말 화나는군. 내 피, 꼭 피 값을 하게 하리라. 음.

"하지만 제 질문은 그게 아니잖아요?"

예나는 계속 내 말을 물고늘어졌다.

"란셀, 당신이 타락한 신관들을 보고 화를 내는 것은 이해가 돼요. 하지만 아이들을 보고 보인 당신의 반응은 좀 이상하던데요? 이건 제 느낌인데… 마치 능력만 되면 신전을 폭파라도 시킬 기세였어요."

예나의 말은 예나의 몸에 엘프의 피가 반이라는 것을 말해 주고 있었다. 그리고 여자라는 것도. 흠… 저 둔탱이, 눈치라곤 눈곱만큼도 없는 죠세프보다 훨씬 낫군. 솔직히 난 마을의 아이들을 보고 분노했었다. 어리고 여린 피부가 흘러내린 것을 보았을 때 겉으로는 표현을 하지 않았지만 만일 그때 내 앞에 그 신전의 신관이 있었으면 나도 어떻게 행동을 했을지 짐작이 안 가니까. 아무리 타락했다지만 감히 신전을 털 생각을 한 것도 그 아이들을 보고 난 후니까.

"그분도 아이들을 무척 좋아하셨지. 난 그분을 모두 닮을 수는 없어도 약간이나마 닮고 싶었거든."

그분이 아이들을 사랑하신 것은 사실이었다. 그리고 내가 그분을 닮고 싶었던 것도. 하지만 진짜 이유는 따로 있었다. 그것은 내가 내 생애의 대부분을 드래곤과 지냈고, 따라서 자연히 그들과 어느 정도 비슷해진 것이 그 이유였다. 드래곤들은 후손이 매우 귀한 종족이었다. 그래서 자신의 아이를 위하는 것은 그 어떤 종족보다 더했다.

속담에 '해츨링 하나를 상대하느니 고룡 열을 상대하는 것이 낫다'란 것이 있다. 고룡 열을 상대하는 것은 단지 고룡 열이었다. 다른 고룡이 도우러 올 일이 없는 것이다. 하지만 만일 해츨링을 죽이면 전 대륙의 모든 드래곤과 적이 된다는 뜻이었다. 그렇게 자신의 자식을 위하다 보니 자연 다른 종족의 아이도 위하게 된 것이다. 그래서 드래곤은 실수라거나 특별한 이유가 있으면 모를까 일부러는 다른 종족의 어린아이를 건드리지 않았다. 그런 속에서 지낸 나도 자연히 드래곤들의 생각이 옮아온 것이었다. 특히 난 인간이기 때문에 인간의 아이들을 소중히 여기게 되었는지도 모르겠다. 아니면 내가 존경했던 그 노신관과 같이 잠시나마 고아원에서 봉사를 했던 일이 작용을 했을지도.

지금도 기억난다, 그 고아원을 떠날 때 아이들의 슬퍼하던 얼굴이. 아이들은 그렇게 슬프면서도 오히려 떠나는 나를 위해 기도를 해주었다. 그리고 내가 떠날 때 슬퍼하는 얼굴 대신 보여준 아이들의 그 천진하고 맑은 웃음들. 잊을 수 없는 억지로나마 웃어주던 아이들의 순수한 미소.

그 미소를 테트로 마을에서도 보았다. 비록 그런 비참한 일을 당했어도 맑고 순수했던 아이들의 눈. 마치 그때 그 고아원의 아이들처럼. 그렇기 때문에 마을에서 이그라티스로 얼굴이 녹아내린 아이들을 보고 그렇게 분노한 것이었다. 아이들에게 무슨 죄가 있다고… 탐욕에 눈이 멀어 저렇게 만들다니……. 하지만 다른 사람에게야 전부 말할 수는 없었으니 난 다만 이런 말로 끝을 맺었다.

"그리고 글쎄… 아무튼 이건 확실해. 신관들은 이걸 알아야 해. 신서에 이런 말이 있다고 하더군. 신과 가장 닮은 존재를 꼽으라면 그건 드래곤 슬레이어도, 그랜드 마스터도, 대마법사도, 대신관도 아닌 아이들이라고. 누구나 아이들과 같은 순수함을 지닌다면 세상은 그만큼 아름다워지고 그 사람은 신에게로 한 걸음 다가간 사람이라고."

비록 동문서답의 말이었지만 마지막 말이 그런대로 괜찮았는지 아무 말 없는 두 사람이었다. 휴우…….

나는 대신관과 강을 바라보고 있었다. 아니, 정확히 강가에 떠 있는 배를 바라보고 있었다.

"의아하십니까? 그런 생각을 하는 것이 당연합니다. 하지만 투자란 어쩌니저쩌니 말이 많아도 결국 어느 정도 도박과 같은 겁니다. 과거와 현재, 미래, 사업성, 유행 등을 계산하고 하는 것이니 도박과는 다르지만 운이란 것도 빼놓을 수가 없으니까요. 저 배에 실려 있는 것들이 비록 지금은 별 볼일 없는 구닥다리 천 조각이지만 곧 황금덩이로 바뀔 겁니다. 제 생각으로는 한… 100중 80은 확률이 있다고 봅니다. 다만 그 불행의 20에 걸리지 않기를 엘렌디아 여신께 빌어야지요."

옆에서 대신관이 고개를 끄덕였다.

"그렇습니까? 그럼 신도님 말씀대로 저 배에 실려 있는 상품에 투자를 하지요."

내 계산은 이랬다. 명색이 투자가로 가장을 했는데 그런 모습을 보여주지 않으면 의심할 것이 틀림없었다. 그래서 몇 번 그들과 같이 투자를 하는 것이다. 명목은 투자에 대한 교육, 실제로는 신용 쌓기, 그렇다고 투자하는 것마다 전부 잘되면 안 된다. 당연히 불가능하겠지만. 어쨌든 그렇게 투자하는 대로 잘되면 오히려 의심을 하게 될 것이다. 몇 번은 틀려줘야 현실성이 있으니까. 그리고 실패보다는 성공을 많이 보여줘야 하는 것이다. 그래서 첫 투자는 실패로 결정했다. 약간의 손해 뒤에 그것을 만회할 수 있는 이익. 대신관으로 하여금 투자의 매력이라는 미끼를 물게 할 작정이었다.

"그런데 신도님께서는 얼마나 투자를 하실 계획이신가요?"

"글쎄요, 당장 여기서 묵을 숙식비를 제외하고 현재 가지고 있는 현찰의 반을 투자할 계획입니다. 한 1만 루니안쯤? 더 많이 투자하고 싶은데 지금은 여유가 없군요. 더 투자하려면 본가에서 돈을 더 가지고 와야 하는데 그러자니 시간이 좀 걸려 시기를 놓치게 돼서요."

"그런가요."

대신관은 무엇을 생각하는지 배를 바라보며 고개를 끄덕였다.

"그럼 돌아갈까요, 대신관님?"

나와 대신관은 마을로 돌아왔다. 그리고 난 며칠 분주히 움직였다. 처음의 것은 실패로 정했으니 다음은 성공을 해야 했다. 예나는 강변 마을에 숨어서 사람들의 이야기를 엿들으며 정보를 얻었고, 죠세프는 그 정보를 받아다가 나에게 주었다. 그리고 그 정보를 분석하여 통계를 내고 확률을 계산하는 것은 팡이 했다. 그리고 보면 가장 어렵고 복잡한 일을 팡이 하고 있는 셈이었다.

처음 팡을 보았을 때는 그저 잠만 자고 말이나 잘하는 막대기로 보였다. 하지만 우연히 알게 된 팡의 능력은 대단한 것이었다. 웬만한 수학자도 몇 시간이 지나야 풀 복잡한 문제를 금방 계산하고는 했다. 그리고 정보를 읽고 분석하는 능력도 상당했다. 내가 그것을 처음 안 것은 죠세프가 가져온 자료를 분석할 때였다.

그때 마침 팡은 잠에서 깨서 놀아달라고 했는데―지팡이 주제에 별걸

다 한다—중요한 일을 하니 시끄럽게 굴지 말라고 했었다. 잠시 시무룩하던 팡은 내가 보던 자료를 읽더니 그대로 분석해서 통계를 내곤 계산까지… 단 몇 초 만에 끝내고는 다시 놀아달라고 했다. 그때의 정신적 충격이란……. 그리고 나에게도 변화가 생겼다. 전에는 팡이에게 윽박만 질렀는데 지금은 놀아달라면 놀아주고, 얘기하자면 해주고. 그러고 보니 팡에게는 능력이 없는 것이 아니라 감추어진 것이 아닌가 하는 생각이 들었다. 마치 드래곤처럼.

드래곤이란 존재도 태어나면서 마법의 능력을 가지고 태어난다. 그래서 누가 가르치지 않아도 마법을 할 수 있었다. 하지만 아무리 능력이 있어도 해츨링 때는 그 능력을 사용하지 못하고 커가면서 그 감추어졌던 능력이 나타난다. 팡이도 그런 것이 아닐까? 팡이의 주 재료는 드래곤 하트. 여의주를 부착하면서 자아가 생겼으니 새로 태어났다고 볼 수도 있고… 아무튼 그건 시간이 지나면 알 문제였다. 지금은 일이 중요했다.

다른 사람도 열심히 할 일을 하고 있으니 나도 내 일을 해야 했다. 바로 대신관을 만나는 것. 우리가 투자한 물건을 실은 배가 출항한 지 7일째였다. 이 정도 시간이면 루미안에 배가 닿고 물건이 어느 정도 나갔을 시간이었다. 그렇다면 내일이나 모레쯤 결과가 나올 테고… 어쩌면 내 예상보다 일찍 결과가 나올지도 몰랐다. 거의 버릴 결심을 하던 물건이 나와 대신관 덕에 나간 것이니 우리의 마음이 바뀌기 전에 시장에 닿으려고 속도를 냈을지도 모르기 때문이다.

"란셀!"

갑자기 문이 벌컥 열리며 죠세프가 뛰어 들어왔다.

"왜 그래?"

난 신관을 만나러 가기 위해 옷매무새를 가다듬고 있었다.

"란셀, 큰일 났어요."

죠세프의 얼굴이 하얗게 질려 있었다. 난 우리의 계획이 들통이 난 건가 하고 심장이 덜컥 내려앉았다.

"왜 그래? 무슨 일이 있어?"

"그, 그 멍청한 대신관이 무슨 짓을 했는지 알아요?"

"왜? 설마 우리의 계획이 탄로났나?"

"아뇨. 너무 완벽했어요. 대체 그 대신관을 어떻게 설득했길래 그런 일을 벌였죠?"

그리고는 나에게 해준 말에 나도 피가 마르는 느낌을 받았다. 죠세프의 말에 따르면 에나에게서 정보를 전해 듣고 잠시 신전의 동정을 살피다가 그곳 신관들의 말을 우연히 들었다는 것이다. 그런데 신관들의 말에 따르면 그 대신관이 내가 지정한 물건에 투자를 했다는 것이었다. 여기까지는 계획이니 좋았는데 문제는 그 투자 액수였다. 자그마치 200만 루니안. 난 그때 대신관이 보는 앞이라 1만 루니안을 투자했었다. 그리고 대신관은 5천 루니안을 투자했었고. 그런데 그 대신관이란 인간이 그 뒤에 더 투자를 한 것이다. 그것도 1백 9십 9만 5천 루니안이나 더.

"제길, 그때 배가 10척이 움직이더라니… 그게 딴 이유가 있는 것이 아니라 전부 그 이유 때문이었군."

"란셀!"

또 누군가가 문을 벌컥 열고 들어왔다. 헉! 또 심장 떨리는 일이?

"에나? 왜 그래? 그러다가 들키면 어쩌려고."

"들키고 뭐고… 란셀, 우리가 투자한 것이 푸른 물결 상단의 배에 실렸던 물건이 맞아요?"

"그런데?"

"결과가 나왔어요. 놀라지 마세요. 대박도 엄청난 대박이에요!"

"뭐?"

나와 죠세프는 놀라서 소리쳤다. 나와 죠세프가 실패할 물건으로 고르고 고른 것이었다. 혹시라도 성공할까 봐 신중하게 선택했었다. 그런데 그것이 대박이라니…….

"얼마나?"

"그게요, 루미안에 닿자마자 엄청난 인기를 끌었는데… 뭐, 복고풍이라나 뭐라나? 아무튼 없어서 못 팔 지경이었다네요."

"글쎄, 몇 배 이익을 남기는데?"

난 애꿎은 예나에게 소리쳤다. 물건이 대박인 것은 어쩔 수 없어도 이젠 이익이 적게 나오길 바래야 했다. 어차피 대박이라면 말은 다 한 것이지만.

"그게… 120배…….'

"120배?"

난 너무 놀라서 소리 지르는 것도 잊었다. 투자란 직종이 생긴 이래 120배의 이익을 남긴 적이 몇 번이나 될까? 그야말로 손에 꼽는다. 이젠 전설이 된 1,700배의 이익을 남긴 사례도 있지만 그건 정말로 전설로 남을 일이고 10배 이익만 돼도 일생에 두고두고 자랑할 일인 것이었다. 그런데 120배라니……. 너무 안 좋았다.

"틀렸어."

내가 처음 투자를 실패로 계획한 것은 두 가지 이유에서였다. 첫 번째는 약간의 틈을 보여 상대의 의심을 피하기 위해, 그리고 두 번째는 잃고 버는 투자의 매력으로 상대를 잡아두기 위해. 그 매력에 빠져들면 빠져들수록 내 계획은 수월해지는 것이었다. 그런데 처음부터 120배의 이익이라니……. 그것도 대신관은 200만 루니안을 투자했었다. 그렇다면 24억 루니안을 벌었다는 것이고, 그 정도면 돈은 벌대로 번 것으로 투자에서 어느 정도 잃어도 코웃음 칠 수가 있었다. 한마디로 내 손아귀에서 빠져나가는 것, 그 정도 돈이면 혼자서도 할 수 있고 잃는 부담도 거의 없으니 구태여 나 같은 동업자 없이도 잃으면서 배울 수 있는 것이다. 왜 다른 때는 이런 행운이 없다가 꼭 이럴 때만 운이 억세게 좋냔 말이다. 흑, 엘렌디아 여신님, 천벌인가요?

"젠장, 정말 되는 일이 없군. 그 정도로 번 사람이 나에게 도움 청할 일은 없을 것이니……."

"그럼 어쩌죠?"

에나가 나에게 걱정스럽게 물었다. 에나가 우리와 일을 같이 한 것은 마을 사람들을 위한 것이었는데 그것이 수포로 돌아간 것이었다.

"휴, 어쩌긴. 나도 1만 루니안을 투자했어. 세금을 떼도 100만루니안은 넘어. 신전에서 100만 루니안을 요구했었지?"

그때였다.

쾅쾅.

"계십니까?"

누군가가 방문을 두드렸다. 아니다. 목소리로 봐서 누군가가 아니라 대신관이 가는 곳마다 수행했던 신관이었다. 그렇다면 대신관이 왔다는 소리였다.

"누구십니까?"

난 말을 하면서 에나에게 손짓을 했다. 일은 틀린 것이지만 그렇다고 예나를 보게 하는 것은 위험한 일이었다. 처음 일이 생긴 것이 그 대신관이 예나에게 흑심을 품어서 일어난 것이니까. 예나가 침대 밑으로 숨었을 때 문을 열었다.

"웬일이십니까, 대신관님?"

"오오, 신도님. 이젠 당신을 완전히 믿겠습니다."

대신관은 들어오자마자 나를 안으며 말했다.

놔! 놓으란 말야! 난 동성 연애자가 아니야!

"신도님의 혜안, 정말 놀랍습니다."

"무슨 일이십니까?"

난 알면서도 모르는 척 물었다.

"모르십니까? 이번에 우리가 투자한 물건이 어느 정도의 이익을 남겼는지 아십니까?"

"글쎄요. 저도 그것을 알아보러 나가려던 참입니다만……."

"무려 120배나 이익입니다. 120배! 정말 대단하지 않습니까?"

"뭐요? 120배라고요? 겨우 120배요?"

난 아예 막 나가기로 했다. 이제는 둘 중 하나였다. 내가 대신관의 욕심을 과소평가했든가, 아니면 우리의 사기극이 여기서 막을 내리든가.

"겨우라니요? 그게 무슨……."

"전 200배의 이익을 노렸는데요. 이거 멧돼지 덫 놓고 토끼 잡은 꼴이군요. 이런… 이거 내 예상이 틀리다니……."

순간 대신관의 눈이 반짝이는 것을 본 건 나의 착각일까?

"200배요? 거 대단하십니다. 200배라… 하하하."

갑자기 대신관이 웃기 시작했다.

“좋습니다, 좋아요. 그럼 다음에도 부탁합니다.”

“…….”

“계속 저를 도와주십시오. 신도님을 믿고 제 돈을 모두 맡기겠습니다.”

…더 이상 할 말은 없었다. 난 대신관을 너무 과소평가했다. 이, 이걸 보고 통이 크다고 해야 하나? 하아…….

“우선 우리의 자금이 부족하다고 신관들에게 손을 벌리는 거죠. 그리고는 예나가 찾아낸 그것으로…….”

우린 다시 대신관을 속이기 위한 작전을 짜고 있었다. 내가 대신관의 욕심을 과소평가한 것은 문제가 아니었다. 진짜 문제는 이곳의 물건 중에 투자를 할 만한 것이 없다는 것이었다. 팡이가 분석한 것도 그렇고 누가 봐도 10배의 이익은커녕 본전이나 찾을 정도? 따라서 우린 다른 방법을 찾아야 했다. 그리고 그 계획은 어느 정도 속세의 때가 묻고 익숙해진(?) 죠세프가 맡았다. 그리고 우린 죠세프의 계획을 당장에 실천하기로 했다. 솔직히 마을 사람들을 위해 이번 일을 하기는 했지만 역시 나에겐 맞지 않는 일이어서 한 일도 없이 맥이 풀리고 지겨워졌기 때문이다. 게다가 대신관도 신전에서 금하는 일을 하기 때문에 함부로 들쑤시고 다닐 수 없긴 하지만 그래도 조금 여유를 찾고 나면 신전의 정보망으로 우리의 사기를 눈치 챌 것이었다.

지금 난 대신관과 마주 앉아 있었다.

“곤란하게 되었군요, 신도님.”

“그러게 말입니다. 정말 꼬이는군요. 그것이 그렇게 크게 벌어지리라고 누가 상상이나 했겠습니까?"

"그래서 우리에게 돈을 빌리려고 하신다?"

"제가 알기에는 신전에서 번 돈이 24억 루니안입니다. 그중에 10억 루니안만 쓰신다면……."

"하지만 그건 신전의 돈입니다. 사사로이 빌려줄 수 없는 돈이죠."

도둑놈. 다 제 주머니로 들어갈 거면서.

"압니다. 하지만 이번 투자만 되면 저는 100억 루니안을 벌게 됩니다. 생각해 보셨습니까? 100억? 그리고 그중 50억 루니안은 제가 약속한 5억보다 10배나 더 많이 신전에 바치는 것입니다."

"허, 하지만……."

"그러지 마시고… 신전에는 신전채가 있지 않습니까? 신전채로 빌려주시면 이자도 두둑이 드리죠. 아, 제가 약속한 50억과는 별도입니다. 그야말로 꿩 먹고 알 먹고죠."

나도 나쁜 놈이다. 원래 신전채란 가난한 사람에게 꿔주고 나중에 아주 적은 이자로 갚게 하는 것이었다. 만일 돈이 없으면 신전에서 봉사하는 것으로도 갚아질 수 있는 이자로.

"…알겠습니다. 하지만 이건 제 직권으로는 할 수가 없고 신관 회의를 해서 결정하겠습니다."

지금 이건 시간을 끌려는 속셈이었다. 이 신전에는 돈이 없었다. 대신관에게 수억 루니안이 있어도 그것은 대신관의 개인 재산이지 신전의 재산은 아니기 때문이다. 그럼 나도 답변을 해야지?

"만일 가능하시다면 더 많이 하셔도 됩니다. 투자되는 돈이 많으면 그만큼 투자되는 물건의 수량도 늘어나죠. 그렇게 되면 100억? 홋, 넘어서죠. 그럼 좋은 답변 기다리겠습니다."

"죠세프, 잘해야 돼."

"걱정없어요, 이것만 있으면."

죠세프는 양쪽 귀에 자그마한 구슬을 하나씩 굴려 넣었다.

"그래도 상대는 대신관이야. 아직 중앙 신전이 썩었다는 소린 듣지 못했어. 대신관은 중앙 신전에서 내려온 사람이야. 그 말은 대신관이 타락했어도 능력은 무시 못한다는 소리지. 이그라티스도 그렇고 금단의 술도 그렇고… 능력만 가지고 따지면 엄청난 인간이란 말야."

"그런데 대신관이 신전의 정보망을 이용하면 어쩌죠? 그러면 이번 계획은 아예……."

예나가 걱정스럽게 물었다. 난 그런 예나를 보며 자신있게 웃었다.

"중앙 신전이 썩지 않았다고 했지? 그 뜻은 이런 타락한 신전은 거의 없다는 뜻이지. 만일 신전의 정보망을 이용하려면 자신이 어째서 그 정보망을 쓰는지 알려야 하는데 만일 그 답이 명확하지 않거나, 수상해 보이거나, 숨기는 것이 있으면 당장 조사가 나와. 각 신전마다는 공간 이동 통로가 있으니 도망도 못 가지. 그러니까 그것에 대해서는 걱정할 필요가 없어. 뭐, 다른 방법으로 조사를 할 수는 있지만 그러면 아무래도 시간이 걸리지. 따라서 우린 시간이 충분하다는 뜻이고. 다만 대신관의 능력이 어느 정도인지 몰라서 불안해."

어쨌든 죠세프는 나갔다. 계획대로 될지 모르지만 3일, 3일이었다. 그 정도의 시간만 지나면…….

3일 후 죠세프가 돌아왔다. 눈동자가 풀린 멍한 눈빛을 하고는. 우린 죠세프가 돌아오자마자 짐을 꾸려서 도망을 쳤다. 일이 성공해도 그렇지만 실패했어도 도망을 가야 했다. 상대는 여자를 안 내준다고 마을 하나는 신전의 분노를 내리고, 또 다른 마을 하나는 노예로 삼은 사악한 자들이었다.

우린 사람들의 눈을 피해 테트로로 돌아왔다.

"야호!"

죠세프는 환호를 했다.

"성공이에요. 완벽한 대성공."

죠세프가 말한 이번 일은 다음과 같았다.

죠세프가 여관을 나섰을 때 신관 두 명이 그에게 다가왔다. 그러고는 신전으로 초대한다는 어린애도 안 속을 말로 죠세프를 데려갔고, 신전에 간 죠세프에게 대신관은 최면을 걸고 뒤이어 신성력을 동원해 죠세프의 정신을 지배하려 했다. 죠세프의 말로는 정말 일생에 다시는 겪고 싶지 않은 불쾌한 경험이었다고 했다. 다행히 죠세프는 여관을 나가기 전에 귀에 넣은 구슬 덕으로 정신을 지배당하지는 않았다. 오히려 대신관이 신성력으로 죠세프와 정신력을 연결했을 때 입 안의 약을 삼켜 눈동자를 풀리게 하고는 연극을 하기 시작했다.

대신관이 죠세프에게 물은 것은 내가 어디에 무엇을 얼마에 투자했나는 것이었다. 죠세프는 처음의 계획대로 대답을 했다. 란셀, 아니, 데리코가 다른 재산가를 찾아 투자를 권유한 일이며, 물건과 투자비, 투자 후의 가치 등등…….

대신관은 거기에 25억 루니안을 투자했다. 죠세프가 알아낸 바로는 대신관의 총재산은 25억 루니안. 모든 재산을 투자한 것이다.

"아마 자신의 능력을 믿었나 봐요."

"그냥 믿은 것이 아니라 맹신한 거지. 능력이 뛰어난 사람들의 단점이야. 그렇게 능력있는 사람들은 자신의 뛰어난 능력을 너무 믿지. 그러니까 그렇게 무모하게 투자를 했고. 하긴 신성력으로 정신을 지배하는데 거짓말할 사람이 어디 있겠어? 그래서 어떻게 되었지?"

"그래서 말이죠……."

대신관 자신은 그 정도까지 큰돈을 자신의 이름으로 함부로 투자를 할 수가 없었다. 그래서 대신관은 죠세프에게 그것을 시켰다. 대신관의 돈을 가지고 가서 투자를 하고 이익금은 대신관에게 가도록 서류를 작성하도록 시킨 것이었다. 물론 그때의 대신관 이름은 가명이었다. 죠세프는 시키는 대로 투자하고 서류를 가져다 주었지만 사실 대신관이 준 돈은 다른 곳에 숨겼다. 투자할 때 쓴 돈은 신전채로 한 것이었다.

죠세프는 그렇게 일을 벌이고 곧바로 여기에 온 것이었다. 약 기운이 덜 풀려 흐릿한 눈빛을 하고.

"정말 금광이란 소릴 듣자 눈이 탐욕으로 빛나는 게 신관이 맞나 하는 생각이 들더군요."

"그럼 곧바로 여기로 온 건가요?"

예나가 궁금한 듯이 물었다.

"아니, 그러면 그들이 눈치를 채지. 우선 신전에 다녀온 거야. 투자한 증명 서류를 주고 와야 하니까."

"서류요?"

"그래, 투자를 했으니 나중에 권리를 찾아야지."

나는 웃으면서 예나에게 설명해 주었다. 처음부터 금광은 없었다. 아니, 금광은커녕 막돌 캐는 채석장도 없었다.

신관들은 그 금광이란 곳에 한번 가보았을 것이다. 하지만 신관인 그들이 광산에 들어갈 일은 없었고 또 차분히 살피기에는 시간이 없었다. 신관이 정기도 시간도 빼먹고 자신이 속한 마을도 아닌 그런 곳에서 어물쩡거리는 것을 다른 사람의 눈에 띄게 할 수는 없었으니. 그리고 그들은 사제로서 자신들의 능력도 과신했고.

"그건 저도 알아요. 그건 제가 직접 감시를 했죠. 그런데 어째서 사람들이 거기서 산을 파헤쳤는지는 아직도 모르겠어요."

"그건 행운이었지. 대신관이 금단의 술을 나에게 쓰느라고 각서를 작성했어. 대신관이 원본을 가졌지만 그래도 계약인데 자신만 서류를 가지면 이상한 일이거든. 게다가 신전의 인장도 없으면 속이 보이는 짓이라 어쩔 수 없이 신전의 인장이 찍힌 사본을 나에게 주었지. 내 피가 묻은 종이가 자신에게 있으니까 한 짓이지만 덕분에 난 신전의 인장을 얻은 거야. 난 그 신전의 인장을 이용해 신전의 명령인 것처럼 해서 사람들을 동원했지. 알다시피 신전의 권한은 크잖아? 그리고 그 파헤친 산은 국유지라서 애 좀 먹을걸? 아무리 신전이라도 국법은 준수해야 하니까. 아마 중앙 신전에서 먼저 조사가 나오겠지."

"하, 그걸 전부 저 죠세프가 계획한 건가요?"

"흠, 불가사의한 일이긴 하지만 그래. 하지만 예나가 정신 방어의 마법이 걸린 구슬을 얻지 못했으면 어림없었을 거야."

예나는 웃었다.

"저도 행운이었죠. 아마 엘렌디아께서 절 도우셨나 봐요. 신전의 잡상 입 안에 그런 게 있을 줄은 몰랐죠."

"그래, 그 잡상은 정신을 갉아먹는 요괴를 잡아먹는 성수인데 거기에 그런 게 들어 있었다니……. 흠흠, 어쨌든 빨리 돈을 꺼내와야지."

우린 테트로 마을에서 다시 돈을 숨긴 곳으로 가서 돈을 찾아왔다. 정말 완벽한 완전 범죄… 는 아니지만 적어도 자신들의 능력을 맹신하는 대신관이나 다른 신관들은 알아내지 못할 작전이었다. 그나저나 죠세프도 대단했다. 그렇게 눈치없고 경험 부족인 둔탱이가 이런 작전을 짜다니……. 이런 작전은 원래 경험이 많은 사람이 잘 짜는데… 설마 후작가에서부터 이런 일을 했을 리는 없고… 그럼 혹시 전생에? 에이, 쓸데없는 생각을……. 돈이나 세자.

테트로로 온 지 사흘째, 난 몸이 약간 찌뿌등한 것을 느꼈다. 아마 대신관이 내 피가 묻은 종이를 금단의 술로 태우는 모양이었다. 보통의 사람이라면 벌써 대신관의 노예가 됐겠지만 난 그 보통 사람이 아니었다. 금단의 술은 무섭고 강력한 주술이지만 한 가지 치명적인 약점이 있었다. 그건 시전자가 피시전자보다 나이가 많아야 한다는 것. 금단의 술에 걸리면 시전자의 나이에서 피시전의 나이를 뺀 기간만큼만 노예가 된다. 가령 시전자가 50살이고 피시전자가 40살이면 10년간 노예가 된다. 말이 노예지 정신이 완전 빠진 인형이 되어 시키는 대로 하는 것이다. 그리고 그것을 시전당하면 그 기간이 지나 주술에서 벗어나도 정신이 황폐해져 폐인이 되었다.

하지만 내 나이가 몇이냐. 대신관이 아무리 나이가 많아도 나보다는 한참 어렸다. 그런데 감히 나에게 그런 걸 걸려고 하다니. 지금 내 몸이 찌뿌등한 건 단순히 금단의 술이란 힘이 나에게 밀려와서였다.

"좀 더 지켜보면서 그 못된 신관들이 혼나는 것을 보고 싶지만 지금 떠나야 할 것 같아."

난 죠세프를 보며 말했다. 괜히 남아 있다가 걸리면 그들도 당하지만 우리도 중앙 신관에서 온 사람들에게 당하기 때문이다.

"맞아요. 그럼 짐을 꾸리죠."

옆에서 예나가 뭔가 말을 하려고 하는 것 같았다. 하지만 이별을 질질 끌면 기분만 상하지.

"이 돈은 마을에 드릴게요. 모두 25억 루니안입니다. 이 정도면 테트로와 페트로 두 마을이 다시 일어서고도 상당히 많이 남는 돈입니다. 중앙 신전에서 사람이 나와 진상이 밝혀지면 여러분들을 치료해 줄 거고요. 예나, 여기 120만 루니안 중 20만 루니안과 처음 가지고 있었던 10만 루니안 중 남은 3만 루니안을 합쳐서 23만 루니안은 네게 주겠어."

100만 루니안은 무척 큰돈이었다. 뒤의 23만 루니안이란 꼬리쯤 없어도 상관없을 만큼. 뭐, 내가 돈에 목숨 거는 것도 아니고 있을 때 쓰자는 것이 내 주의기 때문에 난 팍팍 인심 쓰고 있었다. 그리고 아닌 게 아니라 예나가 없었으면 이번 일은 성공을 못했기 때문이었다.

"가자, 죠세프."

그리고 나와 죠세프는 길을 떠났다.

"저기… 누구죠?"

한참 걸어 어스름할 무렵, 숲길을 가고 있는데 누군가 앞에서 걸어왔다.

"설마… 신관?"

"안녕, 사기꾼들."

앞에서 오던 사람이 웃으며 말했다.

"예나?"

예나였다. 예나… 말도 안 돼. 우리가 길을 잃었나? 왜 점심나절에 헤어진 사람이 앞에 있지?

"역시 여기까지밖에 못 왔군요. 그러게 산길을 잘 아는 사람이 있어야 해. 어휴, 저 땀들 좀 봐. 열심히 걸어왔군요? 나 봐요. 지름길로 오니 이렇게 여유있게 와도 앞질렀잖아요?"

"너, 넌 엘프의 피가 섞였잖아. 그러니……."

난 버벅대었다. 도대체 이 상황에서 할 말이 없었다. 우리가 그렇게 기를 쓰고 왔건만…….

"그것도 있군요."

예나는 우리 앞으로 다가왔다.

"두 사람 내가 없으면 지금처럼 길 가는 데도 고생할까 봐 같이 가려고요."

"엥?"

예나는 빙긋 웃었다.

"사실 이젠 마을 사람에게 제 도움은 필요가 없기도 하고요."

그래? 좋지. 이런 멋없는 녀석하고만 있는 것보다 여자가 같이 있으면 분위기가 다를 테니. 게다가 능력도 있잖아?

"좋아. 죠세프, 너도 좋지? 그래, 같이 가지. 그럼 기념으로 예나, 너 오늘 저녁해라."

"아, 란셀, 그건 제가……."

"안 돼, 죠세프. 넌 절대 안 돼. 진짜 안 돼. 처음 들어온 사람 고문시키지 마."

뒤에 들은 이야기지만 그 대신관과 사제들은 무거운 벌을 받았다고 한다. 신관들의 죄는 여러 가지로, 이유없이 마을 하난 이그라티스를 내리고, 한 마을은 거의 노예로 만들고, 또 25억 루니안이란 거금을 착복했고, 그것도 모자라 2,500만 루니안의 신전채를 가난한 사람이 아닌 자신의 사욕을 위해 쓴 것이었다. 거기에 에나의 일도 한몫했고.

그런 중죄를 지은 그들에게 내려진 벌이 어떤 벌인지는 밝혀지지 않았지만 대신관과 다른 신관들은 재산을 모두 몰수당하고 중앙 교단으로 끌려갔다고 했다. 비록 겨우 100만(?) 루니안이지만 몰수한 돈은 마을 사람들에게 나누어졌고, 신전의 분노가 내려진 마을 사람들도 치료가 되었다. 그리고 대신관은 자신을 골탕 먹인 사기꾼들의 일을 말했지만 그 덕에 위증죄까지 추가, 또 우리에 대해 말하다가 신전에서 금지한 금단의 술인 약속의 노예와 정신 지배의 술을 쓴 죄도 추가, 더 큰 벌을 받았다고 한다.

어쩌면 중앙 신전에서는 대신관의 말이 사실임을 알지도 모르겠다. 아니, 알 것이다. 다만 우리가 대부분의 돈을 마을에 준 것을 참작해 불문에 부친 것일 것이다. 그렇지 않다면 대신관에게 금단의 술과 정신 지배의 술을 쓴 죄를 추가시키지 않았을 테니까. 어쨌든 페트로와 테트로 두 마을은 신관들도 새로 오고 비록 불미스러운 일이 있었지만 그 덕에 중앙 신전의 특별한 관심과 국가적인 관심을 받은 데다 어떤 복지가(?)—사기꾼(?)—에 의해 많은 돈을 받은 덕으로 전보다 더 번창해졌다고 한다. 25억 루니안이면 자그마한 나라 1년 예산이니 당연한 것이었다.

“청소가 무슨 큰 벌이 될까요?”

“당연하지. 그냥 청소면 아이들이나 받을 벌이지. 하지만 중앙 오스롱 감옥 청소란 말야. 중앙 오스롱 감옥이 어떤 곳이냐? 종신형을 받은 중죄인이 가는 곳이야. 살아 들어가 죽어야 나온다는 감옥이란 말야. 햇볕도 들지 않는 죽음의 감옥. 규모도 보통 커? 거기를 전부 매일 청소한다고 생각해 봐. 화장실도 변기가 없어서 바닥에 싸놓은 오물을 치우고 먼지를 쓸고 닦고… 죽지 죽어. 게다가 거기 죄인들이 보통 거칠어? 감옥 안에서 사람을 죽이면 더 큰 벌을 받으니 죽이지야 않겠지만 청소하다 무슨 일을 당할지 알 수 없고. 여자도 없는 감옥인데…….”

“하긴 신성력도 잃은 사람들이니 고생이 심하겠군요. 거기서 평생 그 일을 해야 하니…….”

“차라리 거기에 온종일 갇혀서 지내면 그나마 적응이라도 하겠지만 출퇴근이거든. 하루 12시간 근무. 그러니 적응도 힘들지.”

“그나저나 대단해요. 예난 어떻게 그런 걸 알아왔을까요?”

“직접 염탐해 온 거라더군. 아무리 엘프의 피가 섞였다지만 정말 날렵한 몸이잖아?”

“시끄러워요! 두 사람 모두 빨리 잠이나 자요. 또 한 번 시끄럽게 굴면 내일 아침밥도 용돈도 없을 줄 알라고요.”

“에이, 자자, 죠세프.”

“예.”

그래, 내일을 위해 잠을 자야지. 음냐, 아침밥, 용돈…….

야수 마을

신관들을 골탕 먹이고—사기 치고—길을 나선 지 20일. 우리는 벌써 닷새째 산길을 걷고 있다. 원래는 배를 타고 있었다. 배를 타고 카샤니 안과 인접한 도시인 크롤루에 갈 생각이었다. 하지만……

"허억! 제발… 란셀……."

"저, 저도요."

그렇게 멀미를 해대는데 어쩔 수가 없었다. 아아, 죠세프의 고모부가 시장으로 있는 루미안 시에는 강이 흐른다. 그런데 한 번도 배를 안 타본 거야? 후우, 지금쯤이면 크롤루에서 아침을 먹고 있었을 텐데, 아니, 벌써 크롤루를 떠났을지도 모르고. 하지만 걸어가자니 구불구불 돌아가야 하기 때문에 이렇게 늦어진 것이다.

특히 이렇게 산을 넘을 때는 산도 험하고 숲도 제법 울창해 길을 찾아 빙 돌아가느라 더 늦어지고 있었다. 다행히 길 찾는 감각이 뛰어난 예나가 있어서 길을 잃을 염려는 없었다.

"후우! 여기서부터 탈란 왕국이다."

난 죠세프와 예나를 돌아보며 말했다.

"저기 큰 바위 보이지?"

"예, 꼭 돼지 머리처럼 생겼네요?"

"그래. 저 바위는 피포 바위라고 하는데 이곳 피포 시 명물이야. 그리고 여기가 피포 고개. 이 고개부터 탈란 왕국이 시작되지. 그리고 우리가 가려는 크롤루는 피포 시 옆이야."

난 천천히, 그리고 친절히 설명해 주었다.

"그럼 여기가 시란 말예요? 말도 안 돼. 줘봐요."

갑자기 손이 허전해졌다. 예나가 내 손에 들린 지도를 빼앗아간 것이었다.

"흠… 피포 시는 상당히 큰 도시네? 어이구? 그리고 보니 탈란 왕국은 12개의 시로 이루어졌잖아? 수도인 탈란 시와 랑드르 시를 중심으로 9개의 도시가 둘러싸고 있고, 피포 시는 달랑 삐져 나온 거네? 크기는 제일 큰 것 같은데?"

"맞아. 원래 탈란 왕국은 여러 개의 도시 국가가 연합한 거였어. 그래서 처음부터 영지란 개념이 없었지. 그리고 여기 피포 시는 가장 큰 도시로 다른 도시보다 2배 이상은 커. 하지만 발달은 가장 안 돼 있어. 보다시피 이렇게 숲과 산이 많아서지. 그리고 크롤루 시가 가장 발달해 있고. 우습게도 두 도시는 바로 이웃한 도시지만 말야."

죠세프가 다시 추가 설명을 했다.

"어엉, 그렇구나. 그나저나 참 좋은 지도네요? 각 도시의 설명도 나오다니… 설마 이거 혼자 몰래 보려는 건 아니죠? 그리고 잘난 척하며 설명하려던 것도 물론 아니겠지요?"

윽. 찔끔.

"아, 아냐, 그럴 리가 있니……. 그 지도 원하면 가져."

저렇게 나오는데 몰래 보고 아는 척하려 했다고는 말할 수 없었다. 지은 죄(?) 때문에 지도도 내주었고.

"그러고 보니 죠세프도 많이 아네?"

"당연하지. 우리가 지금 가려는 크롤루도 그렇고 여기 피포도 그렇고, 카샤니안과는 국경을 맞댄 도시야. 이웃 나라의 간단한 정보 정도는 배워서 안다고."

죠세프의 말대로 피포 시는 산과 숲이 많았다. 정확히 말하면 산보다 구릉이 더 많았지만 울창한 숲이 들어선 구릉이라 웬만한 험한 산 못지 않았다. 그런 구릉과 숲이 피포 시의 2/3를 차지했다.

"잡담 그만 하고 빨리 가자. 이렇게 가다가 언제 사람 사는 곳에 갈래?"

지금이 좀 늦은 아침. 이제 곧 낮이 될 것이었다. 산속의 낮은 짧았다. 또 밤이 되면 위험하기도 했다. 지금이야 그래도 낮지만 밤이 되면 노숙을 해야 하고 불침번을 서야 한다. 겨우 세 명이서 불침번을 서려면 솔직히 피곤한 일이었다. 하지만 말이 세 명이지 에나는 여자라 빠진다. 남자는 여자를 아낄 줄 알아야 한다나? 근데 분명 전에 남녀 평등에 대해 열변을 토했던 것을 기억한다. 이유가 뭐든 결국 불침번은 나와 죠세프의 차지였다. 한번 불침번을 서면 그 다음날 피곤해서 머리가 지끈거린다. 이럴 땐 하루라도 노숙을 덜 해야 피곤을 풀 수가 있는 것이다. 다른 사람이 대신 서주면 좋겠지만 그럴 사람도 없고……
팡? 시킬 애한테 시켜야지.

"마을이다!"

갑자기 죠세프가 소리쳤다. 고개를 들어보니 과연 200길드 정도 앞에 마을이 있었다. 그런데 우린 어제 노숙했다. 흑.

"뭐야? 저 마을 어디서 갑자기 튀어나온 거야? 신기루는 아닐 테고…… 우리 어제 왜 노숙했지?"

예나도 나와 같은 생각인지 툴툴거렸다.

"그거야… 조금만 걸어서 모퉁이를 돌았어도 보았겠지만 피곤하니 일찍 자자고 해서 그냥 잔 거잖아요. 누가 먼저 그런 의견을 냈는데……."

나였나? 역시 사람은 늦게 자고 늦게 일어나야… 헉, 내가 지금 무슨 말을…….

"그런데 이거 아침부터 마을에 들어가 하루 묵고 가자고 하면 너무 우습잖아."

사실 그랬다. 그냥 지나가는 사람이면 몰라도 저녁도 아닌 아침에 하루 묵고 가겠다고 하는 사람이 제정신이겠는가? 특히 이런 곳에 위치한 마을은 그냥 사람 사는 집만 있고 여관이나 식당 같은 곳은 없는 마을이었다. 이런 산속에 관광이나 여행을 하러 올 사람은 없을 테니까. 하지만 우리는 며칠 동안 불침번을 서야 했기에 잠을 자야 했다. 제대로 된 잠을.

"가자고. 우리가 그런다고 우릴 정신 병원에 넣겠냐? 넣으려고 해도 넣을 병원이 없을걸?"

이럴 땐 무식하게 행동하는 것이 제일이었다. 난 먼저 마을로 걸어갔다.

　마을로 들어선 우리는 뭔가 이상하다는 것을 눈치 챘다. 마을엔 사람이 없었다. 아무리 사람이 적게 사는 산골 마을이라고 해도 너무 조용했다. 시간은 정오가 가까워지는 늦은 아침. 이 시간이면 한창 활동할 시간이었다. 게다가…….

"이게 무슨 냄새죠?"

후각이 예민한 예나가 얼굴을 찡그렸다. 그 소리에 나와 죠세프도 냄새를 맡아보았다.

"뭔가 썩는 듯한 냄샌데?"

"그리고 피비린내 비슷한 냄새도 나고요."

죠세프도 고개를 갸웃거렸다.

"이거 혹시 산적이 쳐들어와서 사람을 죽인 게 아닐까요?"

"아냐."

예나가 죠세프의 말에 반박했다.

"그런 일이 있으면 냄새가 진동할걸? 하지만 너나 란셀은 처음엔 냄새를 느끼지 못했지? 내가 말하기 전까지는. 사람이 죽었다고 보기에는 냄새가 은은히 난다고. 거기다 이건… 약간 노린내도 나는데… 죠세프, 너 혹시 지리 배운 적 있어?"

"응? 좀 배우긴 했는데……."

"그래? 넌 분명 여기 피포에 대해서도 배웠다고 했지?"

"그런데?"

"그럼 여기에 어떤 맹수가 사는지에 대해서도 배웠어?"

맹수?

난 의아해서 사방을 둘러보았다. 예나의 말이 이해가 되지 않았다. 맹수 없는 숲이 어디 있겠냐마는 이 마을은 작긴 해도 아주 작은 마을은 아니었다. 맹수가 출몰하는 곳에 이런 마을이 형성된다는 것은 어려웠다. 그렇다면 맹수의 위협도 없다는 뜻인데, 이 점은 예나가 더 잘 알 사실이었다.

"글쎄… 여기 숲은 카샤니안과 연결되어 있는데, 내가 알기론 늑대가 있고 숲 깊이 들어가면 표범이 있는 것으로 알고 있어. 하지만 사람 사는 곳에는 출몰하지 않는 것으로 아는데……."

"그래? 역시… 이 노린내, 늑대나 표범의 노린내가 아니야. 사슴이나 다른 동물은 아니라고. 내 느낌으론 분명 육식 동물, 맹수의 노린내인데… 처음 맡아보는 건데?"

"그래?"

죠세프도 마을을 살피더니 한마디 했다.

"그렇다면 그것도 이상한데? 맹수가 마을 사람을 죽여서 먹었다면 냄새가 적어지기는 하겠지만… 마을 전체가 이렇다는 건……?"

"죠세프 말이 맞아. 맹수면 마을 전체를 이렇게 멀쩡한 상태로 안 남지. 그리고 발자국이라도 있어야 하는데… 없잖아. 뭘 먹은 흔적조차 없고."

내 말에 예나도 고개를 끄덕이며 긍정의 표시를 했다. 이렇게 우린 갖가지 추측을 하며 마을을 두리번거렸다.

"어?"

그때 마을을 둘러보던 예나가 작은 탄성을 질렀다.

"애가 있네?"

난 예나 쪽으로 고개를 돌렸다. 아닌 게 아니라 정말 어린애가 있었다.

"넌 누구니? 엄마, 아빠 어디 계셔? 다른 사람들은?"

예나가 먼저 다가가서 물었다. 아이는 묵묵부답, 멀뚱히 예나만 쳐다보았다.

"비켜봐."

난 예나를 비키게 하고 아이를 보았다. 그 아이가 뭔가 이상해서였다. 이런 곳에 혼자 있는 것도 그렇고, 아이의 상태도 이상했고…….

"음… 뭔가 이상한데?"

요리 보고 조리 봐도 알 수 없는… 음… 이 아이를 보니 뭔가 있긴 있는데 그게 뭔지…….

"아이가 저렇게 있는 걸 보니 확실히 맹수는 아니군요. 그렇다고 산적도 아니고… 하긴 맹수든 산적이든 뭐든 간에 그러기에는 마을이 깨끗하니……."

죠세프가 아이에게 다가오며 중얼거렸다.

"응? 맹수?"

갑자기 머리에 확 지나가는 생각.

"어디 다시 보자."

난 아이를 다시 살폈다. 아이의 얼굴, 눈, 그리고 몸 전체… 다시 얼굴…….

오, 마이 엘렌디아!

난 급히 일어서서 예나와 죠세프를 보며 나직이 말했다.

"예나, 죠세프, 잔말 말고 무조건 튀어!"

달렸다. 정말 뭣 빠지게 달렸다. 숨이 차도 달렸다. 뒤에서 예나와 죠세프가 따라오며 뭐라고 했지만 난 아무 말도 않고 달렸다.

"헉헉."

그리고 어느 정도까지 왔을 때에야 난 멈춰 설 수 있었다.

"주, 죽는 줄 알았네. 후우~"

"그, 그런데 왜 그래요? 헉헉… 왜 갑자기 뛰고… 헉헉……."

죠세프가 숨을 몰아쉬며 내 옆으로 왔다.

"왜긴, 정말 큰일 날 뻔했어."

"큰일요?"

예나가 내 앞에 서서 손을 옆구리에 대고 소리쳤다.

"얼떨결에 따라오긴 했지만… 그래, 그 어린애가 뭐라고 이 수선이죠?"

예나는 완전 땀에 절어 옷이 몸에 달라붙을 정도였다. 호오, 그리고 보니 예나의 몸매도 보통이 아닌걸? 앗! 아니다, 이럴 때가…….

"수선이 아냐. 너, 그 아이 보고 뭐 이상하다고 느끼지 않았어?"

"아이요?"

예나의 표정이 떨떠름해졌다. 역시 뭔가 느낀 듯.

"그, 글쎄, 뭐랄까… 음… 털이 좀 많았어요. 얼굴에 그렇게 털이 많다니…… 하지만 그건 아무래도 선척적으로 털이 많은 것이 아닐까요?"

"그거 말고."

예나라면 느꼈을 것이다. 그녀는 하프 엘프였다. 그리고 내가 본 바로는 비록 하프 엘프이긴 하지만 어떤 면에서는 순수한 엘프보다 더 능력이 뛰어났다. 물론 그게 뭔지 난 알 수가 없었다. 그냥 내 느낌이 그렇다는 것일 뿐. 어쨌든 사람보다는 좀 더 감각이 발달한 예나라면 느낄 수 있었을 것이다.

"글쎄요… 뭔가 이상한 느낌이 들긴 했지만… 그래요. 야수와 같은 느낌이…… 그래도 그건 마을 분위기와……."

"아니, 네 말이 꼭 맞아. 그들은 야수야."

죠세프와 예나의 눈길이 나에게 쏟아졌다. 인간을 야수라고 했으니 당연한 반응이지만.

"그 아이가 늑대 인간이라도 된다는 건가요? 설마⋯ 만일 늑대 인간이라도 그래요, 그렇다면 지금 같은 시간에는 인간이어야 한다고요. 그리고 늑대 인간이 사람으로 있을 때는 고위 신관이 아닌 이상 알 수가 없다는 것, 상식이 아닌가요?"

"예나 말이 맞아요. 또 밤이라 해도 그렇죠. 아마 우릴 본 순간 공격했을 겁니다."

그러니까 둘의 말은 내가 틀렸다는 건데⋯ 난 그 아이가 늑대 인간이라고는 하지 않았다. 얘들 너무 앞질러 생각하네.

"들어봐. 예전, 지금의 시대보다 훨씬 전에 마도 시대가 있었다는 것은 알지?"

둘은 고개를 끄덕였다.

"그래, 아는군. 하긴 상식이니⋯⋯. 흠, 그 시대에는 마나의 기운이 지금과는 비교가 안 되게 강했지. 그래서 지금으로 보면 비상식적인 일도 많았고."

"알죠. 그리고 그 시대에 있던 병 중 지금까지 남은 병인 마병을 치료하는 마도의사도 알죠."

오우, 고맙다, 죠세프.

"말도 안 돼. 마도 시대는 알지만 요즘 시대에 그때의 병을 고치는 하릴없는 사람이 어디 있어요? 시대가 다른데 병이 남아 있겠어요? 마도의사라니, 사기꾼 아냐? 그리고 그걸 믿다니 무슨 바보 짓이람?"

그래, 나 사기꾼이다. 마병에 걸린 사람 고친다고 나와서는 겨우 두

명 치료하고 신관에게 사기 쳤다. 이런, 그러고 보니 내가 생각해도 이상하군.

"흠흠, 그런 훌륭한 분이 있어. 그리고 마도 시대의 병이라면 아까 본 아이가 바로 그 증거야."

"무슨 소리예요?"

"그 아이가 걸린 건 야수병이야. 인간의 몸속에 병원체가 침투해 생기는 병인데, 그 병에 걸리면 사람의 몸에 털이 돋고 눈이 붉게 충혈되지. 몸 변화는 이 정도야. 문제는 그 병에 걸리면 이성을 잃게 된다는 거지. 그리고 본능대로 행동하는데 특히 그중에서도 살육 본능이 가장 강하게 일지. 한마디로 몸과 마음이 야수가 되는 거야. 그래서 이름도 야수병이야."

"참내, 내 늑대 인간은 들어봤지만……."

"늑대 인간과는 달라. 늑대 인간은 보름달이 뜰 때만 늑대로 변하지만 야수병은 말 그대로 아예 야수로 변해. 또 늑대 인간은 인간을 초월하는 능력이 있지만 야수병에 걸리면 후각이 좀 예민해지는 것 빼곤 아무 능력도 없어. 힘이 세어지는 것도 아니니까. 다만 낮에는 잠만 자다 밤만 되면 이성을 잃고 본능대로 날뛰니까 사람들이 무서워하지. 무슨 예를 들까…… 그래, 미친 사람은 힘이 세잖아? 그것을 생각하면 될 거야. 그리고 가장 중요한 건 늑대 인간은 죽이는 것 외에는 방법이 없지만 야수병은 말 그대로 병이야. 고칠 수 있어."

예나는 내 설명을 듣더니 잠시 날 멀뚱히 쳐다보다가는 죠세프에게 얼굴을 돌렸다.

"혹시 네가 말한 마도의사가 란셀이니?"

"아마도 그럴걸?"

야야, 죠세프. 아마도는 또 뭐냐?

"흥! 그래서 그렇게 사기를 잘 쳤구나?"

무슨 소리! 계획은 죠세프가 짰는데.

난 그 말을 하려다 참았다. 그 말을 하면 정말 쫀쫀해 보일 것 같아서였다.

"그건 그렇고 란셀, 말은 잘 들었는데 그 말을 어떻게 믿죠? 지금 이 자리에 그 꼬마라도 있으면 다시 자세히 살피겠지만……."

"저기 있잖아."

예나의 말이 끝나기도 전에 죠세프가 황당함이 가득 찬 목소리로 말했다.

"엉? 저… 뭐얏!"

정말 있었다, 아까 마을에서 본 아이가. 죠세프는 비록 요리사가 꿈이라고 했지만 엄연한 소드 마스터였다. 그리고 예나는 하프 엘프였고, 나도 삼백 년을 살며 수련한(?) 인간으로 달리기는 일반 사람들보다는 그래도 조금 빨랐다. 더구나 보통 사람보다 빨리 지치지 않아서 뛰는 것이 늦춰지지도 않았다. 따라서 아무리 신체 건강하고 한창 나이의 사람이라도 우리가 이 정도로 헉헉거릴 정도로 뛰었으면 절대로 따라오지 못한다. 그런데 따라왔다. 그 어린애가… 그것도 멀쩡히……. 우린 아직도 숨을 고르고 있는데 꼬마는 전혀 헐떡거리는 기색이 없었다.

예나는 멍하니 아이를 쳐다보았다. 그러더니 화들짝 놀랐다.

"저, 정말 야수병이 있나?"

"그럼. 이제야 믿는군. 야수병에 대해 좀 더 설명하자면 야수병은 사람을 야수로 만드는 병으로 무서울 뿐만 아니라……."

가만, 이상하다? 야수병에 걸린다고 뭐 달라지는 것은 없었다. 후각이 좀 예민해질 뿐인데 그게 후각이 좋아진다는 뜻은 또 아니었다. 간단히 말하자면 보통 인간의 체력인 것이다. 뭐, 암만 미친 사람이 힘이 세다고 해도 그건 미치면 잠재된 힘이 나와서 그런 것이고, 야수병은 그것도 아니었다. 다만 어느 정도 흥분 상태이기 때문에 몸에 가해지는 고통을 덜 느끼는 것뿐이다. 그런데 어린애가… 따라와? 그리고 내가 예나에게 하려던 말, 야수병은 지독한 병이었다. 병원체 자체가 지독한 것이라 체력이 튼튼한 젊은 사람 외에 힘이 약한 어린애나 노인들은 그 병 기운을 이기지 못하고 죽는 것이다. 신체가 튼튼한 사람이야 그저 몸에 털이 나고 이성만 잃고 야수처럼 행동할 뿐이지만 젊은 사람이라도 허약, 병약하면 죽고, 늙거나 어려도 체력이 강하면 물론 죽지는 않지만 지금 내 앞에 있는 아이 또래, 즉 10살도 안 되는 아이들은 예외없이 죽는 것이 이 병이었다.

"예나."

난 예나를 슬그머니 불렀다.

"부탁 좀 하자. 이런저런 약초 좀 구해올래?"

난 예나에게 약초를 캐올 것을 명령—헉, 취소. 부탁—하고 죠세프에게는 아이와 놀라고 한 다음에 아이를 지켜보았다.

뭘까, 저 아이. 내가 잘못 안 건가? 겉보기만 야수병에 비슷한 신종 질병인가?

하긴 난 경험없는 초보다. 배우기야 3차원 입체 방식으로 엄청나게 배웠다. 하지만 그거야 다 환상 마법에 의한 것이고 실제로 보는 것은 처음이었다. 따라서 실수는 있을 수 있었다.

거참, 잘못 알아도 고민, 제대로 맞추어도 고민이니…….

정말 야수병이라면 그 치료가 문제였다. 내가 보기에 마을 전체가 걸린 것 같으니까. 그리고 내가 틀려도 문제는 문제였다. 모르는 병이면 고칠 수가 없는 것이니까.

이런저런 상념을 하는 동안 예나가 약초를 캐왔다.

"여기 캐왔어요. 숲에 제법 있는 풀들이더군요. 그런데 이 풀들로 뭘 하려고요?"

난 예나에게서 약초를 받자 그것의 즙을 내어 물에 탔다. 게로나란 풀과 데스토카란 풀 등의 8가지 풀들의 즙. 이건 야수병을 살피는 시약이었다.

"죠세프, 아이 좀 데려와 봐."

죠세프가 아이를 데려오자 난 아이의 털을 하나 뽑았다.

"거참, 되게 부드럽네."

이것도 말이 안 된다. 야수병에 걸린 사람의 털을 확대해 보면 다른 보통 사람의 털과 비교할 때 무척 거친 편이었다. 겉보기에도 윤기가 없고, 촉감도 거칠고, 어떤 털은 워낙 뻣뻣하고 기름기가 없어 갈라져 있기까지 했다. 그러니 아무리 애라지만 털이 이 정도로 부드러울 수는 없었다.

어쨌든 나는 그 털을 내가 만든 물약에 넣었다. 털은 가라앉지 않고 떠 있었다. 그리고 잠시 후 털 주위가 끓기 시작했다.

"봐. 꼭 끓는 것 같지?"

난 죠세프와 예나에게 그것을 보여주었다.

"이건 이 털에 있는 병원균과 물약이 반응해서 생기는 거야. 이 약은 야수병을 검사하는 약이야. 지금 이런 반응이 있다는 것은 이 아이가 야수병에 걸렸다는 거지. 이 끓는 현상은 병원균이 약과 반응해 죽을 때 특수한 물질을 내뿜는데 그 물질이 다시 시약과 반응해서 생기는 거야. 그런데 이상한 점은……."

난 내가 아는 것과 생각한 것을 둘에게 말해 주었다.

"그런……!"

"말도 안 돼."

"그렇지?"

뭐가 안 되는 것인지는 나도 잘 모르겠다. 아이가 야수병에 걸린 건지, 아니면 마을 전체가 야수병에 걸린 건지, 이도저도 아니면 다른 건지…….

"그래서 생각한 건데 저 야수병은 마도 시대의 병이야. 마도 시대의 모든 것들이 마나와 강한 연관을 맺고 있듯이 저 야수병의 병원체도 마나와 연관이 깊을 거야. 마도 시대는 그 시대에 마법이 크게 발전하기도 했지만 무엇보다도 마나가 지금과는 비교가 안 되게 가득 차 있었지. 따라서 마도 시대에 많은 마나를 받으며 존재하던 병원체가 지금 시대에는 그 마나의 혜택이 적어져 힘도 떨어졌을 거야. 그래서 저렇게 아이가 걸리고도 살아 있는 것일 테고."

"그럼 란셀의 말대로 마을 사람들이 전부 야수병인가에 걸렸다고 해도 치료가 가능하겠네요?"

"그렇지."

"그럼 마을 사람들을 치료해 주세요."

"안 돼."

예나의 표정이 멍해졌다. 하지만 어쩔 수 없는걸?

"왜, 왜죠? 설마 돈 때문인가요?"

아니, 내 인상이 돈만 밝히는 사람같이 보이나? 눈 한번 정확하군.

"그게 아냐. 아무리 병원체의 힘이 약해졌어도 약을 써야 한다는 건 마찬가지야. 솔직히 저 야수병을 고치는 약재는 구하기 쉬운 재료야.

내가 캐오란 약초들 있지? 그것들도 재료들이야. 지금은 8가지밖에 안 되는 풀의 즙을 썼는데 그건 병을 확인하는 데 쓰는 것이고 야수병을 치료하려면 모두 16가지의 약초가 필요해."

"하지만 좀 전에 시약을 가지고 실험을 했을 때는 병원균이 죽는 것이라고 했잖아요."

예나가 좀 전에 내가 한 말을 기억해 내곤 질문했다. 나도 기억한다. 그리고 확실히 병원균을 죽인다. 하지만 그렇게 하면 환자도 죽게 된다. 약과 반응한 병원균은 죽으면서 한 가지 물질을 만들어내는데 그 물질에는 일시적인 독성이 있었다. 그리고 그 독성으로 인해 사람은 즉사하는 것이었다. 어쩌다 살았다고 해도 그 물질과 시약의 반응으로 인해 온몸이 익게 되고, 오히려 더 큰 고통 속에 죽게 되는 것이다. 난 이 내용을 예나에게 말했다.

"…그렇기 때문에 안전하고 효과가 뛰어난 약을 만들어야 하는 거야. 그리고 그 재료가 16가지나 되는 것이지."

"그래요? 그럼 제가 그것들을 구해오죠."

예나가 자신있게 말했다. 하지만 그게 자신감만 가지고 될까?

"그냥 구할 수 있으면 이렇게 말하지도 않아. 분명히 약초는 구하기 쉬워. 산이나 숲에 이리저리 널려 있지. 아마 약초를 모으는 것, 가능할 거야. 문제는… 예나, 너 정령을 부릴 수 있어?"

"예? 정령요?"

예나는 잠시 어리둥절한 표정을 지었다.

"아, 아뇨, 전 순수한 엘프가 아니라……."

에이… 하프 엘프도 정령만 잘 다루던데……. 여태껏 한 번도 정령을 부리는 일이 없어서 혹시나 했는데… 정말 정령을 못 다루는군.

"쩝, 못 다룬다. 역시… 아무튼 이래서 안 돼."

아직도 모르는 표정이다.

"그럼 마법은? 죠세프, 너는 어때? 정령을 부릴 수 있어? 아니, 간단하게 말하지. 정령술이든 마법으로든 땅에 연못을 만들 수 있어?"

예나도 죠세프도 고개를 저었다. 예나야 둘 다 못하니 말할 것도 없고, 죠세프의 경우 마법을 쓸 수 있기는 하지만 대부분 공격용 마법이었다. 그리고 약간의 방어 마법. 그 외에는 치유 마법도 못 쓴다고 했다. 따라서 지금의 상황으로는 땅을 파지는 못한다는 것이었다. 사람 손으로도 팔 수는 있지만 그건 시간이 너무 걸렸다.

"야수병을 고치려면 16가지 약초로 만든 약을 한 대접 먹이고 그 약초를 온몸에 뿌려야 해. 몸 안의 병원체는 먹여 죽이고 몸 밖의 병원체는 약을 뿌려 죽이는 거지. 그렇게 하면 우선은 몸의 털이 빠진다. 야수병의 병원체는 털에 많이 있기 때문에 반드시 몸에 약을 뿌려야 해. 그런데 밤만 되면 야수처럼 날뛰는 사람에게 어떻게 약을 먹이고 뿌리냔 말야."

"그야 한 사람씩 잡아서……."

"그래? 내가 볼 때 저 마을, 큰 마을은 아니지만 작은 마을도 아냐. 아마 70여 호는 되어 보이는데? 그렇게 보면 한 집에 6명으로 쳐도 420명이야. 그리고 실제는 더 많겠지. 그 사람들을 일일이 잡아? 그래, 낮이라면 그래도 가능하겠지. 하지만 낮에 잠을 자는 그들이라 자칫하면 익사야."

예나는 말을 못했다. 죠세프도 무언가 열심히 계산하고.

"이런 점은 마도 시대에도 마찬가지였다고 하더군. 그래서 그들은 한 가지 방법을 고안했어. 야수병에 걸린 사람들의 특성을 이용한 건데, 야수병에 걸린 사람은 수영을 잘 못한다고 해. 아예 못하는 것은 아니라서 빠져 죽지는 않지만 허우적대면서 빠져나오지. 덕분에 물도 잔뜩 마시고.”

예나와 죠세프가 동시에 아! 하는 탄성을 냈다.

“그런데 그렇게 한 사람씩 물에 빠뜨리면 물가 근처에 올 사람은 없지. 아무리 이성을 잃었어도 그 정도의 생존을 위한 판단력은 있으니까. 그래서 한 번에 전부 빠뜨리는 것이 상책이야. 그러려면 그에 맞는 크기의 구덩이를 파서 한번에 모두 빠뜨려야 한다는 건데, 글쎄… 420여 명이 한 번에 들어갈 구덩이라…….”

“혹시 이 산에 저수지나 연못 같은 습지가 없을까요? 하다못해 움푹 패인 곳이라도 한번 찾아보면…….”

예나는 포기를 하지 않았다. 그렇다면 더 큰 문제를 말해야겠군.

“아마 있을지도. 그런데 있으면 뭐 하지?”

나는 산과 숲을 한번 둘러보고는 말을 이었다.

“420여 명이 들어갈 웅덩이에 약을 가득 채우려면 얼마나 넣어야 할까? 그리고 그 정도를 짜내려면 약초는 얼마나 필요하고. 이 산에 그만큼 약초가 있을까? 아, 있겠다. 워낙 흔한 풀에 여긴 숲이니까. 하지만 있다고 해도 우리 셋이서 약초를 캐면 얼마나 캐지?”

그리고 난 마지막으로 쐐기를 박았다.

“그리고 모두 준비가 돼도 어떻게 그 사람들을 물에 집어넣지? 유인? 이 꼬마 봤지? 우린 이유야 어떻든 달리기로는 남에게 따라잡히지 않아. 그런데 이 꼬마는 따라왔어. 그럼 다 큰 어른들은 얼마나 빠를까?”

이 말에 모두 고개를 푹 수그렸다. 내 말에 힘이 빠진 모양이었다. 그런데 이상하다. 이 꼬마, 진짜 어떻게 따라온 거지? 예나와 죠세프에게야 꼬마가 빠르니 어른은 더 빠를 거라고 했지만 내가 알기론 야수병에 걸려도 정말정말 특별히 강해지는 것은 없었다. 후각이 예민해지지만 후각 능력이 향상되는 것은 아니고, 체력과는 더 더욱 관계가 없고, 몸이 좀 민첩해지고 반사 신경이 좀 빨라지지만 말 그대로 약간이다. 눈에 띄게 좋아지지는 않는다. 미친 사람이 괴력을 낸다지만 야수병이 미치는 병은 아니고… 그런데 어쩌다 저렇게 강해졌는지……. 분명 시약 반응에서는 야수병인데, 그러고 보니 치료법도 생각해야 하고, 왜 야수병에 걸렸는지 알아도 봐야 하고… 이 꼬마가 어째서 이렇게 빠른지도 알아야겠고, 그러면 어른은 얼마나 빠른지도 알아야 하고… 그런데 어떻게 걸렸는지도 알아야 하고… 에구에구, 너무 복잡하군. 머리 속이 얽힌다. 생각할 것이 너무 많다. 아, 골치가 아프다.

예나는 한숨을 쉬었다.

"아무리 생각해도 불가능하군요."

아까부터 숲만 보더니만 지금까지 그 생각을 한 모양이었다.

"숲이 커서 약초가 많다고 해도 그만큼의 약초를 모으기도 힘들 테고……. 있기는 하겠지, 하지만 우리 셋이서 할 수는 없는 노릇이고… 시간이 너무 걸리잖아."

옆에서 죠세프도 어두운 표정으로 고개를 끄덕였다. 그러고 보면 저 둘은 마을 사람들을 구하고 싶은 모양이었다. 생각하는 것이 때가 덜 묻은 어린애들 같다는 생각이 들었다. 아니다, 예나는 그렇다 쳐도 죠세프는 신전에 사기 칠 계획을 짰잖아? 어떻게 그럴 수 있었지? 사기를 당해야 정상인 둔탱이가……. 그러고 보면 예나도 우리가 첫 손님이긴 했지만 소매치기를 했고, 에이, 한 쌍의 바퀴벌레 같으니라고. 하지만 나도 마을 사람들을 고쳐 주고 싶었다. 사실 예나나 죠세프같이 순수하게 돕고 싶은 마음만은 아니고 마도의사로서의 호기심도 있었지만.

우리가 서로 생각에 잠겨 있는 동안 어느새 저녁이 되었다. 헉! 점심도 건너뛰고 벌써 저녁! 아, 한 번 놓친 끼니는 영원히 찾을 수 없는데……. 흑.

저녁 준비는 언제나 그렇듯이 예나가 맡았다. 전에 한 번 죠세프가 만든 요리를 맛보더니—난 그때 안 먹었다. 경험이란 괜히 쌓는 것이 아니다—나까지 죠세프와 동류(?)로 생각했는지 아예 식사 당번을 전담해 버린 것이었다. 흠, 나야 편하지만… 그래도 좀 기분이 좋지는 않군. 죠세프는 예나가 식사 당번을 도맡는 것이 미안한지 설거지를 맡겠다고 했지만 여태껏 설거지할 그릇이 나온 적은 없었다. 왜냐고? 우린 그릇이 없었다. 여행하는 사람이 취사 도구도 안 챙기다니… 우리도 참 한심한 여행자들이었다. 그래서 취사 도구는 마을에 가서 사자고 했는데 우린 여태껏 산속을 헤맸다. 결국 우리가 먹는 음식은 모두 구운 것 아니면 날 것이고, 손으로 집어 먹고… 아무튼 예나는 모닥불 주위에 음식을 놓았다.

"그런데 저 꼬만……."

예나는 음식을 놓고 야수병에 걸린 꼬마를 바라보았다. 난 그 이유를 알 수 있었다. 자고로 야생의 동물은 불을 무서워하니까. 꼬마가 비록 병에 걸린 상태라지만 야수의 본능을 가지고 있으니 불을 무서워하지 않겠냐는 뜻일 것이다. 그러고 보니 나도 그건 모르겠는데? 그렇다면 알아볼 방법이 있지.

"야, 꼬마."

난 팡이와 놀고 있는 꼬마를 불렀다. 죠세프나 예나가 어느 정도 꼬마와 놀아주었지만 곧 한계에 부딪치자 팡이에게 꼬마를 맡긴 것이었다. 아이라 그런지 움직이는 요상한 막대기와도 잘 놀고 있었다.

꼬마는 내가 부르는 소리를 듣고 나에게 달려왔다.

“걱정 마. 암만 야수병에 걸려 야수의 본능이 있더라도 불을 무서워
하지는 않으니까.”

달려오던 꼬마는 우리 근처까지 오더니 멈추고는 더 이상 오지 않았
다. 마치 불이 무서운 것처럼. 짜식, 무안하게.

“다만… 그냥 두려워해.”

그 말이 끝나자 잠시 머뭇거리던 아이는 곧 쪼르르 달려와 나에게
뭘 주고는 불을 쬐기 시작했다.

“그, 그렇지만 두려움이란 극복하라고 있는 것이거든? 하하핫…….”

예나와 죠세프의 따가운 눈초리를 무시하고 난 꼬마가 준 것을 바라
보았다.

“어라? 이거 칼렘 아냐?”

“칼렘요?”

죠세프가 다가왔다. 난 죠세프에게 칼렘을 보여주었다.

“봐라, 진짜 칼렘이지.”

난 칼렘을 들고 추억에 잠겼다. 칼렘은 기묘한 식물이었다. 산이나
숲에 많이 자생했지만 사람들이 많이 다니는 길에서는 잘 자라지 않았
다. 칼렘은 마도 시대 언어였다. 뜻은 ‘거꾸로’. 지금 시대의 사람들은
그걸 모르지만 난 공부를 했으니까. 어흠. 칼렘은 그 뜻 그대로 생겼다.
뭐 거꾸로 자라는 것은 아니고—진짜 거꾸로 자라는 식물이 있기는 했다. 오
도카도리란 끔찍한 식물이—잎과 줄기는 꼭 뿌리처럼 생겼다. 굵은 뿌리
처럼 생긴 것이 줄기고 잔뿌리처럼 생긴 것이 잎이었다. 그리고 뿌리는
꼭 줄기와 잎처럼 생겼는데 줄기처럼 생긴 것이 굵은 뿌리고 잎처럼 넓
적한 것이 잔뿌리였다. 더 웃기는 것은 굵은 뿌리에서 구근이 자라는데

붉은색의 열매 같았다. 껍질도 그렇고 안의 내용물도 그랬다.

"예전에는 이것 가지고 참 재미있게 놀았는데……."

"저도요. 전 놀 친구가 없어서 칼렘 가지고 논 적이 많았어요."

예나도 어릴 적에 칼렘을 가지고 논 일이 많은지 추억에 잠긴 표정을 지었다. 홋, 예나는 아직도 어린데―열여덟 살이면 애지 뭐. 암만 인간으로 치면 시집가서 애 낳을 나이라 해도 적어도 나한테는 어린아이다―이미 칼렘을 추억으로 보냈단 말야? 하긴 나이 들어서까지 칼렘을 가지고 놀지는 않는다. 가끔 직업적으로 만지는 사람들은 있어도…….

"그래? 난 도시에서 살아서 칼렘은 잘 못 보았는데… 그저 시장을 지나다가 스쳐 보거나 구근이 요리된 것밖에는 못 보았는데… 이걸 가지고 놀아?"

죠세프는 칼렘을 받아 들고 재미있다는 듯이 살폈다.

"그럴 거야. 특히 너는 귀족이니 어디 산에서 구르며 놀았겠어? 예나야 산을 집처럼 살았으니 알 테고… 이거 장난감으로 꽤 괜찮아. 가지고 놀면 재미있거든. 맛있기도 하지만. 하지만 지금은 제철이 아니야. 익지 않은 구근을 먹으면 정말 쓰지."

죠세프는 재미있다는 듯 칼렘을 이리저리 살폈다.

"어? 그런데 이게 뭐죠?"

죠세프의 손에는 끈적한 것이 묻어 있었다.

"그거? 조심해야지. 그건……."

그거!

순간 나에게 좋은 방법이 떠올랐다. 역시 난 천재야. 히히힛.

"방법이 있어. 가능해. 이것과 야수병에 걸린 사람들의 특성을 이용하면."

"뭔 소리예요?"

죠세프가 궁금한 듯이 물었다.

"칼렘을 가지고 놀 때는 잎에서 나는 액체를 가지고 놀지. 잔뿌리처럼 생긴 잎에서 나오는 액체를 햇볕에 말리면 고무 찰흙처럼 마음대로 만들 수 있어. 칼렘을 가지고 논다는 것은 그걸 말하는 거야. 물에 닿으면 녹지만… 하지만 잎처럼 생긴 뿌리는 건드리지 말아야 해. 그건 칼렘이 자신을 보호하기 위해 만드는 독소가 있어서인데 칼렘은 구근으로 번식하는 식물이라 구근을 보호하기 위한 방어책으로 내놓는 독소지. 그렇게 큰 피해는 없지만… 그 뿌리에서 나오는 액체를 정제하면 후각을 마비시키는 액체가 만들어져. 죠세프, 너 둥둥이라고 아냐? 둥둥이라는 건 칼렘 뿌리의 즙을 가공한 거야. 둥둥은 칼렘 뿌리 즙이 가공된 것을 물에 희석시킨 거야."

"아하! 둥둥? 알아요. 원래 낚시나 사냥에 쓰이는 거잖아요? 한때는 탈옥수들이 추적꾼의 개를 따돌리려고 써서 문제가 됐던… 둥둥 재료가 칼렘이구나. 응? 그렇다면… 그걸로 마을 사람들의 감각을 마비시킨다?"

"감각이 아니라 후각. 야수병에 걸리면 후각이 예민해져. 그걸 마비시키는 거지. 야수병에 걸린 사람들은 독특한 냄새가 나는데 그것으로 서로를 인식하는 거야. 눈으로 봐서는 인식을 못해. 야수병에 걸리면 시각 능력이 떨어지니까."

난 죠세프와 에나에게 내 계획을 설명했다.

"너무 위험해요."

"그런 무식한 방법을……."

예상했지만 죠세프와 에나는 반대였다.

"그럼 그냥 가든가. 어차피 야수병은 공기나 물로는 전염이 안 돼. 타액이나 혈액으로만 되는데 야수병에 걸린 사람의 타액이나 피가 상처에 들어가거나, 아니면 야수병 걸린 사람의 고기를 불로 가열하지 않고 생으로 먹어야만 전염이 되니까 저들이 도시로 나가지 않는 이상 병은 안 퍼져. 뭐 이런 산골 마을에서 도시로 갈 일이 있겠어?"

"그런……."

"또 간다고 해도 도시에는 경비병이나 치안대가 있거든. 전문적인 격투 훈련을 받은 사람들이. 게다가 타액이나 혈액이 몸 밖으로 나와 하루가 지나면 병원체가 죽어버리니까 야수병에 걸린 사람들이 상처를 입어도 전염될 가능성은 적어."

"지금 그걸 말하는 게 아니잖아요."

예나가 화를 냈다.

"그 외에는 우리가 할 수 있는 방법이 없어, 나로서는. 뭐 다른 방법 있나?"

예나도 죠세프도 말이 없었다. 확실히 내가 말한 방법은 좀 무리가 있었다. 어쩌면 우리도 야수가 되어… 으… 끔찍. 하지만 어쩌랴. 우리 셋이서 하려면 아무리 무모해도 이 방법 외에는 없는데. 아니면 그냥 모른 척 지나가든가.

"그런데… 그들이 그렇게 움직여 줄까요? 란셀이 말하기를 야수병에 걸리면 본능대로 움직인다고 했는데 그 방법은 본능적인 행동이 아니잖아요."

죠세프가 잠시 생각하더니 물었다.

"아니, 본능이야. 사회적 동물은 대장이 하는 대로 따라하니까."

그 소리를 들은 예나와 죠세프가 뭔가 속닥였다.

“좋아요. 한번 해보죠.”

흐, 솔직히 저렇게 쉽게 하자고 할 줄은 몰랐는데. 솔직히 내가 생각한 방법이긴 하지만 사실 나도 꺼려지고… 정말 살신성인의 정신이군. 왜 나라에서 훈장을 안 주지?

“하지만… 그전에.”

예나는 꼬마를 돌아보았다.

“이 애부터 처리를 하죠.”

“그래야… 겠지?”

“뭐야? 용족?”

우선 실험 삼아—아무래도 실전으로도 처음이고 병원체도 약해졌으니까—고친 아이가 하는 말이 자신이 용족이라는 것이다. 참내, 용족이 야수병에나 걸리고… 용족도 말세로다.

“전 아직 어려서요…….”

꼬마는 말끝을 흐렸다. 하긴 인간 중 가장 강한 신체를 지녔다는 용족이 아무리 어리다지만 그런 병에 걸리다니 부끄럽기도 할 것이었다.

“야, 꼬마! 그런데 넌 왜 사람들과 같이 있었지?”

용족은 사람과 어울리지 않았다. 사람이 보기엔 너무 오만하다고 할까? 초인족이라 불리는 세 종족인 신족, 마족, 용족은 원래 보통 사람들을 좀 무시했다. 능력이 다르니까 자신들은 특별하다고 여기는 것일 것이다. 하긴 수명도 인간보다 훨씬 길고 특히 신족은 신성력이, 마족은 마력이, 용족은 신체적 능력이 강했다. 그래서 그들을 신과 악마, 드래곤과 연결시키는 고리라고 말하는 사람도 있지만 그들은 능력이 뛰어날 뿐 그런 존재와는 전혀 상관이 없다. 물론 원래 신족은 태초신이 사람 중에 신을 만들기 위해 선별한 사람들의 후예고, 마족도 비록 마족으로 불리지만 신이 선별한 사람들이긴 마찬가지지만 용족은 그런 것과는 달리 신의 손이 닿지 않은 초인족의 후예였다. 신이 만들어낸 절대적인 능력의 종족이라고 불리는 초인족, 그 초인족에서 신족과 마족이 나왔고, 초인족의 전투적 감각을 가장 많이 물려받은 종족인 용족, 호족, 견족, 묘족 등으로 나뉜 종족들이 나왔다. 이 용족이나 호족 등의 종족들을 통틀어 맹족이라고 불렀다.

그중에서 용족과 호족이 가장 강했다. 맹족은 그 호전적인 특성상 오랜 세월 서로 치열하게 싸웠고 결국 적자생존의 법칙에 따라 가장 강한 두 종족, 용족과 호족만 남은 것이었다. 힘과 기술, 속도, 전투적인 감각은 호족이 위지만 신비한 술법은 용족이 위여서 힘이 대등했는데 호족은 오래전 동방 대륙이 멸망할 때 같이 멸망했다. 그래서 용족만이 남았기에 그 능력을 따져 신족, 마족, 용족을 같이 보게 된 것이었다.

용족의 능력을 아는 신족과 마족은 그런 분류를 묵인했고—사실 신경도 안 쓴 것이다. 신족과 마족은 인간의 이런 분류를 하찮게 여겼다. 만일 민감하게 따졌으면 능력이 현저히 떨어지는 용족이 자신과 함께 취급되는 것에 분노했을 것이다—그렇지만 지나온 길이 달라서인지 용족은 신족이나 마족보다 더 인간을 무시했다. 신족과 마족이 능력이 뛰어나기는 하지만 신의 손이 닿은 것이고 자신들은 순수하게 초인의 능력을 이어받은 것이라는 자부심, 이것이 용족들의 자랑거리였다. 그런 용족에게 같은 초인족의 후예지만 능력이 없는—용족 기준—인간은 같은 초인의 후예임이 부끄러웠고 부정하고 싶은 존재였다. 그래도 마도 시대에는 강한 마법을 지녔지만 지금은 능력이 마나 부족 등으로 더 떨어지는 시대니 두말할 것도 없었다.

하지만 호족은 용족과 달랐다. 모든 사물을 자신의 기준에서 보고 맞추려는 용족과 달리 포용력이 많은 호족은 인간을 인정했었다. 그래서 용족은 호족이 멸망하기 전에는 호족의 눈치를 보느라 그렇게 무시하지는 않았는데 호족이 멸망한 후에는 아예 인간을 하등 동물 취급했다. 자신들도 인간의 한 종족이면서…….

신족의 경우는 좀 특이했다. 신족이나 마족의 경우 원래 태초신이 초인족에게서 선택한 사람들이었다. 그중에 신성력이 강한 천부적인 자질을 가진 자들은 신이 되었고, 그보다 떨어지는 자들은 신을 보좌하는 신의 사자가 되었다. 그들보다는 능력치가 떨어지지만 신성력이 강한 사람은 신족으로, 신성력보다 마력이 강한 자들은 마족이 된 것이었다. 악마의 경우도 태초신이 선택한 사람들이었는데 무슨 이유에선지 그들은 탐욕스럽거나, 악하거나, 집착이 강하거나, 좀 비뚤어진 사람들이었다. 사람들 사이에는 악마는 그냥 생겨났다고 생각하는 사람도 있는데, 사실 태초신은 무조건 능력있는 사람을 선택한 것이었다. 그것도 신이 될 만한 사람과 악마가 될 만한 사람을 반반씩 조화있게 골라서.

그 이유를 내 스승인 카나이드는 이렇게 설명했다. 그건 태초신의 안배라고. 어둠 없는 빛은 빛나지 않고 빛이 없는 어둠은 어둡지 않다나? 그리고 악마도 신이 가지고 있는 능력은 다 가지고 있다. 그들도 신과 같이 권능이란 것이 있는데 그것도 태초신이 부여한 거라나?

아무튼 신과 악마, 신족과 마족은 이렇게 생겨난 것이었다. 그리고 신에게 선택된 사람들을 뺀 남은 초인족의 후예 중에 비록 일부의 힘이지만 초인족의 강한 능력을 이어받은 소수의 사람들은 맹족이 되었고, 그저 그런 능력없는 자들의 후예가 지금의 우리였다. 그래서 용족은 인간과는 아예 상대를 하지 않으려 했다.

　그런데 그 용족의 꼬마가 인간의 마을에 있었다니, 이런 질문을 하지 않을 수가 없었다. 용족이 자격 미달의 아이를 추방하는 종족이라면 이상할 것이 없지만 자신들 용족끼리는 끔찍하게 아끼는 종족이라 그럴 가능성도 없었다.

　"제 엄마, 아빠가 거기 계셔요."

　"용족이?"

　"제 엄마, 아빠는 인간인데요?"

　인간? 용족이 그새 변했나? 인간과 같이 살다니…….

　"저… 2년 전에 큰 홍수가 나서 떠내려왔거든요? 그런데 엄마, 아빠가 절 구해주고 키워주고 계셔요."

　"네 친부모님은?"

　"원래부터 없었어요."

　흠. 용족에서는 귀한 고아군. 하긴 용족의 능력이 뛰어나도 강에 떠내려간 아이를 찾기는 힘들 테지. 용족을 비록 신족이나 마족과 같이 보기는 하지만 그 능력의 차이는 상당했다. 만일 신족이나 마족의 아이가 물에 떠내려가면 금방 구하거나 찾았겠지만 역시 용족은 그 정도까지는 능력이 안 되었다. 아니, 사실 맹족이라 불리던 종족, 그리고 용족과 쌍벽을 이루는 종족인 호족 모두 전투 생물이다. 모든 능력이 전투를 하기 위해 존재하는 그런 생물. 용족의 신비롭다는 능력도 사실 전투에서 가장 큰 빛을 발할 뿐이었다. 어째서 초인족의 그 많은 능력 중에 전투 능력만을 이었는지는 모르지만 카나이드조차 생존을 하는 데 가장 큰 도움이 되는 것이 전투적 능력이기 때문이란 추측만 할 뿐이었다. 그러니 물에 떠내려가는 아이를 구하거나 찾을 능력은 부족했을 것이다. 물론 이 꼬마가 떠내려가는 것을 못 본 것이 가장 큰 이

유겠지만.

"네 고향으로 가게 도와줄까?"

도리도리.

예나의 말에 아이는 고개를 저었다.

"싫어요. 지금이 좋아요. 우리 엄마, 아빠가 절 얼마나 사랑하시는데요."

역시 아이는 순수했다. 쓸데없이 강한 자긍심보다 사랑을 따라가는……. 호족의 수장이었던 거칠홀이 이런 말을 했었다고 하지? '당신들 용족은 어린아이를 스승으로 모셔야 하오'. 아마 그 말이 이것인가 보다. 인간, 용족 가리지 않고 사랑을 따르는 모습이……. 아, 그러고 보니 동방 대륙 사람들을 구하려고 희생한 호족들의 이야기가 생각이 난다. '모든 사람의 힘은 다 똑같다. 다만 남보다 강한 힘을 가진 자는 힘없는 자가 강한 자에게 좋은 곳에 쓰라고 자신의 힘을 빌려주었기 때문이니 힘을 빌려준 자를 위해 써야 한다' 라는 호족들의 명언이. 호족들이 없었으면 동방 대륙의 사람들은 서방 대륙에 오지 못하고 모두 죽었을 것이다. 하지만 호족의 희생이 있어서 이렇게 나라도 세우고 나도 태어나고……. 알았어, 알았다구. 나도 내 지식을 필요한 사람에게 쓰면 되잖아.

"꼬마야, 너 형이랑 여기 아저씨, 아줌마가 일을 좀 해야 하는데 여기 꼬챙이랑 놀고 있을래?"

갑자기 네 개의 화살이 내 등에 꽂히는 기분……. 허, 팡이도 노려본다는 기분은 그냥 느낌이겠지?

"저… 전 꼬마가 아닌데요? 제 이름은 챠릭인데……. 그리고……."

"시꺼. 꼬마든 챠… 든 여기서 얌전히 놀아. 우린 네 인간 부모님이랑 마을 사람들을 구해야 하니까. 너도 상황을 알지? 넌 용족이니까. 용족이라서 아무리 야수병에 걸렸어도 이성을 가지고 있었고, 그래서 모든 상황을 알 수가 있었던 거지? 그래서 칼램을 가지고 온 거고.”

챠릭은 고개를 끄덕였다.

“좋아. 그럼 내 말대로 저기서 놀고 있어라. 예나, 죠세프, 이제 시작이다. 준비해.”

“하지만 챠릭은……”

“걱정 마. 애는 용족이다.”

용족은 인간의 5배가 약간 넘는 수명을 가지고 있었다. 따라서 성장 기간의 비율을 볼 때 챠릭은 20살은 되었을 것이다. 그러니 보통 꼬마로 보면 안 된다.

“챠… 릭, 네 나이가 20살쯤?”

“아뇨, 22살요.”

“들었지? 너희보다 많아.”

챠릭의 말을 듣고 황당해하는 아직 10대인 예나와 죠세프를 이끌며 내 계획의 준비를 시작했다.

“원래 초인족은 지금의 인간보다 수명이 10배 정도 길었어. 지금 사람의 경우 능력도, 긴 수명도 사라졌지만 초인의 능력을 어느 정도 이은 용족은 수명이 길지. 용족은 50살이 되면 성년이 되고 30살까지가 유년기, 50살까지가 소년기야. 그중에 35살부터 50살을 청소년기라고 하지. 소년기가 상당히 짧지? 그리고 성년이 되고 450살까지가 청년기지. 나머지는 중장년기고, 그 이후는 노년기야. 용족은 수명이 신족이나 마족보다는 훨씬 짧지만 그래도 500살 정도야. 물론 평균 수명이니까 거기서 약간 더 살지. 따라서 노년기는 겨우 몇 년 정도로 오히려 인간보다 훨씬 짧아."

난 준비를 하면서 용족의 나이를 설명해 주었다. 참고로 신족과 마족은 50살까지가 유년기, 150살까지가 소년기, 300살까지가 청소년기, 300살에 성년식을 한다. 내가 내 인생의 전환점인 에레모니카를 만난 것도 에레모니카가 막 성년식을 끝낸 직후였었다.

성년식을 치른 후에 신족과 마족으로서의 제대로 된 능력을 부여받는다. 그리고 용족과 같이 청년기가 길고 중장년기는 짧으며 노년기는 극히 짧다. 그래서 신족이나 마족은 노년기가 되면 죽음을 준비한다고 한다.

"굉장하군요. 역시 괜히 신족, 마족 하는 것이 아니구나."

"그렇지? 자, 됐다. 이걸 몸에 뿌리자구. 그럼 우리의 냄새가 지워지지."

우리는 약을 향수 뿌리듯이 뿌리고 마을로 들어가… 려고 했다.

"야, 밤에 들어가야지."

"예?"

"야수병에 걸리면 야행성이 된단 말야. 낮에는 잠을 자. 그러니 지금 들어가 봐야 소용이 없어. 자는 것 깨우면 신경이 날카로워져서 우선 달려들기부터 하니까 우리가 애써 짠 계획도 무용지물이 된다고. 그러니 밤에 들어가야지. 약초에 대해서는 신경 쓰지 마. 약효야 열흘을 가니까 걱정없고."

"무슨 소리예요? 둥둥에 당한 물고기는 한 시간이 안 돼서 깨던데……."

죠세프가 놀라서 물었다.

"낚시용 둥둥은 희석시킨 거라니까. 사냥용 둥둥을 써봐라, 다섯 시간은 안 깰 거야. 원래 원액은 독극물로 분류될 만큼 독해."

"그런데 그 원료를 아이들이 가지고 놀아요?"

"누가 그걸 가지고 놀겠니. 아까 말했잖아. 잎에서 나는 액체를 고무 찰흙처럼 해서 논다고 했지. 둥둥 원액은 잎이 아니라 뿌리에서 나오는 거야. 그리고 원액을 만드는 데는 별도의 기술과 재료가 필요하지. 만들려면 자격이 필요한 거야. 아무나 못 만들어. 너, 아까 내가 원액 만드는 거 못 봤냐? 그런 방법을 쓰지 않으면 그저 아무런 효능 없는 풀 즙일 뿐이야."

"예."

할 말 없냐? 야야, 예나, 그렇게 킥킥거리지 말라고.

"그럼 란셀은 그걸 만드는 기술이 있어요? 그리고 자격은요? 그거 함부로 주는 것이 아니라 국가에서 선별하는 것으로 아는데… 그리고 보니 다른 여러 가지를 알던데… 대체 란셀은 얼마나 많은 것을 기억하는 거죠?"

예나의 질문에 난 그저 대답없이 웃었다. 자고로 사람은 신비롭게 보여야 멋있으니까. 사실 나에게는 램퍼가 있었다. 모래알만한 것이지만 그래도 성능은 좋은 것으로―원래 기술이 발전하면 작게 만든다―내 귓속에 이식이 되어 있었다. 사실 내가 무슨 천재라고 그 많은 걸 다 외우냐고. 특히 이건 성능이 다른 램퍼와 다르다. 저장 능력도 더 많고 검색도 일부러 할 필요가 없었다. 내가 생각하면 자동으로 찾아져서 내 스스로 기억해 내는 것같이 하는 성능이 있다. 저장도 같은 방식이고. 그래서 가끔은 내가 램퍼를 이식했다는 것을 잊곤 할 정도였다. 그리고 더 큰 성능은 내가 쓸 수 있다는 사실. 난 다른 램퍼는 쓸 수 없다. 그건 내가 마법을 못하는 것과 마찬가지. 하지만 이 램퍼는 나를 위해 특수하게 만든 세상에서 단 하나뿐인… 아니, 한 쌍뿐인 램퍼였다. 처음에 이 램퍼를 받았을 때 난 여기에 쓰인 기술이면 나도 마법을 쓸 수 있겠다고 좋아했었다. 하지만 램퍼와 마법과는 다르다나? 실망했지만 그래도 이 램퍼만 해도 어딘데……. 흠.

"상당히 많지. 내 뇌는 특수하거든?"

램퍼는 제2의 뇌라 불린다.

"부럽다……."

죠세프의 부러워하는 목소리.

"그런데 자격은요?"

"흠흠… 내 스승님께 가서 따지라고 그래라."

참고로 내 스승은 고룡이다.

이렇게 떠드는 동안 밤이 되었다.

"갈까?"

난 일어서서 마을로 가기 시작했다. 에나와 죠세프도 내 뒤를 따라왔다. 우… 떨려. 대체 이 계획, 어떤 인간이 짠 거… 나군. 그런데… 그런데 마을이 왜 이렇게 먼 거야? 그때 우리가 너무 멀리 도망쳤나?

마을은 예상외로 조용했다. 하지만 눈을 번뜩이며 돌아다니는 털투성이의 사람들을 보니 조용한 것이 오히려 섬뜩했다.

"에나, 소리 지르면 안 돼."

에나는 그저 고개만 끄덕였다. 분위기에 아예 질린 듯한 표정이었다. 으… 나도 화장실 가고 싶어.

"시작할까?"

난 말을 하고는 주위를 둘러보았다. 계획을 실행하려면 대장을 찾아야 했다.

"저기."

예나가 한곳을 가리켰다. 과연 그곳에는 덩치 큰 녀석이 있었다. 덩치나 풍기는 기운으로 보나 꽤 센 놈 같기는 했지만 좀 더 살펴봐야 했다.

"저기 있는 사람은 어때요?"

죠세프가 가리킨 곳에도 제법 강해 보이는 사람이 있었다. 하지만 역시 좀 더 지켜봐야 했고…….

"보통 대장의 주변에는 졸개들이 알짱거리지 못해. 특히 앞으로 지나가는 짓은 할 수가 없지."

"그래요? 그럼 저 사람은요?"

내 설명을 듣고 예나가 다른 사람을 가리켰다. 그쪽을 보니 덩치도 컸지만 정말 분위기가 장난이 아닌 사람이 서 있었다. 그리고 그 앞으로는 과연 지나가는 사람이 없었다. 뒤로 지나가도 멀찍이 돌아가고…….
그러고 보니 사람들의 움직임이 그 사람을 중심으로 하고 있었다.

"맞아, 저놈이야. 저놈이 대장이 틀림없어. 잘했어, 예나."

난 예나를 칭찬하고 죠세프에게 눈짓을 했다. 죠세프는 고개를 까닥하고는 앞으로 나섰다.

역시 구경은 싸움 구경이 제일이다. 특히 한가락 하는 녀석들의 싸움은 볼 만했다. 죠세프야 뭐 소드 마스터이니 말할 것도 없지만 저 대장이란 녀석도 제법 한다. 하는 일이야 마을에서 밭을 갈거나 나무나 자르는 일을 하고 싸움이라곤 친구들과 투닥거린 것이 전부일 텐데 말이다. 그러고 보면 내가 배운 지식과는 다르게 신체 능력과 감각, 운동 신경 등도 어느 정도는 향상되는 모양이었다. 아니면 오랜 세월이 지

남에 따라 마도 시대의 사람과 지금의 사람의 체질이 달라졌든가.

그러는 사이에 죠세프가 대장의 턱을 주먹으로 한 방 먹였다. 원래 검을 다루는 자들은 주먹 단련과 맨손 투기의 수련이 부족해서 주먹 싸움을 그렇게 잘하지는 못한다. 하지만 그래도 소드 마스터의 실력과 주먹이면 상당한 건데 대장이란 녀석, 맞고도 견디고 있었다.

"카악."

대장은 손톱을 세우고 달려들었다. 야수병에 걸린 사람이 원래 목숨을 내놓고 싸운다지만 실제로 보니 정말 기세가 대단했다. 주도권을 쥐고 있는 죠세프도 주춤할 정도로.

"와앗."

"캬."

"하앗."

죠세프는 급히 대장의 손톱을 피하며 발끝으로 명치를 찼다.

"컥."

대장은 잠시 주춤하더니 다시 손톱을 세우고 달려들었다. 몸이 약간 흔들렸지만 기세만큼은 아직 그대로였다. 죠세프는 주먹으로 하던 싸움에서 발로 차는 싸움을 하고 있었다. 역시 카샤니안 사람은 발차기를 잘한다. 아마 대륙에서 가장 잘할 것이다. 아니, 감탄할 때가 아니지. 잘못 찼다가는 오히려 다리가 대장의 손톱에 찢어질지도 몰랐다. 그리고 역시 대장은 죠세프의 다리를 손톱으로 할퀴려 하고 있었다. 죠세프가 다시 물러났다. 대장은 손톱을 휘두르며 돌진했다. 그 순간 죠세프의 몸이 공중으로 떴다.

"핫!"

퍽! 퍽! 퍽!

죠세프의 발끝이 정확히 대장의 명치, 관자놀이, 턱에 적중했다.

"커헉!"

드디어 대장이 쓰러졌다.

"우우아아……!"

죠세프는 공중에 대고 내가 시킨 대로 고함을 질렀다. 새로운 대장의 등장을 알리는 고함을. 그 소리를 들었는지 어느새 많은 사람들이 잔뜩 몰려왔다.

죠세프는 주위에 다른 사람들이 모인 것을 확인하고는 한번 둘러본 다음 급히 걷기 시작했다. 나와 예나는 죠세프의 뒤를 따랐다. 우리가 따르자 다른 사람들도 자연스럽게 따라왔다. 그리고 쓰러졌던 대장도 어느새 일어나 죠세프의 뒤를 따랐다.

죠세프는 숲으로 들어갔다. 그리고는 숲에서 약초들을—미리 가져다 놓은 약초—들고 냄새를 맡는 시늉을 했다. 그리고 다시 한곳에 놓았다. 그렇게 두세 번씩 16개의 약초를 모두 놓자 사람들이 숲으로 들어가 똑같은 약초를 찾아내기 시작했다.

"란셀."

예나가 조용히 나에게 말했다.

"저들이 약초를 잘 캐올까요?"

"그럼. 야수병에 걸린 사람은 후각이 예민하다고 했지? 만일 누군가 가 넓은 방에 향수 한 방울을 떨어뜨렸다고 해봐. 그럼 공기 중에서 희미하게나마 향기를 맡을 수 있어. 여기까지는 보통 사람과 야수병에 걸린 사람과 같아. 야수병에 걸렸다고 특별히 진하게 맡는 것은 아니니까. 하지만 그 다음이 다르지. 보통 사람은 그 향이 어떤 종류의 향인지는 몰라. 그래서 방에서 나오게 해 여러 향수를 보여주고 그중 방

에 뿌려졌던 향수를 고르라고 하면 제대로 못 고르지. 하지만 야수병
에 걸리면 구분을 해.”

“아니, 그게 아니라…….”

“그리고 대장의 말에는 절대 복종, 이건 집단을 이루고 사는 사회적
동물의 특징이야.”

예나는 알았다는 듯이 고개를 끄덕였다. 그리고 우리는 조용히 약초
를 캤다. 자칫 잘못해 들키면 정말 큰일이 나기 때문이었다.

우리가 마을 사람들을 이끌고 약초를 캐기 시작한 지 5일째. 정말 피
를 말리는 시간이었다. 언제 우리가 들킬지 모르는 상황이었고 그들과
똑같이 행동을 해야 했으므로 낮에는 자고 밤에 약초를 캤다. 하지만
원래 사람이란 존재가 낮에 일하고 밤에 자니 낮에는 낮이라 잠이 제대
로 안 오고, 밤에는 밤대로 철야 근무를 하는 셈이라 피곤이 겹쳤다. 특
히 무엇보다도 음식을 제대로 먹지 못했다. 야수병에 걸린 사람은 정말
야수처럼 먹었다. 아이, 어른 할 것 없이 쥐나 토끼 등을 잡아서 말 그
대로 생식을 하였다. 우린 그걸 보며 같이 먹는 척을 했지만… 덕분에
속이 뒤집히는 줄 알았다. 야수병보다 기생충 제거가 먼저라는 생각도
들었다. 그리고 야수병에 걸린 사람들이 육식만 했다면 우린 5일을 꼬
박 굶었을지도 몰랐지만 다행히 그들은 열매도 먹었다. 마을 사람들이
육식하는 모습에 이미 속이 울렁거린 우린 그것도 잘 먹지 못했지만,
그래도 그렇게 고생을 한 덕분에 약초는 충분히 캤고 웅덩이가 될 만한
곳도 찾았다.

“이제 마을로 가자.”

난 죠세프에게 가만히 속삭였다. 죠세프는 고개를 끄덕인 채 마을로

향했다. 마을로 가는 도중에 죠세프와 예나에게 다시 주의를 주었다.

"알았지? 피곤하더라도 잠을 자면 안 돼. 이제 날이 밝으니까 저들이 잠이 들면 곧바로 빠져나와야 한다. 잊지 마."

이건 나에게 하는 말이기도 했다. 정말 누우면 곧바로 잠이 들 것만 같았다.

다행히 모두 무사히 빠져나왔다. 아! 나도 슬슬 위대해지는 것 같다. 내가 잠의 유혹을 이겨내다니……

"아! 자고 싶어요."

"그래? 그래도 도망치는 게 먼저다. 우리가 있던 곳으로 가서 실컷 자자고."

그렇게 우린 우리가 있던 곳으로 돌아왔다. 생각대로 챠릭은 팡이와 잘 지내고 있었다. 그것을 확인한 우리는 그대로 잠의 여신의 품으로 직행했으면 좋으련만……

"윽, 미안해. 그리고 보니 저들에게 대장이 없으면 다른 놈이 대장이 될 테니 우리의 계획은 끝이야. 무슨 이유든지 간에 한 번 물러난 대장은 이미 대장 취급을 못 받거든. 그래서 말인데… 지금 모든 준비를 끝내야 하거든?"

하아… 죠세프, 예나, 그렇게 보지 말라고. 무서워. 그래도 난 나의 잘못을 인정하잖아. 자신의 잘못을 인정하는 사람이 어디 흔하디? 일하자, 일해. 일해서 남 주냐? 하하……

"물은 저 시냇물을 여기까지 끌어오면 될 것 같은데요?"

"좋아, 그건 죠세프가 알아서 하고. 난 약을 만들어야 하는데… 흠……"

죠세프와 내가 일을 나누고 나자 예나가 문제였다. 우리 둘 다 일손이 달려 예나가 도와주었으면 하지만 문제는 예나는 한 명뿐이었다.

"예나는 약을 만들게 하죠. 아무래도 내 일은 힘을 많이 쓰는 육체 노동이라 예나가 하기에는 무리니까요."

죠세프가 내 생각을 알고는 먼저 말했다. 아닌 게 아니라 예나의 체력은 5일 간의 약초 캐기에서 알 수 있었다. 엘프의 피가 섞인 하프 엘프답게 몸도 민첩하고 지구력도 있지만 역시 근력은 떨어졌다. 하지만 그럼에도 내가 망설이는 것은 물을 끓어오는 것이 약을 만드는 것보다 더 힘들기 때문이었다. 그렇다고 예나에게 약을 만들게 할 수도 없고……

"제가 죠세프 아저씨를 도우면 안 될까요?"

뜻밖에 나선 것은 챠릭이었다.

"이건 제 엄마, 아빠를 고치는 일이기도 하니까 제가 도울게요."

"안 돼." ·

처음으로 나와 죠세프, 예나의 목소리가 하나가 되었다.

"아무리 우리가 어려워도 그렇지 어린아이에게 이런 힘든 일을 시키겠냐? 우리가 뭐 어린이 노동력을 착취하는 흉악범들도 아니고……"

챠릭은 우리의 앞에서 근처에 굴러다니던 내 몸집만한 바윗덩이를 들어 올렸다.

"그래, 해라."

무슨 소리를 하겠는가? 그래, 솔직히 내가 챠릭이 용족이란 걸 잠시 잊었다. 그렇다고 저런 식으로 일깨워 주나? 나보다 힘이 센 아이라니…… 할 말 정말 없다.

어쨌든 우린 열심히 할 일을 했다. 죠세프와 챠릭은 땅을 파고 나와 예나는 약을 만들고… 그런데 이렇게까지 고생했는데 돈은 누구에게 받지?

드디어 웅덩이가 만들어졌다. 크기는 제법 커서 몇 년 후면 숲의 동물들이 꽤 찾을 것 같았다.

"좋아. 크기도 됐고 물도 깨끗하군."

"그런데 란셀, 약은 아직인가요?"

"후후, 기다려라. 기다리는 자에게 복이 있나니. 약을 만드는 데는 기술도 기술이지만 시간도 중요해."

말은 그렇게 했지만 그 많은 약을 만든다는 것이 쉽지 않았다. 찌고, 굽고, 삶고, 짜고, 끓이고……. 오죽하면 예나가 죠세프와 챠릭이 중노동하는 것을 부럽게 쳐다봤을까? 아마 나와 약 만드는 일을 한 것을 아주 뼈저리게 후회했을 것이다. 거기다 우리가 우리 일만 하느냐, 밤에는 밤대로 마을에 가서 죠세프는 대장 노릇, 우린 바람잡이, 이중고였다. 그나마 챠릭이 우리 없는 동안에 일을 해서─애가 잠도 없다. 애들은 그저 일찍 자고 일찍 일어나야 하는데─우리가 아침에 가서 약간의 시간이나마 눈을 붙일 수 있었다. 그게 아니었으면 우린 야수가 아니라 미치광이가 되었을 것이다.

"그런데 벌써 닷새가 지났잖아요?"

죠세프가 걱정스러운 듯이 물었다. 아마 냄새 때문인 모양이었다.

"냄새 때문에? 하지만 우리의 마지막 계획에 칼렘의 약효가 남아 있으면 곤란하지. 안 그래?"

"그렇군요. 그건 그렇고, 란셀이 할 일은 얼마나 남았죠?"

죠세프는 고개를 끄덕이며 물었다.

"글쎄… 아가도 말했듯이 시간이 약을 만든다고 할까……. 아참, 이

왕 말이 나온 김에 이것 좀 해줄래? 어려운 것은 아니고……."

"그러죠."

죠세프는 이왕 하는 것이란 생각인지 순순히 내가 부탁하는 것을 했다.

"아, 그리고 하는 김에 이것도……."

난 그 후로 얼마간 죠세프가 눈을 흘기는 것을 고스란히 받아야 했다. 하지만 그러면 어떠랴. 내 몸은 편한데. 그리고 예나도 나에게 감사의 미소를 짓지 않는가 말이다. 아, 챠릭, 미안. 너도 나에게 눈을 흘기는구나. 하지만 넌 나에게 눈 흘길 자격이 없어. 난 네게 시키지 않았지만 네가 나선 거잖아.

"킁킁, 아무 냄새도 안 나는데요?"

챠릭은 웅덩이의 약물 냄새를 맡아보고 이상한 듯이 물었다.

"당연하지. 많은 재료가 섞여서 서로 냄새가 중화된 거야."

용족인 챠릭이 냄새를 맡지 못한다면 야수병에 걸린 사람들도 맡지 못한다는 뜻이었다. 하긴 냄새가 난다면 이 작전은 실패였을 것이다. 나도 그것 때문에 걱정을 많이 했었다. 처음 만들어보는 것은 아니지만—챠릭을 고쳤으니까—이번엔 그 양이 엄청나게 많아서 실패할 확률도 컸기 때문이었다.

"그런데 이제 어떻게 하죠?"

"우선 주위의 맹수부터 처리를 해야지."

순간 죠세프와 예나가 공격 자세를 취했다. 이봐이봐, 사람 말은 끝까지 들어야지.

"뭔가 착각한 모양인데 지금 주위엔 맹수가 없어."

죠세프와 예나가 휘청거렸다. 너무 자세 잡다가 힘이 빠졌나?

"하지만 사람들이 물에 빠졌다 나오면 그 순간부터 병이 낫는 거야. 그렇게 되면 일시적으로 정신이 멍해져서 아무 생각을 못하게 돼. 순간적인 사고력 마비라고나 할까? 그리고 방향 감각을 잃지. 챠릭의 경우를 생각해 보면 알 거야. 꼭 그것이 아니라도 정상적인 사람도 물에 빠져서 허우적대다가 나오면 정신도 멍해서 아무런 생각도 못하고 방향을 잃잖아? 문제는 그 다음이야. 그런 상태가 되면 몸이 완전 무방비 상태가 된다. 그런 무방비 상태로 방향 감각도 잃은 채 숲 안으로 들어가면 위험한 거야 뻔한 이치지. 여긴 아니지만 숲 안에는 맹수가 있을 테니까. 맹수들에게는 눈앞에 차려진 밥상과도 같을걸?"

"하지만 란셀."

난 예나의 말에 그만 머쓱해지고 말았다.

"이 숲에는 맹수가 없어요."

아! 이 무안함.

"저… 늑대도 없을까?"

"아뇨, 늑대에 곰, 삵쾡이, 표범 등 다 있긴 하지만… 내피포에만 살고 외피포에는 작은 동물인 토끼나 사슴, 노루 등이 산다나 봐요. 그나마 초식 동물도 큰 종류인 큰 사슴이나 큰 노루는 내피포에 살고, 외피포에서 가장 무서운 동물이 멧돼지라니까요. 하지만 멧돼지도 어쩌다 가끔 발견되는 정도로 많은 편은 아니라는데요? 다시 말해 지금 이곳은 외피포니까 맹수의 위협은 없다는 소리예요. 이거 란셀이 가지고 있던 지도에 있던 건데 모르셨어요?"

당연히 모르지. 누가 내 지도를 가져갔는데. 아! 지도 뺏긴 사람의 슬픔이여.

"그래? 난 또 너희들이 모르나 해서 그냥 농담을……. 하하. 그럼 다음 작전을 시작할까?"

"좋아요. 빨리 하죠."

"그전에 잠 좀 자고요."

반응이 영 달랐다. 하긴 방금 일을 끝냈으니까 당연한 일이다. 아닌 게 아니라 나도 몸이 천근만근이다.

"그래, 맞아. 잠을 자야지. 어차피 행동도 밤에 해야 하니까."

음, 지금은 어스름한 저녁. 저녁이면 사람은 잠을 자야지. 아암, 자야 하고말고. 약간만 자고 밤에 일어나야지. 쿨…….

다음날 정오가 넘도록 잠을 잤다. 나만 그런 것이 아니라 예나도……. 여태껏 예나를 보면 늦잠이란 것을 안 자는데 피곤하긴 피곤한 모양이었다.

"지금 일어났어요?"

"에이, 잠꾸러기 형, 잠꾸러기 아줌마."

하, 죠세프, 챠릭, 정말 체력도 좋은 녀석들이다. 땅 파고 약 만들고 하고도 저렇게 생생하다니……. 한 녀석은 용족이라고 해도 또 한 녀석은 사람인데.

"빨리 일어나요. 밥 먹어야죠, 누나."

챠릭 녀석도 눈치가 꽤 빨랐다. 다른 땐 아줌마라고 하면서 밥 달랄 때는 누나다.

"흥! 이랬다저랬다. 어디서 눈치만 배워 가지고."

예나도 챠릭에게 한마디 하며 일어났다.

"란셀, 밥 먹기 전에 계획이나 다시 들려줘요."

“아니, 계획의 검토는 밥 먹고 천천히…….”

“그게 아니라 워낙 엽기적이 방법이라 들으면 정신이 확 들 것 같아
서요.”

헉! 엽기적! 내 작전이 그렇게 엽기적인가? 전혀 아닌데? 암만 생각
해도 정상적인 방법인데…….

밤 12시. 이런, 밥이란다. 점심을 늦게 먹어서 저녁도 늦게 먹었더니
밤참을 못 먹었다. 그래서인가? 밤을 자꾸 밥이란다. 아, 배고파. 지금
은 밤 12시다. 야수병에 걸린 사람들이 본격적으로 활동할 시간이다.
그리고 우리도 활동을 해야 했다. 원래 계획으로는 어젯밤에 했어야
했는데 예기치 못한 문제로—늦잠을 자서라고는 말 못해—지금 행동을
하게 된 것이었다. 덕분에 우린 실패할 가능성이 좀 커지긴 했지만 그
렇게 우려할 상황은 아니란 판단이 들었다.

나와 예나는 조용히 마을 입구로 들어갔다. 죠세프는 미리 마을로
들어가 있었다. 다만 죠세프는 칼렘에서 추출한 약을 뿌렸고 우린 일
부러 땀도 닦지 않았다.

“준비됐어?”

“예.”

“시작할까?”

“꼭 해야 돼요?”

“아마도…….”

“하죠 뭐.”

“좋아. 간닷!”

난 소리치며 뛰어나갔다. 예나도 소리치며 뛰어나왔다.

"우와아아아!"

지금은 밤. 당연히 야수병에 걸린 마을 사람들은 우릴 보고 본능대로 공격하려 할 것이다. 게다가 이렇게 소리까지 지르니… 이젠 도망치는 우리를 전직 야수병 환자 대장, 현직 야수병 환자 바람잡이(?), 아니다. 어쩐 일인지 지금도 죠세프가 대장이었다. 어떻게 된 일이지? 죠세프가 밤새 돌아가지 않아서 대장이 바뀌었을 것으로 생각했는데… 이거 무슨 비리가……. 아무튼 아직까지 잘리지 않은 현직 대장인 죠세프가 우리를 쫓아오면 되는 것이다. 그렇게 되면 다른 사람들도 쫓아올 것이고 우린 약물 웅덩이로 유인하면 되는 것이었다.

"도망가자."

그리고 예상대로 마을 사람들은 당장에 우리에게 달려들었다. 우린 급히 도망쳤다. 뒤에서는 죠세프가 앞장을 서서 우릴 쫓아오고 있었다.

"우리 좀 미친 것 같지 않아? 소리나 지르고……."

난 비록 도망은 가지만 그래도 여유를 가지려고 농담을 했다.

"그럼 이게 미친 게 아닌가요? 당연히 미친 거지."

음… 새로운 발견. 하프 엘프는 농담을 모르는 모양이다.

내가 이렇게 농담까지 하는 여유를 보이는 것은 야수병에 걸린 사람들의 습성 때문이었다. 다른 집단생활을 하는 맹수들도 그렇지만 야수병에 걸린 사람들은 개과 동물과 같은 집단 행동을 한다. 절대로 대장 앞으로 나서는 일이 없다는 것이었다. 따라서 우린 걸어가도 죠세프가 우리의 뒤만 따라오면 다른 사람들이 우릴 덮치지 않는다는 것이었다. 하지만 우리가 이렇게 뛰는 것은 그들에게는 함정인 약물 웅덩이에 밀어넣기 위해서였다. 천천히 오다 보면 본능적으로 물을 두려워하는 야수병 환자들은 아무리 죠세프가 물로 뛰어들어도 웅덩이를 돌아서 쫓아올 가능성이 컸다. 대장 앞으로만 나서지 않으면 되니까.

"헉헉! 챠릭이 잘하고 있을까요?"

"걱정 마. 너희보다는 나이가 많아."

챠릭은 마을 사람들이 옆으로 새는 것을 방지하기 위해 불을 놓고 있었다. 챠릭의 경우 용족이라 불을 무서워하지 않았지만—챠릭은 병에 걸려 몸에 털은 났지만 정신이 본능에 지배되지는 않았다—마을 사람들은 불을 무서워한다는 것이었다. 그래서 불을 이용해 그들의 행동 반경을 제어하는 중이었다. 물론 거기에는 어려움도 많았다. 무엇보다 산불이 나면 안 되니까. 그래도 우리의 그 얄팍한 계획을 눈치 챌 만큼의 이성이 그들에게 없다는 것이 다행이었다.

그래도 뒤에서 웅성거리며 쫓아오는 소릴 들으니 소름이 끼쳤다. 머리는 여유를 가져도 된다고 외치고 있지만 마음은 전혀 아니었다. 달리는 속도가 계속 빨라졌다. 어디 걸린 것도 아닌데 발을 헛디뎌 넘어질 뻔했다. 나만 그런 것이 아니라 예나도 마찬가지인 모양이었다. 이대로 가다간 우리가 먼저 지칠 것 같았다. 정신이 지치면 육체에 힘이 있어도 같이 지친다는 것을 알았다. 힘들다.

"다 왔다."

예나가 작게 말했다. 엘프들은 밤에도 낮처럼 볼 수 있는데 하프 엘프도 그런 능력이 있는 모양이었다.

"다 왔어요. 이젠 어쩌죠?"

"뛰어들어."

우린 무작정 물로 뛰어들었다. 시원했다. 이제껏 달려오느라 쌓인 피로와 열기가 날아가는 것 같았다. 흥분된 마음이 가라앉으며 긴장이 풀렸다. 우릴 쫓아오던 마을 사람들도 죠세프의 뒤를 따라 물로 뛰어들 것이다. 아마 지금쯤 팡이가 마을 사람들 뒤로 불을 놓으며 압박해 들어올 것이다. 챠릭이 불을 놓았으니 옆으로는 가지 못할 것이다. 더군다나 그들은 지금 몹시 흥분돼 있을 것이다. 게다가 지금은 밤이라 잘 안 보인다. 웅덩이는 밤의 어둠과 숲의 그림자에 가려져 보이지 않을 것이다. 대장이 간 길, 흥분된 분위기, 옆과 뒤를 압박하는 불, 보이지 않는 시야, 그들은 물로 뛰어들 것이다.

"성공인가요?"

옆에서 죠세프의 말소리가 들렸다. 그리고 뒤이어 무언가 물로 뛰어드는 소리가 났다.

성공이다!

우린 성공했다. 그리고 깨달았다.

"으악! 난 수영 못 해!"

이럴 수가! 내 나이 300이 넘었는데 여태껏 수영도 못하다니, 또 그걸 이제야 깨닫다니……

"저도요. 헙."

"저두… 어푸."

그래도 나만 못하는 것이 아니라 다행… 커헙.

야, 왜 밟고 가?

위에서는 마을 사람들이 허우적대며 우릴 발로 물 밑으로 밀어내고 있었다. 어떻게 세 명 다 수영을 못하냐고. 윽! 물배 찬다. 이, 이런, 이 물 마셔도 돼? 헙푸.

빛이 들어온다. 빛은 눈꺼풀을 간지럽히고 있다. 간지럽다. 따갑다. 난 눈을 떴다.

여긴 어디지?

마지막 생각이 났다. 나, 아니, 우린 물에서 허우적댔다. 허우적. 그랬다. 우린 야수병에 걸린 사람들을 고치기 위해 사람들을 약물 웅덩이로 유인했고, 거기까지는 좋았는데 수영도 못했고, 위에서는 사람들 때문에……. 사람들?

"여긴?"

난 급히 일어났다.

죠세프는? 예나는? 그리고 마을 사람들은?

"일어나셨나요?"

누군가 들어왔다. 난 그쪽으로 고개를 돌렸다.

"정신 차리셨군요. 어쩌다가 물에 빠지셔서……."

걱정이 담긴 목소리. 음, 젊은 여인의 목소리. 오! 얼굴도 제법… 앗. 아니닷, 이럴 때가!

"여긴 어디입니까? 그리고 저와 있던 사람들은……."

"여긴 리반이란 마을이에요. 그리고 동료 분들이라면 식당에 있어요."

"리반?"

난 갸웃했다. 그런데 내가 왜 여기 있냔 말이다. 원래대로라면 내가 있을 곳은 그 약물 웅덩이 근처가 정상이었다.

"기억 안 나세요? 웅덩이에 빠져 있어서 구해온 건데… 그 웅덩이에는 왜 가셨나요? 기억이 정말 안 나시나요?"

기억이 안 나긴 왜 안 나. 너무 잘 기억나 탈이다. 내가 이렇게 황당해 있는 것은 내가 왜 여기 있냐는 거라니까.

"글쎄요……."

하지만 어쩌랴. 뭔 말을 하란 말야. 내가 보기에 여기는 그 야수병에 걸린 사람들이 살던 마을 같다. 창밖으로 보이는 풍경이 그랬다. 그렇다면 이 사람들은 분명 야수병에 걸렸던 사람들일 텐데, 기억 못하는 사람은 바로 이 사람일 텐데…….

"기억 안 나시는 모양이군요. 음… 몸은 괜찮으신 것 같은데… 시장하실 거예요. 식사를 하시겠어요?"

"아, 예. 감사합니다."

지금 보니 정말 정이 많은 사람들이다. 새삼 구해주길 잘했다는 생각이 들었다. 누가 웅덩이에 빠진—그것도 거리도 만만찮은데—사람을 구해주고 이렇게 친절한 설명까지 곁들이겠냐고.

"그런데 여긴 여관인가요?"

"아뇨. 아, 식당이란 소리에 그러시나 본데요, 우리 마을은 제법 잘 사는 마을이죠. 일반 산골 마을처럼 방이며 뭐며 뒤섞인 그런 곳이 아니에요."

어? 그러고 보니 이 마을에 며칠 간 와 있을 땐 사정이 사정인지라 대충 보고 넘어갔지만 지금 생각해 보면 집들이 제법 컸다.

"참, 그러고 보니 제 소개를 안 했군요. 전 일레인이라고 해요. 일레인 나마론이라고 합니다."

"전 란셀 네르반이라고 합니다."

난 일레인을 바라보았다. 나이는… 24정도? 그렇게 미인은 아니지만 그럭저럭 아름다운 얼굴에 편안한 미소가 매력적이었다.

"어? 란셀, 일어나셨나요?"

누군가 내 이름을 불렀다. 죠세프였다. 예나도 있었다. 제길, 그럼 나만 제일 늦은 거잖아?

"아아, 죠세프, 일어나긴 했는데… 이게 어떻게 된 거지? 우리가 왜 여기에……."

"엄마."

누군가 쪼르르 달려왔다.

챠릭?

그 꼬마는 챠릭이었다. 그리고 챠릭이 엄마라고 부른 사람은 일레인. 어느 정도 알 것 같았다.

"어? 형아, 일어났어?"

"그래, 챠릭. 너도 무사해서 다행이다."

"나야 뭐… 근데 형 몸이 약하다. 저기 죠세프 아저씨랑 예나 아줌마는 아까 일어났는데……."

에구, 착하고 귀여운 것. 끝까지 난 형이고 애들은 아저씨, 아줌마구나. 뭐 사줄까?

"응. 내가 좀 약해. 죠세프 아저씨처럼 검사도 아니고 예나 아줌마처럼 엘프의 피가 섞인 것도 아니라서."

난 죠세프와 예나의 따가운 눈초리에 당당히 맞서며 챠릭에게 친절히 설명해 주었다. 오히려 힘들어하는 사람은 일레인이었다.

"어머, 챠릭. 그러면……."

"괜찮습니다. 사람은 정직해야죠. 주위의 시선 때문에 거짓말을 하면 안 되죠. 그보다 챠릭, 어떻게 된 건지 설명해 줄래?"

난 일레인에게 미소를 보이고는 챠릭에게 고개를 돌렸다.

"응……."

『제가 설명할게요.』

탁자 위에 있던 팡이 설명을 해주었다.

우리의 작전은 완벽한 성공이었다. 원래는 몇 명은 우리 작전에 걸리지 않을 것으로 예상했지만 예상을 훨씬 뛰어넘어 몽땅 물속으로 빠졌다. 그리고 우리는 그들의 발에 깔렸고 물에 빠진 사람들은 잠시 허우적대다가 물 밖으로 나왔다. 그때의 사람들은 약에 의해 병이 나아 털이 반 이상 물에 빠진 상태였다. 그리고 물 밖으로 나온 사람들은 잠시 휘청대며 주위를 방황했었다. 그러다가 하나둘 정신을 차렸고 당황한 사람들은 주위를 둘러보았다. 그러다 물에 빠져 기절한 우리를 보고 구해온 것이었다.

"식사하세요."

팡이 대충 설명을 마쳤을 때 일레인이 식사를 가져왔다. 오우, 제법 잘 산다더니 정말이군. 이런 산골에서는 보기 힘든 음식들.

"여러분이 무슨 일을 당하셨는지는 모르지만 천천히 생각하세요. 참, 그리고 보면 우리가 여러분들을 발견한 건 정말 엘렌디아 여신의 가호 덕분일 거예요. 마침 저희 마을 사람들이 거기에 있어서……."

엥? 그건 기억해?

"그런가요? 정말 운이 좋았군요. 그런데 마을 사람들은 어째서 거기에 있었죠? 마을 사람들이라고 하신 걸 보면 마을 사람 대부분이 거기에 있던 모양인데……."

"예? 그건… 저도… 하지만 그건 아마도 여러분들을 구하라는 엘렌디아 여신의 배려였겠죠."

우리 셋을 구하러 마을 사람 전부가? 좀 다르게 생각해 보시지 않고선…….

"그, 그런가요? 아, 엘렌디아 여신이여, 감사합니다."

야수병에 걸렸을 때의 기억이 없나? 하긴 기록에 의하면 야수병에 걸렸을 때의 기억은 없다고 했었다. 하지만 아무리 그래도 자신들이 마을에서 적잖게 떨어진 곳에 집단으로 있었다면 의문을 가져야 하는 것이 정상 아닌가?

"마을 사람들에게는 집단 몽유병에 걸렸었다고 말했지요."

내 의문을 풀어준 사람은 죠세프였다. 일레인이 잠시 자리를 비우자 내게 어떻게 된 것인지 설명했다.

"알죠? 무슨 이유에서인지는 모르지만 사람들이 집단으로 전염되듯이 몽유병에 걸려 어디론가 가거나 행동을 하는 병이오."

그런 병이 있기는 있다. 드물긴 해도 충분히 설명이 되는 변명이었다. 아마 마을 사람들은 신관을 모셔서 신에게 제사를 지낼 것이다.

"다른 방법이 없었어요. 사람들에게 야수병을 설명할 수도 없고… 요즘 시대에 야수병은 없잖아요. 아, 여긴 예외지만……."

그것도 맞는 말이었다. 나도 밥 먹으면서 생각을 해봤는데… 나라도 안 믿을 테니…….

콰앙!

소리가 난 것은 내가 밥을 다 먹고 잠시 쉬고 있을 때였다.

"뭐지?"

죠세프가 황급히 뛰어나갔다. 예나도 나갔다. 나도 따라 나갔다. 쩝, 누가 대장인지…….

"뭡니까?"

소리가 난 곳은 마을의 광장이었다. 마을의 광장에는 큰 석상이 있었다. 아니, 있었다고 한다. 처음 이 마을을 세운 사람이라는데 지금 그 석상은 흔적도 없어지고 모래만 주위에 널려 있었다.

“용족?”

난 그 모래 위에 서 있는 사람들을 보았다. 세 명. 용족이었다. 용족 세 명이 아니라 한 명이라도 이 마을을 쑥밭으로 만들기에는 과했다. 이 마을은 용족이 세 명이나 올 이유가 전혀 없는 곳이었다.

“어떻게 된 일이지? 어떻게 마을 사람들이 정상이지?”

세 명의 용족은 검은색의 옷을 입고 그 위에 파랑, 초록, 검정의 웃옷을 입었다. 그중에서 초록 옷을 입은 용족이 화를 냈다. 상황으로 보아 석상을 파괴한 용족인 것 같았다.

“당신들은 누구요?”

광장에 모인 사람들 중 누군가가 물었다.

“알 것 없다, 벌레.”

“벌레?”

물어본 사람은 얼굴을 찡그리며 다시 물었다.

“혹시 석상을 부순 사람이 당신이오?”

“좀 전의 돌덩이 말이냐? 그것보다는 모래가 나을 것 같아서 이렇게 만들었지. 감사히 생각해라. 돌덩이보다는 모래 더미가 더 소용이 많은 것이니까, 벌레.”

이건 용족 중에서도 상당히 건방진 부류였다. 아무리 용족이라도 인간에게 직접 대고 하등 종족이니 하는 말은 해도 벌레라고는 하지 않았다. 그건 아무리 무시하고 하등 동물 취급해도 같은 초인족의 후예로서 많은 발달된 문명을 만든 인간에게 최소한의 가치를 인정해서이다.

“용족 중에 우리 인간을 하등 종족이라고 하는 것은 들었지만 그렇게 부르는 것은 처음인데?”

이 일은 아무래도 내가 나서야겠다.

"용족들은 스스로를 고귀하다고 생각해서 그런 상소리는 입에 담지 않는 것으로 아는데 아무래도 용족 비슷한 나부랭이였나? 아니면 하프 용족?"

"뭐야?"

검은 옷을 입은 용족이 앞으로 나섰다.

"넌 누구냐?"

"보시다시피 사람. 이번엔 내가 물을까? 용족이 이런 산골 마을에 무슨 일이지? 그것도 세.마.리.나?"

"세… 마… 리?"

용족들의 눈이 가늘어졌다. 하긴 인간에게 그런 소리를 들었으니 그들의 자존심이 상했을 것이다. 하지만 그들이 모르고 있는 또 하나의 사실이 있는데 여기 있는 사람들 대부분이 화가 나면 그런 말을 할 것이라는 사실이었다. 물론 이 녀석들이 용족인 것을 몰랐을 때지만… 지금은 나와의 대화로 그들의 정체를 알았을 것이다. 아니, 짐작은 했겠지만 설마 하는 생각에 확인 사살을 했다고나 할까? 먼저 반응을 보인 용족은 검은 옷을 입은 용족이었다.

"네가 죽으려고 작정을 했구나."

"하드렌, 죽어 버려."

초록 옷을 입은 용족이 말했다.

"어이, 너희 둘, 그런 말은 하지 마. 여기엔 아이들도 있어. 애들이 뭘 보고 배우라고."

"그래? 그것이 네 마지막 소원이냐? 좋아, 들어주지. 그럼 죽인다는 말 대신 저승으로 보내주마."

하드렌이라고 불린 용족은 비웃듯이 웃으며 입으로 무언가를 외웠다.

"글쎄… 생각보다 착하네? 하지만 역시 표현력이 부족해. 기왕이면 엘렌디아 여신의 품이니 뭐 그렇게 말해야 하는 것 아니야?"

"그래, 맞아. 표현이 부족했군. 하지만 넌 엘렌디아 여신의 품에서도 괴로워할 거다."

"맘대로."

내 예상이 맞다면 저 용족은 지금 나에게 마법으로 저주를 걸었을 것이다. 단지 죽일 것이었으면 주먹으로만 쳐도 난 죽을 테니. 그리고 이런 신비한 술법은 용족의 특기이자 자랑이었다. 예전에 그 호족들이 가장 골치 아파하던 것이 바로 이것이었다. 하지만 난 나니까 이걸 겁낼 이유가 없었다.

"……?"

"왜? 이상한가? 내게 아무런 이상이 없으니까?"

난 실실 하드렌을 놀렸다.

"흥! 별 능력도 없는 것들이 이런 난리라니……. 이 대륙에 호족이 있었다면 끽소리도 못 내고 쥐구멍을 찾을 녀석들이. 쯧쯧. 안 그렇습니까, 여러분?"

"……."

마을 사람들은 모두 굳어 있었다.

"뭐냐? 사람들이 왜 이래?"

"란셀, 지금 무슨 짓을……."

뒤에서 에나의 떨리는 목소리가 들려왔다. 하긴 용족을 상대로 이렇게 막 나갔으니 지금 마을 사람들이 겁을 먹고 얼어 있는 상태가 정상이었다.

"쩝, 그렇다고 이렇게까지……."

“이놈, 죽어 버리겠다!”

하드렌이 갑자기 덤벼들었다.

“기다려.”

파란 옷을 입은 용족이 하드렌을 말렸다.

“왜 그래, 밀케?”

“잠시 있어봐. 내가 물을 것이 있다.”

밀케라 불리운 용족은 내 앞에 섰다.

“넌 누구지?”

“아까도 말했지만 사람.”

“그래? 인간이 우리 용족을 보고 이렇게 당당히 말한다? 우습군. 지금 저 사람들은 우리가 뿜어내는 기운에 저렇게 겁에 질려 굳어 있어. 저 칼 든 녀석은 특히 강해 보이는데도 상당히 긴장하고 있고. 하지만 넌 아니야.”

“아, 죠세프? 난 저 애가 아니니까.”

“그리고 넌 하드렌이 건 마법 저주에서도 멀쩡했다. 원래대로라면 지금쯤 온몸이 뒤틀려 죽어가고 있어야 정상인데 말이다.”

“당연하지. 난 나니까.”

“그래? 그럼 내 주먹 맛은 어떨까?”

하드렌이란 용족이 살기를 뿜으며 내게 다가오려고 했다.

“그만둬, 하드렌. 만일 그렇게 하면 우리 용족은 멸종할걸?”

밀케는 하드렌을 말리고는 날 보았다.

“만나서 반갑군, 란셀 카나마시드 헤르타로드 슈만델리오 네르반. 대고룡이신 골드 드래곤 카나이드님께는 해츨링과 같은 존재.”

나를 알다니… 그것도 내 정확한 이름을……. 내 이름은 나도 제대로 기억 못하는데.

"…어떻게 안 거지?"

"당연하지. 우선 란셀이란 이름을 들었다. 그건 흔치 않는 이름이지."

"제법 많은 이름인데? 난 그래서 어렸을 때 좀 귀한 이름을 가진 아이들을 부러워했지."

"흠흠, 내 말은 개나 소나 다 가져다 붙이는 흔하디흔한 이름은 아니라는 소리다. 어쨌든 넌 우리의 저주 마법에도 멀쩡했다. 그리고 우리의 기운에도 영향을 받지 않고 우리가 용족이란 것도 알고 있었다."

"당연하지. 너희들의 귀. 인간과 용족은 사실 능력의 문제지 다 같은 사람이라 구분이 힘들긴 하지만 그래도 뚜렷한 차이점은 있어."

용족의 귀는 약간 뾰족했다. 엘프의 귀 같지는 않고 평범한 인간의 귀보다 위쪽이 좀 심하게 뾰족한 형태였다. 하지만 무엇보다도 그들이 내뿜는 용족으로서의 존재감이 그들이 용족임을 나타내고 있었다. 그 존재감으로 인해 사람들이 두려움을 느끼고 있는 것이었다.

"훗, 귀가 아니라 우리의 존재감이겠지. 뭐 상관없어. 우리를 알아본 그 자체가 중요하니까. 그리고 네가 란셀 카나마시드 헤르타로드 슈만델리오 네르반이란 이유는 또 있어. 이 세상에 인간으로서 야수병 같은 마도 시대의 병을 고칠 수 있는 사람은 단 한 명이니까."

하하! 역시 용족들도 날 인정… 응? 뭐라고? 지금 무슨 소릴…….

"가만, 뭔가 이상한데? 이 마을 사람들이 야수병에 걸린 것을 알고 있었나?"

"물론."

“그런데 이들을 도와주지 않았단 말야?”

용족이 그런 일을 하지 않을 것은 알고 있었다. 하지만 하필이면 야수병이 고쳐진 지금 이 시점에 나타난 이유는…….

“왜 우리가 도와주지? 우린 인간들을 도울 이유가 없다. 더구나 이 야수병은 우리가 퍼뜨린 것인데 도우면 안 되지.”

마을 사람들이 술렁거렸다. 아무리 용족이 무섭긴 해도 지금의 말은 충격적인 것이었다. 물론 사람들은 자신들이 야수병에 걸렸던 사실을 모르고 있었다. 그래서 지금 우리 말을 듣고 자신들이 용족에 의해 무슨 해괴한 병에 걸린 것으로 오인하고 있는 것이다.

“왜? 왜 그랬지?”

“알 것 없다, 란셀 카나마시드 헤르타로드 슈만델리오 네르반. 네가 참견할 일이 아니다. 아무리 고룡이신 카나이드님과 마족과 하이 엘프의 보호를 동시에 받는 너 란셀 카나마시드 헤르타로드 슈만델리오 네르반이라도 이 일에 참견하면 용서할 수 없다.”

어이, 내 이름 그만 불러. 내가 다 숨이 차다.

“이봐, 아닌 게 아니라 내가 용족들 일에 참견할 것은 없지. 하지만 문제는 이미 내가 이번 일에 말려든 거야. 그러니까 무슨 이유에서 야수병을 퍼뜨렸던 것인지 말해 주실까? 이렇게 병을 퍼뜨리는 일은 너희 용족이 할 짓이 아니잖아?”

“그건…….”

“아, 그리고 내 이름 전부 부르지 마. 그냥 란셀로 불러.”

“그러지, 란셀. 왜냐고? 복수다. 복수 때문이다.”

이번에도 마을 사람들이 술렁거렸다. 그리고 솔직히 나도 놀랐다. 누가 용족에게 이런 복수심이 불타도록 할까? 힘으로? 아니면 머리를 써서 사기를? 무슨 방법이든 용족을 상대로 보통 사람들로서는 불가능한 일이었다.

"무슨 소리야? 복수라니? 너희들, 정신이 이상해졌나? 누가 너희를 건드리겠어?"

건드리고 싶어도 어느 구석에 처박혔는지 모른단 말이다.

"정상이다. 이 마을 사람들은 우리 용족을 해쳤어."

헤, 말도 안 돼.

"너, 그거 제정신으로 하는 소리냐? 용족을 해쳐? 아, 해칠 수는 있겠지. 탁월한 실력을 가진 사람이면. 뭐 드래곤 슬레이어면 드래곤도 죽이는데……. 하지만 이 마을 사람들 중에 그런 능력을 가진 사람이 있을까?"

"흥, 아기 때라면 드래곤이라도 힘없는 사람에게 죽임을 당하지."

이렇게 되면 할 말은 없다. 아기라……. 충분히 가능한 일이었다. 또 그렇다면 용족들의 행동은 이해가 갔다. 용족의 수는 그렇게 많지 않았다. 드래곤도 그렇고 자손이 귀하면 그만큼 아이들을 소중히 한다. 호족들조차도 자신들의 아이를 해친 사람들은 절대 용서를 안 하고 더 큰 벌로 응징했다. 사람들이 다시는 자신들의 아이를 건드리지 못하도록. 드래곤의 경우는 더 큰 각오를 해야 했다. 용족의 경우도 마찬가지로 지금 아이의 원수를 갚는 것이었다. 하지만 용족은 드래곤처럼 단순 명쾌한 것이 아니라서 복수의 방법이 좀 잔인했다. 이번 일처럼. 하지만 단지 몇 시간 지켜봤을 뿐이지만 마을 사람들이 어린아이를 죽일 사람들은 아니라 생각되었다.

"그래? 복수를 하기 위해 이 마을 사람들이 그랬단 말이지? 좋아, 복수는 해야지. 그런데 증거는 있나?"

“증거?”

“그래, 증거. 드래곤들도 해츨링을 잃으면 분노하지. 너희보다 더해. 해츨링을 죽이면 관계된 모든 사람들이 죽지. 하지만 드래곤들도 확실한 증거가 없으면 복수를 안 해. 그리고 누가 죽였는지 확실히 안 후에 복수를 해. 그러니 너희들도 증거가 있으니까 이런 일을 벌인 것이 아닌가?”

“증거? 훗, 증거는 우리다. 우리가 증인이다. 2년 전에 홍수가 났었지. 그때 그 아이가 없어졌어. 아이를 찾아 헤매다 보니 그 아이가 휩쓸려 간 냇가가 여기까지 흐르더군. 그리고 그 아이가 떠내려온 흔적을 찾았지. 하지만 아이의 존재는 없었다. 그렇다면 뻔하지 않나?”

“그것 때문에?”

“그렇다. 우리가 사는 곳은 이곳과 제법 가깝지. 이 마을에서 반나절만 산 위로 가면 있다. 아이가 떠내려왔다면 당연히 우리에게 알리기라도 했어야 하는 것이 아닌가?”

용족의 마을이라… 의외로 가깝긴 가까운데…….

“여러분, 여러분 중에 누구라도 용족의 마을이 있었다는 것을 알고 계셨던 분 계십니까?”

마을 사람들 모두 머리를 저었다.

“그래요? 이봐, 밀케라고 했나? 너희 용족은 이 마을 사람들에게 너희의 존재를 알렸나? 마을의 위치를 알리거나.”

“우리가 어째서 하등 동물에게 그런…….”

밀케의 얼굴이 일그러졌다.

“지금 너희는 엉뚱한 사람들에게 화풀이를 하고 있어. 아마 너희들 용족은 아이를 찾다가 실패하자 가장 가까운 마을에 화풀이를 한 거겠지. 뭐? 자신들이 있는 것도 알리지 않고 아이를 데려오라고? 이봐, 인간들이 그 정도로 능력이 있으면 용족과 인간의 위치는 바뀌었을 거다.”

“익……!”

“훗, 할 말이 없나 보군. 하긴 결국 너희들의 편협된 판단이었으니. 잘 생각해 봐라. 너희가 얼마나 비뚤어졌는지. 그리고 얼마나 일그러진 마음을 가졌는지. 너희보다 힘이 떨어진다는 이유로 사람을 괴롭히고 힘을 과시하고 싶어서, 다른 사람에 대해 우월감을 느끼고 싶어서 실종된 불쌍한 아이를 핑계로 일을 벌이려고 들어? 아이들은 순수해. 호족이 말했지. 너희 용족은 아이들에게서 배워야 한다고.”

난 사람들에게 얼굴을 돌렸다.

“챠릭, 나와봐.”

“…….”

“빨리 나와. 나오지 않으면 너희 엄마, 아빠가 죽을지도 몰라. 내가 지금 이 녀석들과 이렇게 말은 하지만 난 이 녀석들을 당해내지 못하니까.”

사람들 틈에서 누군가가 미적거리며 나왔다.

“저 아이를 알고 있나?”

“챠릭.”

밀케가 소리쳤다.

“너, 챠릭 맞지?”

챠릭은 흠칫하며 내 뒤로 숨었다.

“이 아이를 아나?”

“그 아이는, 그 아이는…….”

"이 마을 사람들이 죽였다던 용족 아이지?"

"맞다. 챠릭, 가자. 용족이 이런 곳에 있다니!"

"싫어요. 여기에는 엄마도 아빠도 있지만 거기엔 없잖아요."

"역시 고아였군. 이제야 실감이 나네."

"뭣이? 용족으로서의 긍지를 가져야지. 어떻게 인간들과……."

"이봐, 아직 어린애를 데리고 무슨 긍지를 찾아?"

난 밀케에게 핀잔을 주고 챠릭에게 물었다.

"너, 저 사람들과 같이 가고 싶니?"

"싫어요. 맨날 괴롭히기만 하는데 왜 가요?"

용족은 인간이었다. 드래곤이라면 고아가 된다고 해도 별다른 일이 없었다. 다른 성룡들이 그만큼 보살펴 주기 때문이었다. 하지만 어미의 사랑을 받지 못하는 것은 어쩔 수가 없었다. 그래서 드래곤 중에서도 특히 폭력적인, 인간들이 흔히 말하는 마룡은 고아 출신 드래곤이 많았다. 드래곤 같은 종족도 그러니 용족은 더 말할 나위가 없었다. 아무리 고아를 잘 보살펴도 결국 자신의 아이가 더 소중한 것이고, 자신들은 느끼지 못하지만 차별은 상당히 있었다. 챠릭의 경우도 그런 차별을 느꼈을 것이다. 어쩌면 물에 떠내려온 것이 챠릭에게는 행운이었을 것이다.

"그래? 하지만 그것은 네가 용족이라는 것을 몰랐을 때다. 하지만 지금은 네가 용족이란 것을 알았으니 가만두지 않을걸?"

"마을 사람들 전부 아는데요?"

"……."

"할 말 없나?"

일은 좀 이상하게 돌아가고 있었지만 나쁜 쪽은 아니었다.

"자, 잠깐. 그럼 네가 용족이란 것을 밝혔단 말이냐?"

끄덕.

"이런… 그래, 용족이 인간 따위의 도움을 받다니! 그것도 자신의 정체를 밝히고. 이봐, 인간들. 우리는 너희에게 야수병이란 병에 걸리게 했다. 이 아이 때문이지. 어떻게 그 병이 나왔는지는 말할 이유가 없지만 너희는 죽을 뻔했다. 그런데도 너희들은 너희를 죽이려 한 용족 아이를 데리고 살겠느냐?"

"그 아이는 제 아이예요. 누구도 제 아이를 해치진 못해요."

일레인이었다. 그와 동시에 마을 사람들 모두 일레인과 같은 말을 했다.

"우리에게 병을 주었으면 그건 당신들이지 이 아이가 아니오. 당신 용족들은 자신의 잘못을 남에게 뒤집어씌우는 비겁한 사람들입니까?"

마을 사람들이 좀, 아니, 많이 흥분한 모양이었다. 비록 목소리는 떨려 나왔지만 저런 간이 부은 말을 하다니… 역시 사람은 화가 나면 어떻게 변할지 모른다니까.

"어때? 고귀한 용족보다 인간이 마음 씀씀이는 더 낫군. 챠릭은 여기서 행복해. 너희들과 있어봐야 불행하지. 너희들이 아무리 위한다고 해도 결국 너희 아이들을 더 위하지. 너희의 아이들이 챠릭을 괴롭힐 때 너희는 오히려 챠릭을 혼내겠지?"

"맞아요. 저 사람들 나빠요. 병이나 퍼뜨리고, 맨날 입에 궁지니 자존심이니 달고 살면서 비겁하게."

"이놈이!"

세 명의 용족은 화를 내며 덤벼들었다. 아니, 덤벼들려고 했다.

"그만."

용족들은 기겁하고 물러났다.

"뭐야, 소드 마스터?"

"난 죠세프 라마비스라고 한다. 용족이나 된 녀석들이 어린아이에게 떼로 덤벼들어? 챠릭이나 마을 사람들에게 손을 대려면 먼저 나와 겨뤄야 할걸?"

죠세프는 말하면서 오른손으로는 검을 잡고 왼손에는 불의 공을 만들었다.

"대단한걸? 소드 마스터이면서 마법까지."

하드렌이 앞으로 나섰다.

"그럼 나와 한번 겨뤄볼까? 목숨을 담보로 걸고."

죠세프는 자세를 고쳤다. 하드렌도 자세를 고치고 죠세프와 같이 검을 들고 왼손에 파이어 볼을 만들었다.

"대단하군. 인간인 주제에 그 정도라니. 하지만 우리 용족은 마법도 가능한 소드 마스터들이지. 마법과 검기는 우리의 특기야. 너 같은 애송이와는 차원이 달라."

하드렌이 얄밉게도 친절히 가르쳐 주었지만 사실 맞는 말이었다. 지금 죠세프는 5단계, 하드렌은 6단계의 실력이었다. 파이어 볼의 크기도 차이가 나고……

"그만."

위기의 순간 누군가가 하드렌을 잡아서 뒤로 던졌다.

"비겁한 놈들. 그래, 다 큰 것들이 어린애만도 못하다니……!"

"텔시오님!"

하얀 옷을 입은 용족, 겉으로 보기에는 다른 세 용족보다 나이가 약간 많거나 같아 보였지만 풍기는 기운으로 봐서는 나이가 훨씬 많아

보였다.

"너희들이 진정 용족이냐? 이런 비열한 짓을 하고도? 이건 용족으로서 절대 용납 못하는 짓이다. 야수병이나 퍼뜨리고 약한 사람이나 괴롭히는 너희들이 용족의 긍지를 찾아? 용족의 긍지가 이런 것이라면 내가 먼저 용족임을 포기했을 것이다! 너희 같은 녀석들이 있으니 호족들이 우릴 그렇게 무시했지."

텔시오는 밀케를 보았다.

"밀케, 너는 어떻게 된 놈이냐. 네가 이러다니……. 난 그래도 네놈을 믿었는데 이런 머저리들과 같이 이런 어처구니없는 행동을 하다니……."

"죄송합니다. 저도 모르게 화가 나서……."

"이런 어리석은! 그 화 때문에 찾으려던 아이를 죽을 뻔하게 만들었느냐? 문책은 마을에 가서 하지. 가자."

텔시오는 몸을 돌려 가려고 하다가 다시 돌아섰다.

"거기 꼬마, 넌 왜 안 가지?"

"전 챠릭이에요. 꼬마가 아니란 말예요. 그리고 여기가 우리 마을인데 어딜 가요?"

"넌 용족이다. 용족은 용족과 살아야 해. 이건 긍지 문제가 아니다. 물고기는 물에서 살아야 하는 것과 같단다."

"흥! 병이나 퍼뜨리는 용족 따위가 뭐가 대단해서 인간과 따로 살아야 하죠? 그리고 저는 왜 제게 잘 대해주시는 부모님을 떠나 용족과 같이 살아야 하죠?"

텔시오는 말없이 챠릭을 바라보았다.

"휴우……."

잠시 챠릭을 바라보던 텔시오는 한숨을 쉬더니 말했다.

"좋다. 네 뜻이 그렇다면 어쩔 수 없지. 하지만 네가 마을로 오고 싶거든 언제든지 오너라. 마을의 위치는 알지?"

텔시오는 몸을 돌려 걸어가면서 말을 이었다.

"그리고 우리의 잘못을 사죄하는 뜻으로 물건을 가져왔다. 대단한 것은 아니고 그냥 약들이다."

저 정도면 용족으로서는 최고의 사과였다.

'그리고.'

이번엔 나에게 말을 걸어왔다. 나에게만 들리게.

'저… 챠릭이 계속 그 마을에서 산다면 반드시 우리의 마을로 올 것이오. 다른 것은 다 그만두고라도 우선 수명이 차이가 나지. 사랑하는 사람을 떠나보내는 것, 그것만큼 슬픈 일은 없는 것이오. 특히 그렇게 사랑하는 사람을 다 떠나보내고 다시 혼자가 되었을 때가 챠릭에게는 가장 중요한 시기인 청소년기요. 정말 챠릭을 위한다면 그 아이가 어느 정도 컸을 때 여행을 시키도록 하는 것이 좋소. 아마 그것을 제대로 수행할 수 있는 사람은 란셀 카나미시드 헤르타로드 슈만델리오 네르반 당신뿐이오. 챠릭과 다른 사람, 그리고 우리 용족을 위해 부탁하겠소.'

단지 그것뿐이었다. 하지만 그 말에서 따스한 감정을 느낄 수 있었다.

텔시오. 그는 용족 중에서도 특별한 사람이었다. 마치 전생에 호족이 아니었나 생각될 정도로. 후우… 모든 용족이 다 저 사람만 같았으면…….

어쩌면 텔시오와 챠릭은 용족과 인간의 다리 역할을 하거나 그 기초를 다질 사람들일지도 몰랐다. 용족과 인간의 화합이라……. 생각만으로도 굉장한데. 내가 그때까지 살 수… 있겠지? 난 아직 수천 년은 지겹도록 살 수 있으니까. …이론적으로는.

"아, 그리고 자네, 실력은 정말 대단하군. 나이도 어려 보이는데 실력이 보통이 아니야. 갈고닦으면 그랜드 마스터도 우습겠어. 그리고 거기 하프 엘프, 대단한 정령사로서의 자질과 잠재력이 상상을 초월하는데? 열심히 노력하거라, 인간들이여! 저런 엉터리 의사를 따라다니지 말고."

이런, 가면 그냥 갈 것이지 엉터리 의사라니……. 그러면서 챠릭을 부탁한다고? 저 인간을 잡아다 용봉탕을 끓여? 그건 그렇고 예나가 정령사?

"정령사?"

나와 죠세프는 예나를 쳐다보았다.

"분명 정령 못 다룬다고 한 걸로 아는데?"

"맞아요. 나 정령 못 다뤄요."

"흠… 용족은 인간보다 오래 살지. 그러니 지식도 뛰어나고 능력이 뛰어가기 때문에 다른 사람의 능력을 파악하는 능력도 같이 뛰어나거든? 특히 저 텔시오라는 용족, 나도 소문으로만 들었는데 다른 능력도 뛰어나지만 특히 내면을 살피는 능력이 뛰어나다는 그 용족이 아닐까? 그렇다면 역시 예나는…….

"아니라니까요. 내가 정령술을 쓸 수 있으면 벌써 썼죠. 이봐요……?"

"용족은 갔어. 아마 지금의 넌 정령을 못 다뤄도 그 잠재력은 뛰어난 모양이다. 그렇다면 언젠가 너의 능력을 깨닫겠지. 그때 훌륭한 정령사가 되어 있는 널 보게 될 거야."

난 연장자답게 예나에게 충고해 주었다. 이런, 그러고 보니 나만 잠재력이니 자질이니가 없잖아. 기분 나쁘게.

우린 마을 사람들의 배웅을 받으며 마을을 떠났다. 떠나면서 잠시 생각해 보니 대단한 사람들이 아닐 수 없었다. 챠릭이 용족인 것을 알면서도 거두어 기르고 자신들이 야수병에 걸렸었다는 것을 알게 되었을 때도 침착했었다.

"하지만 란셀, 반대로 너무 엄청난 일이라 오히려 피부로 느껴지지 않아서가 아닐까요? 챠릭도 용족이라는 것은 알았지만 어린아이라 보통의 인간과 다른 점을 못 느꼈을 거고요."

"글쎄, 일리있는 말이긴 하군."

난 예나의 말에 긍정을 했다. 이런 산골의 사람들은 대체로 단순해서 가능성이 있는 말이긴 했다.

"하하! 아무려면 어떻습니까? 이번 일을 당하고도 그렇게 변함없이 챠릭을 아껴주는 것을 보면 대단한 사람들인 건 사실이죠."

"그 말도 맞다."

"정말요."

죠세프의 말도 맞았다. 대단한 사람들이었다. 우리는 웃으며 산을 내려갔다.

우린 피포 시를 지나 크롤루로 향했다. 아니, 향하고 있었다. 피포 시 외곽에서 그 말만 듣지 않았어도.

"그래도 그렇지. 크다 크다 하더니 정말 크네요?"

"그러게. 어떻게 한 개의 시를 가로지르는데 며칠씩이나 걸려?"

"아니 그럼, 하루 만에 지나갈 정도로 작아야겠냐? 그것도 걸어가는 데? 물론 도시란 아무리 커도 하루면 끝과 끝을 가야 하긴 하지. 너무 크면 통제가 불가능하니까. 특히 이런 외곽 도시는 더 그렇지. 발달이 덜 돼서. 한 나라의 수도라 해도 하루면 통과를 할 수가 있어. 다만 이리 돌고 저리 돌고 하느라 시간이 가는 거야. 하지만 이건 어디까지나 다른 나라 이야기고 여기 탈란 왕국은 도시 국가들이 모여 이루어진 나라야. 도시 국가란, 말 그대로 도시 크기의 작은 나라지만 그래도 일반 도시보단 크단 말야. 처음에 작게 시작하기는 해. 하지만 세월이 지나 인구도 많아지고 발달되면 자연히 커지게 되지. 그렇지 않고 계속 그대로면 분명 얼마 안 가서 멸망하고 말게 돼. 그래서 도시 국가는 다른 왕국들의 도시보다 크다. 특히 여기 탈란 왕국의 도시는 다른 도시 국가보다 컸지. 탈란 왕국의 도시들은 서로 팽창하다가 경계가 닿고, 그러다가 서로 필요에 의해 한 개의 나라로 모인 거야.”

여기까진 예나와 죠세프도 알고 있는 사실. 이제부터 일반 사람은 잘 모르는 탈란 왕국에 얽힌 비화를 소개할 차례였다.

“너희들, 왜 이 나라 이름이 탈란 왕국인 줄 알아?”

“그거야 탈란이 중심국이라서가 아닌가요?”

죠세프의 말대로 대부분의 사람들은 그렇게 알고 있었다. 하지만…….

“그래? 죠세프, 그럼 그전에 명칭은 뭐였지? 하나의 국가를 이루기 전의 명칭 말야.”

“그거야 크롤루… 연방?”

“맞아. 그때만 해도 크롤루가 가장 강해서 그렇게 불렸지. 처음 나라가 통합된 직후의 과도기에는 그렇게 불렸어. 불과 몇 년이지만. 그런데 탈란이라니… 탈란이 갑자기 강해졌을까?”

“그, 글쎄요…….”

죠세프는 말끝을 흐렸다. 모르니 당연하지.

“그건 이런 사정이 있어. 그때 가장 강한 나라는 크롤루였지. 그런데 그 탈란의 초대 왕은 크롤루 대공의 외아들이었거든. 그는 탈란 대공의 외동딸과 결혼을 했고. 그런데 초대 왕은 비록 사람을 끄는 포용력으로 크롤루 연방을 하나의 나라로 만들기는 했지만 그런 인물치고 의외로 큰 야심도 없고, 착하고, 여리고, 무른 심성의 사람이었지. 게다가 아내를 끔찍이 사랑하는 애처가이기도 했고. 그런데 탈란 왕후는 착하기는 했지만 좀 자긍심이 강했어. 그리고 어느 정도 야심도 있고. 그래서 탈란이 완전 통합될 때 왕을 조른 거지. 국명을 탈란으로 하고 수도도 탈란으로 하자고 한 거야. 수도는 그렇다 쳐도 국명을 탈란으로 하자는 건 좀 받아들이기 힘든 문제였는데도 왕은 왕후의 말에 따른 거야. 그래서 크롤루가 될 나라가 탈란이 된 거야.”

“와아! 대단한 여자다. 그런데 크롤루에서 반발은 없었나요?”

“예나 말이 맞아요. 또 그렇게 되면 크롤루뿐만 아니라 다른 나라도 반대를 했을 텐데요? 게다가 수도까지 바꾸는데…….”

“수도 문제? 그건 괜찮았어. 사실 수도는 탈란의 위치가 적격이었거든. 그리고 국명의 문제는 이미 왕후가 처리한 후였지. 왕후는 그 특유의 매력과 고운 심성으로 나라를 다니며 가난한 사람을 구제하는 등의 일을 이미 했거든? 그녀의 인기는 왕을 넘어섰으니까. 만약 왕의 사랑이 조금만 부족했어도 화를 입었을 정도로. 그래서 오히려 크롤루 눈치를 살피던 탈란의 관료가 반대를 하긴 했어도 정작 크롤루에서는 반대하는 사람이 없었다고 해.”

죠세프와 예나는 나의 말을 듣고 무척이나 감탄하는 눈치였다. 사실 내가 말주변이 없어서 이렇지 정말 대단한 여인이었다고 한다. 왕이 각 나라의 사람들을 하나로 묶을 때 가장 결정적인 역할을 한 사람이 바로 왕후라니까. 그렇게 탈란 왕국의 비화를 죠세프와 예나에게 말해주고 있을 때 옆에서 우리의 귀를 잡아끄는 말소리가 들려왔다.

“이봐, 탈란 시에서 하는 축제가 며칠 남았지?”

“글쎄, 5일 남았긴 하지만…….”

"그래? 그럼 진짜 축제는 7일 후에 하겠네?"

"왜? 거기에 가려고?"

"가야지. 50년에 한 번 하는 축제인데. 평생에 한 번밖에 못 보는 축제를 그냥 넘기란 말야?"

"하긴, 축제를 두 번 본 사람이 그리 많지 않으니……."

쫑긋.

"란셀, 저게 무슨 소리예요?"

"아, 탈란 축제 말야? 그거 저 사람들이 말한 것처럼 50년에 한 번 하는 축제인데 무척 화려하다고 해. 내가 좀 전에 말한 탈란의 초대 왕후를 기리기 위한 축제인데, 그녀가 죽기 전에 자신이 죽은 후 50년 후에 다시 태어나 탈란이 발전한 모습을 보고 싶다고 한 데서 유래한 축제라는 거야. 50년마다 오는 초대 왕후를 모시기 위한 축제지. 50년마다 하는 것이라 두 번을 보기가 쉽지 않고 3번 보면 장수한다는 거야. 그래서 나라에서는 축제를 3번 본 사람에게 축제 때 국왕이 직접 포상을 한다고 하는군. 죠세픈 알 텐데?"

"그럼요. 탈란 축제 때는 외국의 관광객도 많이 간다고 해요. 저희 아버지도 한 번 보셨다고 하던데요? 하지만 그때 보셨을 때는 너무 어렸을 때라 제대로 즐기지 못했다며 서운해하시던데……."

죠세프와 난 촌 아낙(?)인 예나에게 번갈아가며 탈란 축제에 대해 설명해 주었다. 그리고 의기 투합, 이렇게 수도 탈란으로 가고 있었다. 탈란으로 가려면 랑드르 시를 지나쳐야 했는데 랑드르 시는 탈란에서 두 번째로 큰 도시였다. 랑드르 시는 비록 가장 큰 도시가 피포이기는 했지만 산과 숲이 많은 관계로 사실상 가장 큰 도시라고도 불렸다. 또 피포에 이어 두 번째로 산이 많기는 했지만 그리 크지 않은 산으로 굽

이굽이 연결되어 있어 그 산들을 중심으로 각 마을이 나뉘고 있었다.
우린 그 랑드르 시를 통과하고 있었다.

"탈란에 이어 두 번째 도시라고 들었는데 의외로 화려하지도 않고
시골 같네요?"

"화려하기로는 크롤루 시가 제일이지."

"산이 많아서가 아닐까요?"

"…글쎄… 반드시 그렇지는 않을 거야. 산이라지만 대부분 얕은 야
산들이니까. 아마 크롤루처럼 상업이 발달된 도시가 아니라 농업이 발
달된 도시라 그럴걸?"

"그런데 탈란은 얼마나 클까요? 이 지도에는 안 나와 있는데……."

"글쎄… 말은 12개 도시가 모였다지만… 실제 크기는 60개 정도의
도시가 모였다고 보면 돼. 평균적으로 도시 하나가 다른 나라 도시 5개
정도의 크기라고 하니까 말야."

"와~ 정말 크네? 이거 말이 도시 국가였었지 작은 소국보다 더 크
네요? 그런데 말이죠, 아무리 도시가 크더라도 이렇게 며칠 갈 거리는
아니라고 보는데요. 너무 천천히 가는 것 아닌가요?"

"맞는 말이긴 하지만 축제 일에 맞추려다 보니……."

"하지만 좀 일찍 가서 여관이라도 잡는 것이 좋지 않을까요?"

맞다. 탈란 축제는 워낙 쉽게 볼 수 있는 축제가 아니라서 사람들이
많이 모여드는데…….

"정말. 죠세프 말이 맞아. 빨리 가자."

뒤이어 들려오는 죠세프의 말.

"그전에… 밥 먹고 갑시다."

그래서 우린 지금 식당에서 밥을 먹고 있다.

"들었어? 요 산 너머 마을 말야."

"응. 별의별 소문이 다 나돌더라고. 하긴 그러는 것이 당연하지. 마을을 그렇게 봉쇄했으니."

"그런데 정말 이끼 인간이 사나? 다른 사람 말로는 곰팡이 인간이라고도 하던데……."

"에이, 설마 그런 게 어디 있어? 몬스터겠지. 그리고 내가 들은 건 그 마을에 전염병이 퍼졌다는 소리야."

"그건 나도 들었지만 전염병이라면 그렇게까지 봉쇄는 안 하잖아? 이건 무조건 사람을 못 들어가게 하니까."

"그건 그렇지만."

"그리고 몬스터라면 싸우는 소식이 들렸을 텐데 그것도 아니고."

"그 말도 맞아."

"그래서 난 그 이끼 인간인지 곰팡이 인간인지가 더 미더워지는데 말야."

"하지만 그렇게 보면 몬스터랑 그런 괴물 인간이랑 차이점이 뭔데?"

"음… 그것도 그렇네. 에이, 아무렴 어때, 나와 상관없는걸. 우리가 뭐 거기에 갈 일 있나? 술이나 마시자구."

"그래. 마시자, 마셔."

대낮부터 술을 마시는 인간들의 말이었다. 하지만 그런 주정뱅이들이 말하긴 했어도 묘하게 호기심이 일었다. 자고로 술 마시는 인간이 자기 허풍 떨기는 해도 남 허풍 떨지는 않으니까.

"들었어?"

"듣기는 했지만… 저런 주정뱅이들의 말을 듣고 가요? 거기다 축제도 있는데."

예나는 좀 시큰둥한 반응이었다. 하긴 시골에서 묻혀 살던 아이가 정말 볼 만한 구경거리를 보러 가는데 가는 중간에 훼방거리가 생겼으니……. 하지만 그래도 난 간다.

"뭐 그냥 한번 가서 보는 건데 어때. 좀 빨리 움직이면 될걸? 죠세픈, 어때?"

"글쎄요… 저도 호기심이 이는군요."

"하긴 나도 그런 거 구경하는 거 좋아하긴 해요. 가죠 뭐."

어쩔 수 없이 지고 들어오는 예나.

그래, 다수결 원칙! 좋은 거야.

그래서 우린 그 마을로 가기로 했다. 그 마을 이름이 랑드르던가?

랑드르의 입구에는 과연 경비병들이 서서 사람들을 막고 있었다. 지금은 사람들이 들어가지도, 나가지도 않는지 어느 정도 시간이 됐기 때문에 사람이 없어서 병사들이 어느 정도 해이해질 만도 하건만 전혀 그런 기색이 없었다.

"진짜 무슨 일이 있나 봐요."

"그런 것 같아. 경비가 삼엄하고 기강이 꽉 잡힌 게 엄청나게 살벌하군. 원래 탈란의 병사들은 이렇지 않은데. 죠세프, 아무리 그래도 네 실력이면 뚫고 갈 수 있지 않을까?"

"가능은 해요. 하지만 '카샤니안 제국의 후작 아들 탈란에서 범죄자로 쫓기다' 란 말은 만들고 싶지 않은데요?"

그렇겠지?

"그러지 말고 산을 넘어서 가면 어떨까요?"

『저 마을 주변으로 마법의 결계가 쳐져 있는데요?』

팡이 나서서 말했다. 음, 팡이 그렇다면 그렇겠지. 그건 그렇고 자는 줄로만 알았는데 갑자기 튀어나오다니, 정말 사람 놀래키는군. 어? 또 자냐? 방금 일어나고는 벌써 자? 후우, 그래, 무시.

"그럼 어쩌죠? 저 병사들에게 가서 사정이라도 해야 하나요?"

"그래, 맞아. 그거야, 예나."

죠세프가 좋은 생각이 난 듯 말했다.

"란셀은 의사잖아요. 그러니까 그걸 이용하는 거죠."

"하지만 란셀은 제대로 된 의사가 아니잖아. 이상한 병이나 고치는 의사지 정상적인 병을 고치는 의사가 아닌걸. 돈도 못.벌.고."

어이, 그런데 갑자기 돈 얘기는 왜 나와?

죠세프가 잠시 헛기침을 했다. 하긴 내가 죠세프네 집에서 보통 많이 울궈냈어?

"그리고 저 마을에 의사가 필요한지도 모르고……."

『그럼 란셀은 신비한 일을 해결하는 해결사, 죠세프는 그를 돕는 마법사, 예나는 조수로 하면 어때요?』

이번엔 팡이 절충안을 내놓았다. 응? 그런데 안 잤던 거야?

『엘프가 조수면 더 믿을 만하죠.』

"하지만 난 하프 엘프인데?"

『그래도 그냥 보면 몰라요.』

"좋아, 팡. 그럼 넌 뭘 할 건데?"

『전 그냥 잘래요. 말하는 막대기를 보면 여러분은 마인 취급당할 걸요?』

좋은 의견이었다. 힘으로 뚫고 들어갈 수도, 돌아서 갈 수도 없는 이 상황에 팡의 말이 현재의 우리에게는 최상의 방법일 수밖에.

그런데… 그러고 보니 왜 우리가 이 고생을 하며 저 마을에 들어가야 하지?

"엇! 팡?"

나의 상념은 예나의 외침과 함께 사라졌다.

"그러고 보니… 팡이 이런 의견을? 이건 생각을 할 줄 아는 능력이 있어야 할 텐데……."

엥? 정말. 팡이 아무리 자아를 가졌다지만 지금의 의견을 내고 하는 모습은… 아무래도 팡에게는 많은 잠재력과 숨은 능력이 있는 모양이다. 하긴 처음 팡이 탄생했을 때부터 알아봤지. 진짜루… 진짜지. 그래, 전혀 생각도 못했다. 누가 방 안의 가구를 먼지로 만들고 수다 떠는 꼬챙이를 보고 대단하게 생각하느냔 말이닷. 우씨, 진짜 미스터리는 저 랑드르 마을이 아니라 이 팡이야, 팡.

"그러니까 당신들이 하는 일이 그 뭐냐… 신기한 일들을 찾아서 그것을 해결한다는 거요?"

"그렇다니까요. 보시지요. 전 지식을 가졌고, 이 청년은 마법사에, 여기 이 아가씨는 엘프로 정령을 다루지요. 드래곤 슬레이어를 해도 될 정도가 아닙니까?"

"글쎄… 드래곤 슬레이어라……. 그런데 여기 이 남자는 마법사라기보다 검사가 더 어울리고, 음… 이 여자는 혹시 하프 엘프는 아니겠죠? 하프 엘프 중에도 엘프와 구분 안 가는 경우도 있으니까."

거참, 경비대장이란 사람 눈치 하나는 끝내준다. 죠세프가 저 사람의 반만 닮았어도…….

"하하, 그럴 리가요. 뭐 원한다면 우리의 실력을 약간 보여드릴……."

"아니, 됐소. 어차피 못 들어가니까."

뭐? 안 돼? 이런…….

"왜 안 됩니까?"

죠세프가 목소리를 깔고 물었다. 음, 죠세프도 목소리 까니까 무섭군.

"흥. 그러면 누가 겁먹나? 여기 들어가는 것은 죽고 싶은 사람만이 할 짓이다. 죽고 싶지 않으면 어서 돌아가."

"죽고 싶은데요."

죠세프의 말발에 경비대장이 질려서 들어보내 주면 좋겠지만…….

"야, 이 정신병자들 다 끌어내!"

병사들이 우르르 몰려왔다.

"나참, 멀쩡하게 생긴 사람들이… 쯧쯧."

"글쎄 말야. 죽고 싶다니."

병사들은 우리를 밀어내면서 한마디씩 했다.

"난 이 현상을 알아! 그래서 일부러 여기에 온 거란 말이닷!"

이건 처음 내려왔을 때 죠세프의 고모를 치료하기 전 썼던 방법이었다. 이번에도 들어먹히려나…….

"잠깐."

경비대장이 병사들을 말렸다.

"이 현상을 알고 있다고? 그럼 왜 아까는 신기한 일을 찾아다니는 사람이라고 했지?"

"그거야 처음부터 그렇게 말하면 정신병자 취급받을까 봐서였지. 그런데 오히려 방법이라고 생각한 것이 정신병자 취급을 받는군. 이 멍청이들, 이건 전염병도 아냐. 몬스터나 괴물도 아니고. 다만 인간이 이상하게 변한 거다."

경비대장이 멈칫했다. 아무래도 내가 정곡을 찔러 말한 것 같았다. 사실 이건 여기에 오면서 쭉 생각하던 것이었다. 뭘까… 그때 이 이야기를 들었을 때 한 사람이 한 말이 있었다. 그리고 아무리 생각해도 그 말이 맞았다. 전염병이면 병사들이 지켜도 신전에서 사람이 나와 있어야 하는데 신관도 없고 몬스터라면 더 더욱 병사들이 여기 있을 이유가 없었으니까. 하지만 아무리 그래도 이런 반응은 기대하지 않았다.

"당신은 누구요?"

경비대장의 음성이 약간 떨리고 있었다.

"어떻게 그 사실을 알고 있는 거요?"

소문을 들어서지 뭐. 하지만 지금은 그걸 말할 수가 없었다. 아마 이 경비대장은 여기를 지키느라 소문을 듣지 못한 모양이었다. 이렇게 철통같이 지켜도 소문이 새어 나갔다는 것을.

"우리가 온 이유가 무엇이겠습니까? 이런 일은 우리의 일이오. 당연히 알 수밖에 없습니다."

"오오, 엘렌디아여."

경비대장은 하늘을 보며 낮게 엘렌디아를 불렀다.

"대장님, 혹시 여기 소문을 듣고 왔을지도……."

이런, 경비대장보다 눈치가 빠른 사람이 있었군.

"아니다. 그럴 리는 없다. 언제 저 마을에서 사람이 나갔나? 이건 분명 엘렌디아님의 뜻이다. 좋소. 당신들을 통과시키겠소. 들어가시오."

경비대장의 허락이 떨어졌다. 우린 속으로 환호를 지르며 들어갔다.

"어떻게 된 거죠, 란셀? 이렇게 어이없게……."

어느 정도 가자 예나가 조심스럽게 물었다. 슬쩍 뒤를 돌아보니 저 뒤에서 경비대가 우릴 보고 있었다. 난 예나를 보며 씩 웃고는 설명해 주었다.

"급했던 거지. 저렇게 경비가 철저한데도 그 정도로 소문이 났으면 이런 일이 시작된 지 꽤 되었을 거야. 그러니 초조해질 수밖에. 아마 지푸라기라도 잡고 싶은 심정이었을걸? 생각해 봐. 50년마다 치뤄지는 탈란 축제가 코앞이야."

"아하, 그렇구나. 그런데… 란셀."

"또 왜?"

"그렇게 웃지 말아요. 느끼해요."

이런, 난 웃을 자유도 없나? 하긴 여자가 싫다면 그만둬야지. 특히 현재 우리의 식량과 돈줄을 쥐고 있는 사람은 예나였다. 어쩌다 그렇게 되었는지는 나도 모르니 묻지 마시길, 어느 날 자고 일어나니 그렇게 되어 있었으니까.

마을은 의외로 활기에 차 있었다. 여기서 보면 우리가 어째서 경비대원과 실랑이를 했는지 알 수가 없었다.

"이거 생각과는 영 딴판인데요?"

죠세프도 나와 같은 생각인 모양이다. 예나도 어이가 없는지 입만 벌리고 있고.

"흠… 정말 탈란 왕국 사람들이 원래 낙천적이라고는 하지만 이건…… 좋아, 우선 아무 데나 들어가지. 이왕이면 주점이 좋겠군. 거기서라면 많은 정보를 얻을 수 있을 테니까."

우린 근처의 주점으로 들어갔다.

"오호, 이름 좋군. 시인의 집이라……."

나의 중얼거리는 소리에 주위의 사람들이 일제히 나를 돌아보았다.

"저… 손님, 혹시 여기 랑드르에 처음 오신 분은……."

"예, 맞아요. 우린 방금 이 마을에 왔지요."

주위의 사람들이 수군대는 소리가 들림과 동시에 주인의 얼굴이 하얗게 질렸다.

"아이구, 손님. 그러시다면 빨리 이 마을에서 나가세요. 위험합니다. 우리야 어쩔 수 없이 있지만 손님들은… 어이구, 경비병은 뭐 한 거야 대체……."

"왜 그러시죠? 우린 경비대의 허락까지 받고 들어왔는데."

이번에도 사람들이 수군거렸다.

"예? 그게 무슨……."

"이 마을에 이상한 일이 있죠?"

"예."

"우린 그 일을 해결하기 위해 왔고, 그래서 경비대에서도 통과를 시킨 겁니다. 여기는 정보를 들으려 왔고요. 이왕 이렇게 된 거 차라리 잘됐습니다. 무슨 일인지 한번 자세히 들어봅시다."

난 이젠 거리낌없이 정보를 요구했고, 잠시 머뭇거리던 주점 주인은 의자에 앉아 이 마을에서 일어나는 일을 설명하기 시작했다.

"우리 마을에서 벌어진 일은 그 이유를 모르는 괴변입니다. 전염병은 분명 아닌데 사람들이 계속 이상해졌지요."

여관 주인은 물을 한 모금 마시고 말을 계속했다.

"사람이 이상하게 변하는데 뭔가 난 것 같기도 하고… 그래서 사람 몸이 이끼로 변했다는 둥 사람이 곰팡이로 변했다는 둥 말이 많았습니다. 뭐 아직도 제대로 밝혀진 것은 없지만요."

이거 소문이나 마을에서 직접 듣는 것이나 똑같네? 원래 소문과 사실은 다른 법인데.

"음… 좀 더 자세히 설명해 주시겠습니까?"

"그, 글쎄요… 뭐… 더 자세히라…….."

주인은 더 이상 아는 것이 없는지 말을 더듬었다. 그때였다. 주위에 있던 사람 중 한 명이 끼어들었다.

"그러지 말고 직접 가보시는 것이 어떤가요? 정말 이 일로 오셨다면 먼저 그 이상해진 사람들이 있는 곳으로 가는 것이 옳지 않나요?"

맞는 말이었다.

"맞군요. 생각이 짧았습니다. 그런데 그곳이 어디죠?"

마을 사람들은 우릴 환자들이 있는 곳으로 안내했다.

"우와! 끔찍해. 어떻게 이런 일이…….

죠세프와 예나는 아예 입만 벌리고 있었다. 한참 설명하던 사람들이 말보다 보는 것이 낫다고 데려온 곳. 그곳에는 사람이 있었다. 아니, 사람 형태의 그 무엇이었다. 온몸은 우툴두툴한 황갈색의 이상한 물질이 덮고 있는 것처럼 보였는데 그것은 두꺼비의 등을 보는 것 같기도 했고, 질감적인 느낌만 따지자면 곰팡이가 함박 핀 것처럼 느껴지기도 하고 어떤 부분은 비비 꼬인 듯한 느낌도 주는 것이 무척 징그러운 모습이었다.

"이것 때문이죠."

마을 마법사의 말이었다.

"그냥 보기엔 전염되는 건 아닌 것 같은데… 문제는 여러 사람이 걸렸다는 것입니다. 그래서 전염의 우려도 지울 수가 없어요. 신관이 신성력을 써도 나아지지 않고… 여러 의서, 마법서, 고서까지 뒤져도 이런 경우는 처음입니다. 차라리 눈에 확 띄는 전염병이면 쉬울 텐데… 덕분에 이렇게 마을이 봉쇄당해 있는 겁니다. 전염의 우려 때문이지요. 지금도 종종 이런 사람이 나옵니다. 그래서 봉쇄를 풀지 못하고 있지요. 아, 이 마을 분위기요? 체념 반 무신경 반이죠. 마을을 지키는 경비병은 그렇게 생각 안 해도 여기 사람들은 다 알죠. 이것이 전염병이 아니란 것을요. 그렇지. 환자 말고 죽은 사람들이 있는 곳으로 가서 보시겠습니까?"

홀드 기류라고 하는 이 마법사는 나를 국가에서 파견 나온 사람으로 착각했는지 이것저것 묻지도 않은 것을 알려주었다. 하긴 그 깐깐한 경비대가 들여보내 주었으니 그렇게 생각할 만도 했다.

"좋지요. 가봅시다."

난 환자를 살피고 일어섰다. 아무래도 약간의 표본이 필요했다. 이미 내 마음속에서는 짐작이 가는 것이 있었지만 확실히 할 필요가 있었다. 그리고 보면 루미안의 시장 부인의 경우는 너무 성급했었다. 내 짐작이 맞아서 다행이었지 틀렸다면 그 무슨 창피. 어쨌든 이 경우는 신중할 필요가 있다. 잘못했다가는 내가 환자들에게 독을 먹일지도 모르기 때문이었다.

"여깁니다."

마을의 마법사 홀드가 안내한 곳은 마을의 납골당같이 보이는 건물이었다.

"어디에 둘 곳이 없어서 여기에 안치해 둔 거죠."

난 우선 시체들을 보았다.

"그런데 탈란 왕국은 납골당이란 자체가 없는 것으로 아는데… 여긴 꼭 납골당 같군요."

"맞습니다. 탈란 왕국은 납골당이 없지요. 이건 랑드르가 도시 국가였을 무렵 있던 겁니다. 예전의 랑드르는 화장을 한 후에 마을 공동 납골당에 뼛가루를 안치했지요. 지금이야 아니지만."

"그렇군요."

난 다시 시체들을 살폈다.

응? 이건……?

"저… 이 시체들에서 표본을 좀 채취해도 될까요? 그리고 환자들도 다시 한 번 보고 싶은데……."

"그렇게 하시지요."

그날 밤 난 시체에서 떼어낸 표본을 살폈다.

"이게 바로 확대의 눈이야."

난 예나와 죠세프에게 확대의 눈인 매직 줌을 설명해 주었다.

"여기 약간 우묵한 곳을 눈으로 향하게 해서 매직 줌 테두리를 눈 주위에 대는 거야. 그러면 딱 달라붙어서 떨어지지 않지."

죠세프는 나에게서 매직 줌을 받고는 자신의 눈에 대었다.

"안 되는데요?"

"마음속으로 붙으라고 말해. 이것은 마음으로 조종하는 거야. 그리고 뗄 때도 마찬가지지."

"그래도 안 되는데요?"

"그래? 그럼 계속 눈에 밀착시킨 채로 거기 있는 작은 단추를 눌러 봐. 그럼 작은 다리들이 벌어질 거야. 그때 매직 줌을 조금 더 밀착시키고 단추에서 손을 떼. 그러면 다리가 오므라들면서 눈 주위의 피부를 잡게 돼서 안 떨어질 거야. 난 이 방법을 쓰거든."

"후음… 정말 되는군요. 흠흠. 그런데 우리가 이걸로 뭘 하죠? 표본은 란셀이 살피고 있잖아요."

죠세프, 째려 보지 마라. 나도 농담 좀 하자.

"내가 살핀 것을 수습해 줘. 그리고 수습 과정에서 이상한 것이 있으면 말해 주고. 홀드 씨도 수고해 주십시오."

"아닙니다. 제가 할 일이 있어서 기쁜걸요. 그나저나 정말 대단하신 분들이군요. 이런 듣도 보도 못한 장비까지 있는 것을 보니."

듣도 보도? 암, 당연하지. 이건 최고의 고룡 카나이드와 드워프 최고의 장인 그라함의 합작품으로 현재 이걸 가지고 있는 사람은 나뿐인걸.

"하하, 뭘요. 이 정도야 기본이죠. 아, 쓸데없는 말을……. 빨리 해야죠. 인명 피해가 더 늘기 전에."

난 대충 웃음으로 얼버무렸다. 자랑스러운 물건이긴 했지만 내놓고 자랑할 물건은 아니었으니까.

"트란시아릴."

이것이 내가 내린 결론이었다. 사람이 변했을 것이라는 처음의 내 예상은 빗나갔다. 하긴 그것으로 사람이 죽는 경우는 없었다. 또 그런 일이 일어날 리도 없고. 다만 지금까지의 일들이 내가 알고 있던 것과 조금씩 달랐던 경우를 생각하고 짐작했던 것이지만… 그 짐작은 여지 없이 틀린 것이다. 그렇다고 좋은 방향은 아니었다.

"정말 골치 아프게 됐군."

"트란시아릴? 그게 뭐죠?"

"무서운 놈이죠."

난 모두에게 설명을 시작했다.

"죠세프, 너 혹시 동충하초라고 들어봤니?"

“아뇨.”

“음… 그런 게 있다. 하긴 나도 여기에서 그것을 본 적도 없고 있다고 듣지도 못했지. 그래도 넌 루미안에 자주 가서 알 거라 생각했는데… 그 많은 물자가 모이는 루미안에도 없었나 보군.”

“전 어쩌다 아버지 몰래 몇 번 갔었을 뿐이라고요. 그나마도 겨우 고모와 만났었고……”

죠세프의 변명을 흘려들으며 난 우선 작은 표본 하나를 집어 들어 홀드에게 보여줬다.

“이건 버섯입니다.”

“버… 섯이요?”

“예, 버섯. 제가 아까 동충하초를 말했죠? 그건 여름에는 벌레, 겨울에는 풀이 되는 것이죠. 동방 대륙 특산입니다.”

“그런 신기한 일이?”

홀드는 놀란 표정을 지었다.

“아뇨, 사실 그렇게 신비한 건 아닙니다. 동충하초는 버섯의 일종이죠. 동충하초의 포자가 풀 등에 떨어지면 벌레가 풀을 먹으면서 같이 그 포자를 먹게 됩니다. 그러면 그 포자는 그 벌레의 몸에서 자라납니다. 그 벌레를 양분으로 말이죠. 결국 벌레는 죽게 되고 몸 안 가득히 균사만이 남게 되지요. 그래서 여름에는 벌레로 기어 다니지만 겨울에는 결국 버섯만이 남게 돼서 동충하초라고 합니다.”

“아, 그런 것이 있군요. 그런데 지금 그 말씀을 하시는 것은 혹시……”

“그렇습니다. 지금도 그와 비슷하죠.”

“그럼 이것이 바로 그 동충하초?”

홀드는 깜짝 놀랐다. 무슨 생각을 하기에 이렇게 놀라지?

"아닙니다. 동충하초는 사람에게 영향을 못 끼쳐요. 오히려 영약이라고 사람이 먹죠."

"그럼 뭐죠? 어째서 그런 말을……."

"뭐 동충하초는 아니지만 비슷하죠. 동충하초는 벌레의 몸에서 자라고 트란시아릴은 사람의 몸에서 자라죠. 동충하초처럼 몸 전체에 균사를 채우지는 않지만 몸 표면에 균사가 퍼집니다. 표피, 진피 모두 균사로 뒤덮이죠."

"그, 그렇군요. 그렇다면 양분을 다 빨려서 죽는 거로군요. 끔찍하게."

"아니죠. 그전에 호흡 곤란으로 죽습니다."

"예? 그게 무슨……."

흠, 이 홀드라는 마법사는 이 마을에서 마법사와 의사를 겸직했다는데 나보다 더 모르네?

"사람은 피부로도 호흡합니다. 그런데 그 숨구멍을 균사가 막으니죽게 되죠. 정 못 믿으시겠다면 시험을 하시는 것이……."

"그럴 리가요. 사람의 호흡은 주로 코와 입을 이용한 폐로 이루집니다. 물론 피부로도 하지만 그건 사람 전체 호흡으로 따지면 매우 적은양입니다만."

"그, 그래요? 흠흠, 어쨌든 트란시아릴이 생기면 코와 입도 막히니……."

"란셀."

옆에서 갑자기 에나가 소리쳤다.

"이상한 소리 하지 말고 해결 방법을 말해요. 해결 방법을요. 이 사건의 정체도 알았으니 해결 방법은 간단할 거 아녜요?"

으… 귀청 떨어지겠네. 그나저나 해결 방법이라…….

"치료약은 있지만……."

"정말입니까? 그럼 어서 약을 구해서 치료를 해야지요."

"그게… 구할 수 없을걸요?"

"무슨 소립니까? 구할 수가 없다뇨. 아무리 귀한 것이라도 사람을 살린다는 것인데 반드시 구해야죠."

"글쎄요. 저… 글로도톡신을 아십니까?"

"글로도톡신이요?"

홀드는 잠시 머리를 갸웃거리다가 손뼉을 쳤다.

"아, 그 면역 결핍증 치료제? 그게 약입니까? 그거라면 아마 의료원과 신전에 있을 겁니다. 많지는 않을 테니 뭐 필요하다면 옆 마을에서라도 구해오면 되죠."

"그것을 만들고 난 부산물이 있지요?"

"예?"

홀드의 얼굴에 당황하는 빛이 스쳤다.

"치료제는 글로도톡신이 아니라 그 부산물입니다. 정확히 말하면 그 부산물은 원료이고 거기서 약을 만들죠. 그 약의 이름은 아넬라신이라고 합니다."

홀드는 정말로 당황했다.

"그런… 글로도톡신을 만들고 남은 부산물은 아넥인데… 아넥은 산업 폐기물입니다. 그게 땅에 들어가면 그 땅은 아무것도 자라지 않기 때문에 생기자마자 마법으로 분해시킨단 말입니다."

"그래서 저도 구하기 힘들다고 말했습니다."

글로도톡신은 글로아넬이란 물질에서 만들어진다. 글로도톡신은 면역 결핍증이란 병에 쓰이는 약인데 면역 결핍증이란 갑자기 사람 몸에서 면역이 없어져 오만 가지 병에 다 걸리는 병이었다. 그나마 전염병은 아니라서 다행인데다 글로도톡신만 쓰면 완치가 가능한 병이다. 다만 언제 어느 때 누구에게 걸릴지 종잡을 수가 없어서 보통의 마을에는 글로도톡신이 조금씩 있었다. 그 글로아넬에서 글로도톡신을 만들고 남는 부산물이 아넥이고, 그것을 이용해 만든 것이 아넬라신이다.

"이럴 수가! 그런 것이 약이 될 줄이야! 원래 면역 결핍증은 드문 병이라서 글로도톡신을 많이 만들지 않아요. 그래서 아넥도 많지 않죠. 생기는 것이 많다면 그래도 처리를 기다리는 것이라도 있겠지만……. 정말 그게 약입니까? 아니, 다른 치료제는 없나요?"

이런 경우를 두고 딱 알맞는 동방의 속담이 있지. '개똥도 약에 쓰려면 없다'. 하긴 아넥은 정말 쓸모없는 물질이었다. 개똥이면 차라리 거름으로라도 쓰지. 하지만 그 발달한 마도 시대에도 트란시아릴의 약은 아넬라신밖에 없었고 아넥으로만 아넬라신을 만들었다고 한다. 그 외에는 트란시아릴에 효과가 있는 약이 없었다. 그리고 보니 지금까지 있는 면역 결핍증도 원래는 마도 시대의 병이었지…….

"죄송하지만 없습니다. 하지만 방법이 아예 없는 것은 아닙니다만……."

난 말꼬리를 흘렸다. 이것도 결코, 겨얼코 쉬운 방법은 아니었다.

"뭡니까?"

물론 홀드야 반색을 하고 물었지만.

"간단합니다. 우리가 글로아넬로 글로도톡신을 만들고 부산물로 남는 아넥으로 아넬라신을 만드는 거죠."

"어휴."

홀드는 아예 머리를 감쌌다.

"대체 무슨 기술로 말입니까? 게다가 글로아넬을 또 어디서 구합니까?"

맞는 말이었다. 사실 글로아넬 자체도 어디서 추출한 물질이었다. 그리고 그건 나도 모른다.

"그거 드워프에게 물어보면 어떨까요?"

예나가 끼어들었다.

"전에 어떤 드워프를 만난 적이 있어요. 그런데 그 드워프가 한 말이 생각나는데요, 자신들이 캐낸 광물로 무슨 약을 만드는 물질을 추출한다고……"

"휴우."

나도 홀드도 한숨을 쉬었다.

"이봐, 예나. 광물에서 추출한 물질로 만드는 약이 어디 한두 개인 줄 알아?"

"글쎄요."

예나는 굽히지 않고 말했다.

"한두 개는 아니지만 그렇게 많지는 않을걸요? 게다가 그 드워프는 이런 말까지 했다구요. 그 약은 곰팡이 때문에 죽는 사람을 고친다고요."

"뭐? 곰팡이?"

예나는 고개를 끄덕였다.

"예. 그래서 생각한 건데… 사실 곰팡이와 버섯은 같은 균사로 이루어진 것이잖아요. 그러니까 혹시 지금의 이 병을 고치는 약이 아닐까 생각했죠."

"어이구! 그 약이 바로 글로도톡신이야. 진작 말하지."

예나의 말에 의하면 그것이 글로도톡신을 만드는 글로아넬일 가능성이 컸다. 다만 예나가 착각한 것이 지금의 이 병을 고치는 약으로 생각했지만 이 세상에서는 아넬라신을 만들지도 않고 만들 줄도 모른다. 그 드워프가 말하는 곰팡이는 트란시아릴이 아닌 다른 것이었다. 사람들이 흔히 알 듯이 원래 면역이 결핍되면 여러 가지 병이 들어 죽는 것이 아니었다. 병이야 정말 오만 가지 병에 다 걸리지만 그보다 먼저 곰팡이에 의해 죽는 것이다. 보통 사람이 건강할 때는 아무런 해도 못 미치지만. 그래서 마도 시대에는 면역 결핍증을 곰팡이 병이라는 속어로 부르기도 했었다고 한다. 그런데 글로도톡신으로 면역 결핍증을 낫게 하면 몸의 면역력이 다시 돌아와 그 면역력이 사람 몸에 피었던 곰팡이를 죽이게 되는 것이었다.

어쨌거나.

"그 드워프 어디 있어?"

"모르죠. 저도 그냥 스쳐 지나면서 만난 거니까. 꼭 그 드워프여야만 돼요? 다른 드워프도 알고 있지 않을까요?"

"맞아. 그리고 꼭 드워프를 찾아야 하는 것은 아니잖아요? 글로도톡신을 만드는 곳에 직접 찾아가는 것이 더 빠르지 않을까요?"

나도 예나의 말이 맞게 생각되어 홀드에게 물었다.

홀드는 고개를 저었다.

"두 분 말씀이 모두 옳습니다. 하지만 문제가 있군요. 첫째는 여러분이 드워프 마을이 어디 있는지 알면 해결은 되겠군요. 그리고 둘째는… 글로도톡신을 만드는 곳은 대륙에서 스파이어 공국 단 한 곳입니다. 그런데 그 나라는 대륙의 북쪽 끝에 있지요. 제 능력으로는 거기까지 공간 이동이 불가능합니다. 아니, 어떤 마법사가 그런 엄청난 능력을 발휘할 수 있지요? 이 중에 드래곤이 있다면 모르지만요.”

제길, 드래곤이 있어도 거기까지는 부담되겠다.

난 죠세프를 돌아보았다.

“죠세프, 너와 이 홀드의 힘을 합치면 어떨까?”

“안 돼요. 전에도 말했지만 전 공격 마법 외에는 잘 몰라요.”

“휴우…….”

다시 홀드와 내 한숨이 나왔다.

“후, 그러지 말고 다른 사람들도 불러와 방법을 생각해야겠어요. 그나마 여러분 덕분에 해결할 구석이라도 생겼으니 다행이라면 다행이지만…….”

그래, 뒷말은 안 들어도 알 것 같다. 다행이라면 다행인데 더 골치 아파졌다는 거겠지?

우리는 홀드의 말대로 여러 사람들을 불러서 방법을 의논했다. 모인 사람들은 마을의 유지들과 신관이었다. 이장? 내가 아까 본 그 환자가 이장이었다.

그리고 사람들이 내놓은 의견도 다양했는데 대부분은 그 의견이 그 의견이었다. 하긴 그 사람들이 무엇을 알아서 의견을 내놓으랴마는 그 중에는 정말 황당한 의견도 다수 나왔다. 드래곤을 찾아가서 드워프가 있는 곳을 물어보자. 드래곤은 보물을 좋아하니 드워프가 있는 곳을 알 것이라는 말이었다. 그런데 누가 찾아가서 닦달을 하지? 당연히 그 의견은 반려. 엘프에게 물어보자. 원래 엘프는 드워프와 사이가 안 좋으니 드워프와 전쟁을 벌일 것이고, 그것은 드워프의 마을을 알아야만 가능하다는 것. 하지만 여태껏 엘프와 드워프가 싸웠다는 말을 헛소문으로도 들은 적이 없다. 한마디로 사람의 무지로 다른 종족을 자신에 맞추어 생각하는 것, 사람들은 이 의견을 아예 무시했다. 그리고 정말 엽기적인 의견. 어차피 버섯이니 생기자마자 따 먹자. 병도 고치고 먹을 것도 생기고 일석이조. 그 의견 낸 사람 몇 대 얻어맞고 쫓겨났다.

"참나, 그러지 말고 온 마을의 지도를 끌어 모으자고요. 혹시 알아요? 드워프가 있는 곳을 나타낸 지도가 있을지."

누군가 답답한 듯이 소리쳤다.

"글쎄요… 그런 지도가 이런 마을에……."

그 의견에 홀드는 난감한 표정을 지었지만……

"하지만 일리는 있어요."

내가 먼저 그 의견에 찬성했고, 다른 사람들도 찬성. 우린 그 의견대로 마을의 지도를 깡그리 긁어모았다. 겨우 열 장이었다.

"하아, 이거 아무리 관광과는 거리가 먼 마을이지만 너무하군요. 어떻게 마을을 다 뒤져서 겨우 열 장이죠?"

난 맥이 풀렸다. 반나절을 모았는데 열 장뿐이라니…….

"생각보다 많이 모았군요."

홀드의 대답이었다.

"그래서 제가 난색을 표했던 거죠."

"그래요? 예나, 우리 지도……."

"없어요. 사람 사는 마을은 자세히 나왔지만 그런 건 없네요. 이 지도는 도시 여행을 위한 지도라서……."

아니, 예나, 넌 어떻게 지도를 사도… 아! 내가 샀지.

"그래? 홀드 씨, 우선 이 지도나 자세히 살펴보죠."

그랬다. 우선은 지도라도 살펴야 했다. 뭐 얼마나 나와 있겠냐마는 그래도 약간의 희망이 있다면 다 매달려야 하니까.

"음… 여긴 어떻습니까?"

한참을 살핀 끝에 홀드가 한 지점을 가리켰다.

"여기요? 글쎄요… 원래 드워프들은 광산 부근에서 사는데 여긴… 숲이 많군요."

"그런가요?"

홀드는 다시 지도를 들여다보았다. 그리고 다시 다른 곳을 지적했다. 그리고 죠세프와 예나도 열심히 지적했다. 하지만 난 전부 심드렁히 아닐 것이라는 말로만 일관했다. 그럴 수밖에 없는 것이 그들이 가리키는 곳은 전부 오우거 아니면 트롤, 심지어는 엘프와 드래곤 레어가 있는 곳까지 한 번씩 지적을 했다. 뭐 죽을 결심을 하지 않는 이상 그곳으로 갈 이유도 없고—솔직히 갈 능력도 안 된다. 공간 이동으로 거기까지? 가기 전에 죽고 말지—엘프가 사는 곳에 드워프가 살 이유도 없었다. 그래도 가능성이 있는 곳은 드래곤 레어 근처였지만—드래곤 중에는 드워프의 보물을 뺏거나 일을 부려먹는 경우가 있으니까—거기로 가느니 그럴 바에는 차라리 트롤, 오우거, 오크 연합 부대를 단신으로 공격하는 것이 생존 확률이 높다.

"그럼 여기는요?"

이번엔 예나가 다른 지점을 지적했다. 그곳도 내가 아는 곳이었다. 그러고 보면 나도 참 쓸데없는 곳은 많이 안다. 도시 지리를 몰라 지도를 샀으면서 이런 산속은 잘 아니… 그런 내가 산에서 며칠씩 길을 잃었었다. 하지만 난 그런 작은 지리가 아니라 큰 줄기로만 안다. 예를 들어 대륙 전체 지도 꺼내 들고 어디에는 엘프가 살고, 어디에는 드래곤이 산다는 식으로. 예나가 가리킨 곳은 확실히 드워프가 있는 곳이었다. 하지만 거긴 드래곤이 살고 있는 곳이기도 했다. 바로 그런 드래곤 쉬리아가 있는 곳으로 나를 제외한 인간이 침범하면 죽음이었다.

내가 가면 맛있는 음식을 차려주며 반기겠지만 난 공간 이동이 안 되거든.

"여긴 숲이잖아. 뭐 캘 게 있다고 드워프가 있겠어? 엘프면 또 몰라. 이제 지도 없나?"

예나는 고개를 저었다.

"벌써 두 번씩 봤어요. 우리가 못 찾은 지도가 있으면 모를까…….
그건 그렇고 어째서 그렇게 다 퇴짜죠? 이곳들을 그렇게 잘 알아요?"

"그거야 암만 봐도 광산일 리가 없는 곳만 가리키니까 그렇지."

"혹시 란셀, 당신이 잘못 알거나 착각한 거 아닙니까? 아니면…
사… 기…….."

헛! 이건 홀드의 마지막 희망인가? 하지만 안 됐수. 절대 아니오. 내가 비록 처음 보는 것이기는 하지만 배우긴 확실히 배운데다 마도의 질환들이 현대의 것과는 확연히 다르고 특징도 확실해서 틀릴 리가 없다는 말씀.

"저… 제가 참견을 해도 실례가 안 될까요?"

누군가 홀드 뒤에서 말했다.

"응? 아, 실비아, 괜찮아요. 말해요."

지금 우리에게 말을 건 아가씨는 실비아라고 현재 홀드의 임시 비서로 일하는 아가씨였다(근데 아무리 봐도 연인으로밖에는 안 보였다). 그녀는 우리에게 차를 가져다 주면서 우리의 말을 듣고는 말을 할 모양이었다(저 봐. 홀드의 찻잔이 제일 예쁘잖아).

"본의 아니게 들었는데요. 저… 혹시 이번 탈란 축제에 드워프가 안 올까요? 전에 들으니 탈란 축제에 엘프도 구경 왔었다는 말을 들어서…….."

어?

우린 모두 서로를 돌아보았다. 말이 되는 소리였다. 엘프가 와서 볼 정도면 드워프는 말할 필요도 없었다.

"좋은 방법인데? 홀드 생각은 어떤가요?"

"하아, 그런 방법이 있었군요. 저도 탈란까지는 공간 이동이 가능합니다. 탈란의 각 마을에는 마법진이 있어요. 우리 마을에도 있지요. 물론 탈란에도요. 그 마법진을 통하면 돼요. 하지만 축제 때까지 기다려야 하는 것이 좀 안타깝군요."

"왜 기다립니까?"

이젠 내 발언의 시간이었다.

"중간에 기다리다가 만나면 돼죠. 드워프는 다리가 짧은데다 말 같은 동물도 안 타고 걸어오니 오는 시간이 인간보다 더 걸리죠. 따라서 사람보다 먼저 이 나라의 마을을 지나칠 겁니다. 즉, 사람은 내일 도착할 것을 드워프는 오늘 도착하는 거죠. 그래야만 제 시간에 당도하니까요. 우린 중간에서 기다리면 됩니다."

"그런 방법이 있었군요."

홀드는 감탄한 듯했다. 그러나.

"하지만 어떤 길로 오는지 모르잖습니까?"

"그거야 여기 이 마을이죠, 테베."

"……."

"여기서 기다리면 확실히 드워프가 올 겁니다."

"하지만 란셀."

이번엔 죠세프가 궁금한 듯이 물었다.

"드워프를 만나더라도 그 드워프가 글로아넬을 만드는 광물을 채취하는 드워프인지 아닌지는 모를 텐데요?"

"상관없어. 어떤 드워프를 만나도 알 거야. 어떤 것인지, 어디서 나는지, 드워프들은 그들 종족이 채취하는 광물은 자신이 채취하지 않아도 다 알거든."

그때 홀드는 보다 중요한 문제(?)를 물었다.

"그런데 란셀, 당신은 드워프들이 올 길을 어떻게 알죠?"

"그냥 압니다."

여기서 쉬리아를 안다고는 말 못하겠다.

테베에는 홀드와 죠세프만 가기로 했다. 나야 공간 이동으로 가는 것이니 갈 수가 없고, 예나는 하프 엘프이긴 하지만 그래도 엘프의 피가 흐르니 드워프에게 도움을 청하러 가는 마당에 엘프가 끼면 좀 곤란해서였다.

"그럼 다녀오십시오, 홀드 씨."

"그런데 정말 괜찮을까요?"

"예, 저만 믿으시지요. 절대로 이 트란시아릴이 퍼질 가능성은 없습니다. 사실 당장 여기만 봐도 알 수가 있잖습니까?"

난 홀드를 안심시켜 보냈다. 이제부터는 내 일을 해야 했다.

"어때? 준비 다 됐어?"

"예, 란셀 말대로 모두 준비했어요. 생각보다는 그렇게 복잡한 장비는 아니네요?"

"그렇지? 하지만 만드는 것이 어려워."

"그때 야수병 걸린 사람들 치료할 때보다요?"

“그때야 쓸데없이 약초 종류가 많아서 그랬지. 그렇게 어려운 건 아니었지만 이번은 좀 달라. 제대로 만들지 못하면 소용이 없으니까.”

“그렇군요.”

“그런데, 예나.”

“예?”

“탐정놀이 어때?”

예나가 날 어이없이 쳐다봤다. 이런 상황에 무슨 놀이냐는 듯. 역시 엘프의 피가 섞이긴 섞였군. 어떻게 말을 못 돌려.

난 예나와 같이 시체를 안치한 곳으로 가서 설명해 주었다.

“사실 난 이 사람들이 트란시아릴에 걸린 것 때문에 놀란 것은 아니야.”

“그래요?”

“그래. 정말로 놀란 이유는 이것 때문이지.”

난 시체의 한 부분을 가리켰다.

“잘 봐.”

예나는 좀 머뭇거리긴 했지만 내가 가리킨 부분을 유심히 살폈다.

“음… 그러고 보니 이상하군요.”

“그렇지?”

“누가 떼어낸 것 같아요. 그리고… 잘라낸 흔적이 있는 것 같기도 하고…….”

“그럴 거야. 그게 정답이니까.”

“예?”

예나가 놀란 표정을 지었다.

“그게 무슨 소리죠? 왜 이런 위험한 걸 떼어내요?”

"흠… 그 이유를 설명하자면… 우선 이 트란시아릴에 대해 자세히 설명을 해야겠군."

난 예나와 같이 우선 숙소로 돌아와 설명을 시작했다.
"트란시아릴은 자연적으로는 생존이 불가능해."
"그런 게 어디 있어요?"
"있어. 너, 혹시 옥수수 빵 먹어봤어? 아니면 옥수수 죽이라든가, 튀김이라든가……."
"찌거나 구워서는 먹어봤는데요?"
"그래, 어쨌든 먹었지? 그런데 그 옥수수라는 것은 사람의 손으로 개량이 된 거라서 자연 생태에서는 스스로 번식이 불가능하지. 반드시 사람의 손을 거쳐야만 번식이 된단 말야."
"그거야 상식인데. 그럼……."
"그래."
난 간단히 긍정해 버렸다.
"말도 안 돼요. 어떻게 그런 일이 있죠? 그럼 이번 일도 사람의 짓이란 말인가요?"
"맞아."
"그런……."
예나는 아예 말도 못했다. 하긴 나도 처음엔 말도 안 되는 일이라고 생각했지만 처음 마도 시대 때 트란시아릴이 나온 배경을 생각하고는 수긍했다. 문제는 누가 그런 지식을 갖췄고, 또 이렇게 악용하느냐가 관건인 것이었다.
"트란시아릴도 원래는 야생의 버섯이었는데 죽은 동물의 몸에서 피기 시작했다고 하지. 그런데 그것을 사람이 재배하면서 그 포자가 커지는 등의 변화가 생기게 되었어. 그래서 사람이 직접 그 포자를 받아서 심어야 했지."

"그런데 어째서 사람에게 포자를……."

"동충하초를 알아?"

"그거라면 전에 설명한."

"그래. 그 동충하초는 정력에 좋다고 해서 귀한 약재로 쓰였어."

"설마… 약으로?"

"그래. 이 버섯은 죽은 동물의 시체에서 양분을 얻는데 처음 양식할 때는 죽은 동물이 아닌 달걀 껍질이나 다른 대체 양분을 사용했다고 하더군. 하지만 원래가 죽은 동물에게 양분을 얻던 것이니만큼 그 효과가 떨어져서 다시 죽은 생선에서 닭, 돼지 등을 쓰게 된 거야. 그래서 약효가 좋아졌지. 그런데 사람의 욕심이 문제였어. 다시 죽은 동물을 써서 효과가 좋아지니까 좀 더 좋아지는 방법을 생각하기 시작한 거야. 효과가 좋으면 더 비싸게 팔 수 있으니까. 그러다가 이런 생각을 한 거지. '이건 사람이 먹을 것이다. 그럼 사람에게 가장 좋은 것은 뭘까? 그것은 사람 자신이다. 다른 동물은 아무리 구성이 비슷하다 해도 결국 다른 동물이다. 하지만 사람은 그 구성이 같으니 사람에게 가장 좋을 것이다. 그렇다면 이 트란시아릴도 사람을 양분으로 하면 더 효과가 커지지 않을까' 그렇게 생각한 거야. 그래도 처음에는 죽은 시체를 몰래 빼돌려 이용했지만 나중에는 죽은 시체보다는 살아 있는 사람이 생기가 있어서 더 좋을 거란 생각을 했고 실천에 옮긴 거지."

"세상에……."

예나는 아예 질린 듯했다.

"그래서 대체 얼마나 효과가 좋아졌길래 산 사람까지……."

"없어."

"예?"

"효과는 동물을 양분으로 할 때와 똑같았어. 하지만 계속적으로 수요는 늘어났지. 물론 은밀히."

"왜요? 효과가 같다면……."

"위약 효과. 더 좋을 거란 믿음에 효과가 커진 것처럼 느낀 거지."

"그럼 그때는 그냥 방치했대요? 어떻게 그런 일이 있어요?"

어이, 예나, 나한테 화내지 마. 나도 들은 얘기라니까.

"당연히 금지했지. 하지만 근절이 안 돼서 아예 트란시아릴 재배 자체를 금지했다고 하더라. 하지만 그래도 음성적으로 재배를 했고, 피해자가 계속 나와서 연구에 연구를 해서 아넬라신 같은 약도 만들어냈고."

"그나마 다행이군요."

"그런데 문제는 마도 시대 말기에 완전 근절됐다던 그 트란시아릴이 왜 지금 이 시대에 있고, 누가 이걸 이용했느냔 거지."

"그거야 혹시 고서를 보면… 란셀도 알고 있잖아요?"

"이런, 난 전문적으로 교육을 받은 사람이란 말야. 그리고 아무리 오래된 고서라도 이런 수준의 마도 시대 이야기는 없어."

예나와 난 범인 색출을 위해 작전을 짰다. 우선 돈 많은 사람을 용의선상에 올리고, 다음은 정력을 위해 가리지 않고 아무 거나 먹어대는 사람들로 좁히고, 지식이 많거나, 아니면 그런 사람을 가까이 두고 있는 사람, 마지막으로 집안에 고서가 많은 사람 순으로 좁혀갔다.

"흠… 생각보다 사람이 적은데요?"

“당연하지. 여긴 큰 마을이긴 하지만 마을은 어디까지나 마을이지 도시는 아니니까.”

“하긴 그렇네요. 그래도 전에 랑드르가 도시 국가였을 때는 수도였던 곳인데…….”

“수도 역할을 했던 마을이지. 원래 탈란은 가난한 나라였어. 그래서 경제적인 이유로 그 당시 가장 부유했던 탈란을 중심으로 뭉친 거야. 그러고 보니 랑드르는 가난하기는 했지만 학자가 많이 나왔었지. 그 유명한 역사학자인 하이리드 가리바가 태어나고 살던 곳도 여기고.”

“그래요? 그럼 그것도 같이 조사를 해야겠네요.”

아, 정말 마음에 드는 조.수.란 말야. 하지만 이 말을 입 밖으로 내면 난 밥을 굶겠지?

“좋아요. 그건 제가 하죠. 그리고 아까 보니까 도서관이 있던데. 그건 란셀이 맡아줄래요?”

『제가 할게요.』

갑자기 내 품에서 무언가 뛰쳐나왔다. 팡이었다.

“뭐야, 깜짝 놀랐잖아. 팡이 너…….”

“란셀, 왜 화를 내려고 하지요? 좀 놀라게는 했지만 그래도 도우려고 한 아이를.”

에나는 막 화를 내는 날 대신해서 팡을 말렸다.

“팡, 있잖니, 네 실력은 알아. 하지만 이 마을, 지금 보기에는 평온하지만 속으로는 분위기가 장난이 아니거든? 만일 사람도 아닌 자그만 지팡이가 날아다니면서 책을 검사하면 이상한 소문이 날 거야. 아마 우리가 버섯을 퍼뜨린 범인으로 오해받을 수도 있을걸.”

하, 어째 저렇게 말을 잘하냐?

『피, 바보같이 누가 그런 무식한 방법을. 그냥 절 도서실 중간에 놓아두면 돼요. 그렇게 하면 제가 알아서 다 정보를 캘 테니까요.』

엉? 이게 무슨 소리야?

"너… 그럼 혹시… 투시 마법으로……."

『당연하죠.』

으악! 이게 무슨 일이야?

"너, 그런 걸 쓸 줄 알아? 아, 아니, 언제부터 그런 능력이 생겼냐?"

『몰라요. 그냥 쓸 수 있다는 걸 알았어요. 왜요?』

그러고 보니 저 팡은 처음부터 모든 마법을 쓸 수 있게 만들어졌었다. 그리고 원래가 메탈 실버 드래곤의 드래곤 하트로 만들어졌고, 거기다 마법을 쓰는 매개체인 보석을 빼고 머리의 구실을 할 여의주를 부착시켰기 때문에 이론적으로는 그 능력이 상상을 초월한다. 그럼 이제 그 능력이 서서히 나타나는 건가? 참! 또 하나 놀랄 일을 빼먹었다.

"그럼 그렇게 공중에 떠 있는 능력도?"

『웅? 정말이네? 참 희한하죠? 그죠?』

참나, 꼭 남 말 하듯이 하네.

어쨌든 우린 팡이 새로 얻은—또는 새로 자각한—능력을 믿고 팡을 도서관에 두었다. 아울러 도서관에 출입하는 사람들도 살펴보라고 한 후 다시 자료를 검토했다. 다행히 실비아가 도와주고 챙겨줘서 그나마 편하게 할 수 있었다. 마을 사람? 솔직히 여러 가지 경우를 두기는 했지만 마을 사람 모두가 용의자나 다름없었다. 지금 우리가 실비아를 믿고 있는 것도 모험일 정도로.

그렇게 하나하나 풀어가는 중에 홀드와 죠세프가 돌아왔다.

“란셀, 당신 말이 맞았어요. 드워프들이 그곳으로 오더군요.”

“그래요? 잘됐군요. 그런데 어떻게… 알아는 보셨나요?”

홀드의 표정이 밝은 걸 보니 어느 정도 성과가 있는 모양이었다.

“예. 역시 당신 말대로 그 드워프들, 알고 있더군요. 그게 이름이… 그래, 글로윰이라는 광물이라고 하더군요. 게다가 그 드워프들 정말 친절했어요. 우리의 사정을 듣고는 자신들은 수명이 기니 다음에도 축제를 볼 수 있다며 글로윰이 생산되는 곳으로 같이 가서 구해주겠다더군요.”

“…….”

“정말 친절한 드워프들이지요?”

“…….”

“정말 엘렌디아의 가호가 있는 모양입니다.”

아니, 이 마법사 양반은 지금 분위기 파악을 못하네?

“그런데 왜 오셨죠?”

“예?”

“그 드워프들은 어디에 있습니까?”

“아, 그 테베 마을에서 저희를 기다리고 있습니다. 정말 쾌활하고 호탕한 친구들이던걸요? 맥주만 있으면 자신들은 며칠이고 기다릴 수 있다며…….”

“그런데 왜 여기에 오셨죠?”

“그거야…….”

아직 이해를 못했군.

“지금 그렇게 시간이 많은 것도 아닌데 드워프들이 구해주겠다면 그냥 같이 가지 여긴 뭣 하러 다시 왔느냐 그 말입니다, 내 말은. 시간이 많은 것도 아닌데."

"아, 맞다. 그렇구나."

홀드의 얼빠진 이 한마디. 으아! 미치겠다. 기운 쪽 빠진다.

사흘 후 홀드와 죠세프가 왔다. 그들만 온 것이 아니라 다섯 명의 드워프도 함께였다.

"당신이 란셀이오? 반갑소. 난 그렉이라고 하오."

자신을 그렉이라고 소개한 드워프는 다시 자신의 일행을 소개했다.

"이쪽부터 라시드, 라시오. 이들은 형제요. 그리고 그렘과 에슬. 그렘은 내 동생이오."

간결해서 좋았다. 이번엔 내 소개를 했다.

"난 란셀 네르반이라고 합니다. 그리고 죠세프는 알 테고, 이쪽은 예나……."

"오, 하프 엘프로군."

"예, 하프 엘프죠. 이상한가요?"

예나도 엘프의 피가 흐르긴 흐르는 모양이다. 그렉의 말에 민감한 반응을 보였다.

"이봐, 예나……."

난 난처해서 예나를 불렀지만…….

"순수한 엘프보다 훨씬 아름다우시군요. 뭐랄까… 순수한 엘프에게는 없는 자유분방함과 여유가 느껴진다고 할까요?"

세상 사는 법을 아는 그렉의 한마디에 분위기는 화기애애(?)해졌다.

저 드워프 혹시 바람둥이 아냐?

이런 생각은 들었지만… 솔직히 바람둥이 드워프는 들어보질 못했다.

"아, 진실을 보는 눈을 가지고 계시는군요."

"하하핫, 우리 드워프는 장인입니다. 언제나 진실을 보죠."

나참, 드워프와 아무리 하프 엘프라지만 엘프가 이렇게 죽이 잘 맞는 건 처음 본다.

"자자, 인사는 그만 하시고, 할 일이 있어서 이렇게 모인 것 아닙니까?"

홀드도 나와 같은 생각인지 두 사람 사이에 끼어들었다.

"그렇지. 하하, 실례했소."

그렉은 뒤에 있는 드워프들에게 손짓했다. 그러자 그렉을 제외한 기타 등등의 드워프가 큰 상자를 내려놓고는 뚜껑을 열었다.

"이게 글로윰입니다."

글로윰은 나도 처음 보는 것이었다. 매끄러운 표면에 청록색의 금속 광택이 나는 돌이었다.

"어머, 예뻐."

예나의 탄성처럼 글로윰은 마치 보석과 같은 영롱한 빛을 냈다.

"음… 정말 아름답군요. 이게 약을 만드는 재료라니… 그냥 이대로 보면 귀금속이나 보석으로 써도 되겠군요."

"하하하."

나의 말에 그렉이 갑자기 웃음을 터뜨렸다.

"이봐, 라시드. 보여드려."

그러자 라시드라 불리운 드워프가 글로윰의 표면을 칼로 살짝 긁었다.

"어?"

글로윰의 겉면이 살짝 벗겨지자 그 안은 거무튀튀한 진흙 비슷한 것이 있었다.

"글로윰은 원래 이렇게 거무스름합니다. 그런데 이것이 공기와 닿으면 표면에 이렇게 청록색의 막이 생기죠. 이 글로윰은 금속입니다. 진흙같이 푸석푸석한 금속이죠. 그러니까 이 부분은 산화를 했다고 하는 것이 맞습니다. 그리고 이 부분은 글로아넬이 추출되지 않습니다. 글로아넬은 이 안의 검은 산화가 안 된 부분으로 만듭니다."

그렉의 말대로였다. 그렉이 말하는 동안에 칼로 긁어낸 부분에 점점 청록색의 막이 생기고 있었다.

"이 막은 산화로 성분이 변했기 때문에 약으로는 만들 수가 없습니다. 약효가 전혀 없으니까요."

그렉의 설명은 고마운 것이었다. 솔직히 말해 내가 뭐 언제 글로윰인지 뭔지 본 적이 있어야지. 나도 글로윰을 처음 보고 또 그 청록색이 막인 것을 알았을 때 그 청록색의 막으로 약을 만드는 것으로 생각했었다.

"그런데 란셀이라고 했나요?"

그렉은 날 바라보았다.

"그렇습니다만……."

"이것으로 약을 만드는 법은 알고 계십니까? 우선 글로윰으로 글리아넬을 만들고 다시 글로도톡신을 만들고 남은 재료가 아넥입니다. 그리고 그 아넥에서 약을 만드는 건 알고 있지만 저희도 그것이 무슨 약인지는 모릅니다. 적어도 홀드 씨를 만나기 전까지는요. 아니, 솔직히 말하자면 글로아넬을 만드는 방법도 모릅니다."

"다행히도 전 알고 있습니다. 이론뿐이지만요. 그런데 그렉 씨는 인간에게 많은 호감을 가지고 계신 모양이군요?"

그렉은 말 대신 미소를 지어 보였다. 그리고는 말을 이었다.

"우선 약을 만드는 것이 먼저일 것 같군요. 우리도 약 만드는 것을 돕지요.”

난 그렉과 다른 드워프들에게 고마움을 표하고는 사람들이 할 일을 지시하기 시작했다.

“좋습니다. 그럼… 우선 홀드 씨는 절 도와주십시오. 이건 아무래도 마법사인 홀드 씨가 아니면 안 됩니다. 그렉 씨와 다른 드워프 분들도 도와주시면 감사하겠습니다. 드워프의 정교한 손놀림이 필요하거든요. 그리고 예나는 죠세프와 같이 우리가 하던 일을 하고.”

죠세프는 어리둥절한 표정이었으나 예나는 고개를 끄덕였다. 죠세프는 아직 경험이 부족하긴 하지만 머리가 좋기 때문에 믿을 만했다. 그리고 드워프들도 기분 나빠하지 않고 내 말에 잘 따라주었다. 그래서 편한 마음으로 약을 만들기로 했다.

약 만드는 첫째 날.

글로윰이 폭발하는 성질이 있는 줄은 진정 난 몰랐다. 홀드와 드워프들 모두 검댕이를 뒤집어썼다. 모두 날 비난하는 눈초리로 쏘아봤다.

어이, 나도 몰랐다니까요. 하지만 유일하게 깨끗한 내 말을 믿지 않는 눈치……. 억울하다고요.

둘째 날.

또 폭발했다. 그래도 약간의 성과는 있었다. 어제보다는 폭발의 위력이 적었다. 이번엔 나만 검게……. 이제는 믿겠지? 흑…….

셋째 날.

드디어 글리아넬을 만들었다. 하하. 이것쯤이야 뭐. 그런데 그렉이…….

"글리아넬은 글로윰에서 물질을 추출하는 정도의 일이지요. 약을 만드는 것은 더 어려울 텐데……."

완전 초를 쳤다.

넷째 날.

글로도톡신을 분리해 냈다. 어떻게 하루 만에 했냐구? 내가 한 것이 아니라 에슬이 했다. 이건 그렉도, 다른 드워프들도 놀란 일인데 에슬은 전에 스파이어 공국에 여행을 간 적이 있었다고 한다. 거기서 글로도톡신을 만드는 공장에서 일을 했었다고 했다. 원래 그 약을 만드는 기술자는 절대로 나라 밖을 나갈 수가 없었다. 하지만 에슬은 드워프라 사람과 잘 어울리지 않고—드워프들도 각 지역에 따라 성격이 좀 다르다. 스파이어 공국이 있는 북쪽에 사는 드워프들은 사람과 만나기를 꺼려 한다. 반대로 남쪽의 드워프는 사람과 함께 살기도 한다—또 그는 핵심 기술을 다루지 않았기에 나중에 그곳을 떠날 수가 있었다고 한다. 하지만 그들은 드워프의 능력을 과소 평가한 것으로 에슬은 직접 핵심 기술을 다루지는 않았지만 이미 그 기술을 익히고 있었고, 또 이렇게 우리와 만날 줄은 몰랐을 것이다. 어쨌든 운이 좋아 에슬 덕분에 글로도톡신을 빨리 만들었지 내가 만들었으면… 생각만 해도 끔찍하다. 하지만 에슬은 왜 자신에게 그런 기술이 있다고 말하지 않았지?

"언제 물어봤습니까?"

에슬의 대답이었다.

다섯째 날.

약을 만드는 것은 잠시 접고 온 동네를 돌아다니며 벌레를 잡았다. 무지하게 물렸다. 덕분에 치료 마법을 쓰던 홀드는 잠시 졸도까지 했다.

여섯째 날.

일차 실험.

아넬라신에 벌레들이 죽었다. 이젠 왜 벌레를 잡았는지 알겠지? 아넬라신은 사실 독이다. 그래서 그 성분을 잘 조절해야 약으로 쓸 수가 있었다.

이차 실험.

또 죽었다. 그때 예나가 와서 무슨 말을 했지만 난 신경이 한참 날카로운 상태였다. 그래서 큰소리쳐서 내보냈지만 후환이 두려워서 일이 손에 안 잡혔다.

일곱째 날.

아무래도 사람들… 아니, 사람 한 명과 드워프들의 시선이 곱지 않다. 오늘만 다섯 번을 망쳤으니…… 아, 자고 싶다.

"이게 정말 효과가 있을까요?"

칠 일 간을 실패하고 드디어 완성한 약에 대해 모두들 의심의 눈초리를 보냈다.

"그럼요. 트란시아릴이 녹았으니까요."

말은 이렇게 했지만 솔직히 나도 자신이 없었다. 그나마 먹는 약이 아니라 바르는 약이라 다행인데 워낙 독한 약이라 장담할 수 없었다.

"그럼 곧바로 환자들에게 써도 됩니까?"

“글쎄요. 하지만 홀드 씨도 아시다시피 이미 죽은 사람들 몸에 있는 트란시아릴에 실험한 겁니다. 최악의 경우 약을 쓴 환자가 죽을 수도 있죠. 제대로 만든 것이라면 혹시 모를 포자 제거를 위해서 모든 사람에게 바르게는 하겠지만…….”

“어쩔 수 없습니다. 이대로 약을 쓰죠.”

모두들 놀란 눈으로 홀드를 봤다. 홀드는 부드러운 성격인데 지금은 무척 단호한 모습이었다. 하지만 곧 이해가 갔다. 예나와 죠세프가 본격적으로 조사를 하자 갑자기 트란시아릴이 급속도로 퍼진 것이었다. 원래 의도는 트란시아릴이 전염병으로 보이게 하려는 것 같았지만 오히려 누군가 의도적으로 퍼뜨렸다는 확증이었다. 조사의 내용이 그것이었으니까. 하지만 어떤 이유를 떠나서 지금은 급박한 상황이었다. 환자가 10배로 늘었고, 계속 늘고 있는 중이었다.

“후… 그렇군요. 누군지 지독한 녀석입니다. 이런 지경까지 몰고가다니……. 알겠습니다. 약을 쓰죠.”

그래서 나와 홀드는 환자들을 치료하기로 하고 예나와 죠세프는 계속 조사를 하기로 했다.

“우와! 대단하군요. 아까 보긴 했지만 정말 대단합니다. 단박에 녹여 버리는군요.”

홀드는 다시 감탄을 했다. 그동안 코빼기도 보이지 않았던 마을 유지들까지 와서 감탄을 했다. 하지만 난 으악이었다. 원래대로라면 트란시아릴만 녹여야 하는데 피부가 거칠어지니… 이건 피부를 손상시킨다는 말로 나중에 부작용이 날 수도 있는 일이었다.

“좀 더 바르지 그러나? 그래, 거기.”

그런데도 그 유지란 사람들은 오히려 더 바르란다. 그것도 반말로.
우씨, 나보다 어린것들이……. 저 인간들에게 약이나 듬뿍 발라줄까?
아니, 차라리 목욕을?

"그런데 환자들 피부가 거칠어지는군요. 역시 독한 약이라 그런가
요?"

"험험. 그, 그렇죠 뭐."

"그래도 그 정도인 것이 다행이군요. 생명엔 지장이 없는 것 같으
니……."

그래도 약을 좀 약하게 만들어야겠다. 만약을 위해서라도 모든 사람
들에게 다 뿌려야 하니까. 물론 나도…….

"마을 분위기가 처음 우리가 왔을 때와는 천지 차이이던걸요?"

죠세프가 처음 한 말이었다.

"정말이에요. 전에 여기에 왔을 때는 마을에 사람이 들어오는 것조
차 막을 정도의 일이 있는 걸까 하는 생각이 들었지만 지금은 망해서
버려진 마을 같아요."

그리고 예나도 죠세프와 같은 느낌인 모양이었다. 하긴 안에서 환자
나 치료하던 나도 어느 정도는 느끼던 분위기니까 직접 돌아다닌 그들
은 더 확실히 느꼈을 것이다.

"그건 그렇고, 알아본 건?"

"음… 저와 예나가 알아보고 팡이 도서관에서 얻어온 자료를 근거
로 추론했는데 여기 세 사람이 좀 의심스러워요."

난 죠세프가 내놓은 종이를 보았다.

〈이름:하인리히 알드.

마을의 유지.

탈란 10대 부자 중 한 명.

아내 이외에 다섯 명의 첩이 있고, 탈란 왕국 전역에 알려진 애인의 수만 스무 명 있음.

이름:하이스 알드.

하인리히 알드의 동생.

탈란 100대 부자 중 한 명.

몸에 좋은 약이란 약은 모두 섭취. 매일 두세 가지의 약을 복용.

역시 아내 이외에 여러 명의 애인이 있음.

이름:돌프 렌드.

학자로 거의 매일 도서관에 옴.

고어와 마법어에 정통.

팡이 살핀 바로는 도서관에는 많은 수의 고서와 마법서 등이 산재.

겉으로는 독신이나 실제로는 여러 명의 여인을 애인으로 두고 있음.〉

"간단하군."

"군더더기는 전부 뺐으니까요."

"다른 사람들은?"

"글쎄요. 공부도 안 해, 돈도 없고 하는 일이라곤 일이 끝나면 술집에나 모여드는 사람들이 거의던데요? 그렇다고 어린애나 여자를 범인으로 볼 수는 없고……."

"그건 그렇군."

"그리고 특이한 건 모두 여러 명의 여자를 애인으로 두고 있다는 거죠. 그리고 그만큼 돈도 있고."

"그럼 죠세프는 누가 가장 의심스럽지? 그리고 예나는?"

"물론 하이스 알드지."

엇!

난 깜짝 놀랐다. 생각해 봐라. 갑자기 뒤에서 말소리가 들려오는데 죠세프와 예나도 놀란 모양이었다.

"재미있을 것 같아서 와봤는데 별로군."

내 뒤에는 김 샜다는 표정의 초록색의 머리카락을 가진 여자가 서 있었다.

"쉬리아?"

"란셀, 오랜만이네?"

그녀는 쉬리아였다. 그렉이 사는 드워프 마을 근처에서 살고 있는 그린 드래곤.

"그, 그래… 오랜만인데… 어떻게……?"

"방금 말했는데? 재미있을 것 같아서라고. 그런데 란셀 네가 관계된 일이었다니……."

"나라서 미안하다."

난 대충 대답하고 죠세프와 예나에게 쉬리아를 소개해 주었다. 물론 그녀가 드래곤이란 건 빼고. 둘이 쉬리아의 머리 색을 이상하게 봤지만—대체 초록색의 머리카락을 가진 인간이 어디 있겠나? 엘프라면 또 몰라도— 난 먼저 선수를 쳐서 과거에 이상한 병에 걸린 후부터 이런 몰골(?)이 되었다고 해주었다. 사실 정상적인 사고를 가진 사람이 들으면 말도 안 되는 소리지만 나와 같이 다니며 이상한 걸 많이 봐서인지 둘은 그대로 믿는 눈치였다. 물론 쉬리아는 내게 눈을 흘겼지만 뭐 내 상관할 일은 아니지. 설마 쉬리아가 내게 브레스를 뿜기라도 하겠어?

"참, 그런데 아까 누구라고?"

"그래, 말해 주지. 사실 난 그 드워프들이 올 때 같이 왔어. 그래서 너희들이 하는 말을 다 들었고. 그런데 약을 만드는 것 말고도 뭘 조사하더라고. 그래서 나도 그게 재미있을 것 같아서 같이 조사를 했지."

쉬리아의 말은 이랬다.

쉬리아가 드워프들과 와서—물론 몰래 투명 마법을 썼을 것이다—우리의 말을 들었다(쉬리아는 인간으로 여행할 때 가장 많이 한 직업이 첩보원 아니면 도둑 같은 것이었다). 그리고는 재미있겠다는 생각이 들어 나름대로 조사를 한 것이다. 죠세프와 예나, 그리고 팡이 나름대로 자료를 모으고 조사를 했지만 워낙 초보라 미처 생각이 미치지 못하고 한계에 부딪친 부분을 쉬리아가 조사한 것이다. 나중에 죠세프가 추리를 해서 용의자를 아까의 세 명으로 좁혔지만 쉬리아는 이미 그 사람들을 추적했던 것이다. 사실 가장 의심스러웠던 사람이 돌프 렌드였다. 트란시아릴이 원래 마도시대의 산물인만큼 보통 사람은, 아니, 지식이 꽤 많은 사람도 모르는 것이 당연했다. 그러니 그것을 안다는 것은 상당한 지식이 있는 사람이란 뜻이고, 세 명의 용의자 중 가장 지식이 많은 사람이 돌프 렌드였다. 그리고 두 번째로 의심스러웠던 사람은 하인리히 알드다. 언뜻 생각하면 약을 많이 먹는 하이스 알드가 의심스럽겠지만 트란시아릴 같은 것을 구하려면 많은 돈과 정보가 필요했다. 하이스 알드도 돈이 많기는 했지만 형인 하인리히 알드에는 훨씬 못미쳤다. 그리고 정보망에서도 마찬가지였다. 처음에는 똑같이 유산을 물려받은 형제가 지금 이렇게 차이가 나는 것은 바로 정보력의 차이였다. 형인 하인리히는 많은 사람들을 고용하여 대륙에 파견함으로써 많은 정보를 모았고 그것을 치부의 수단으로 삼았던 것이다. 그 정보망을 이용하여 또 벌어들인 많은 돈으로 지식있는 사람을 고용하면 아무리 마도 시대의 것이라도 구할 수가 있었을 것이다. 그런 까닭에 하인리히를 의심했지만 아무리 살펴도 의심되는 점은 없었다고 한다. 그러던 중 우연히 하이스가 먹는 약을 보고는, 그 약을 자세히 살피게 되었다고 한다. 하이스는 하루에 두세 가지의 약을 먹었다. 보통 부자들이 먹는 약이라고 하면 건강을 위한 약이나 정력제인데, 그중에서 빠지지 않고 매일 먹는 약이 바로 머리를 좋게 만드는 약이었다.

"하지만 하이스란 사람도 나이가 있으니까 치매 방지용으로 먹는 것이 아닐까?"

이런 나의 질문에.

"아니, 절대 아니야. 그건 치매 방지용이 아니었어. 그렇다고 어린 이들이 먹는 머리 좋아지는 약도 아니었고."

라며 부정을 했다.

"그 약은 마법사들이 먹는 약이야. 너도 알걸? 메트론산이라고."

메트론산이라면 마법사들이 머리를 좋게 하려고 먹는 약이었다. 하지만 제대로 된 마법사는 절대로 먹지 않는다. 힘의 유혹에 빠진 마법사만 먹는다는 약으로 실제로 머리는 좋아지지만 부작용도 매우 커서 뇌가 급격히 노화되고 망가지는 금단의 약이었다. 일부 힘의 유혹에 빠진 마법사들은 강한 마법으로 치유하면 된다고 생각하지만 그건 불가능한 일이었다.

"메트론산은 구하기 어렵긴 하지만 꼭 구하려는 마음이 있으면 못 구할 약은 아니야. 하지만 마법사도 아닌 사람이 그걸 무슨 이유로 복용할까? 머리가 나빠서? 아니야. 그 사람 워낙 그릇이 작아서 그렇지 머리는 그런대로 좋아. 그러니 남한테 그렇게 인색하고 신용을 잃은 데다 정보력도 형편없으면서도 돈을 모을 수 있었지.”

“그렇다고 의심할 수는…….”

죠세프의 말에 쉬리아는 죠세프를 째려봤다.

“이봐, 꼬마. 사람 말은 끝까지 들어야지.”

자신보다 어려 보이고 키도 작은 쉬리아의 말에 죠세프가 황당해서 멍해 있을 때 쉬리아는 계속 설명했다.

“그런데 한 10여 년쯤 전에 하이스 집에 누군가 오래 머문 적이 있었지.”

“마법사?”

쉬리아는 고개를 끄덕였다.

“그래, 그것도 상당한 실력을 지닌 마법사였어. 이름이 자메스였어.”

쉬리아는 이름을 말하면서 슬쩍 내 눈치를 보았다. ‘너 혹시 아니?’ 하듯이…….

“자메스? 음… 자메스, 자메스… 낯선 이름은 아닌데?”

“그렇지? 나도 어디선가 들은 느낌이… 앗!”

“앗!”

“앗!”

나와 쉬리아, 그리고 옆에서 묵묵히 우리 대화만 듣던 홀드가 동시에 외쳤다.

“대륙 마법 역사 기행의 저자 자메스?”

"그래, 맞아."

"그 사람이면 가능할 겁니다."

쉬리아와 홀드도 나의 말에 동의했다. 자메스 스토르. 대륙 마법 역사 기행이란 책을 쓴 사람이었다. 그 사람은 워낙 지식이 많고 대륙 전역을 돌아다니며 자료를 모은 탓에 트란시아릴에 대해 안다고 해도 이상할 것이 없었다.

"그렇다면 메트론산을 먹은 이유는 자메스의 지식을 이해하기 위해?"

"아마 그럴 겁니다. 자메스님은 자료를 여기저기 널어놓는다니까. 아마 하이스가 몰래 그 부분만 필사했을… 어?"

홀드는 갑자기 멈칫했다.

"그런데 이상한데요? 10년 전이라면 그분 연세가 100세가 넘었을 텐데… 아직 안 돌아가셨나?"

"자메스란 자는 워낙 마법력이 강하고 마력이 충만해서 오래 살아. 아마 200살까지는 끄떡 없을걸?"

"아… 예……."

쉬리아의 설명에 홀드는 이해한 모양이었다. 하지만 쉬리아의 막무가내식 반말이 조금 이상한 모양인데… 어쩌겠어. 어리고 예의 바른 사람이 참아야지.

"그런데… 문제가 있군요?"

"뭔가요, 홀드?"

"물적 증거가 없습니다. 아무리 확실한 증거라도 우리가 가지고 있는 것은 심증뿐입니다. 하이스 씨는 탈란 전체적으로도 낮은 위치가 아닙니다. 탈란 100대 부자 중 한 명이니까요. 그리고 이 마을에서는 두 번째로 위상이 높습니다. 우리 탈란은 다른 나라와 달리 돈의 액수가 그 사람의 위상을 결정합니다. 자칫하면 괜한 사람 누명 씌운다고 되려 우리가 죄를 뒤집어씁니다.”

하, 그게 문제로군. 하지만 큰 문제는 아닌데?

“증거는 만들면 됩니다.”

홀드도 쉬리아도 놀란 눈으로 날 보았지만 난 웃으며 다시 한 번 강조했다.

“증거가 없으면 증거를 만들어야죠.”

“방법있어?”

쉬리아가 물어왔고……

“나한테 방법이 있는 것은 아니지만 믿는 구석은 있지.”

그러면서 난 죠세프를 보며 웃었다.

죠세프, 너만 믿는다.

“왜? 왜 날 봐요?”

“호호호, 죠세프, 너 아니면 누가 이 일의 작전을 짜겠니?”

“맞다.”

마침 예나도 내 말에 동조를 했다.

“안 해요. 내가 왜 해요? 안 해! 못해!”

“그, 그렇게 간단해?”

“그럼 뭐겠어요? 어차피 그 하이스란 자는 잘 모르잖아요?”

“하지만 그런 작전에는 능력 좋은 사람이 필요할 텐데?”

예나는 좀 걱정스러운 얼굴이었다.

“아니, 마침 골고루 있어.”

한밤중. 우리는—나와 죠세프, 홀드, 그렉, 쉬리아, 그리고 마을 유지들, 마을 밖에서 길을 통제하던 경비대장—조용히 기다렸다.

끼익.

온다. 우린 서로 눈짓을 했다. 사흘을 기다린 보람이 있었다. 문을 열고 들어온 사람은 조심스럽게 주위를 둘러보았다. 그리고 책장으로 가서 책을 들춰보았다.

‘보여?’

난 쉬리아가 마음으로 묻는 말에 고개를 저었다. 대체 이런 어둠에서 보일 게 무엇이냐고. 사실 우리가 왜 여기서 사흘을 기다렸는지 모르겠다.

‘난 보인다.’

그래, 능력 많아 좋겠다. 난 그때 쉬리아가 마법을 쓰는 것을 느꼈다.

톡톡.

‘가만있어 봐. 좀 있으면 알게 될 테니까.’

눈에서 빛이?

그 그림자의 눈에서 빛이 나 순간적으로 놀랐다. 하지만 난 곧 이유를 알 수 있었다.

쳇, 하급 마법이잖아.

그 그림자가 쓴 것은 어두운 곳에서도 밝게 보이게 하는 광안의 마법이었다. 하지만 제대로 된 고급 마법이면 눈에서 빛은 나지 않는다. 광안의 마법은 원래 던전 용인데 몬스터에게 잡혀 죽으려고 눈에서 불을 켜겠는가?

‘이봐, 딴생각 말고 잘 봐.’

쉬리아의 편잔에 난 그 그림자를 보았다. 비록 한 치 앞도 안 보이는 어둠 속이었지만 그 그림자가 쓰는 마법으로 얼굴을 확인할 수가 있었다. 웃기는 상황이었다. 이런 어둠에서 범인이 쓰는 마법으로 그 범인의 그림자와 얼굴을 보다니…….

'맞지?'

그래, 맞아. 역시 그자군. 잘 걸렸다.

그때였다. 그자는 다시 몰래 빠져나갔다.

'잠깐.'

그 그림자를 쫓아가려던 나를 쉬리아가 급히 말렸다.

'기다려 봐. 재미있는 걸 보여줄게.'

난 쉬리아의 말대로 잠시 기다렸다. 그리고 잠시 후 앞이 밝아졌다.

"엉?"

"걱정 마. 그자는 이미 멀리 갔어. 얼굴 좀 풀어라."

쉬리아는 웃으며 말했지만… 으, 눈 아파. 갑자기 앞이 밝아지니…….

"참, 그런데 다른 사람들은?"

잠시 후 정신을 차린 나는 주위를 둘러보았다. 다른 사람들도 나와 같을 텐데 너무 조용했기 때문이다.

"내가 잠시 몸만 마비시켜 놨지. 움직일 수 없게."

그러더니 마법어를 외웠다.

"아니, 이것 봐. 이…….."

마을의 유지 중 한 사람이 고함을 치려 했지만 곧 말을 멈췄다. 쉬리아가 목을 잡아 들어 올린 것이다.

"조용히 해, 얼간아. 내가 그렇게 몸을 마비시키지 않았으면 너희들은 분명 난리를 쳐서 일을 망쳤을 거야. 처음부터 너희 같은 고기 부대는 따라오면 안 되는 건데. 안 그런가, 경비대장?"

쉬리아는 경비대장에게 건 마법을 풀며 말했다.

"아… 하하! 그… 그……."

아마 경비대장은 대답을 못할 것이다. 긍정을 하자니 마을 유지들은 고기 부대가 되고 부정하자니 쉬리아가 무섭고. 다른 사람들도―나만 빼고―모두 놀라서 가만히 입을 다물었다.

"가만있어 봐."

쉬리아는 유지를 내려놓고 마법 주문을 외웠다.

"앗."

이장이 무엇을 본 듯 소리쳤다. 이장이 가리킨 곳을 보니 과연 놀랄 만했다. 그곳은 문이었는데 몰래 들어오는 것부터 주위를 둘러보고, 마법을 쓰고, 책을 찾고, 다시 나가는 모든 동작이 그대로 재현되었다.

"놀라 것 없어. 간단한 환영 마법이니까. 아까 그 녀석의 모든 동작을 마법으로 다시 재생시킨 거야. 나중에 목격한 증거로 쓸 수 있지."

"와~ 쉬리아, 너도 머리를 쓸 줄 아네?"

"너, 죽을래?"

"하이스 알드, 당신을 살인죄로 체포하겠소."

마을에 들어오는 길을 통제하던 경비병들이 들어와 하이스를 체포했다.

"무슨 일인가?"

"하이스 알드, 당신은 흉악한 마법 생물을 이용하여 사람들을 해쳤소. 그래서 당신을 체포하는 바입니다."

"무슨 소리냐? 난 하이스 알드다. 누가 날 감히 체포하느냐! 그리고 내가 살인죄를 저질렀다는 데 증거라도 있는가?"

하이스 알드는 역시 뻔뻔스럽게 소리를 질러댔다.

"제가 증인입니다."

경비대장은 가슴을 쫙 펴고 말했다.

"그리고 많은 증인들도 있습니다. 물론 증거도 있습니다. 순순히 체포되시죠."

"뭐야?"

하이스 알드는 다시 방방 뛰었다.

"누구냐, 누구?"

"접니다만……."

난 경비대장의 눈짓에 따라 앞으로 나왔다. 그리고 다른 사람들도 같이 나왔다.

"아니… 당신들, 무슨 누명을 씌우려고. 그래, 내 재산이 탐나서?"

하이스가 너무 떠드는 바람에 사람들이 몰려들었다. 아마 그 사람들에게 자신의 억울함을 호소하려는 것일 테지만 지금 같은 상황에서는 오히려 자신의 무덤을 파는 꼴이었다. 그냥 조용히 체포되었으면 명예나 덜 더럽혀질 텐데…….

"당신은 사악한 마법의 생물을 퍼뜨렸습니다. 그것은 버섯의 형태를 한 마물로 당신은 그것을 오직 당신의 정력 증강을 위해 재배했습니다. 인간의 몸에. 제 말이 틀렸습니까?"

"난 몰라."

"그 마물의 이름은 트란시아릴, 모르십니까?"

"내가 어떻게 알아?"

"저희는 그 마물을 누군가 고의로 풀어놓은 걸 알고 그 범인을 찾기 위해 함정 수사를 했습니다. 도서관에 몰래 고서를 가져다 놓고 그 안에 트란시아릴의 부작용을 해소시키는 약 만드는 법을 적어놓았습니다. 그리고 요 이틀 간 당신은 그 약을 만드는 재료를 구입했더군요."

"그… 말도 안 되는군. 우연이란 것도 있지 않나?"

"그래요? 그럼 당신 손에 묻은 마법약도 우연입니까?"

순간 하이스는 손을 바라보았다. 그리고는 아차 싶었는지 손을 황급히 내렸다. 하지만 그럴 필요가 있을까? 마법약은 정말로 묻어 있는데…….

"손을 내릴 필요는 없습니다. 마법의 약은 정말로 묻어 있으니까요. 그리고 당신이 도서관에 들어가 그 책을 본 일은 증인이 많습니다. 좀 전에도 말했듯이 저도 증인입니다."

"그럴 리 없다. 거기에는 불빛 한 점 없었어."

경비대장은 슬쩍 웃었고 하이스는 다시 아차 하는 듯했다.

"이, 이런 비겁한… 이런 유치한 유도신문을……."

"그럴까요?"

경비대장은 자신이 본 것을―쉬리아가 보여준 것―그대로 말했다. 하이스의 행동 하나하나를.

"그리고 참고로 꼭 제 설명이 아니더라도 이미 제 유도신문에 실토를 하셨으니 더 하실 말은 없죠? 끌고 가라."

그때 죠세프가 세운 계획은 이랬다. 우선 드워프들이―마을 사람들도 드워프들이 약의 재료를 가지고 온 것을 안다―걱정스러운 듯이 말을 하는 것이다. 환자 중 한 명과 연극을 하는데 그 환자는 차라리 그 트란시아릴을 먹어버리고 싶다고 말한다. 그러면 드워프들은 그 트란시아릴은 정력에는 좋지만 상당한 부작용이 있다고 말리는 것이다. 그럼 그 말은 염탐꾼을 통해 하이스의 귀에 들어가게 된다. 그리고 어느 정도 조사를 마친 죠세프와 예나는 자신들이 조사한 자료를 잠시 소홀히 놔둔다. 이때는 이미 하이스에게 죠세프와 예나가 범인을 조사하는 것이 알려졌을 것이다. 그것을 역이용한 것으로 자료 관리가 소홀한 틈에 그 자료가 유출되어 하이스에게 들어갔을 것이다. 거기서 중요한 것은 도서관에서 본 책의 목록도 같이 알려져야 한다. 그리고 그 책 목록 안에 트란시아릴의 부작용을 막는 법이 적힌 책도 포함되는 것이다. 물론 그 책의 제목은 드워프가 환자와 대화하는 도중에 나온다. 그리고 그 책은 사실 우리가 만드는 것으로 오래된 고서로 보여야 했기에 드워프들이 그 일을 맡았다. 드워프의 실력은 역시 놀라웠다. 그리고 도서관에 책을 가져다 놓은 사람은 쉬리아였다. 다행히 하이스나 그 밑의 사람들은 쉬리아는 알았겠지만 그녀의 능력은 전혀 몰랐던 것으로 그것도 우리의 계획에 들어가 있었다.

"간단하지만 효율적인 작전이었어. 죠세프, 어떻게 그 짧은 시간에 그런 계획을 세웠지?"

"험! 기본이죠."

여기서 예나의 끼어들기…….

"사기꾼 기질이 기본?"

"우씨, 이게!"

얘들아, 그러다 정든다.

죠세프와 예나의 정담(?)을 뒤로하고 우선 마을의 재판소를 찾았다. 재판소에서는 하이스의 재판이 진행 중이었다. 하이스는 역시 허세를 부리며 고함을 치고 있었다.

"란셀 씨도 알겠지만 하이스는 어리석은 사람이 아니죠. 그런데도 저러는 걸 보면 아마 자포자기한 모양입니다."

홀드의 설명이 아니더라도 하이스는 무조건 자신이 탈란 100대 부자의 한 명이라고만 우기는 것이 다른 할 말은 없는 듯했다.

"저 정도의 재력이면 부러울 것 없을 텐데 정말 추하게 되었군요."

죠세프는 오히려 불쌍한 모양이었다.

"그런데 어떤 벌을 받을까요?"

"음… 모르긴 몰라도 종신형이겠죠. 탈란은 상업을 중시하는 나라입니다. 100대 부자에 들어 있다는 것은 바로 왕족을 제외한 상급 100명의 지위에 속한 한 명이란 뜻이니까요."

홀드의 예상은 좀 빗나갔다. 반나절이 걸린 재판의 결과는 10년 형. 그를 체포한 경비대장도 어이없는 표정이었고, 화를 입은 사람의 가족들의 얼굴에서는 분노가 어렸다. 우리 같은 외지 사람들은 황당하기까지 했다.

"이럴 수가… 우리 탈란이 이렇게 타락했나?"

홀드는 망연자실 탄식했다.

"뭘 그렇게 중얼거립니까? 예상했던 일이었죠. 물론 이 정도일 줄은 몰랐지만. 저자가 체포된 후 탈란 왕실에 뇌물을 바친 것 모릅니까? 어쩌면 그 이상한 버섯을 자랑했을지도 모르지요. 흥! 어쩌면 우리 탈란 특산품이 될지도 모르겠는걸요?"

옆으로 다가온 경비대장이 화가 난 듯이 내뱉었다.

"란셀이 말한 대로 제가 그 포자를 전부 없애긴 했지만… 그보다 걱정이군요. 그 하이스란 자가 분명 보복을 해올 텐데……."

내 말에 다른 사람들도 약간 걱정스러운 빛을 띠었다.

"그럴 일은 없을 겁니다."

죠세프가 걱정없다는 듯이 말했다.

"전 이럴 줄 알았습니다. 하이스가 왕실에 뇌물을 바쳤을 때부터 이렇게 될 것이라고 짐작하고 계획을 세웠죠."

"정말인가? 어떤 건지 듣고 싶군."

"물론입니다, 경비대장님. 저런 사람의 힘을 꺾는 것은 재산을 없애야 하죠. 전 우선 마을 사람들의 피해 정도를 조사해서 피해 청구를 했습니다. 아주 시시콜콜한 것까지 했죠. 그리고 국가에서도 어느 정도 재산 몰수를 해야 하죠. 그리고 나머지 재산은 하이스가 부리던 사람들에게 주는 것으로 했죠. 하이스란 자, 남한테 울궈낼 줄만 알았지 베풀지를 않던 인간이었잖아요. 자신만 위하고 남에게 인색한 사람은 나중에 어려울 때 돕는 사람도 없는 법이죠."

"좋군. 하이스가 재산을 잃는다면 이미 지은 죄가 있어서 단순 절도를 지어도 중벌에 처해질걸? 하지만 그게 가능한가?"

"예? 이번 재판을 맡은 판사가 왕실의 특명을 받고 온 사람이 아닌가요? 그 사람에게 말을 하니까 흔쾌히 제 의견을 받아들이던데요?"

"무슨 소리, 재판은 이미 끝났는데……."

"아, 그거요? 그건 10년 징역형을 선고한 뒤에 나왔는데… 중간에 빠져나가니 못 들은 것이 당연하죠."

하… 이런 방법이……. 역시 죠세프는… 그나저나 아깝다. 그걸 놓치다니.

어쨌거나 병도 치료했고, 범인도 잡았고, 재판도 끝났기 때문에 우린 탈란으로 가기로 했다. 원래 구경하려던 탈란 축제는 이미 끝났지만 그래도 볼거리는 남았을 테고, 또 내가 가서 할 일이 있었기 때문이다.

"그럼 안녕히 계십시오, 이장님."

"그래, 잘 가시오, 란셀 씨."

내가 이장과 인사를 나눌 때—마을 유지들은 한 사람도 안 나왔다. 이런 트란시아릴에 걸릴 인간들 같으니라고—갑자기 예나가 나섰다.

"잠깐! 지금 이렇게 떠나면 안 돼죠."

"어? 왜?"

할 일도 다했는데…….

"일을 했으면 수고비를 받아야죠."

아! 언제나 느끼지만 알뜰한 예나…….

"아니… 그… 수고비요?"

이장은 땀을 흘리며 말까지 더듬었다. 난 이장의 모습을 보고 예나를 말리려고 했다.

"이봐, 예나. 꼭 그렇게까지 할 필요가 있나? 우린 사실 엄청난 부자잖아? 게다가 우리가 이 사람들과 계약을 한 것도 아닌데……."

그때 신전에서 긁어낸 돈이 한두 푼이 아니었다. 우리가 흥청망청 써도 될 정도로 많은데…….

"안 돼요. 그래도 받을 건 받아야죠. 그리고 모든 일이 꼭 계약을 해야만 하는 것은 아니죠. 그 당시 계약할 사람이 누워 있어서 계약을 못 했으니 책임은 이장님이 지셔야죠."

이런, 예나의 단호한 말에 난 가만히 찌그러져 있어야 했다. 내 돈줄을 예나가 쥐고 있거든.

"그만둬, 예나."

예나를 말린 건 의외로 죠세프였다. 죠세프도 내 처지와 같은데 역시 용감했다.

"보수는 이미 받았어. 그때 판사와 의논할 때 하이스 재산의 10분의 1을 받기로 했어."

죠세프가 언제……. 그래서인지 지금의 죠세프는 매우 당당하고 힘이 있어 보였다.

"그래? 그런데 왜 나한텐……."

예나가 의아스럽다는 듯이 물었다.

"그, 그야 비상금으로……."

…역시 힘이 없었다.

바보, 왜 말하냐?

"그으래? 홍! 각오햇!"

예나가 먼저 앞장서고 어깨 처진 나와 죠세프는 그 뒤를 따랐다. 그리고 배웅한다고 홀드가 따라오고, 중간까지 같이 간다고 쉬리아와 드워프들이 따라왔다. 드디어 랑드르와 작별이다.

〈1권 끝〉

● 배경

마도의사의 세계는 동방 대륙과 서방 대륙으로 나뉘어져 있었다. 하지만 동방 대륙은 멸망해 버렸고 지금은 서방 대륙만이 남아 있는 상태다. 서방 대륙은 그 지형이 5개로 나뉘는데 동부는 숲이 많고 서부는 사막이 많다. 남부는 평야 지대가 많고 북부는 산이 많았으며 중부는 초원 지대인데 크게 보아서 그런 것이지 꼭 그런 틀에 맞추어지진 않았다. 란셀의 고향인 카샤니안은 동방 대륙의 사람들이 세운 나라로 대륙의 중부와 동부 사이에 위치한 나라로 숲과 초원이 나라의 대부분을 차지한 나라였다. 하지만 개국 초부터 계속된 확장 정책으로 남쪽으로는 바다를 면했고, 북쪽으로는 산맥 하나를 정복하였다. 그때 카샤니안이 정복한 산맥이 드래코인 산맥으로 드래곤이 많이 살기로 유명한 산맥이었다. 란셀의 스승인 카나이드도 드래코인 산맥에서 살고 있다.

● 화폐

화폐 단위는 루니안(1루니안=1만 원)과 셀로 나눈다. 1루니안은 100셀. 란셀이 처음 간 도시인 루미안은 화폐의 단위인 루니안에서 따왔다고 한다.

● 길이

기본 단위는 길드(1길드=1미터)와 리스. 1길드는 100리스. 동방 대륙 사람들이 이주하기 전에는 퀴뤼테란 단위를 썼지만 동방 대륙 사람들이 오면서 길드란 단위를 쓰기 시작했다. 처음 동방 대륙에서 사람이 왔을 때 퀴뤼테란 발음을 제대로 못해서 길드라고 발음하다가 길드로 정착이 되었다는 것이 정석. 참고로 서방 대륙 사람들도 퀴뤼테란 말을 잘 발음 못했다고 한다.

• 무게

기본 단위는 크린(1크린=1킬로그램)과 핀. 1크린은 100핀. 핀이란 단위는 원래는 금을 재던 단위였다고 한다.

• 세계

천신계, 신계, 중간계, 마계, 마신계, 정령계, 미지계로 나뉜다.

천신계

7주신을 비롯하여 하위신과 신의 사자라 불리는 천사들이 사는 세계. 신족이 사는 신계와 구분하기 위해 천신계라고 하지만 일반적으로 신계라고 하면 천신계를 말한다.

신계

신족들이 사는 세계.

중간계

인간을 비롯하여 유사 인종과 많은 생명들이 사는 곳. 태초신이 최초로 만든 세계로 초인 시대 이후 정령계와 미지계를 제외한 4계의 근원이 되었다.

마계

마족들이 사는 세계.

마신계

흔히 악마계라고도 불리는 곳으로 신들과 반대되는 개념의 존재들이 사는
세계. 마계와 구분하기 위해 마신계라고 한다.

정령계

정령들이 사는 세계. 처음 태초신이 중간계를 만들고 그 후에 만든 세계로
천신계, 신계, 마계, 마신계가 중간계를 근원으로 생겨난 것과는 달리 독자적
으로 만들어진 세계이다. 원목적은 중간계의 균형을 위해 만들어진 세계였다.

미지계

아무도 알 수 없는 세계. 사람이 죽어서 가는 명계라고 하는 사람도 있고
차원과 차원 사이에 존재하는 세계라고 하는 사람도 있는 등 여러 가지 학설
이 분분하지만 알려진 바는 전혀 없다. 오직 태초신만이 알고 있다.

• 종족

천신

천신계에 살며 7신을 중심으로 신의 사자라 불리는 천사들을 가리킨다.
초인 시대가 끝날 무렵 태초신은 인간은 인간이 다스리게 하자는 생각으로
초인 중에 능력이 있는 자들을 선발해 신으로 만든다. 그래서 탄생한 신들이
7주신인데 후에 엘렌디아가 최고의 신으로 등극한다. 그리고 같이 선발이 되
었으면서 7주신에 들지 못한 사람들은 모두 천사로 재탄생했다. 그중의 일부
는 하위신이 되기도 했는데 하위신은 천사장들을 다스리는 역할을 했다.

엘렌디아

최고신으로 흔히 주신이라고 하면 엘렌디아를 가리킨다. 거의 모든 사람이 섬기는 여신으로 자비와 사랑과 평화의 상징이며 생명과 번개를 관장하는 태양의 여신이다. 엘렌디아는 최고신이 된 후 권능과 빛도 상징하게 된다.

마나스

두 번째 지위의 신으로 엘렌디아의 오른팔로서 그녀를 보좌한다. 엘렌디아는 힘으로는 가장 약한 신이었다. 하지만 진정 위대한 신은 힘이 아닌 자애로서 군림해야 된다는 마나스의 생각으로 주신의 자리에 오르게 된 것이었다. 엘렌디아가 가지게 된 권능은 마나스가 엘렌디아를 주신으로 만들면서 생기게 된 것이다. 마나스는 지혜와 지식의 상징이며 마법과 불을 관장하는 신이다. 하늘의 신이기도 하며 사실상 신 중에서 가장 강한 신으로 고룡인 에레시스의 연인이기도 하다. 현재는 봉인된 상태.

엘레아나

지위의 신으로 마나스와 더불어 엘렌디아를 보필한다. 흔히 엘렌디아의 왼팔이라고 부른다. 용기와 투지의 상징이며 무력과 바람을 관장하는 여신으로 엘렌디아 여신의 동생이다. 달의 여신이기도 한 그녀는 순수한 무력만 가지고는 마나스보다 강하다.

라스틴

믿음과 인내의 상징이며 노동과 땅을 관장하는 신으로 생명의 신이라고도 불린다. 법정에서 반드시 들먹여지는 신이기도 하다.

하딘

절망과 희망의 상징이며 죽음과 물을 관장하는 의학의 신. 바다의 신으로도 불린다. 뱃사람들에게는 절대적인 추종을 받는 신이다.

페튼

행복과 불행의 상징이며 재물과 운을 관장하는 신. 별의 신으로도 불리는데 신계에서는 말썽꾸러기로 소문이 났다. 신계의 법을 가장 많이 어기는 신으로 중간계에 대한 관심이 가장 높다고 한다.

비누라

질투와 분노의 상징이며 사랑과 어둠을 관장하는 여신이다. 죽음의 여신이기도 하지만 의외로 무척 착한 여신이다. 비누라를 그린 그림이나 조각을 보면 눈 밑에서부터 턱까지 한줄기 검은 선이 그어져 있는데 비누라의 눈물로 불린다.

초인

처음 태초신이 만든 종족. 육체적인 능력도 지금의 인간보다 수백 배 강했고 마법 능력도 그에 못지 않게 강했다고 한다. 특히 정신력을 이용한 초능력을 태어나면서 가지고 있었다. 그 외에도 여러 가지 신비로운 능력들도 많았고 지식과 지혜는 드래곤보다 높았다고 한다. 수명은 3천 살 정도였고 모든 인간 종족들은 초인의 후손이다.

인간

너무나도 유명한 종족. 수명은 100살을 못 살지만 짧은 수명으로 인해 다 못하는 지식을 기록으로 그것을 메운다.

신족

초인 시대의 마지막. 태초신이 신을 만들려고 많은 능력있는 사람들을 모았다. 그중에서 능력이 뛰어난 자들이 신과 천사가 되었고, 태초신이 정한 기준에 떨어지는 자들은 신족이나 마족이 되었다. 그중에 신족은 태초신이 신을 만들 때 부여한 신성력이 강한 사람들이었다.

수명은 2천 살 정도인데 능력에 따라 더 살 수도 있다. 50살까지가 유년기고 150살까지가 소년기, 300살까지가 청소년기, 300살에 성년식을 한다. 중장년기는 매우 짧아서 100년 정도의 기간밖에 안 되는데 만일 중장년기가 되면 죽음이 다가왔다는 소리였다. 노년기의 경우 20년 정도였고, 그때 모든 것을 정리하고 죽음을 맞는다고 한다.

마족

신족과 마찬가지의 사람들인데 모든 것이 신족과 같지만 신족의 특성인 신성력은 없고 마력이 유독 강한 사람들이다. 언제나 마신들과 연관되어 생각되어지는 바람에 골치 아파한다. 수명 체계는 신족과 같다.

마신

태초신이 신들을 만든 후 마찬가지로 같은 능력을 가진 사람들로 만들었다. 태초신이 마신을 만들어낸 이유는 천신만 존재하면 세계의 균형이 깨지기 때문이라고 한다. 능력은 천신과 같다. 다만 엘렌디아가 가지고 있는 권능만 없을 뿐이다.

정령

보통 정령계에서 살며 소환주의 소환에 따라 각 세계로 간다. 만약 정령왕과 계약을 맺은 정령사는 별도의 마법 없이도 공간 이동이 가능하다고 한다. 그건 정령계를 통해서 이동하기 때문이라고 한다.

드래곤

현존 최강의 생명체. 드래곤을 누를 수 있는 존재는 천신과 마신인데 그 둘은 다른 세계에 직접 힘을 행사할 수 없기 때문에 사실상 가장 강한 존재라고 할 수가 있다. 드래곤은 각기 7가지의 큰 성질을 가지고 그에 따라 능력이 조금씩 차이가 나며 브레스도 달라진다. 일반적으로 종족 간의 색에 따라 능력을 가지지만 그 비율은 50:50이다. 예를 들면 레드 드래곤일 경우 10개체의 레드 드래곤 중 다섯은 파이어 브레스를 쓰는 화염계 드래곤이고 다섯은 나머지 성질을 지닌 드래곤이 된다. 단, 골드 드래곤과 실버 드래곤은 제외.

또 서로 다른 특성의 드래곤끼리 해츨링을 낳는 경우 해츨링은 부모 중 한 일족을 따라간다. 드물게 두 특성을 지니기도 하는데 그럴 경우 아주 강력한 힘을 가진 드래곤이 된다.

드래곤이 브레스를 뿜을 때는 하루 세 번인데 그건 드래곤 하트에 저장되는 마나의 용량 한계 때문이었다. 보통 하루에 세 번을 쓰는 경우는 브레스를 최대로 뿜었을 경우고 위력을 적게 하면 여러 번 쓸 수도 있었다. 재미있는 것은 드래곤 하트는 상당하고 다양한 능력을 가지고 있지만 드래곤의 몸 안에 있을 때는 브레스를 위한 마나 창고와 용언 마법의 증폭 기능 외에는 별반 능력을 발휘 못한다는 것이다. 드래곤 하트에 결손이 생기면 그 드래곤은 결손된 부분이 원상 복귀될 때까지 힘을 못 쓴다. 그 외에도 드래곤의 몸 자체는 여러 가지 영구 마법을 태어나면서부터 가지고 태어난다.

드래곤의 수명은 1만 살 정도이고 1천 살이 되어야 성룡이 된다. 500살 때 이미 모든 능력은 생기지만 천 살이 되어 성룡이 되어야만 브레스를 쓸 수 있다. 5천 살이 되면 고룡이 되는데 1만 살이 넘어서 그 고룡의 단계를 넘으면 초룡이 된다. 초룡이 되면 신의 힘에 육박할 정도의 능력을 얻게 된다. 하지만 초룡이 되기가 쉬운 것도 아니고, 드래곤들도 초룡이 되는 것을 꺼려 하기 때문에 현재 초룡은 엘렌디아 여신 소속의 블루 일족 아칼리트와 엘레아나 여신 소속의 실버 일족 세이칼 단둘뿐이다. 그 외의 드래곤의 능력으로는 선천적으로 친한 정령이 있는데 그렇게 친한 정령은 계약 없이 자유로이 부릴 수 있기도 한다. 다만 정령왕과는 계약을 해야 한다.

골드 드래곤

드래곤 중에서 가장 지혜롭다고 일컬어지는 종족. 마법 능력은 다른 드래곤에 비해 월등히 강하지만 브레스를 쓰지는 못한다. 가끔 브레스를 쓰기도 하지만 그건 마법으로 만든 것으로 진정한 브레스도 아니고 진짜 브레스에 비해 훨씬 약하다. 하지만 고룡이 되면 마나를 그대로 쓰는 가공할 마나 브레스를 쓸 수 있게 된다. 마나 브레스는 마나를 브레스로 쓰는 것으로 강한 마나의 폭풍과 마나가 가지는 파괴력이 어우러져 상상을 초월하는 힘을 가진다. 그래서 고룡이 된 골드 드래곤들은 이 브레스를 잘 쓰지 않는다.

골드 드래곤의 또다른 특징으로는 다른 드래곤과 성질이 섞이지 않는 것도 있다. 친한 정령으로는 빛의 정령과 바람의 정령이 있다.

실버 드래곤

골드 드래곤에 이어 두 번째로 지혜롭고 마법을 잘 쓰는 드래곤. 실버 드래곤도 골드 드래곤처럼 다른 드래곤과 성질이 섞이지 않는다. 다만 가끔 특성이 다른 드래곤이 태어나기도 하는데 그 비율은 1:9로 매우 적다. 실버 드래곤은 두 가지의 브레스를 쓰는데 강한 냉동 브레스와 바람의 브레스를 쓴다. 바람의 브레스는 실버 드래곤이 고룡이 되었을 때 쓰는 것으로 마나를 응용해서 쓰는 것이다. 골드 드래곤의 마나 브레스와는 다른 것이지만 브레스에 의한 폭풍은 상당한 위력을 가진다. 냉동 브레스의 위력은 빙계 드래곤과 거의 같다. 친한 정령으로는 특성에 관계없이 바람의 정령.

화염계 드래곤

일반적으로 레드 드래곤이 많다. 파이어 브레스를 쓰고 불의 정령과 친하다.

빙계 드래곤

일반적으로 화이트 드래곤이 많다. 냉동 브레스를 쓰고 물의 정령과 친하다.

산계 드래곤

일반적으로 그린 드래곤이 많다. 강한 산성을 지닌 용산 브레스를 쓰고 나무의 정령과 친하다.

독계 드래곤

일반적으로 블랙 드래곤이 많다. 강한 알칼리성을 지닌 용독 브레스를 쓰고 땅의 정령과 친하다.

뇌격계 드래곤

전격계 드래곤이라고도 하며 일반적으로 블루 드래곤이 많다. 전격 브레스를 쓰고 번개의 정령과 친하다.

페어리 드래곤

일반 드래곤과 다른 길을 걸어온 드래곤. 페어리들과 같이 산다. 크기는 보통 사람 손바닥만한 크기다. 생긴 모양은 일반 드래곤과 비슷하지만 뿔이 없거나 작고, 날개는 나비의 날개를 옆으로 길게 잡아 늘인 형태다. 마법에도 능하지만 특히 정령을 잘 다룬다. 브레스는 수면 브레스와 마법 브레스가 있다. 마법 브레스는 페어리 드래곤이 어떤 물체에 마법을 걸 경우 입에서 내뿜는 반짝이는 미세한 마나의 결정으로 그것을 이용해 마법을 거는 것이다. 일반 드래곤의 경우 브레스는 드래곤 하트의 마나의 용량으로 최대한으로 쏠 때 하루 세 번인 것과 달리 페어리 드래곤은 제한이 없다.

갈색 드래곤

흔히 오크 드래곤이란 별명으로도 불린다. 크기는 15에서 20길드 정도. 폴리모프는 인간형 하나로만 가능하다. 그 외에 다른 마법 능력은 없다. 브레스는 강한 열기를 내뿜는 브레스인데 보통 드래곤의 브레스에는 미치지 못하지만 쇠를 달굴 정도의 열기를 가진다. 그리고 입으로 강한 불길을 내뿜기도 하는데 강한 불길 이상의 위력은 없어서 잘 만든 인간의 방패면 막을 수 있다. 하지만 입으로 내쏘는 파이어 볼의 위력은 성문을 부술 정도로 강력하다. 갈색 드래곤도 불의 정령과 친하지만 중급 정령까지밖에 못 부린다.

은회색 드래곤

갈색 드래곤의 돌연변이 변종으로 매우 드물다. 능력은 갈색 드래곤과 같지만 성질은 정반대로 빙계의 성질을 가진다. 브레스는 차가운 숨결을 내뿜는 브레스로 잠깐 사이에 뜨거운 물도 얼릴 정도의 위력을 가지고 있다. 갈색 드래곤처럼 세 가지의 브레스를 쓰지는 못하지만 상급 물의 정령까지 다룬다.

맹족

초인들의 마지막 세대. 신이 신과 신족, 마족, 마신을 만든 후에 남은 초인의 후손으로 초인의 힘을 일부 지니고 있다. 원래 여러 종족이 있었지만 결국 호족과 용족만 남고 도태되었다.

호족

동방 대륙에서 번성했던 종족으로 강한 힘과 속도, 기술 등을 지닌 최강의 육체를 지녔던 종족. 그들은 태어나면서부터 서방 대륙 사람들이 말하는 소드 마스터였다고 한다. 동방 대륙이 멸망할 때 사람들을 피신시키기 위해 모두 희생했다. 하지만 몇몇은 생존했을지도 모르는 희박한 가능성은 있다.

용족

호족과 같이 번성했던 종족. 원래는 동방 대륙에 있었으나 호족의 세력에 밀려 서방 대륙으로 이주했다. 호족과는 달리 매우 오만하다. 호족에 비해 육체적인 능력을 뒤지지만 다른 특이한 술법을 쓴다.

엘프

숲의 정령이라고도 불리는 종족.

수명은 2천 살 정도. 평화를 사랑하고 숲과 자연을 사랑한다. 정령과 친화력이 높아서 타고난 정령사들이다. 평균 1길드 80라스 정도로 키가 크고 날씬한 몸에 귀가 길고 뾰족하며 매우 뛰어난 외모를 자랑한다. 약해 보이는 몸과 다르게 사람의 3배 정도의 힘을 가지며 매우 날렵하다. 시각이 사람보다 10배는 뛰어나고 어둠 속에서도 물건을 볼 수 있다. 청각과 후각은 사람보다 100배나 뛰어나다. 20살이면 성년이 되는데 죽을 때까지 젊음을 유지한다.

하이 엘프

수명은 1만 살 정도. 드래곤이 마법의 종족이라 불리면 하이 엘프는 정령의 종족이라 불릴 정도로 드래곤과 쌍벽을 이루는 종족이다. 능력은 보통 엘프보다 10배 정도 뛰어나다고 보면 된다. 일반적으로 엘프들은 하이 엘프를 맹목적으로 존경한다. 그건 하이 엘프가 엘프들에게는 거의 신과 같은 존재이기 때문인데 흔히 엘프들은 하이 엘프가 자신들과 같이 자연을 조용하고 품위를 지킨다고 여기고 있다. 하지만 태초신이 만든 두 골칫덩이가 있는데 하나는 드래곤이고 하나는 하이 엘프다. 기질상으로 드래곤과 가장 궁합이 맞는 종족이다. 하지만 그들도 자연을 사랑하고 평화를 사랑하는 것은 엘프들과 같다.

하프 엘프

엘프와 인간 사이에 태어난 혼혈. 수명이나 모든 능력은 인간과 같지만 시각, 청각, 후각은 인간보다 뛰어나다. 그리고 정령 친화력도 인간보다 뛰어난데 불행히도 인간과 엘프 모두 기피하는 대상. 하지만 세월이 지남에 따라 그런 기피하는 것도 많이 누그러졌다.

다크 엘프

처음 생겨난 이유는 악마에게 힘을 얻고 영혼을 판 대가로 검어져서 다크 엘프가 생겨났다고 한다. 세월이 지나서 이미 악마와의 계약은 끝났지만 다크 엘프의 특성은 그대로라고 한다. 보통 엘프와 능력은 같지만 좀 호전적이다. 정령은 어둠의 정령까지 다룬다. 그러다 보니 엘프들과 달리 분노의 정령에 지배당할 위험이 크다. 성격은 좀 음침한 면이 있어서 툭하면 무게를 잡는다. 자연을 사랑하는 것은 엘프와 같다.

화이트 엘프

피부가 밀가루를 바른 것처럼 하얀 것 외에는 모든 것이 엘프와 같다. 하지만 인간을 악으로 이끌고 괴롭히며 피해를 주는 등 매우 사악한 엘프로 도시 같은 인공적인 공간을 좋아하고 자연을 사랑하지는 않는다. 평소에는 보통의 엘프처럼 행동해서 자신을 감춘다.

드워프

산에 사는 종족. 엘프와 모든 면이 반대이지만 종족 간 혈통은 같다고 한다. 손재주가 뛰어나 만드는 것마다 예술품이라는 평을 받는다. 그리고 보석이나 광물, 물건을 보는 눈도 뛰어나다. 키가 고작 1길드 20라스 정도지만 힘은 인간보다 최소 5배는 세고 피부가 강해서 잘 만든 가죽 갑옷과 같은 강도를 지닌다. 시각은 인간의 5배 정도, 청각과 후각은 인간의 10배 정도 뛰어나다.

오크

돼지 머리에 인간의 몸을 한 모양의 종족. 수명은 50살 정도. 힘은 인간보다 2배가량 강하다. 하지만 지능이 낮고 속도가 느려 인간에게 종종 희생된다. 보통은 숲에서 채집과 사냥을 하지만 식량이 떨어지면 인간의 마을을 습격하기도 한다. 대신 식량이 많고 먼저 건드리지만 않는다면 그런대로 평화로운 종족. 의외로 신의를 생명처럼 지킨다. 신장은 1길드 50라스 정도지만 때에 따라 2길드에 달하는 오크가 있기도 하다. 일반적인 분류로는 몬스터에 넣는데 사람에 따라서는 유사 인종으로 구분하기도 한다. 재미있는 사실은 몬스터에 넣으면 가장 지능이 높은 몬스터이고, 유사 인종에 넣으면 가장 지능이 떨어지는 인종이란 사실이다.

트롤

신장 2길드 50라스의 몬스터. 때로는 3길드 50라스의 트롤도 있다. 힘이 인간의 5배에 이르는 장사로 몸도 제법 빠르다. 특히 재생력은 엄청나서 칼에 맞아도 금방 재생을 하는데 죽고 나서도 몸이 금방 재생할 정도이다. 재생력만큼은 드래곤을 능가한다. 그래서 재생의 종족이란 별명이 있다. 하지만 지능이 매우 낮아서 상대하기가 그렇게 어렵지는 않다. 뛰어난 재생력과 마법 친화력 때문에 마법을 연구하는 학자나 키메라를 연구하는 학자에게는 최상의 재료로 손꼽힌다.

오우거

신장 3길드가 넘는 몬스터. 힘은 인간의 7배에 이른다. 속고도 빠르고 트롤보다는 지능이 높아서 상대하기 까다롭다. 재생력은 보통이지만 피부가 매우 질겨서 칼도 잘 안 들어간다. 따라서 오우거 가죽 갑옷은 매우 비싸다. 드래곤이 레어 문지기로 가장 선호하는 종족이기도 하다.